Angélique marquise des Anges
2

ANNE ET SERGE GOLON | ŒUVRES

ANGÉLIQUE :

ANGÉLIQUE, MARQUISE DES ANGES T. I	J'ai Lu 667***
ANGÉLIQUE, MARQUISE DES ANGES T. II	J'ai Lu 668***
LE CHEMIN DE VERSAILLES T. I	J'ai Lu 669***
LE CHEMIN DE VERSAILLES T. II	J'ai Lu 670***
ANGÉLIQUE ET LE ROY T. I	J'ai Lu 671***
ANGÉLIQUE ET LE ROY T. II	J'ai Lu 672***
INDOMPTABLE ANGÉLIQUE T. I	J'ai Lu 673***
INDOMPTABLE ANGÉLIQUE T. II	J'ai Lu 674***
ANGÉLIQUE SE RÉVOLTE T. I	J'ai Lu 675***
ANGÉLIQUE SE RÉVOLTE T. II	J'ai Lu 676***
ANGÉLIQUE ET SON AMOUR T. I	J'ai Lu 677***
ANGÉLIQUE ET SON AMOUR T. II	J'ai Lu 678***
ANGÉLIQUE ET LE NOUVEAU MONDE T. I	J'ai Lu 679***
ANGÉLIQUE ET LE NOUVEAU MONDE T. II	J'ai Lu 680***
LA TENTATION D'ANGÉLIQUE T. I	J'ai Lu 681***
LA TENTATION D'ANGÉLIQUE T. II	J'ai Lu 682***
ANGÉLIQUE ET LA DÉMONE T. I	J'ai Lu 683***
ANGÉLIQUE ET LA DÉMONE T. II	J'ai Lu 684***
ANGÉLIQUE ET LE COMPLOT DES OMBRES	J'ai Lu 685****
ANGÉLIQUE À QUÉBEC T. I	J'ai Lu 1410****
ANGÉLIQUE À QUÉBEC T. II	J'ai Lu 1411****
ANGÉLIQUE À QUÉBEC T. III	J'ai Lu 1412****
ANGÉLIQUE, LA ROUTE DE L'ESPOIR T. I.	J'ai Lu 1914**** (fév. 86)
ANGÉLIQUE, LA ROUTE DE L'ESPOIR T. II.	J'ai Lu 1915**** (fév. 86)

Anne et Serge Golon

Angélique
marquise des Anges
2

Éditions J'ai lu

© Opera Mundi, 1956

LES COULOIRS DU LOUVRE

Mai 1660 - Septembre 1660

1

— Quoi! Je suis accablée de douleurs et il me faut encore être entourée de sottes gens. Si je n'avais pas conscience de mon rang, rien ne me retiendrait de me précipiter du haut de ce balcon pour en finir avec cette existence!

Ces paroles amères, clamées d'une voix déchirante, précipitèrent Angélique au balcon de sa propre chambre. Elle vit, penchée à un encorbellement voisin, une grande femme en tenue de nuit, le visage plongé dans un mouchoir.

Une dame s'approcha de la personne qui continuait à sangloter, mais l'autre se démena comme un moulin à vent.

— Sotte! Sotte! Laissez-moi, vous dis-je! Grâce à vos stupidités je ne serai jamais prête. Et d'ailleurs cela n'a aucune importance. Je suis en deuil, je n'ai qu'à m'ensevelir dans ma douleur. Qu'importe que je sois coiffée comme un épouvantail!

Elle ébouriffa son ample chevelure et montra son visage marbré de larmes. C'était une femme d'une trentaine d'années, aux beaux traits aristocratiques, mais un peu alourdis.

— Si Mme de Valbon est malade, qui me coiffera? reprit-elle dramatiquement. Vous avez toutes, tant que vous êtes, la patte plus lourde qu'un ours de la foire Saint-Germain!

— Madame..., intervint Angélique.

Les deux balcons se touchaient presque dans cette rue étroite de Saint-Jean-de-Luz, aux petits hôtels bourrés de courtisans.

Chacun participait à ce qui se passait chez le voisin. Pourtant l'aube se levait à peine, une aube clairette, couleur d'anisette, mais déjà la ville bourdonnait comme une ruche.

— Madame, insista Angélique, puis-je vous être utile? J'entends que vous êtes en peine à propos de votre coiffure. J'ai là un perruquier habile avec ses fers et diverses poudres. Il est à votre disposition.

La dame tamponna son long nez rouge et poussa un profond soupir.

— Vous êtes bien aimable, ma chère. Ma foi, j'accepte votre proposition. Je ne peux rien tirer de mes gens ce matin. L'arrivée des Espagnols les affole autant que s'ils se trouvaient sur un champ de bataille des Flandres. Pourtant, je vous le demande, qu'est-ce que le roi d'Espagne?

— C'est le roi d'Espagne, dit Angélique en riant.

— Peuh! A tout prendre sa famille ne vaut pas la nôtre en noblesse. C'est entendu, ils sont pleins d'or, mais ce sont des mangeurs de raves, plus ennuyeux que des corbeaux.

— Oh! Madame, ne rabattez pas mon enthousiasme. Je suis tellement ravie de connaître tous ces princes. On dit que le roi Philippe IV et sa fille l'infante vont arriver aujourd'hui sur la rive espagnole.

— C'est possible. En tout cas, moi, je ne pourrai les saluer, car, à ce train, ma toilette ne sera jamais achevée.

— Prenez patience, madame, le temps de me vêtir décemment et je vous amène mon perruquier.

Angélique rentra précipitamment à l'intérieur de la chambre, où régnait un désordre indescriptible. Margot et les servantes achevaient de mettre un dernier point à la robe somptueuse de leur maîtresse. Les malles étaient ouvertes, ainsi que les coffrets à bijoux et Florimond, à quatre pattes, le derrière nu, promenait parmi ces splendeurs sa convoitise.

« Il faudra que Joffrey m'indique la parure que je dois mettre avec cette robe de drap d'or », pensa Angélique tout en ôtant sa robe de chambre et en revêtant une toilette simple et une mante.

Elle trouva le sieur François Binet au rez-de-chaussée de leur logement, où il avait passé la nuit à frisotter des dames toulousaines, amies d'Angélique, et jusqu'aux servantes qui se voulaient belles. Il prit son bassin de cuivre dans le cas où il y aurait quelques seigneurs à raser, son coffret débordant de peignes, de fers, d'onguents et de fausses nattes, et, accompagné d'un gamin qui portait le réchaud, pénétra à la suite d'Angélique dans la maison voisine.

Celle-ci était plus encombrée encore que l'hôtel où le comte de Peyrac avait été accueilli par une vieille tante, de parenté lointaine.

Angélique remarqua la belle livrée des domestiques et songea que la dame éplorée devait être une personne de haut rang. A tout hasard elle fit une profonde révérence lorsqu'elle se retrouva devant celle-ci.

— Vous êtes charmante, fit la dame d'un air dolent, tandis que le perruquier disposait ses instruments sur un tabouret. Sans vous je me serais gâté le visage à pleurer.

— Ce n'est pas un jour à pleurer, protesta Angélique.

— Que voulez-vous, ma chère, je ne suis pas au fait de tant de réjouissances.

Elle fit une petite lippe navrée.

— N'avez-vous point vu ma robe noire ? Je viens de perdre mon père.

— Oh! je suis désolée...

— Nous nous sommes tant détestés et querellés que cela redouble ma douleur. Mais quel ennui d'être en deuil pour des fêtes! Connaissant la malignité du caractère de mon père, je le soupçonne...

Elle s'interrompit pour plonger son visage dans le cornet de carton que Binet lui présentait tandis qu'il aspergeait abondamment la chevelure de sa cliente d'une poudre parfumée. Angélique éternua.

— ... Je le soupçonne de l'avoir fait exprès, poursuivit la dame en émergeant.

— ... L'avoir fait exprès? Quoi donc, madame?

— De mourir, parbleu! Mais qu'importe. J'oublie tout. J'ai toujours eu l'âme généreuse, quoi qu'on en dise. Et mon père est mort chrétiennement... Ce m'est une grande consolation. Mais ce qui me fâche c'est qu'on ait conduit son corps à Saint-Denis avec seulement quelques gardes et quelques aumôniers, sans pompe, ni dépense... Trouvez-vous cela admissible?

— Certes non, confirma Angélique, qui commençait à craindre de commettre un impair. Ce noble qu'on enterrait à Saint-Denis ne pouvait appartenir qu'à la famille royale. A moins qu'elle n'eût pas très bien compris...

— Si j'avais été là, les choses se seraient passées autrement, vous pouvez m'en croire, conclut la dame avec un geste altier du menton. J'aime le faste et qu'on garde son rang.

Elle se tut pour s'examiner dans le miroir que François Binet lui présentait à genoux, et son visage s'éclaira.

— Mais c'est fort bien, s'écria-t-elle. Que voilà donc une coiffure seyante et flatteuse. Votre perruquier est un artiste, ma belle. Je n'ignore pas pourtant que j'ai le cheveu difficile.

— Votre Altesse a le cheveu fin, mais souple et abondant, dit le perruquier d'un air docte, c'est avec une chevelure d'une telle qualité que l'on peut composer les plus belles coiffures.

— Vraiment! Vous me flattez. Je vais vous faire bailler cent écus. Mesdames!... Mesdames! il faut absolument que cet homme s'occupe de moutonner les petites.

On réussit à extraire d'une pièce voisine, où caquetaient dames d'honneur et femmes de chambre, les « petites » qui étaient deux adolescentes dans l'âge ingrat.

— Ce sont vos filles sans doute, madame? s'informa Angélique.

— Non, ce sont mes jeunes sœurs. Elles sont insupportables. Regardez la petite : elle n'a de beau que le teint et elle a trouvé le moyen de se faire mordre par ces mouches qu'on appelle cousins : la voilà toute gonflée. Et, avec cela, elle pleure.

— Elle est triste aussi sans doute de la mort de son père?

— Point du tout. Mais on lui a trop dit qu'elle épouserait le roi; on ne l'appelait que la « Petite Reine ». La voici vexée qu'il en épouse une autre.

Tandis que le perruquier s'occupait des fillettes, il y eut un remous dans l'étroit escalier, et un jeune seigneur apparut sur le seuil. Il était de très petite taille avec un visage poupin qui émergeait d'un mousseux jabot de dentelles. Il avait également plusieurs volants de dentelles aux manches et aux genoux. Malgré l'heure matinale, il était mis avec grand soin.

— Ma cousine, fit-il d'une voix précieuse, j'entendu dire qu'il y avait chez vous un perruquier qui fait merveille.

— Ah! Philippe, vous êtes plus futé qu'une jolie femme pour recueillir de pareilles nouvelles. Dites-moi au moins que vous me trouvez belle.

L'autre plissa ses lèvres qu'il avait très rouges et charnues et, les yeux à demi clos, examina la coiffure.

— Je dois reconnaître que cet artiste a tiré de votre visage un parti meilleur qu'on n'en pouvait espérer, dit-il avec une insolence tempérée d'un sourire coquet.

Il retourna dans l'antichambre et se pencha par-dessus la rampe.

— De Guiche, mon très cher, venez donc, c'est bien ici.

Dans le gentilhomme qui entrait — un beau garçon bien découplé et très brun — Angélique reconnut le comte de Guiche, fils aîné du duc de Gramont, gouverneur du Béarn. Le nommé Philippe saisit le bras du comte de Guiche et s'inclina sur son épaule avec tendresse.

— Oh! que je suis heureux. Nous allons certainement être les gens les mieux coiffés de la cour. Péguilin et le marquis de Humières en pâliront de jalousie. Je les ai vus courir, fort en peine, à la recherche de leur barbier que Vardes leur avait enlevé grâce à une bourse bien pesante. Ces glorieux capitaines des gentilshommes en bec-de-corbin vont en être réduits à paraître devant le roi avec un menton en cosse de châtaigne.

Il éclata d'un rire un peu aigu, passa la main sur son menton frais rasé, puis d'un geste gracieux caressa également la joue du comte de Guiche. Il s'appuyait contre le jeune homme avec beaucoup d'abandon et levait vers lui un regard langoureux. Le comte de Guiche, souriant avec fatuité, recevait ces hommages sans aucune gêne.

Angélique n'avait jamais vu deux hommes s'adonner à semblable manège et elle en était presque embarrassée. Cela ne devait pas plaire non plus à la maîtresse du lieu, car elle s'écria tout à coup :

— Ah! Philippe, ne venez pas vous livrer chez moi à vos câlineries. Votre mère m'accuserait encore de favoriser vos instincts pervers. Depuis cette fête à Lyon où nous nous sommes déguisés, vous, moi, et Mlle de Villeroy, en paysannes bressanes, elle m'accable de reproches à ce sujet. Et ne me dites pas que le petit Péguilin est dans la peine ou j'envoie un homme à sa recherche pour le mener ici. Voyons si je ne l'aperçois pas. C'est le garçon le plus remarquable que je connaisse, et je l'adore.

A sa façon bruyante et impulsive, elle se précipita de nouveau au balcon, puis recula, une main posée sur sa vaste poitrine.

— Ah! mon Dieu, le voici!

— Péguilin? s'informa le petit seigneur.

— Non, ce gentilhomme de Toulouse qui me cause une si grande peur.

Angélique, à son tour, passa sur le balcon et aperçut son mari le comte Joffrey de Peyrac, qui descendait la rue suivi de Kouassi-Ba.

— Mais c'est le Grand Boiteux du Languedoc! s'exclama le petit seigneur qui les avait rejointes. Ma cousine, pourquoi le craignez-vous? Il a les yeux les plus doux, une main caressante et un esprit étincelant.

— Vous parlez comme une femme, dit la dame avec dégoût. Il paraît que toutes les femmes sont folles de lui.

— Sauf vous.

— Moi, je ne me suis jamais égarée en sentimentalités. Je vois ce que je vois. Ne trouvez-vous pas que cet homme sombre et claudicant, avec ce Maure aussi noir que l'enfer, a quelque chose de terrifiant?

Le comte de Guiche jetait des regards effarés à Angélique, et par deux fois il ouvrit la bouche. Elle lui fit signe de se taire. Cette conversation l'amusait beaucoup.

— Précisément, vous ne savez pas regarder les hommes avec des yeux de femme, reprenait le jeune Philippe. Vous vous souvenez que ce seigneur a refusé de plier le genou devant M. d'Orléans, et cela suffit pour vous hérisser.

— Il est vrai qu'il s'est montré jadis d'une insolence rare...

A ce moment, Joffrey leva les yeux vers le balcon. Il s'arrêta, puis, ôtant son feutre à plumes, il salua à plusieurs reprises très profondément.

— Voyez comme la rumeur publique est injuste, dit le petit seigneur. On raconte que cet homme est plein de morgue et cependant... Peut-on saluer avec plus de grâce ? Qu'en pensez-vous, mon très cher?

— Certes, M. le comte de Peyrac de Morens est d'une courtoisie reconnue, s'empressa de répondre de Guiche, qui ne savait comment rattraper les impairs dont il venait d'être le témoin, et souvenez-vous de la merveilleuse réception que nous avons eue à Toulouse.

— Le roi lui-même en a gardé un peu d'aigreur. Il n'empêche que Sa Majesté est très impatiente de savoir si la femme de ce boiteux est aussi belle qu'on le dit? Cela lui paraît inconcevable qu'on le puisse aimer...

Angélique se retira doucement, et, prenant François Binet à part, elle lui pinça l'oreille.

— Ton maître est de retour et va te réclamer. Ne te laisse pas gagner par les écus de tous ces gens ou je te ferai rouer de coups.

— Soyez tranquille, madame. J'achève cette jeune demoiselle et je m'esquive.

Elle descendit et rentra chez elle. Elle pensait qu'elle aimait bien ce Binet, non seulement à cause de son goût et de son habileté, mais aussi de sa ruse entendue, de sa philosophie de subalterne. Il disait qu'il donnait de « l'Altesse » à tous les gens de la noblesse pour être sûr de ne froisser personne.

Dans la chambre, où le désordre n'avait fait qu'empirer, Angélique trouva son mari la serviette nouée au cou, attendant déjà le barbier.

— Eh bien, petite dame, s'écria-t-il, vous ne perdez pas de temps. Je vous quitte ensommeillée, pour me rendre aux nouvelles et connaître l'ordre des cérémonies. Et une heure plus tard je vous retrouve familièrement accoudée entre la duchesse de Montpensier et Monsieur frère du roi.

— La duchesse de Montpensier! La Grande Mademoiselle! s'exclama Angélique. Mon Dieu! J'aurais dû m'en douter quand elle parlait de son père qu'on a enterré à Saint-Denis.

Tout en se déshabillant, Angélique raconta comment elle avait fait connaissance fortuitement de la célèbre frondeuse, la vieille fille du règne, qui, son père Gaston d'Orléans venant de mourir, était maintenant la plus riche héritière de France.

— Ses jeunes sœurs ne sont donc que ses demi-sœurs. Mlles de Valois et d'Alençon, celles qui doivent porter la queue de la reine au mariage. Binet les a coiffées aussi.

Le barbier surgit essoufflé et commença à barbouiller de savon le menton de son maître. Angélique était en chemise, mais on n'en était plus à cela près. Il s'agissait de se rendre rapidement à la convocation du roi, qui demandait que tous les nobles de sa cour vinssent le saluer le matin même. Ensuite, absorbé par les préoccupations de la rencontre avec les Espagnols, on n'aurait plus le temps de se présenter entre Français.

Marguerite, des épingles plein la bouche, passa à Angélique une première jupe de lourd drap d'or, puis une seconde jupe de dentelle d'or, d'une finesse arachnéenne et dont le dessin était souligné de pierreries.

— Et vous dites que ce petit jeune homme efféminé est le frère du roi? interrogea Angélique. Il se tenait de façon étrange avec le comte de Guiche; on aurait dit positivement qu'il en était amoureux. Oh! Joffrey, croyez-vous vraiment que... qu'ils...

— On appelle cela aimer à l'italienne, dit le comte en riant. Nos voisins de l'autre côté des Alpes sont si raffinés qu'ils ne se contentent plus des simples plaisirs de la nature. Nous leur devons, il est vrai, la renaissance des lettres et des arts, plus un fripon de ministre dont l'adresse n'a pas toujours été inutile à la France, mais aussi l'introduction de ces mœurs bizarres. Il est dommage que ce soit le frère unique du roi qui en fasse son profit.

Angélique fronça les sourcils.

— Le prince a dit que vous aviez la main caressante. Je voudrais bien savoir comment il s'en est aperçu.

— Ma foi, le petit Monsieur est si frôleur avec les hommes qu'il m'a peut-être prié de l'aider à remettre son rabat ou ses manchettes. Il ne perd pas une occasion de se faire cajoler.

— Il a parlé de vous en des termes qui ont presque éveillé ma jalousie.

— Oh! ma mignonne, si vous commencez à vous émouvoir, vous allez être bientôt être noyée dans les intrigues. La cour est une immense toile d'araignée gluante. Vous vous perdrez si vous ne regardez pas les choses de très haut.

François Binet, qui était bavard comme tous les gens de sa profession, prit la parole :

— Je me suis laissé dire que le cardinal Mazarin a encouragé les goûts du petit Monsieur afin qu'il ne portât plus ombrage à son frère. Il ordonnait qu'on l'habillât en fillette, et faisait déguiser de même ses petits amis. En tant que frère du roi, on craint toujours qu'il ne se mette à comploter comme feu M. Gaston d'Orléans, qui était si insupportable.

— Tu juges bien durement tes princes, barbier, dit Joffrey de Peyrac.

— C'est le seul bien que je possède, monsieur le comte : ma langue et le droit de la faire marcher.

— Menteur ! Je t'ai fait plus riche que le perruquier du roi.

— C'est vrai, monsieur le comte, mais je ne m'en vante pas, il n'est pas prudent de faire des envieux.

Joffrey de Peyrac trempa son visage dans une bassine d'eau de roses pour se rafraîchir du feu du rasoir. Avec sa face couturée de cicatrices, l'opération était toujours longue et délicate, et il y fallait la main légère de Binet. Il rejeta le peignoir et commença à s'habiller, aidé de son valet de chambre et d'Alphonso.

Cependant Angélique avait enfilé un corsage de drap d'or et demeurait immobile, tandis que Marguerite fixait le plastron, véritable œuvre d'art, d'or filigrané entremêlé de soies. Une dentelle d'or mettait une mousse étincelante autour de ses épaules nues, communiquant à sa chair une pâleur lumineuse, un grain de porcelaine translucide. Avec la flamme rose et atténuée de ses joues, ses cils et ses sourcils assombris, ses cheveux ondés qui avaient le même reflet que sa robe, la surprenante limpidité de ses yeux verts, elle se vit dans le miroir comme une étrange idole qui n'aurait été bâtie que de matières précieuses : or, marbre, émeraude.

Margot poussa tout à coup un cri et se précipita vers Florimond, qui était en train de porter à sa bouche un diamant de six carats...

— Joffrey, que dois-je mettre comme parure? Les perles me semblent trop modestes, les diamants trop durs.

— Emeraudes, dit-il. En harmonie avec vos yeux. Tout cet or est insolent, d'un éclat un peu lourd. Vos yeux l'allègent, lui donnent vie. Il faut deux pendants d'oreilles, et le carcan d'or et d'émeraude. Vous pouvez mêler aux bagues quelques diamants.

Penchée sur ses écrins, Angélique s'absorba dans le choix des bijoux. Elle n'était pas encore blasée, et tant de profusion la ravissait toujours.

Lorsqu'elle se retourna, le comte de Peyrac attachait son épée à son baudrier constellé de diamants.

Elle le regarda longuement et un frisson insolite la parcourut.

— Je crois que la Grande Mademoiselle n'a pas tout à fait tort lorsqu'elle dit que vous avez un aspect terrifiant.

— Il serait vain d'essayer de camoufler ma disgrâce, dit le comte. Si j'essayais de m'habiller comme un mignon, je serais ridicule et pitoyable. Alors j'accorde mes toilettes à mon visage.

Elle regarda ce visage. Il était à elle. Elle l'avait caressé; elle en connaissait les moindres sillons. Elle sourit, murmura :

— Mon amour!

Le comte était entièrement vêtu de noir et d'argent. Son manteau de moire noire était voilé d'une dentelle d'argent retenue par des points de diamants. Il laissait voir un pourpoint de brocart d'argent orné de dentelles noires d'un point très recherché. Les mêmes dentelles en trois volants retombaient aux genoux sous la rhingrave de velours sombre. Les souliers portaient des boucles de diamants. La cravate, qui n'était pas en forme de rabat, mais de large nœud, était également rebrodée de très petits diamants. Aux doigts une multitude de diamants et un seul très gros rubis.

Le comte se coiffa de son feutre à plumes blanches et demanda si Kouassi-Ba s'était bien chargé des présents qu'on devait offrir au roi pour sa fiancée.

Le Nègre était dehors, devant la porte, objet d'admiration de tous les badauds avec son pourpoint de velours cerise, son ample pantalon à la turque et son turban, tous deux de satin blanc. On se montrait son sabre courbe. Il portait sur un coussin une cassette de très beau maroquin rouge clouté d'or.

Deux chaises à porteurs attendaient le comte et Angélique.

On se rendit rapidement à l'hôtel où le roi, sa mère et le cardinal étaient descendus. Comme tous les hôtels de Saint-Jean-de-Luz, c'était une étroite maison à l'espagnole, encombrée de balustrades et de rampes torses en bois doré. Les courtisans débordaient sur la place, où le vent du large secouait les plumes des chapeaux, apportant par bouffées le goût salin de l'océan.

Angélique sentit son cœur battre à grands coups en franchissant les marches du seuil.

« Je vais voir le roi, pensa-t-elle, la reine mère! Le cardinal! »

Comme il avait toujours été proche d'elle, ce jeune roi dont parlait la nourrice, ce jeune roi assailli par les foules méchantes de Paris, en fuite à travers la France ravagée de la Fronde, ballotté de ville en ville, de château en château, au gré des factions des princes, trahi, abandonné et finalement victorieux. Maintenant, il recueillait le fruit de ses luttes. Et, plus encore que le roi, la femme qu'Angélique apercevait au fond de la salle, dans ses voiles noirs, avec son teint mat d'Espagnole, son air à la fois distant et amène, ses petites mains parfaites posées sur la robe sombre, la reine mère savourait l'heure du triomphe.

Angélique et son mari traversèrent la pièce, au parquet brillant. Deux négrillons soutenaient le manteau de cour de la jeune femme, qui était d'un drap d'or frisé et ciselé contrastant avec le lamé brillant de la jupe et du corsage. Le géant Kouassi-Ba les suivait. On y voyait mal, et il faisait très chaud à cause des tapisseries et de la foule.

Le premier gentilhomme de la maison du roi annonça :

— Comte de Peyrac de Morens d'Irristru.

Angélique plongea dans sa révérence. Le cœur lui battait dans la gorge. Il y avait devant elle une masse noire et une masse rouge : la reine mère et le cardinal.

Elle pensait :

« Joffrey devrait s'incliner plus profondément. Tout à l'heure, il saluait si bellement la Grande Mademoiselle. Mais devant le plus grand, il affecte de tirer seulement un peu le pied... Binet a raison... Binet a raison... »

C'était stupide de penser ainsi au brave Binet et de se répéter qu'il avait raison. Pourquoi donc, au fait ?

Une voix dit :

— Nous sommes heureux de vous revoir, comte, et de complimenter... d'admirer madame, dont on nous a déjà dit si grand bien. Mais, ce qui est contraire aux lois, nous constatons cette fois que l'éloge n'atteint pas à la réalité.

Angélique leva les yeux. Elle croisa un regard brun

et brillant qui la dévisageait avec beaucoup d'attention : le regard du roi.

Vêtu avec richesse, le roi était de taille moyenne, mais il se tenait si droit qu'il paraissait plus imposant que tous ses courtisans. Angélique lui trouva le teint légèrement grêlé, car il avait eu la petite vérole dans son enfance. Son nez était trop long, mais sa bouche était forte et caressante sous la ligne brune, à peine tracée, d'une petite moustache. La chevelure couleur de châtaigne, foisonnante, retombant en cascades bouclées, ne devait rien aux artifices des postiches. Louis avait la jambe belle, des mains harmonieuses. On devinait, sous les dentelles et les rubans, un corps souple et vigoureux, rompu aux exercices de la chasse et de l'académie.

« Ma nourrice dirait : c'est un beau mâle. On a raison de le marier », pensa Angélique.

Elle se reprocha derechef des pensées aussi vulgaires dans ce moment solennel de son existence.

La reine mère demandait à voir l'intérieur de la cassette que Kouassi-Ba venait de présenter, agenouillé, le front à terre, dans une posture de Roi Mage.

On s'exclama devant le petit nécessaire de frivolités avec ses boîtes et peignes, ciseaux, crochets, cachets, le tout d'or massif et d'écaille des îles. Mais la chappelle de voyage enchanta les dames dévotes de la suite de la reine mère. Celle-ci sourit et se signa. Le crucifix et les deux statuettes de saints espagnols, ainsi que la lampe veilleuse et le petit encensoir étaient d'or et de vermeil. Et Joffrey de Peyrac avait fait peindre par un artiste d'Italie un triptyque de bois doré représentant les scènes de la Passion. Les miniatures étaient fines, d'une grande fraîcheur de teintes. Anne d'Autriche déclara que l'infante avait la réputation d'être fort pieuse et ne pouvait manquer d'être ravie d'un tel présent.

Elle se tourna vers le cardinal pour lui faire admirer les peintures, mais celui-ci s'attardait à manier les petits instruments du nécessaire qu'il faisait miroiter en les tournant doucement entre ses doigts.

— On dit que l'or vous coule du creux des mains, monsieur de Peyrac, comme la source d'un rocher ?

— Cette image est exacte, Eminence, répondit le comte doucement : comme la source d'un rocher..., mais d'un rocher que l'on aurait miné à grand renfort de mèches et de poudre, creusé jusqu'à des profondeurs insoupçonnées, que l'on aurait bouleversé, concassé, aplani. Alors, en effet, à force de labeur, de sueur et de peine, il se peut que l'or jaillisse et même en abondance.

— Voici une fort belle parabole sur le travail qui porte ses fruits. Nous ne sommes pas accoutumés à entendre des gens de votre rang tenir pareil langage, mais j'avoue que cela ne me déplaît pas.

Mazarin continuait de sourire; il porta à son visage un petit miroir du nécessaire et y jeta un coup d'œil rapide. Malgré les fards et la poudre dont il essayait de masquer son teint jauni, une moiteur de faiblesse brillait à ses tempes, poissant les boucles de ses cheveux sous sa calotte rouge de cardinal.

La maladie l'épuisait depuis de longs mois; lui au moins n'avait pas menti lorsqu'il avait pris pour prétexte sa gravelle afin de ne pas se présenter le premier devant le ministre espagnol, don Luis de Haro. Angélique surprit un regard de la reine mère vers le cardinal, un regard de femme anxieuse, qui se tourmente. Sans doute, elle brûlait de lui dire : « Ne parlez pas tant, vous vous fatiguez. C'est l'heure de votre tisane. »

Etait-ce vrai qu'elle avait aimé son Italien, la reine si longtemps dédaignée par un époux trop chaste ?... Tout le monde l'affirmait, mais personne n'en était sûr. Les escaliers dérobés du Louvre gardaient bien leur secret. Un seul être peut-être le connaissait, et c'était ce fils âprement défendu, le roi. Dans les lettres qu'ils échangeaient, le cardinal et la reine ne l'appelaient-ils pas : le Confident? Confident de quoi?...

— A l'occasion, j'aimerais m'entretenir avec vous de vos travaux, dit encore le cardinal.

Le jeune roi renchérit avec une certaine vivacité :

— Moi aussi. Ce qu'on m'en a dit a éveillé ma curiosité.

— Je suis à la disposition de Votre Majesté et de Son Eminence.

L'audience était terminée.

Angélique et son mari allèrent saluer Mgr de Fontenac, qu'ils apercevaient dans l'entourage immédiat du cardinal.

Puis ils firent le tour des hautes personnalités et de leurs relations. Angélique avait l'échine rompue à force de révérences, mais elle était dans un tel état d'excitation et de plaisir qu'elle ne sentait pas la fatigue. Les compliments qu'on lui adressait ne pouvaient lui faire douter de son succès. Il était certain que leur couple attirait beaucoup l'attention.

Tandis que son mari s'entretenait avec le maréchal de Gramont, un jeune homme de petite taille mais de figure agréable vint se planter devant Angélique.

— Me reconnaissez-vous, ô déesse descendue à l'instant même du char du Soleil?

— Certes, s'écria-t-elle enchantée, vous êtes Péguilin.

Puis elle s'excusa :

— Je suis bien familière, monsieur de Lauzun, mais que voulez-vous, j'entends parler partout de Péguilin. Péguilin par-ci, Péguilin par-là! On a pour vous une telle tendresse que, sans vous avoir revu, je me suis mise à l'unisson.

— Vous êtes adorable et vous comblez d'aise non

seulement mes yeux, mais mon cœur. Savez-vous que vous êtes la femme la plus extraordinaire de l'assemblée? Je connais des dames qui sont en train de briser menu leurs éventails et de déchirer leurs mouchoirs tant votre toilette les a rendues jalouses. Comment serez-vous parée le jour du mariage, si vous commencez ainsi?

— Oh! ce jour-là je m'effacerai devant le faste des cortèges. Mais aujourd'hui c'était ma présentation au roi. J'en suis encore tout émue.

— Vous l'avez trouvé aimable?

— Comment peut-on ne pas trouver le roi aimable? dit Angélique en riant.

— Je vois que vous êtes déjà bien au fait de ce qu'il faut dire et ne pas dire à la cour. Moi, je ne sais par quel miracle, je m'y trouve encore. Pourtant j'ai été nommé capitaine de la compagnie qu'on appelle les « gentilshommes en bec de corbin ».

— J'admire votre uniforme.

— Il ne me va pas trop mal... Oui, oui, le roi est un bien charmant ami, mais attention! il ne faut pas le griffer trop fort quand on joue avec lui.

Il se pencha à son oreille.

— Savez-vous que j'ai failli être enfermé à la Bastille?

— Qu'aviez-vous fait?

— Je ne m'en souviens plus. Je crois que j'avais serré d'un peu trop près la petite Marie Mancini dont le roi était si follement amoureux. La lettre de cachet était prête; j'ai été averti à temps. Je me suis jeté en larmes aux pieds du roi et l'ai tant fait rire qu'il m'a pardonné, et au lieu de m'envoyer dans la noire prison, il m'a nommé capitaine. Vous voyez, c'est un charmant ami... quand il n'est pas votre ennemi.

— Pourquoi me dites-vous cela? demanda subitement Angélique.

Péguilin de Lauzun ouvrit toutes grandes de claires prunelles dont il jouait fort bien.

— Mais pour rien, ma très chère.

Il lui prit familièrement le bras et l'entraîna.

— Venez, il faut que je vous présente à des amis qui brûlent de vous connaître.

Ces amis étaient des jeunes gens de la suite du roi. Elle fut enchantée de se trouver ainsi de plain-pied aux premiers échelons de la cour. Saint-Thierry, Brienne, Cavois, Ondedeï, le marquis d'Humières que Lauzun présenta comme son ennemi attitré, Louvigny, deuxième fils du duc de Gramont, paraissaient tous fort joyeux et galants, et ils étaient habillés magnifiquement. Elle vit aussi de Guiche, auquel se cramponnait toujours le frère du roi. Celui-ci posa sur elle un regard hostile.

— Oh! je la reconnais, fit-il.

Et il lui tourna le dos.

— Ne vous formalisez pas, ma chère, de ces façons, souffla Péguilin. Pour le petit Monsieur, toutes les femmes sont des rivales, et de Guiche a eu le tort de vous adresser un regard amical.

— Vous savez qu'il ne veut plus qu'on l'appelle le petit Monsieur, prévint le marquis d'Humières. Depuis la mort de son oncle Gaston d'Orléans, c'est Monsieur tout court qu'il faut dire.

Il y eut un remous dans la foule, suivi d'une bousculade et plusieurs mains empressées se tendirent pour retenir Angélique.

— Messieurs, prenez garde, s'écria Lauzun en levant un doigt de magister, souvenez-vous d'une épée célèbre en Languedoc!

Mais la presse était telle qu'Angélique, riant et un peu confuse, ne put éviter d'être serrée sur de précieux pourpoints enrubannés et fleurant bon la poudre d'iris et d'ambre.

23

Les officiers de bouche de la maison du roi réclamaient le passage pour une procession de laquais porteurs de plateaux et de marmites d'argent. Le bruit circulait que Leurs Majestés et le cardinal venaient de se retirer quelques instants pour prendre une collation et se reposer des présentations ininterrompues.

Lauzun et ses amis s'éloignèrent, appelés par leur service.

Angélique chercha des yeux ses relations toulousaines. Elle avait redouté de se trouver en face de la fougueuse Carmencita, mais voici qu'elle apprenait que M. de Mérecourt, malchanceux à son habitude et après avoir bu le calice jusqu'à la lie, s'était subitement décidé, dans un sursaut de dignité, à envoyer sa femme au couvent. Il payait d'une cuisante disgrâce cette fausse manœuvre.

Angélique commença de se faufiler parmi les groupes. L'odeur des rôtis, jointe à celle des parfums, lui donnait la migraine. La chaleur était étouffante.

Angélique avait un solide appétit. Elle se dit que la matinée devait être fort avancée et que, si elle ne trouvait pas son mari d'ici quelques instants, elle retournerait seule à son hôtel pour se faire servir du jambon et du vin.

Les gens de la province avaient dû se réunir chez l'un d'entre eux pour faire collation. Elle ne voyait autour d'elle que visages inconnus. Ces voix sans accent lui causaient une impression inusitée. Peut-être, au cours des années qu'elle avait passées en Languedoc, avait-elle pris aussi cette façon de parler chantante et rapide? Elle en fut un peu humiliée.

Elle finit par échouer dans un recoin sous l'escalier, et s'assit sur une banquette pour reprendre haleine et s'éventer. Décidément, on ne sortait pas sans peine de ces maisons à l'espagnole, avec leurs couloirs dérobés et leurs fausses portes.

Précisément, à quelques pas, le mur recouvert de tapisseries laissait paraître une fente. Un chien venant de l'autre pièce, un os de volaille dans la gueule, agrandit l'ouverture.

Angélique y jeta un regard et elle aperçut la famille royale réunie autour d'une table en compagnie du cardinal, des deux archevêques de Bayonne et de Toulouse, du maréchal de Gramont et de M. de Lionne. Les officiers servant les princes allaient et venaient par une autre porte.

Le roi, à plusieurs reprises, rejeta sa chevelure en arrière et s'éventa de sa serviette.

— La chaleur de ce pays gâte les meilleures fêtes.

— Dans l'île des Faisans, le temps est meilleur. Il souffle un vent de mer, dit M. de Lionne.

— J'en profiterai peu, puisque, selon l'étiquette espagnole, je ne dois pas voir ma fiancée avant le jour du mariage.

— Mais vous vous rendrez dans l'île des Faisans pour y rencontrer le roi d'Espagne votre oncle, qui va devenir votre beau-père, le renseigna la reine. C'est alors que la paix sera signée.

Elle se tourna vers Mme de Motteville, sa dame d'honneur.

— Je suis très émue. J'aimais beaucoup mon frère et j'ai si fréquemment correspondu avec lui! Mais songez que j'avais douze ans lorsque je l'ai quitté sur cette rive même, et que je ne l'ai pas revu depuis.

On s'exclama avec attendrissement. Personne ne paraissait se rappeler que ce même frère, Philippe IV, avait été le plus grand ennemi de la France, et que sa correspondance avec Anne d'Autriche avait fait soupçonner celle-ci par le cardinal de Richelieu de complot et de trahison. Ces événements étaient loin maintenant. On était aussi rempli d'espoir en la nouvelle alliance que cinquante ans plus tôt, lorsque sur ce même fleuve de la Bidassoa des petites princesses aux joues rondes, engoncées dans leurs larges fraises tuyautées, avaient été échangées entre les deux pays : Anne d'Autriche épousant le jeune Louis XIII et Elisabeth de France le petit Philippe IV. L'infante Marie-Thérèse qu'on attendait aujourd'hui était la fille de cette Elisabeth.

Angélique examinait avec une curiosité passionnée ces grands du monde dans leur intimité. Le roi dévorait de bon cœur, mais avec dignité; il buvait peu et demanda plusieurs fois qu'on mît de l'eau dans son vin.

— Par ma foi, s'écria-t-il brusquement, ce que j'ai vu de plus extraordinaire ce matin-ci, c'est bien l'étrange couple noir et or de ces gens de Toulouse. Quelle femme, mes amis! Une splendeur! On me l'avait dit, mais je n'y pouvais croire. Et elle semble sincèrement amoureuse de lui. En vérité, ce boiteux me confond.

— Il confond tous ceux qui l'approchent, dit l'archevêque de Toulouse d'un ton acide. Moi qui le connais depuis plusieurs années, je renonce à le comprendre. Il y a là-dessous quelque chose de diabolique.

« Le voilà qui recommence à radoter », pensa Angélique avec découragement.

Son cœur avait battu agréablement aux paroles du roi, mais l'intervention de l'archevêque réveillait ses soucis. Le prélat ne désarmait pas.

L'un des gentilshommes de la suite du monarque dit avec un petit rire :

— Etre amoureuse de son mari! Voilà qui est bien ridicule. Il serait bon que cette jeune personne vînt un peu à la cour. On lui ferait perdre ce sot préjugé.

— Vous semblez croire, monsieur, que la cour est un lieu où l'adultère est la seule loi, protesta sévèrement Anne d'Autriche. Il est pourtant bon et naturel que les époux s'aiment d'amour. La chose n'a rien de ridicule.

— Mais elle est si rare, soupira Mme de Motteville.

— C'est qu'il est rare qu'on se marie sous le signe de l'amour, dit le roi d'un ton désabusé.

Il y eut un silence un peu contraint. La reine mère échangea avec le cardinal un coup d'œil désolé. Mgr de Fontenac leva une main pleine d'onction.

— Sire, ne vous attristez pas. Si les voies de la Providence sont insondables, celles du petit dieu Eros ne le sont pas moins. Et puisque vous évoquez un exemple qui semble vous avoir touché, je peux vous affirmer que ce gentilhomme et sa femme ne s'étaient jamais vus avant le jour de leur mariage, béni par moi en la cathédrale de Toulouse. Cependant, après plusieurs années d'union couronnées par la naissance d'un fils, l'amour qu'ils se portent l'un à l'autre éclate aux yeux des moins prévenus.

Anne d'Autriche eut une expression reconnaissante, et monseigneur se rengorgea.

« Hypocrite ou sincère? » se demandait Angélique.

La voix un peu zézayante du cardinal s'élevait :

— J'ai eu l'impression d'être au spectacle ce matin. Cet homme est laid, défiguré, infirme, et pourtant quand il est apparu au côté de sa femme splendide, suivi de ce grand Maure en satin blanc, j'ai pensé : « Qu'ils sont beaux! »

— Cela nous change de tant de visages ennuyeux, dit le roi. Est-ce vrai qu'il a une voix magnifique?

— On le répète et on l'affirme.

Le gentilhomme qui avait déjà parlé eut un petit ricanement.

— Décidément, c'est une histoire extrêmement touchante, presque un conte de fées. Il faut venir dans le Midi pour en entendre de semblables.

— Oh! vous êtes insupportable à persifler ainsi,

protesta une fois encore la reine mère. Votre cynisme me déplaît, monsieur.

Le courtisan inclina la tête et, comme la conversation reprenait, il fit mine d'être attiré par le manège du chien qui dans l'embrasure de la porte rongeait son os. Le voyant se diriger vers le lieu de sa retraite, Angélique se leva précipitamment pour s'éloigner.

Elle fit quelques pas dans l'antichambre, mais son manteau était fort lourd et s'accrocha dans les poignées d'une console.

Tandis qu'elle se penchait pour se dégager, le jeune homme repoussa le chien du pied, sortit et referma la petite porte dissimulée dans la tapisserie. Ayant mécontenté la reine mère, il jugeait prudent de se faire oublier.

Il s'avança nonchalamment, passa près d'Angélique, puis se retourna pour l'examiner.

— Oh! mais c'est la femme en or!

Elle le regarda hautainement et voulut poursuivre son chemin, mais il lui barra la route.

— Pas si vite! Laissez-moi contempler le phénomène. C'est donc vous la dame amoureuse de son mari? Et quel mari! Un Adonis!

Elle le toisa avec un tranquille mépris. Il était plus grand qu'elle et fort bien découplé. Son visage ne manquait pas de beauté, mais sa bouche fine avait une expression méchante, et ses yeux fendus en amande étaient jaunes, mouchetés de brun. Cette couleur indécise, assez vulgaire, le déparait un peu. Il était habillé avec goût et recherche. Sa perruque, d'un bond presque blanc, contrastait avec la jeunesse de ses traits de façon piquante.

Angélique ne put s'empêcher de lui trouver beaucoup d'allure, mais elle dit froidement :

— En effet, vous pouvez difficilement soutenir la comparaison. Dans mon pays, des yeux comme les vôtres, on les appelle des « pommes piquées ». Vous voyez ce que je veux dire? Et quant aux cheveux, ceux de mon mari du moins sont vrais.

Une expression de vanité blessée assombrit la physionomie du gentilhomme.

— C'est faux, s'écria-t-il, il porte perruque.

— Vous pouvez aller les lui tirer si vous en avez le courage.

Elle l'avait atteint aux points sensibles et elle le soupçonna de porter perruque parce qu'il commençait à devenir chauve. Mais très vite il reprit son sang-froid. Ses yeux se fermèrent à demi jusqu'à n'être plus que deux fentes brillantes.

— Alors on essaie de mordre? Décidément c'est trop de talents pour une petite provinciale.

Il jeta un regard aux alentours, puis la saisissant par les poignets il la poussa dans le recoin de l'escalier.

— Laissez-moi! dit Angélique.

— Tout de suite, ma belle. Mais auparavant nous avons un petit compte à régler ensemble.

Avant qu'elle ait pu prévoir son geste, il lui avait tiré la tête en arrière et lui mordait cruellement les lèvres. Angélique poussa un cri. Sa main partit promptement et s'abattit sur la joue de son tourmenteur. Des années sacrifiées aux belles manières n'avaient pas atténué en elle un fond de violence rustique jointe à la vigueur de la santé. Qu'on éveillât sa colère et elle retrouvait les mêmes réactions qui la jetaient jadis à bras raccourcis sur ses petits compagnons paysans. La gifle claqua magistralement, et il dut en voir trente-six chandelles, car il se recula en portant la main à sa joue.

— Ma parole, un vrai soufflet de lavandière!

— Laissez-moi passer, répéta Angélique, ou je vous défigure si bien que vous ne pourrez plus paraître devant le roi.

Il sentit qu'elle mettrait sa promesse à exécution et recula d'un pas.

— Oh! j'aimerais vous avoir toute une nuit en mon pouvoir! murmura-t-il les dents serrées. Je vous promets qu'à l'aube vous seriez matée, une vraie loque!...

— C'est cela, fit-elle en riant, méditez votre revanche... en tenant votre joue.

Elle s'éloigna et se fraya rapidement un passage jusqu'à la porte. La cohue avait diminué, car beaucoup de gens étaient allés se restaurer.

Angélique, outrée et humiliée, tamponnait de son mouchoir sa lèvre meurtrie.

« Pourvu que cela ne se voie pas trop... Que répondrai-je si Joffrey me pose une question? Il faut éviter qu'il aille embrocher ce goujat. A moins qu'il n'en rie... Il est bien le dernier à se faire des illusions sur les mœurs de ces beaux seigneurs du Nord... Je commence à comprendre ce qu'il veut dire quand il parle de policer les façons de la cour... Mais voilà une tâche à laquelle je ne me sens pas, pour ma part, le goût de me dévouer... »

Elle essayait d'apercevoir sa chaise et ses valets dans la bousculade de la place.

Un bras se glissa sous le sien.

— Ma bonne, je vous cherchais, dit la Grande Mademoiselle dont la haute carrure venait de surgir à son côté, je me ronge les sangs en pensant à toutes les sottises que j'ai dites ce matin devant vous sans savoir qui vous étiez. Hélas! un jour de fête, lorsqu'on n'a pas toutes ses commodités, les nerfs sont les plus forts et la langue marche sans qu'on y prenne garde.

— Votre Altesse ne doit point se préoccuper, elle n'a rien dit qui ne fût vrai, sinon flatteur. Je ne me souviens que de ses derniers propos.

— Vous êtes la grâce même. Je suis ravie de vous avoir pour voisine... Vous me prêterez encore votre perruquier, n'est-ce pas? Etes-vous libre de votre temps? Si nous allions picorer quelques raisins à l'ombre? Qu'en pensez-vous? Ces Espagnols n'en finissent pas d'arriver...

— Je suis aux ordres de Votre Altesse, répondit Angélique avec une révérence.

★

Le lendemain matin, il fallut aller voir manger le roi d'Espagne dans l'île des Faisans. Toute la cour se bousculait aux barques et trempait ses beaux souliers. Les dames poussaient des petits cris en relevant leurs jupes.

Angélique, vêtue de vert et de satin blanc, rebrodé d'argent, se trouva enlevée par Péguilin et assise entre une princesse au spirituel visage et le marquis d'Humières. Le petit Monsieur, qui était de la partie, riait beaucoup en évoquant l'air marri de son frère, obligé de demeurer sur la rive française. Louis XIV ne devait voir l'infante que lorsque le mariage par procuration l'aurait faite reine sur la rive espagnole. Alors seulement il viendrait lui-même en l'île des Faisans, jurer la paix et emmener sa fabuleuse conquête. Le mariage véritable serait célébré à Saint-Jean-de-Luz par l'évêque de Bayonne.

Les barques glissaient sur l'eau tranquille, chargées de leur chatoyant équipage. On aborda. Tandis qu'Angélique attendait son tour pour mettre pied à terre, l'un des seigneurs posa le pied sur la banquette où elle se trouvait assise et de son haut talon de bois lui écrasa les doigts. Elle retint une exclamation de douleur. Levant les yeux elle reconnut le gentilhomme de la veille qui l'avait si méchamment molestée.

— C'est le marquis de Vardes, dit près d'elle la jeune princesse. Naturellement, il l'a fait exprès.

— Une vraie brute! se plaignit Angélique. Comment peut-on tolérer un si grossier personnage dans l'entourage du roi?

— Il amuse le roi par son insolence, et d'ailleurs, pour Sa Majesté, il rentre ses griffes. Mais il est réputé à la cour. On a fait une petite chanson sur lui.

Elle fredonna :

> *Il n'est besoin de peau de buffle*
> *Pour se conduire en vrai sauvage.*
> *Ne cache point un sombre mufle.*
> *Ni un habit, ni l'équipage.*
> *Qui dit de Vardes, dit : le mufle.*

— Taisez-vous, Henriette! cria le frère du roi. Si Mme de Soissons vous entend, elle va piquer une rage et se plaindra à Sa Majesté qu'on raille son favori.

— Bah! Mme de Soissons n'a plus de crédit près de Sa Majesté. Maintenant que le roi prend femme...

— Où avez-vous appris, madame, qu'une femme, serait-elle l'infante, pouvait avoir plus d'influence sur son époux qu'une ancienne maîtresse? demanda Lauzun.

— Oh! Messieurs! Oh! Mesdames, pleurnicha Mme de Motteville, de grâce! Est-ce le moment de tenir de pareils propos alors que déjà les grands d'Espagne s'avancent à notre rencontre?

Noire, sèche, le visage sillonné de rides, elle mêlait curieusement sa toilette sombre et ses airs pudibonds à ce chargement de perruches et de beaux seigneurs caquetants. Peut-être la présence de la dame d'honneur d'Anne d'Autriche n'était-elle pas entièrement fortuite? La reine mère l'avait chargée de surveiller les paroles de cette folle jeunesse accoutumée à se déchirer à belles dents et qui risquait de ne pas ménager suffisamment les susceptibilités espagnoles.

Angélique commençait à être lasse de ces gens frivoles, médisants, et dont les vices se voilaient à peine sous une courtoisie compliquée.

Elle entendit la brune comtesse de Soissons dire à une de ses amies :

— Ma chère, j'ai trouvé deux coureurs dont je suis très fière. On m'avait vanté en effet les Basques comme étant plus légers que le vent. Ils peuvent faire en courant plus de vingt lieues par jour. Ne trouvez-vous pas que ce genre d'être précédé de coureurs qui vous annoncent et de chiens qui aboient et écartent la population donne le plus bel air du monde?

Ces paroles rappelèrent à Angélique que Joffrey, si partisan du faste, n'aimait cependant pas cet usage des coureurs précédant les carrosses.

Au fait, où était-il, Joffrey?

Depuis la veille, elle ne l'avait pas revu. Il était passé à l'hôtel changer de vêtement et se faire raser, mais elle était alors retenue chez la Grande Mademoiselle. Elle-même avait dû s'habiller trois ou quatre fois dans la hâte et l'énervement. Elle avait à peine dormi quelques heures, mais les libations de bon vin qui avaient lieu à tout propos la tenaient éveillée. Elle renonçait à s'inquiéter de Florimond; dans trois ou quatre jours il serait temps de s'informer si les servantes lui avaient donné à manger au lieu de courir admirer les équipages et se faire lutiner par les pages et valets de la maison du roi. D'ailleurs Margot veillait. Son tempérament huguenot réprouvait les fêtes, et cette femme si attentive à tous les soins de coquetterie pour sa maîtresse, tenait sévèrement les domestiques qu'elle avait sous ses ordres.

Angélique aperçut enfin Joffrey dans la foule qui se pressait à l'intérieur de la maison située au centre de l'île.

Elle se glissa jusqu'à lui et le toucha de son éventail. Il abaissa vers elle un regard distrait.

— Ah! vous voici.

— Vous me manquez terriblement, Joffrey. Mais vous semblez peu satisfait de me revoir. Sacrifiez-vous aussi au préjugé qui tourne en ridicule des époux qui s'aiment? Vous avez honte de moi, je crois?

Il retrouva son franc sourire et lui prit la taille.

— Non, mon amour. Mais je vous voyais en si princière et agréable compagnie...

— Oh! agréable, fit Angélique en passant un doigt sur sa main écorchée. Je risque d'en sortir fort éclopée. Qu'avez-vous fait depuis hier?

— J'ai rencontré des amis, causé de-ci, de-là. Avez-vous vu le roi d'Espagne?

— Non, pas encore.

— Allons dans cette salle. On prépare le couvert. Selon l'étiquette espagnole, le roi d'Espagne doit manger seul, en suivant un cérémonial très compliqué.

La salle était tendue de tapisseries de haute lice qui racontaient en tonalités sourdes, mordorées, touchées de rouge et de gris-bleu, l'histoire du royaume d'Espagne. Il y avait un monde fou. On s'écrasait.

Les deux cours rivalisaient de luxe et de magnificence. Les Espagnols l'emportaient en or et pierreries sur les Français, mais ceux-ci triomphaient par la forme et l'élégance de leurs habits. Les jeunes gens de la suite de Louis XIV arboraient ce jour-là des manteaux de moire gris couverts de dentelles d'or rattachées par des points couleur de feu; la doublure était de toile d'or. Le pourpoint de brocart d'or. Les chapeaux, garnis de plumes blanches, étaient relevés sur le côté par une pointe de diamants.

On se montrait en riant les longues moustaches démodées des grands d'Espagne et leurs vêtements chargés de broderies massives et vieillottes.

— Avez-vous vu ces chapeaux plats avec leurs petites plumes maigres? chuchota Péguilin en pouffant.

— Et les dames? Une série de vieux échalas dont les os pointent sous les mantilles.

— Dans ce pays, les belles épouses restent au logis derrière des grilles.

— Il paraît que l'infante porte encore le vertugadin et des cerceaux de fer si larges qu'elle doit se mettre de côté pour franchir les portes.

— Son corset la serre au point qu'elle semble n'avoir pas de poitrine, alors qu'on dit qu'elle l'a fort belle, renchérit Mme de Motteville en faisant bouffer quelques dentelles autour de son maigre torse.

Joffrey de Peyrac fit tomber sur elle son regard le plus caustique.

— Il faut vraiment, dit-il, que les tailleurs de Madrid soient bien peu expérimentés pour nuire à ce qui est beau, alors que ceux de Paris sont si habiles à faire valoir ce qui ne l'est pas.

Angélique le pinça sous sa manche de velours. Il rit, lui baisa la main d'un air complice. Elle se fit la réflexion qu'il cachait un souci, puis, distraite, n'y pensa plus. Le silence tombait soudain. Le roi d'Espagne venait d'entrer. Angélique, qui n'était pas très grande, réussit à grimper sur un escabeau.

— On dirait une momie, souffla encore Péguilin.

Le teint de Philippe IV était en effet couleur de parchemin. Un sang épuisé, trop fluide, mettait un fard rose à ses joues. Il vint d'un pas d'automate à sa table. Ses grands yeux mornes ne cillaient point. Son menton accusé de prognathe supportait une lèvre rouge qui, avec sa chevelure rare d'un blond cuivré, accentuait son aspect maladif.

Cependant, pénétré de sa grandeur presque divine de souverain, il ne faisait aucun geste qui ne répondît à l'obligation exacte de l'étiquette. Paralysé par les liens de sa puissance, solitaire à sa petite table, il mangeait comme on officie.

Un remous de la foule qui ne cessait de grossir entraîna soudain les premiers rangs en avant. La table du roi fut presque renversée.

L'atmosphère devint irrespirable. Philippe IV en fut incommodé. On le vit un instant porter la main à sa gorge, chercher de l'air en écartant sa fraise de dentelle. Mais, presque aussitôt, il reprit sa pose hiératique en acteur consciencieux jusqu'au martyre.

— Qui dirait que ce spectre engendre avec la facilité d'un coq? reprit l'incorrigible Péguilin de Lauzun lorsque le repas fut terminé et qu'on se retrouva dehors. Ses enfants naturels vagissent dans les couloirs de son palais, et sa seconde femme ne cesse de mettre au monde des petits enfants gringalets qui passent rapidement de leur berceau au pourrissoir de l'Escorial.

— Le dernier est mort pendant l'ambassade de mon père à Madrid, lorsqu'il est allé demander la main de l'infante, dit Louvigny, le second fils du duc de Gramont. Un autre est né depuis et n'a qu'un souffle de vie.

Le marquis d'Humières s'écria, enthousiaste :

— Il mourra, et qui donc alors sera l'héritière du trône de Charles Quint? L'infante notre reine.

— Vous voyez trop grand et trop loin, marquis, protesta le duc de Bouillon, pessimiste.

— Qui vous dit que cet avenir n'a pas été prévu par S.E. le cardinal, et même par Sa Majesté?

— Sans doute, sans doute, mais de trop grandes ambitions ne valent rien pour la paix.

Son long nez pointé vers le vent du large comme s'il y flairait quelques relents suspects, le duc de Bouillon grommela :

— La paix! La paix! Il ne lui faudra pas dix ans pour chanceler!

Il ne lui fallut pas deux heures. Soudain, tout fut perdu et l'on murmura que le mariage ne se ferait pas.

Don Luis de Haro et le cardinal Mazarin avaient trop attendu pour régler les derniers détails de la paix et préciser les points névralgiques de villages, de routes, de frontières que l'un et l'autre espéraient faire passer dans l'enthousiasme des fêtes. Personne ne voulait reculer. La guerre continuait. Il y eut une demi-journée de battement angoissé. On fit intervenir le dieu d'amour entre les deux fiancés qui ne s'étaient jamais vus, et Ondedeï put transmettre un message à l'infante où il lui mandait l'impatience du roi de la connaître. Une fille est toute-puissante sur le cœur de son père. Si docile qu'elle fût, l'infante n'avait aucune envie de retourner à Madrid, après avoir été si proche du Soleil... Elle fit comprendre à Philippe IV qu'elle voulait son mari, et l'ordre des cérémonies, un instant troublé, reprit son cours.

Le mariage par procuration eut lieu sur la rive espagnole, à San Sébastien. La Grande Mademoiselle y entraîna Angélique. La fille de Gaston d'Orléans, en deuil de son père, ne devait pas y assister. Mais elle décida de paraître « incognito » c'est-à-dire qu'elle se noua un foulard de satin autour des cheveux et ne mit pas de poudre.

La procession à travers les rues de la ville parut aux Français une étrange bacchanale. Cent danseurs habillés de blanc avec des sonnettes aux jambes s'avançaient en jonglant avec des épées, puis cinquante garçons masqués qui faisaient résonner leurs tambours de basque. Suivaient trois géants d'osier habillés en rois maures atteignant le premier étage des maisons, un saint Christophe géant, un dragon effrayant plus gros que six baleines et enfin, sous un dais, le Saint-Sacrement dans un ostensoir d'or gigantesque et devant lequel la foule s'agenouillait.

Ces pantomimes baroques, ces extravagances mystiques laissaient les étrangers pantois.

Dans l'église, derrière le tabernacle, un escalier s'élevait jusqu'à la voûte, chargé d'un million de cierges.

Angélique regarda, éblouie, ce buisson ardent. L'odeur épaisse de l'encens ajoutait à l'atmosphère insolite, mauresque, de la cathédrale. Dans la nuit des voûtes et des bas-côtés, on voyait luire les torsades dorées de trois balconnades superposées où s'entassaient d'un côté les hommes, de l'autre les dames.

L'attente fut longue. Les prêtres inoccupés causaient avec les Françaises, et Mme de Motteville s'horrifia une fois de plus des propos qu'on lui tint, grâce à une ombre propice.

« *Perdone. Dejeme pasar* (1) » dit soudain une rauque voix espagnole près d'Angélique.

Elle regarda autour d'elle et baissant les yeux aperçut une bizarre créature. C'était une naine aussi large que haute, avec un visage d'une laideur puissante. Sa main potelée s'appuyait à l'encolure d'un grand lévrier noir. Un nain la suivait, lui aussi en habit chamarré et large fraise, mais son expression était futée et en le regardant on avait envie de rire.

La foule s'écarta pour laisser passer les petites créatures et l'animal.

— C'est la naine de l'infante et son fou Tomasini, dit quelqu'un. Il paraît qu'elle les emmène en France.

— Qu'a-t-elle besoin de ces nabots? En France, elle aura bien d'autres sujets de rire.

— Elle dit que la naine seule peut lui préparer son chocolat à la cannelle.

Au-dessus d'elle, Angélique vit s'élever une silhouette

(1) « Le passage, s'il vous plaît. »

pâle et imposante. Mgr de Fontenac, en satin mauve et camail d'hermine, gagnait l'un des balcons de bois doré. Il se pencha par-dessus la rampe. Ses yeux brillaient d'un feu destructeur. Il parlait à quelqu'un qu'Angélique ne voyait pas.

Soudain alarmée, elle se fraya un passage dans sa direction. Joffrey de Peyrac, au pied de l'escalier, levait son visage ironique vers l'archevêque.

— Souvenez-vous de l'« or de Toulouse », disait ce dernier à mi-voix. Lorsque Servilius Cépion eut dépouillé les temples de Toulouse, il fut vaincu en punition de son impiété. Voilà pourquoi l'expression proverbiale « l'or de Toulouse » fait allusion aux malheurs qu'apportent les richesses mal acquises.

Le comte de Peyrac continuait de sourire.

— Je vous aime, murmura-t-il, je vous admire. Vous avez la candeur et la cruauté des purs. Je vois briller dans vos yeux les flammes de l'Inquisition. Ainsi, vous ne m'épargnerez pas?

— Adieu, monsieur, dit l'archevêque les lèvres pincées.

— Adieu, Foulques de Neuilly.

Les cierges jetaient des lueurs sur le visage de Joffrey de Peyrac. Il regardait au loin.

— Que se passe-t-il encore? chuchota Angélique.

— Rien, ma belle. Notre éternelle querelle...

Le roi d'Espagne, pâle comme un mort, remontait la nef, sans apparat, tenant par la main gauche l'infante.

Elle avait une blancheur de peau conservée par la pénombre des austères palais madrilènes, l'air soumis et paisible. Elle parut plus flamande qu'espagnole.

On trouva horrible son habit de laine blanche à peine brodé.

Le roi mena sa fille à l'autel, où elle s'agenouilla. Don Luis de Haro, qui épousait au nom du roi de

France — on se demande pourquoi — était à son côté, mais assez loin.

Lorsque l'instant des serments fut venu, l'infante et don Luis tendirent le bras l'un vers l'autre, sans se toucher. Du même mouvement, l'infante mit sa main dans celle de son père et le baisa. Des larmes coulèrent sur les joues d'ivoire du souverain. La Grande Mademoiselle se moucha bruyamment.

2

— Chanterez-vous pour nous? demanda le roi.

Joffrey de Peyrac tressaillit. Il tourna vers Louis XIV un regard hautain et le contempla comme il l'eût fait d'un inconnu qu'on ne lui aurait pas présenté. Angélique trembla; elle lui saisit la main.

— Chante pour moi, chuchota-t-elle.

Le comte sourit et fit un signe à Bernard d'Andijos, qui se précipita au-dehors.

La soirée s'achevait. Près de la reine mère, du cardinal, du roi et de son frère, l'infante était assise, droite et les yeux baissés devant cet époux auquel les cérémonies du lendemain l'uniraient. Sa séparation d'avec l'Espagne était consommée. Philippe IV et ses hildagos, le cœur déchiré, repartaient pour Madrid, abandonnant l'infante altière et pure, gage de la paix nouvelle...

Le petit violoniste Giovani fendit les rangs des courtisans, et présenta au comte de Peyrac sa guitare et son masque de velours.

— Pourquoi vous masquez-vous? demanda le roi.

— La voix de l'amour est sans visage, répondit Peyrac, et, lorsque rêvent les beaux yeux des dames, il ne faut pas qu'aucune laideur vienne les troubler.

Il préluda et se mit à chanter, entremêlant les chansons anciennes en *langue d'oc*, et des couplets d'amour à la mode.

Enfin, déployant sa haute taille, il vint s'asseoir près de l'infante et se lança dans un refrain espagnol endiablé, coupé de cris rauques à l'arabe, où brûlaient toute la passion et la fougue de la péninsule Ibérique.

L'insignifiant visage de nacre et de rose finit par s'émouvoir; les paupières de l'infante se soulevèrent et l'on vit ses yeux briller. Peut-être revivait-elle une dernière fois son existence cloîtrée de petite divinité, entre sa camera mayor, ses femmes, ses nains, qui la faisaient rire; existence austère et lente, mais familière : on jouait aux cartes, on recevait des religieuses qui faisaient des prédictions, on organisait des collations de confitures, de gâteaux à la fleur d'oranger et à la violette.

Elle eut une petite expression d'effroi en regardant autour d'elle tous ces visages français.

— Vous nous avez charmés, dit le roi au chanteur. Je ne souhaite qu'une chose, c'est d'avoir souvent l'occasion de vous entendre encore.

Le regard de Joffrey de Peyrac brilla étrangement derrière son masque.

— Personne ne le souhaite autant que moi, sire. Mais tout dépend de Votre Majesté, n'est-il pas vrai?

Angélique crut voir se froncer légèrement les sourcils du souverain.

— C'est vrai. Je suis heureux de vous l'entendre dire, monsieur de Peyrac, fit-il un peu sèchement.

En regagnant l'hôtel à une heure fort avancée de la

nuit, Angélique arracha ses vêtements sans attendre le secours d'une servante et se jeta sur le lit en poussant un soupir.

— Je suis brisée, Joffrey. Je crois que je ne suis pas encore dressée à la vie de cour. Comment font ces gens-là pour absorber autant de plaisirs et trouver encore le moyen de se tromper mutuellement la nuit?

Le comte s'étendit près d'elle sans répondre. Il faisait si chaud que le seul contact d'un drap était pénible. Par la fenêtre ouverte le passage des torches jetait parfois une lueur rougeâtre jusqu'au fond du lit, dont ils avaient gardé relevées les courtines. Saint-Jean-de-Luz continuait à s'affairer dans les préparatifs du lendemain.

— Si je ne dors pas un peu, je m'écroulerai pendant la cérémonie, fit encore Angélique en bâillant.

Elle s'étira, puis se blottit contre le corps brun et sec de son mari.

Il avança la main, caressa la hanche ronde qui luisait comme de l'albâtre dans la pénombre, suivit la courbe flexible de la taille, trouva le petit sein ferme et haut placé. Ses doigts frémirent, se firent plus pressants, revinrent vers le ventre souple. Comme il risquait une caresse plus audacieuse, Angélique protesta, à demi endormie :

— Oh! Joffrey, j'ai tellement sommeil!

Il n'insista pas et elle lui jeta un regard entre ses cils, pour voir s'il n'était pas fâché. Appuyé sur un coude, il la regardait avec un demi-sourire.

— Dors, mon amour, chuchota-t-il.

Lorsqu'elle se réveilla, elle eût pu croire qu'il n'avait pas bougé, car il continuait à la regarder. Elle lui sourit.

Il faisait frais. La nuit n'était pas encore dissipée, mais le ciel prenait une teinte verdâtre, avant l'éblouissement de l'aurore. Une torpeur fugitive apaisait la petite ville.

Encore engourdie, Angélique se tendit vers lui et leurs bras se saisirent, attentifs à bien se nouer.

Il lui avait appris le long plaisir, la joute habile, avec ses feintes, ses reculs, ses audaces, l'œuvre patiente où les deux corps généreux se mènent mutuellement au paroxysme de la jouissance. Lorsque enfin ils se séparèrent, rompus, assouvis, le soleil était déjà haut dans le ciel.

— Dirait-on que nous avons une journée fatigante en perspective? fit Angélique en riant.

Margot frappait à la porte.

— Madame, Madame, il est temps. Les carrosses se rendent déjà à la cathédrale, et vous n'aurez plus de place pour voir le cortège.

Le cortège était petit. Six personnages allant à pied par le chemin couvert de tapis.

En tête venait le cardinal-prince de Conti, brillant et fougueux, ancien héros de la Fronde, dont la présence en ce beau jour confirmait de part et d'autre la volonté d'oublier ces tristes souvenirs.

Puis M. le cardinal Mazarin, dans son fleuve de pourpre.

A distance, le roi s'avançait en habit de brocart d'or assombri d'une ample dentelle noire. A ses côtés les marquis d'Humières et Péguilin de Lauzun, capitaines des deux compagnies de gentilshommes en bec-de-corbin, tenaient chacun le bâton bleu, insigne de leur charge.

Dans le sillage de leurs pas, l'infante, la nouvelle reine, menée à droite par Monsieur, frère du roi, et, à gauche, par son chevalier d'honneur, M. de Bernonville. Sa robe était de brocart d'argent et son manteau de velours violet semé de lis d'or. Ce manteau, très court sur les côtés, avait dix aunes de long à la pointe. Il était soutenu par les jeunes cousines du roi, Mlles de Valois et d'Alençon et la princesse de Carignan. De plus, deux dames maintenaient au-dessus de la tête de la souveraine une couronne fermée. Le groupe étincelant n'avançait qu'avec peine dans la rue étroite le long de laquelle s'échelonnaient Suisses, gardes françaises et mousquetaires.

La reine mère, drapée dans ses voiles noirs brodés d'argent, suivait le couple, entourée de ses dames et de ses gardes.

En queue, venait Mlle de Montpensier, la « grande étourdie du règne », l'objet encombrant de la cour, vêtue de noir, mais avec vingt rangs de perles.

Le chemin était court des maisons royales à l'église. Il y eut cependant quelques embarras. On vit fort bien que d'Humières se querellait avec Péguilin.

Les deux capitaines prirent place à l'église aux côtés du roi. Avec le comte de Charost, capitaine d'une compagnie des gardes du corps, et le marquis de Vardes, capitaine-colonel des cent-suisses ils accompagnèrent le roi à l'offrande.

En l'occurrence Louis XIV prit des mains de Monsieur, qui l'avait reçu du grand maître des cérémonies, un cierge chargé de vingt louis d'or et le remit à Jean d'Olce, évêque de Bayonne.

Mademoiselle remplissait auprès de la jeune reine Marie-Thérèse le même office que Monsieur près du roi.

— N'ai-je pas porté mon offrande et fait mes révérences aussi bien que n'importe qui ? demanda-t-elle plus tard à Angélique.

— Certes, Votre Altesse avait beaucoup de majesté.

Mademoiselle se rengorgea.

— Je suis propre aux cérémonies et je crois que ma personne tient aussi bien sa place en ces occasions que mon nom dans le cérémonial.

Grâce à sa protection, Angélique put assister de près à toutes les festivités qui suivirent : les repas, le bal. Le soir elle fut du long défilé des courtisans et des nobles qui vinrent s'incliner l'un après l'autre devant le grand lit où se trouvèrent étendus côte à côte le roi et sa jeune épouse.

Angélique vit ces deux jeunes gens immobiles comme de raides poupées, couchés entre des draps de dentelle sous le regard de la foule.

Tant d'étiquette ôtait vie et chaleur à l'acte qui allait s'accomplir. Comment ces époux, qui hier encore ne se connaissaient pas, et qui maintenant se tenaient guindés dans leur magnificence, empesés dans leur dignité, pourraient-ils se tourner l'un vers l'autre pour s'étreindre lorsque la reine mère aurait, selon l'usage, laissé retomber sur eux les rideaux du lit somptueux ? Elle eut pitié de l'infante impassible, qui sous les regards devait dissimuler son trouble de jeune fille. A moins qu'elle n'éprouvât nulle émotion, figurante accoutumée depuis l'enfance à la servitude des représentations. Il ne s'agissait que d'un rite de plus. On pouvait faire confiance au sang bourbon de Louis XIV pour ne pas faillir.

En redescendant l'escalier, les seigneurs et les dames échangeaient des plaisanteries osées. Angélique pensait à Joffrey, qui avait été si doux et si patient pour elle. Où était-il, Joffrey? De la journée, elle ne l'avait vu...

Dans le hall de la maison royale, Péguilin de Lauzun l'aborda. Il était un peu essoufflé.

— Où est le comte votre mari?
— Ma foi, je le cherche aussi.
— Quand l'avez-vous vu pour la dernière fois?
— Je l'ai quitté ce matin pour me rendre à la ca-

thédrale avec Mademoiselle. Lui-même accompagnait M. de Gramont.

— Vous ne l'avez pas aperçu depuis?
— Mais non, vous dis-je. Vous avez l'air bien agité. Que lui voulez-vous?

Le petit homme lui prit la main et l'entraîna.

— Allons à la demeure du duc de Gramont.
— Que se passe-t-il?

Il ne répondit pas. Il avait toujours son bel uniforme, mais, contrairement à son habitude, son visage avait perdu sa gaieté.

Chez le duc de Gramont, le grand seigneur, attablé au milieu d'un groupe d'amis, leur dit que le comte de Peyrac l'avait quitté ce matin après la messe.

— Etait-il seul? interrogea Lauzun.
— Seul? Seul? bougonna le duc, que voulez-vous dire, mon petit? Est-ce qu'il y a une personne dans Saint-Jean-de-Luz qui puisse se vanter d'être seule aujourd'hui? Peyrac ne m'a pas confié ses intentions, mais je puis vous dire que son Maure l'accompagnait.
— Bon. J'aime mieux cela, dit Lauzun.
— Il doit être avec les Gascons. La bande mène joyeuse vie dans une taverne sur le port; à moins qu'il n'ait répondu à l'invite de la princesse Henriette d'Angleterre, qui comptait lui demander de chanter pour elle et ses dames.
— Venez, Angélique, dit Lauzun.

La princesse d'Angleterre était cette agréable jeune fille près de laquelle Angélique avait été assise dans la barque, lors de la visite à l'île des Faisans. A l'interrogation de Péguilin, elle secoua négativement la tête :

— Non, il n'est point ici. J'ai envoyé un de mes gentilshommes à sa recherche, mais il ne l'a trouvé nulle part.

— Pourtant, son Maure Kouassi-Ba est un individu qu'on remarque sans difficultés.

— On n'a pas vu le Maure.

A la taverne de la Baleine-d'Or, Bernard d'Andijos se leva péniblement de la table, où était réunie la fleur de la Gascogne et du Languedoc. Non, personne n'avait vu M. de Peyrac. Dieu sait qu'on l'avait cherché, appelé, jusqu'à aller jeter des cailloux dans les vitres de son hôtel rue de la Rivière. On avait même cassé des carreaux chez Mademoiselle. Mais de Peyrac, pas de trace.

Lauzun se prit le menton pour réfléchir.

— Trouvons de Guiche. Le petit Monsieur faisait des yeux doux à votre mari. Il se peut qu'il l'ait entraîné en partie fine chez son favori.

Angélique suivait le duc à travers les ruelles encombrées, éclairées de torches et de lanternes de couleurs. Ils entraient, interrogeaient, ressortaient. Les gens était à table dans l'odeur des mets, la fumée des milliers de chandelles, le relent des domestiques qui avaient bu tout le jour aux fontaines de vin.

On dansait aux carrefours au son des tambourins et des castagnettes. Les chevaux hennissaient dans la pénombre des cours.

Le comte de Peyrac avait disparu.

Angélique saisit brusquement Péguilin et le fit pirouetter vers elle.

— Cela suffit, Péguilin, parlez. Pourquoi vous inquiétez-vous à ce point de mon mari? Vous savez quelque chose?

Il soupira, et soulevant discrètement sa perruque s'épongea le front.

— Je ne sais rien. Un gentilhomme de la suite du roi ne sait jamais rien. Il peut trop lui en cuire. Mais voici quelque temps que je soupçonne un complot contre votre mari.

Il lui chuchota à l'oreille :

— Je crains qu'on n'ait essayé de l'arrêter.

— L'arrêter? répéta Angélique. Mais pourquoi?

Il eut un geste d'ignorance.

— Vous êtes fou, reprit Angélique. Qui peut donner l'ordre de l'arrêter?

— Le roi, évidemment.

— Le roi a autre chose à faire que de songer à faire arrêter les gens un pareil jour. Cela ne tient pas debout, ce que vous racontez.

— Je l'espère. Je lui ai fait porter un mot d'avertissement hier soir. Il était temps encore pour lui de sauter sur son cheval. Madame, vous êtes bien certaine qu'il a passé la nuit près de vous?

— Oh! oui, bien certaine, fit-elle en rougissant un peu.

— Il n'a pas compris. Il a joué encore, jonglé avec le Destin.

— Péguilin, vous me rendez folle! s'écria Angélique en le secouant. Je crois que vous êtes en train de me faire une odieuse plaisanterie.

— Chut!

Il l'attira contre lui en homme familier des femmes, et lui appuya la joue contre la sienne pour l'apaiser.

— Je suis un bien vilain garçon, ma mignonne, mais meurtrir votre petit cœur, voilà une chose dont je ne serai jamais capable. Et d'ailleurs, après le roi, il n'est pas d'homme que j'aime autant que le comte de Peyrac. Ne nous affolons pas, ma mie. Il se peut qu'il ait fui à temps.

— Mais enfin..., s'exclama Angélique.

Il eut un geste impérieux.

— Mais enfin, reprit-elle plus bas, pourquoi le roi voudrait-il l'arrêter? Sa Majesté lui a parlé hier soir encore avec beaucoup de grâce, et j'ai moi-même surpris des paroles où le roi ne cachait pas la sympathie que Joffrey lui inspirait.

— Hélas! Sympathie!... Raison d'Etat... Influences... ce n'est pas à nous, pauvres courtisans, de doser les sentiments du roi. Souvenez-vous qu'il a été l'élève de Mazarin, et que celui-ci parlait de lui de cette façon : « Il se mettra tard en chemin, mais il ira plus loin que les autres. »

— Ne pensez-vous pas qu'il y ait là-dessous quelque intrigue de l'archevêque de Toulouse, Mgr de Fontenac?

— Je ne sais rien... je ne sais rien, répéta Péguilin.

Il la raccompagna jusqu'à son hôtel, lui dit qu'il allait encore s'informer et qu'il viendrait la voir au matin. En rentrant, Angélique espérait follement que son mari l'attendrait là, mais elle ne trouva que Margot veillant sur Florimond endormi, et la vieille tante, bien oubliée au milieu de ces fêtes et qui trottinait dans les escaliers. Les autres domestiques étaient partis danser en ville.

Angélique finit par se jeter tout habillée sur son lit, après avoir seulement retiré ses bas et ses souliers. Elle avait les pieds gonflés de la folle course qu'elle avait menée avec le duc de Lauzun à travers la ville. Son cerveau tournait à vide.

« Je réfléchirai demain », se dit-elle. Et elle s'endormit lourdement.

Elle fut réveillée par un appel venu de la rue.

— Médême! Médême!...

La lune voyageait au-dessus des toits plats de la petite ville. Des clameurs et des chants venaient encore du port et de la grand-place, mais le quartier était calme et presque tout le monde y dormait, rompu de fatigue.

Angélique se précipita au balcon et aperçut le Noir Kouassi-Ba, debout dans le clair de lune.

— Médêhme! Médêhme!...
— Attends, je viens t'ouvrir.

Sans prendre le temps de se rechausser, elle descendit, alluma une chandelle dans le vestibule et tira la porte.

Le Noir se glissa à l'intérieur d'un bond souple de bête. Ses yeux brillaient d'un éclat étrange; elle vit qu'il tremblait comme s'il avait été en état de transe.

— D'où viens-tu?

— De là-bas, fit-il avec un geste vague. Il me faut un cheval. Tout de suite, un cheval!

Ses dents se découvrirent dans une grimace extraordinairemen sauvage.

— On a attaqué mon maître, chuchota-t-il, et je n'avais pas mon grand sabre. Oh! pourquoi n'avais-je pas mon grand sabre aujourd'hui?

— Comment cela : « attaqué », Kouassi-Ba? Qui?

— Je ne sais pas, maîtresse. Comment saurais-je, moi, pauvre esclave? Un page lui a porté un petit papier. Le maître y est allé. Je suivais. Il n'y avait pas beaucoup de monde dans la cour de cette maison; seulement un carrosse avec des rideaux noirs. Des hommes sont sortis et l'ont entouré. Le maître a tiré son épée. D'autres hommes sont venus. Ils l'ont frappé. Ils l'ont mis dans le carrosse. Je me suis accroché au carrosse. Deux valets étaient montés derrière, sur l'essieu. Ils m'ont frappé jusqu'à ce que je sois tombé, mais j'en ai fait tomber un aussi et je l'ai étranglé.

— Tu l'as étranglé?

— Avec mes mains, comme cela, dit le Noir en ouvrant et refermant ses paumes roses ainsi que des tenailles. J'ai couru sur la route. Il y avait trop de soleil et ma langue est plus grosse que ma tête tant j'ai soif.

— Viens boire, tu parleras après.

Elle le suivit dans l'écurie, où il prit un seau et but longuement.

— Maintenant, fit-il en essuyant ses lèvres épaisses, je vais prendre un cheval et je vais les poursuivre. Je les tuerai tous avec mon grand sabre.

Il remua la paille et sortit son petit bagage. Tandis qu'il ôtait ses vêtements de satin déchirés et souillés de poussière pour revêtir une livrée plus simple de domestique, Angélique, les dents serrées, entra dans le box et détacha le cheval du Nègre. Les brins de paille piquaient ses pieds nus, mais elle n'en avait cure. Il lui semblait vivre un cauchemar où tout allait lentement, trop lentement...

Elle courait vers son époux, elle tendait les bras vers lui. Mais jamais plus elle ne pourrait le rejoindre, jamais...

Elle regarda le noir cavalier s'élancer. Les sabots du cheval firent jaillir des étincelles de la rue pavée de cailloux ronds. Le bruit du galop décrut alors qu'un autre bruit naissait dans le matin limpide : celui des cloches sonnant les offices de matines pour une action de grâces.

La nuit des noces royales s'achevait. L'infante Marie-Thérèse était reine de France.

3

A travers la campagne et les vergers en fleurs, la cour remontait vers Paris.

La longue caravane étirait entre les blés nouveaux ses carrosses à six chevaux, ses chariots emmenant lits, coffres et tapisseries, ses mulets chargés, ses laquais et ses gardes montés.

Aux abords des villes, on voyait s'avancer dans la poussière les députations des échevins portant, jusqu'au carrosse du roi, les clefs sur un plat d'argent ou sur un coussin de velours.

Ainsi défilèrent Bordeaux, Saintes, Poitiers qu'Angélique, perdue dans ce brouhaha, reconnut à peine.

Elle aussi remontait vers Paris, suivait la cour.

— Puisqu'on ne vous dit rien, agissez comme si de rien n'était, avait conseillé Péguilin.

Il multipliait les « chut! » et tressautait au moindre bruit.

— Votre mari avait l'intention d'aller à Paris, allez-y. Tout s'expliquera là-bas. En somme, il ne s'agit peut-être que d'un malentendu.

— Mais que savez-vous Péguilin?

— Rien, rien... je ne sais rien.

Il filait, l'œil inquiet, pour aller bouffonner devant le roi.

Finalement, Angélique, après avoir demandé à Andijos et Cerbalaud de l'escorter, renvoya à Toulouse une partie de son équipage. Elle ne garda qu'un carrosse et une voiture, ainsi que Margot, une petite servante, berceuse de Florimond, trois laquais et les deux cochers. Au dernier moment, le perruquier Binet et le petit violoniste Giovani la supplièrent de les emmener.

— Si M. le comte nous attend à Paris et si je lui fais défaut, il en sera fort mécontent, je vous l'affirme, disait François Binet.

— Connaître Paris, oh! connaître Paris! répétait le jeune musicien. Si je parviens à y rencontrer le baladin du roi, ce Jean-Baptiste Lulli dont on parle tant, je suis sûr qu'il me conseillera et que je deviendrai un grand artiste.

— Eh bien, monte, grand artiste, finit par céder Angélique.

Elle gardait le sourire, sauvait la face, se raccrochant aux paroles de Péguilin :

— Ce n'est qu'un malentendu.

En effet, hors le fait que le comte de Peyrac s'était subitement volatilisé, rien ne paraissait changé, aucun bruit ne courait de sa disgrâce.

La Grande Mademoiselle ne perdait pas une occasion de parler amicalement à la jeune femme. Elle n'eût pu feindre, car c'était une personne très naïve et sans hypocrisie aucune.

Les uns et les autres s'informaient de M. de Peyrac avec naturel. Angélique finit par dire qu'il l'avait précédée à Paris pour organiser leur arrivée.

Mais avant de quitter Saint-Jean-de-Luz, elle chercha en vain à rencontrer Mgr de Fontenac. Celui-ci était reparti pour Toulouse.

Par instants, elle croyait avoir rêvé, se bernait de faux espoirs. Joffrey était peut-être à Toulouse, tout simplement ?...

Aux environs de Dax, alors qu'on traversait les Landes, sablonneuses et brûlantes, un macabre incident la ramena à la tragique réalité. Les habitants d'un village se présentèrent et demandèrent si quelques gardes ne pouvaient venir les aider dans une battue qu'ils avaient organisée contre une sorte de monstre noir et terrible qui mettait à sang la région.

Andijos galopa jusqu'au carrosse d'Angélique et lui chuchota qu'il s'agissait sans doute de Kouassi-Ba.

Elle demanda de voir ces gens. C'étaient des bergers de moutons, grimpés sur les échasses qui seules leur permettent de circuler dans le sol mouvant des dunes.

Ils confirmèrent les craintes de la jeune femme.

Oui, il y avait deux jours de cela, les bergers avaient entendu des cris et des coups de feu sur la route. Ils étaient arrivés pour voir un carrosse assailli par un cavalier au visage noir qui brandissait un sabre courbe comme ceux des Turcs. Heureusement les gens du carrosse avaient un pistolet. L'homme noir avait dû être blessé et s'était enfui.

— Qui étaient les gens de ce carrosse? demanda Angélique.

— Nous ne le savons pas, répondirent-ils. Les volets étaient mis. Il n'y avait que deux hommes d'escorte. Ils nous ont donné une pièce pour enterrer celui auquel le monstre avait coupé la tête.

— Coupé la tête! répéta Andijos atterré.

— Oui, monsieur, si proprement qu'il a fallu que nous allions la chercher dans le fossé où elle avait roulé.

La nuit suivante, alors que la plupart des équipages se voyaient obligés de camper dans les villages aux environs de Bordeaux, Angélique rêva, de nouveau, au sinistre appel :

« Médême! Médême! »

Elle s'agita et finit par s'éveiller. Son lit avait été dressé dans l'unique pièce d'une ferme dont les habitants dormaient à l'écurie. Le berceau de Florimond était près de l'âtre. Margot et la petite servante s'étaient étendues sur la même paillasse.

Angélique vit que Margot, levée, enfilait une cotte.

— Où vas-tu?

— C'est Kouassi-Ba, j'en suis certaine, chuchota la grande femme.

Déjà Angélique était hors de ses draps.

Avec précaution, les deux femmes ouvrirent la porte branlante. Heureusement la nuit était très noire.

— Kouassi-Ba, viens! soufflèrent-elles.

Quelque chose bougea, et un grand corps chancelant trébucha sur le seuil. Elles le firent asseoir sur un banc. A la lueur de la chandelle, elles virent sa peau grisâtre et décharnée. Ses vêtements étaient souillés de sang. Depuis trois jours, blessé, il errait dans les landes.

Margot fouilla dans les coffres, et lui fit avaler une lampée d'eau-de-vie. Après quoi, il parla.

— Une seule tête, maîtresse, je n'ai pu couper qu'une seule tête.

— Cela suffit largement, je te l'affirme, dit Angélique avec un petit rire.

— J'ai perdu mon grand sabre et mon cheval.

— Je t'en donnerai d'autres. Ne parle pas... Tu nous as retrouvées, c'est le principal. Quand le maître te verra, il te dira : « C'est bien, Kouassi-Ba. »

— Reverrons-nous le maître?

— Nous le reverrons, je te le promets.

Tout en parlant, elle avait déchiré un linge pour en faire de la charpie. Elle craignait que la balle du pistolet ne fût restée dans la plaie, située au défaut de la clavicule, mais elle découvrit une autre plaie sous l'aisselle, qui prouvait que le projectile était ressorti. Elle versa de l'eau-de-vie sur les deux blessures et les banda énergiquement.

— Qu'allons-nous faire de cet homme, madame? interrogea Margot, effrayée.

— Le garder, parbleu! Il reprendra sa place dans le chariot.

— Mais que dira-t-on?

— Qui cela « on »? Si tu crois que tous les gens qui nous entourent se préoccupent des faits et gestes de mon Nègre... Bien manger, avoir de bons chevaux aux relais, se loger confortablement, voilà leurs seuls soucis. Il restera sous la bâche, et à Paris, lorsque nous serons chez nous, les choses s'arrangeront d'elles-mêmes.

55

Elle répéta énergiquement, pour se convaincre en son for intérieur :

— Tu comprends, Margot, tout ceci est un malentendu.

★

Maintenant, le carrosse roulait à travers la forêt de Rambouillet. Angélique somnolait, car la chaleur était terrible. Florimond dormait sur les genoux de Margot. Le bruit d'une détonation sèche les réveilla tous en sursaut. Il y eut un choc. Angélique eut la vision d'une ravine profonde. Dans un flot de poussière le carrosse, avec un craquement terrible, versa. Florimond hurlait, à demi écrasé par la servante. On entendait les hennissements claironnants des chevaux, les cris du postillon, des claquements de fouet.

Le même petit bruit sec retentit, et sur la vitre du carrosse, Angélique aperçut une bizarre étoile, pareille aux fleurs de givre de l'hiver, avec un petit trou au milieu. Elle essaya de se redresser à l'intérieur de la voiture renversée, de prendre Florimond.

Tout à coup, la portière fut arrachée et le visage de Péguilin de Lauzun se pencha par l'ouverture.

— Pas de mal, au moins ?

Il disait « au moing » retrouvant dans son émotion l'accent du Sud.

— Tout le monde crie, je suppose que tout le monde est vivant, dit Angélique.

Elle avait une petite écorchure au bras faite par un éclat de verre, mais c'était sans gravité.

Elle passa l'enfant au duc. Le chevalier de Louvigny apparut également, lui tendit la main et l'aida à s'extraire de la voiture. Sur la route, elle reprit précipitamment Florimond contre elle et s'efforça de l'apaiser. Les cris aigus du bébé réussissaient à couvrir tout le tapage, et il était impossible de prononcer un mot.

Tout en câlinant son enfant, Angélique vit que l'équipage du duc de Lauzun s'était arrêté derrière son chariot, ainsi que celui de la sœur de Lauzun, Charlotte, comtesse de Nogent, et que les deux voitures des frères Gramont, dames, amis, valets, accouraient au lieu de l'accident.

— Mais enfin, que s'est-il passé? demanda Angélique dès que Florimond lui eut permis d'ouvrir la bouche.

Le cocher avait l'air effaré. L'homme n'était pas des plus sûrs : hâbleur et bavard, toujours un refrain à la bouche, il avait surtout un penchant pour la bouteille.

— Tu avais bu et tu t'es endormi?

— Non, madame, je vous l'assure. J'avais chaud, certes, mais je tenais ferme mes bêtes. L'attelage allait son train. Voilà que tout à coup deux hommes sont sortis du couvert des arbres. L'un d'eux avait un pistolet. Il a tiré en l'air, ce qui a effrayé les chevaux. Ils se sont cabrés et ils ont reculé. C'est à ce moment-là que le carrosse a versé dans le trou. L'un des hommes avait pris les chevaux au mors. Moi, je lui tapais dessus avec mon fouet tant que je pouvais. L'autre rechargeait son pistolet. Il s'est approché et a tiré dans la voiture. A ce moment-là le chariot est arrivé, et puis ces messieurs à cheval... Les deux bonshommes se sont enfuis...

— C'est une curieuse histoire, dit Lauzun. La forêt est gardée, protégée. Les sergents y ont traqué tous les malandrins en prévision du passage du roi. De quoi avaient-ils l'air, ces coquins?

— Je ne sais pas, monsieur le duc. Ce n'étaient pas des brigands, pour sûr. Ils étaient bien mis, bien rasés. Le plus que je pourrais dire, c'est qu'ils ressemblaient à des gens de maison.

— Deux valets chassés, en quête d'un mauvais coup? émit de Guiche.

Un lourd carrosse remontait le long des groupes et finit par s'arrêter. Mlle de Montpensier mit la tête à la portière.

— C'est encore vous, les Gascons, qui faites tout ce tintamarre! Vous voulez effrayer les oiseaux d'Ile-de-France avec vos voix de trompette?

Lauzun courut jusqu'à elle en multipliant les saluts. Il expliqua l'accident dont Mme de Peyrac venait d'être l'objet, et qu'il faudrait un peu de temps pour redresser et remettre son carrosse en état.

— Mais qu'elle monte, qu'elle monte avec nous, s'écria la Grande Mademoiselle. Mon petit Péguilin, allez la chercher. Venez, ma chère, nous avons toute une banquette inoccupée. Vous y serez à l'aise avec votre bébé. Pauvre ange! Pauvre trésor!

Elle aida elle-même Angélique à monter et à s'installer.

— Vous êtes blessée, ma pauvre amie. Dès que nous serons arrivées à l'étape, je ferai mander mon médecin.

La jeune femme réalisa avec confusion que la personne qui était assise dans le fond du carrosse, près de Mlle de Montpensier, n'était autre que la reine mère.

— Que votre Majesté m'excuse.

— Vous n'avez pas à vous excuser, madame, répondit Anne d'Autriche avec beaucoup de bonne grâce, Mademoiselle a cent fois raison de vous convier à partager notre voiture. La banquette est confortable, et vous vous y reposerez mieux de vos émotions. Ce qui m'ennuie, c'est ce qu'on me dit à propos de ces hommes armés qui vous ont assaillie.

— Mon Dieu, peut-être ces hommes en voulaient-ils à la personne du roi ou de la reine! s'écria Mademoiselle en joignant les mains.

— Leurs voitures sont entourées de gardes et je pense qu'il n'y a pas à craindre pour eux. N'empêche, j'en parlerai au lieutenant de police.

Angélique éprouvait maintenant le contrecoup du choc subi. Elle sentit qu'elle devenait très pâle et, fermant les yeux, elle appuya la tête contre le dossier bien rembourré de la banquette. L'homme avait tiré à bout portant en plein dans la vitre. C'était par miracle qu'aucun des occupants n'avait été blessé. Elle serra contre elle Florimond. Sous les vêtements légers de l'enfant, elle le sentit amaigri et se fit des reproches. Il était las de ces interminables voyages. Depuis qu'on l'avait séparé de sa nourrice et de son négrillon, il pleurnichait sans cesse et refusait le lait que Margot se procurait dans les villages. Il soupirait en dormant, des larmes suspendues à ses longs cils qui ombraient ses joues pâlies. Il avait une toute petite bouche, ronde et rouge comme une cerise. Doucement, de son mouchoir, Angélique tamponna le front blanc et bombé où perlait la sueur.

La Grande Mademoiselle soupira bruyamment.

— Il fait une chaleur à vous cuire le sang!

— Tout à l'heure, sous les arbres, nous étions mieux, fit Anne d'Autriche en agitant son grand éventail d'écaille noire, mais voici que nous traversons un espace où la forêt a été clairsemée.

Il y eut un silence, puis Mlle de Montpensier se moucha et s'essuya les yeux. Ses lèvres tremblaient.

— Vous êtes cruelle, madame, de me faire remarquer ce qui depuis un moment me crève le cœur. Je n'ignore pas que cette forêt m'appartient, mais que Monsieur, mon défunt père, l'a fait tant couper pour ses dépenses qu'il n'en reste plus rien. Au moins cent mille écus perdus pour moi, dont j'aurais de beaux diamants et de belles perles!

— Votre père n'a jamais eu beaucoup de discernement dans ses actes, ma chère.

— N'est-ce pas un scandale, toutes ces racines à ras de terre? Je ne serais pas dans le carrosse de Votre Majesté que je pourrais croire mon procès fait pour crime de lèse-majesté, puisqu'il est d'usage de raser les forêts de ceux qui commettent de tels forfaits.

— Il est vrai qu'il s'en est fallu de peu, dit la reine mère.

Mademoiselle rougit jusqu'aux yeux.

— Votre Majesté m'a affirmé si souvent que sa mémoire avait tout oublié! Je n'ose comprendre à quoi elle fait allusion.

— Je reconnais que j'ai tort de parler ainsi. Que voulez-vous, le cœur est prompt si la raison se veut clémente. Pourtant je vous ai toujours aimée. Mais il y eut un temps où j'ai été fâchée contre vous. Je vous aurais peut-être pardonné pour l'affaire d'Orléans, mais pour celle de la porte Saint-Antoine et du canon de la Bastille, si je vous avais tenue, je vous aurais étranglée.

— Je mérite bien de l'être, puisque j'ai déplu à Votre Majesté. Ce fut un malheur pour moi de me trouver avec des gens qui m'engageaient par honneur et devoir à agir comme je l'ai fait.

— Il est difficile de toujours savoir où est son honneur et où est son devoir, dit la reine.

Elles soupirèrent ensemble profondément. En les écoutant, Angélique se disait que les querelles des grands sont bien semblables à celles des petits. Mais là où il y aurait un coup de poing, il y a un coup de canon. Là où il n'y aurait que rancune sourde entre voisins, il y a un passé lourd et entremêlé d'intrigues dangereuses. On dit qu'on oublie, on sourit au peuple, on accueille M. de Condé pour plaire aux Espagnols, on caresse M. Fouquet pour en obtenir de l'argent, mais le souvenir stagne au fond des cœurs.

Si les lettres contenues dans le petit coffret oublié dans la tourelle du château du Plessis paraissaient au grand jour, ne suffiraient-elles pas à rallumer le grand incendie dont les flammes couvaient et ne demandaient qu'à s'élancer?...

Il semblait à Angélique que c'était en elle-même qu'elle avait enfoui le coffret, et, maintenant, il pesait comme du plomb sur sa vie. Elle continuait à fermer les yeux. Elle avait peur qu'on y vît passer des images étranges : le prince de Condé penché sur le flacon de poison, ou lisant la lettre qu'il venait de signer : « Pour M. Fouquet... Je m'engage à n'être qu'à lui, à ne servir que lui... »

Angélique se sentait seule. Elle ne pouvait se confier à personne. Ces agréables relations de cour étaient sans valeur. Chacun, avide de protection et de largesses, se détournerait d'elle au moindre signe de disgrâce. Bernard d'Andijos était dévoué, mais si léger! Dès que serait franchie l'enceinte de Paris, on ne le reverrait plus, car, au bras de sa maîtresse, Mlle de Montmort, il courrait les bals de la cour et, en compagnie de Gascons, il hanterait la nuit les tavernes et les tripots.

Au fond, c'était sans importance. Il fallait surtout arriver à Paris. Là on retrouverait la terre ferme. Angélique s'installerait dans le très bel hôtel que le comte de Peyrac possédait dans le quartier Saint-Paul. Puis elle commencerait démarches et recherches pour savoir ce qu'était devenu son mari.

— Nous serons à Paris avant midi, lui annonça Andijos alors que le lendemain matin elle prenait place avec Florimond dans un carrosse qu'il lui avait loué, car le sien avait été très endommagé par l'accident.

— Je vais peut-être trouver mon mari là-bas et tout s'expliquera, dit Angélique. Pourquoi faites-vous ce long nez, marquis ?

— Parce qu'il s'en est fallu de peu que vous ne soyez tuée hier. Si le carrosse n'avait versé, le deuxième coup de feu du malandrin vous aurait atteinte à bout portant. La balle est entrée par le carreau et je l'ai retrouvée dans la housse sur le dossier du fond, à l'endroit précis où aurait dû être votre tête.

— Vous voyez que la chance est avec nous ! C'est peut-être un heureux présage pour la suite des événements.

Angélique se croyait déjà dans Paris alors qu'on traversait encore les faubourgs. Sitôt franchie la porte Saint-Honoré, elle fut déçue par les rues étroites et boueuses. Le bruit n'avait pas la qualité sonore de celui de Toulouse et lui parut plus criard et plus âpre. Les appels des marchands et surtout des cochers, des laquais précédant les équipages et des porteurs de chaises, se détachaient sur le fond d'un sourd grondement qui la fit penser aux roulements précurseurs de l'orage. L'air était torride et empuanti.

Le carrosse d'Angélique, escorté par Bernard d'Andijos à cheval et suivi du chariot à bagages et des deux laquais montés, mit plus de deux heures à atteindre le quartier Saint-Paul.

Il s'engagea enfin dans la rue de Beautreillis et ralentit l'allure.

★

L'équipage venait de stopper devant une grande

porte cochère de bois blond avec marteaux et serrures en bronze ouvragé. Derrière le mur de pierres blanches, on devinait la cour d'entrée et l'hôtel, édifié dans le goût du jour, en larges pierres de taille, avec de hautes fenêtres à vitres claires, et son toit garni de lucarnes et couvert d'ardoises neuves qui brillaient au soleil.

Un laquais vint ouvrir la portière du carrosse.

— C'est ici, madame, dit le marquis d'Andijos.

Il restait à cheval et regardait le porche d'un air stupide.

Angélique sauta à terre et courut à la petite maison qui devait servir de loge au suisse gardien de l'hôtel.

Elle carillonna avec colère. C'était inadmissible qu'on ne fût pas encore venu ouvrir la grande entrée. La cloche parut résonner dans le désert. Les vitres de la loge étaient sales. Tout semblait sans vie.

Alors seulement Angélique s'avisa de l'aspect curieux du portail qu'Andijos continuait à regarder comme frappé par la foudre.

Elle s'approcha.

Un entrelacs de ficelles rouges était maintenu en travers par d'épais cachets de cire bariolée. Une feuille de papier également fixée par des sceaux de cire mettait sa tache blanche.

Elle lut :

Chambre de justice du roy
Paris
1er juillet 1660.

La bouche ouverte de stupeur, elle regarda sans comprendre. A cet instant le portillon de la loge s'entrebâilla et laissa voir le visage inquiet d'un domestique en livrée fripée. A la vue du carrosse il referma précipitamment, puis, se ravisant, ouvrit de nouveau et sortit d'un pas hésitant.

— Est-ce vous, le concierge de l'hôtel? interrogea la jeune femme.

— Oui..., oui, madame, c'est moi. Baptiste... et je reconnais bien le... le carrosse de... de... mon... mon... mon maître.

— Cesse donc de bégayer, manant, cria-t-elle en tapant du pied. Et dis-moi vite où est M. de Peyrac?

Le domestique regarda autour de lui avec inquiétude. L'absence de tous voisins parut le rassurer. Il se rapprocha encore, leva les yeux sur Angélique et tout à coup s'agenouilla devant elle non sans cesser de jeter autour de lui des coups d'œil anxieux.

— Oh! ma pauvre jeune maîtresse, s'écria-t-il, mon pauvre maître... oh! quel affreux malheur!

— Mais parle donc! Qu'y a-t-il?

Elle le secouait par l'épaule, folle d'angoisse.

— Relève-toi, idiot! Je n'entends rien de ce que tu dis. Où est mon mari? Est-il mort?

L'homme se redressa avec peine et murmura :

— On dit qu'il est à la Bastille. L'hôtel est sous scellés. J'en suis responsable sur ma vie. Et vous, madame, tâchez de fuir d'ici pendant qu'il est encore temps.

L'évocation de la fameuse forteresse-prison de la Bastille, au lieu de bouleverser Angélique, la rassura presque après la crainte affreuse qu'elle venait d'éprouver.

On peut sortir d'une prison. Elle savait qu'à Paris la prison la plus redoutée était celle de l'Archevêché, située au-dessous du niveau de la Seine et où l'on risquait d'être noyé l'hiver, et qu'ensuite le Châtelet et l'Hôpital général étaient réservés aux gens du commun. La Bastille était la prison aristocratique. En dépit de quelques sombres légendes qui couraient sur les chambres fortes de ses huit donjons, il était de notoriété publique qu'un séjour en ces murs ne déshonorait personne.

Angélique poussa un petit soupir et s'efforça de regarder la situation en face.

— Je crois qu'il vaut mieux ne pas rester dans ces parages..., dit-elle à Andijos.

— Oui, oui, madame, partez bien vite, insista le domestique.

— Il faudrait encore que je sache où aller. Au fait, j'ai une sœur qui habite Paris. J'ignore son adresse, mais son mari est un procureur du roi nommé maître Fallot. Je crois même que, depuis son mariage, il se fait appeler Fallot de Sancé.

— En allant au Palais de justice, on nous renseignera certainement.

Le carrosse et sa suite reprirent leur course à travers Paris. Angélique ne songeait pas à regarder autour d'elle. Cette ville qui l'accueillait de façon si hostile ne l'attirait plus. Florimond pleurait. Il perçait des dents, et c'est en vain que Margot lui frottait les gencives avec un onguent fait de miel et de fenouil pilé.

On finit par trouver l'adresse du procureur du roi, qui habitait, comme beaucoup de magistrats, non loin du Palais de justice, en l'île de la Cité, sur la paroisse Saint-Landry.

La rue s'appelait rue de l'Enfer, ce qui parut à Angélique d'un sinistre présage. Les maisons y étaient encore grises et moyenâgeuses, avec des pignons pointus, des ouvertures rares, des sculptures et des gargouilles.

Celle devant laquelle le carrosse s'arrêta ne paraissait guère moins sombre que les autres, bien qu'il y eût trois fenêtres assez hautes à chaque étage. Au rez-de-chaussée se trouvait l'étude, sur la porte de laquelle on pouvait lire une plaque portant ces mots : « Maître Fallot de Sancé. Procureur du roi. »

Deux clercs qui bâillaient sur le seuil se précipitèrent vers Angélique dès qu'elle mit pied à terre et l'entourèrent aussitôt d'un tourbillon de paroles dans un jargon incompréhensible. Elle finit par comprendre qu'ils lui vantaient les mérites de l'étude de maître de Sancé comme le seul endroit dans Paris où les gens soucieux de gagner un procès pouvaient y être guidés en toute sécurité.

— Je ne viens pas pour un procès, dit Angélique. Je veux rencontrer Mme Fallot.

Déçus, ils lui indiquèrent une porte sur la gauche qui donnait accès au domicile du procureur.

Angélique souleva le marteau de bronze et ce fut presque avec émotion qu'elle attendit qu'on vînt lui ouvrir.

Une grosse servante en bonnet blanc et proprement mise l'introduisit dans le vestibule, mais presque aussitôt Hortense parut au sommet de l'escalier. Elle avait vu le carrosse par la fenêtre.

Angélique eut l'impression que sa sœur avait été sur le point de se jeter à son cou, mais qu'aussitôt, se ravisant, elle affichait un air distant. D'ailleurs, il faisait si sombre dans cette antichambre qu'il était difficile de se voir. Elles s'embrassèrent sans chaleur.

Hortense paraissait encore plus sèche et plus grande qu'autrefois.

— Ma pauvre sœur ! dit-elle.

— Pourquoi m'appelles-tu « ma pauvre sœur ? » demanda Angélique.

Mme Fallot fit un geste en désignant la servante et entraîna Angélique dans sa chambre. C'était une vaste pièce servant aussi de salon, car il y avait de nombreux fauteuils et tabourets ainsi que des chaises et des banquettes groupés autour du lit à beaux rideaux et courtepointe de damas jaune. Angélique se demanda si sa sœur avait coutume de recevoir ses amies étendue sur son lit comme le faisaient les Précieuses. Il est vrai qu'autrefois Hortense passait pour avoir de l'esprit et se piquait de beau langage.

Il y faisait également sombre à cause des carreaux de couleur, mais par cette chaleur ce n'était pas désagréable. Le dallage était rafraîchi par des bottées d'herbe verte jetées çà et là. Angélique respira leur bonne odeur rustique.

— On est bien chez toi, dit-elle à Hortense.

Celle-ci ne se dérida pas.

— N'essaie pas de me donner le change par tes façons enjouées. Je suis au courant de tout.

— Tu as de la chance, car j'avoue, moi, que je suis dans la plus complète ignorance de ce qui m'arrive.

— Quelle imprudence de t'afficher ainsi en plein Paris! dit Hortense en levant les yeux au ciel.

— Ecoute, Hortense, ne commence pas à lever tes prunelles au plafond. Je ne sais pas si ton mari est comme moi, mais je me souviens que je n'ai jamais pu te voir faire cette grimace-là sans t'envoyer une gifle. Maintenant, je vais te dire ce que je sais, ensuite tu me diras ce que tu sais.

Elle raconta comment, se trouvant à Saint-Jean-de-Luz pour le mariage du roi, le comte de Peyrac avait subitement disparu. Les présomptions de certains amis la portant à croire qu'il avait été enlevé et amené vers Paris, elle était remontée elle aussi vers la capitale. Là, elle venait de trouver son hôtel sous scellés et avait appris que son mari était sans doute à la Bastille.

Hortense dit sévèrement :

— Donc, tu pouvais te douter combien ta venue en plein jour était compromettante pour un haut fonctionnaire du roi? Et pourtant tu es venue ici!

— Oui, c'est bizarre en effet, répliqua Angélique,

mais ma première idée a été de penser que les gens de ma famille pouvaient m'aider.

— Seule occasion en laquelle tu puisses te souvenir de ta famille, je crois! Je suis bien sûre que je n'aurais pas reçu ta visite si tu avais pu te pavaner dans ta belle maison neuve du quartier Saint-Paul. Pourquoi n'es-tu pas allée demander l'hospitalité aux brillants amis de ton si riche et si bel époux, tous ces princes, ducs et marquis, au lieu de nous causer du tort par ta présence?

Angélique fut sur le point de se lever et de partir en claquant la porte, mais il lui sembla entendre, venant de la rue, les pleurs de Florimond et elle se maîtrisa.

— Hortense, je ne me fais pas d'illusions. En sœur affectueuse et dévouée, tu me mets à la porte. Mais j'ai avec moi un enfant de quatorze mois qui a besoin d'être baigné, changé, nourri. Il se fait tard. Si je repars encore à la recherche d'un gîte, je finirai par coucher au coin d'une rue. Accueille-moi pour cette nuit.

— C'est une nuit de trop pour la sécurité de mon foyer.

— Ne dirait-on pas que je traîne derrière moi la réputation d'une vie scandaleuse?

Mme Fallot serra ses lèvres minces, et ses yeux bruns et vifs, bien qu'assez petits, brillèrent.

— Ta réputation n'est pas sans taches. Quant à celle de ton mari, elle est atroce.

Angélique ne put s'empêcher de sourire de son expression dramatique.

— Je t'assure que mon mari est le meilleur des hommes. Tu comprendrais vite si tu le connaissais...

— Dieu m'en préserve! J'en mourrais de peur. Si ce qu'on m'a dit est vrai, je ne comprends pas comment tu as pu vivre plusieurs années en sa demeure. Il faut qu'il t'ait envoûtée.

Elle ajouta après une seconde de réflexion :

— Il est vrai que, très jeune, tu avais une prédisposition marquée pour toutes sortes de vices.

— Tu es vraiment d'une amabilité, ma chère! Il est exact que très jeune, toi, tu avais une prédisposition marquée pour la médisance et la méchanceté.

— De mieux en mieux! Maintenant tu viens m'injurier sous mon propre toit.

— Pourquoi refuses-tu de me croire? Je te dis que mon mari n'est à la Bastille que par un malentendu.

— S'il est à la Bastille, c'est qu'il y a une justice.

— S'il y a une justice, il sera libéré promptement.

— Permettez-moi d'intervenir, mesdames, qui parlez si bien de la justice, fit derrière elles une voix grave.

Un homme venait d'entrer dans la pièce. Il devait avoir une trentaine d'années, mais affectait une attitude fort compassée. Sous sa perruque brune, son visage plein, soigneusement rasé, affichait une expression à la fois grave et attentive, qui avait quelque chose d'un peu ecclésiastique. Il penchait la tête légèrement de côté, comme quelqu'un qui est accoutumé, par sa profession, à recevoir des confidences.

A son costume de drap noir, confortable, mais à peine relevé d'un galon noir et de boutons de corne, à son rabat immaculé mais simple, Angélique devina qu'elle se trouvait devant son beau-frère le procureur. Pour l'amadouer, elle lui fit une révérence. Il vint à elle et très solennellement la baisa sur les joues, comme il se doit entre gens de même famille.

— Ne parlez pas au conditionnel, madame. *Il y a* une justice. Et c'est en son nom et du fait de son existence que je vous accueille dans ma maison.

Hortense sursauta comme un chat échaudé.

— Mais enfin, Gaston, vous êtes fou à lier. Depuis

que je suis mariée, vous me répétez à l'envi que votre carrière prime tout et que celle-ci dépend exclusivement du roi...

— Et de la justice, ma chère, interrompit avec douceur, mais fermement, le magistrat.

— Il n'empêche que depuis plusieurs jours vous émettez sans cesse la crainte de voir ma sœur se réfugier chez nous. Etant donné ce que vous savez sur l'arrestation de son mari, une telle éventualité, disiez-vous, équivaudrait pour nous à une ruine certaine.

— Taisez-vous, madame, vous me feriez regretter d'avoir trahi, en quelque sorte, le secret professionnel, en vous tenant au courant de ce que fortuitement j'ai appris.

Angélique décida de faire litière de tout amour-propre.

— Vous avez appris quelque chose? Oh! monsieur, de grâce, informez-moi. Je suis depuis plusieurs jours dans l'incertitude la plus complète.

— Hélas! madame, je ne chercherai pas à me retrancher derrière une fausse discrétion, ni à me répandre en paroles lénifiantes. Je vous l'avoue tout de suite, je sais fort peu de chose. Ce n'est que par un renseignement officieux du palais que j'ai appris, avec stupeur je l'avoue, l'arrestation de M. de Peyrac. Aussi je vous demande, dans votre propre intérêt comme dans celui de votre mari, de ne pas faire état jusqu'à nouvel ordre de ce que je vais vous confier. C'est d'ailleurs, je le répète, un bien médiocre renseignement. Voici : votre mari a été arrêté par une lettre de cachet de troisième catégorie, c'est-à-dire la lettre appelée « de par le roi ». L'officier ou le gentilhomme incriminé y est *invité* par le roi à se rendre en secret, mais librement, bien qu'accompagné d'un commissaire royal, au lieu qu'on lui désigne. En ce qui concerne votre époux, il a tout d'abord été conduit à

For-Lévêque, d'où il a été transféré, sur ordre contresigné Séguier, à la Bastille.

— Je vous remercie de me confirmer des nouvelles somme toute rassurantes. Beaucoup de gens sont allés à la Bastille et en sont sortis réhabilités aussitôt que la lumière avait été faite sur les calomnies qui les y avaient conduits.

— Je vois que vous êtes une femme de sang-froid, dit maître Fallot avec un petit hochement de menton approbateur, mais je ne voudrais pas vous donner l'illusion que les choses s'arrangeront facilement, car j'ai appris également que l'ordre d'arrestation, signé du roi, spécifiait de ne porter sur les registres d'écrou, ni le nom ni l'accusation dont le prévenu fait l'objet.

— Sans doute le roi ne désire-t-il pas infliger un affront à l'un de ses fidèles sujets avant d'avoir examiné lui-même les faits qu'on lui reproche. Il veut pouvoir l'innocenter sans éclat...

— Ou l'oublier.

— Comment cela, l'oublier? répéta Angélique, tandis qu'un frisson subit la secouait.

— Il y a beaucoup de gens que l'on oublie dans les prisons, dit maître Fallot en fermant à demi les yeux et en regardant au loin, aussi sûrement qu'au fond d'un tombeau. Certes il n'est pas déshonorant en soi d'être emprisonné à la Bastille, qui est la prison des gens de qualité et où de nombreux princes du sang sont passés, sans pour cela déroger. Néanmoins j'insiste sur le fait qu'être un prisonnier anonyme et au secret est l'indice que l'affaire est particulièrement grave.

Angélique resta silencieuse un instant. Tout à coup, elle sentait sa fatigue, et la faim lui tenaillait l'estomac. A moins que ce ne fût l'angoisse?... Elle leva les yeux vers ce magistrat en lequel elle espérait un allié.

— Puisque vous avez la bonté, monsieur, de m'éclairer, dites-moi ce que je dois faire?

— Encore une fois, madame, il ne s'agit pas de bonté, mais de justice. C'est par esprit de justice que je vous reçois sous mon toit, et puisque vous me demandez conseil, je vous adresserai à un autre homme de loi. Car je crains que mon propre crédit dans cette affaire ne soit jugé partial et intéressé, bien que nos relations de famille n'aient pas été jusqu'alors très fréquentes.

Hortense, qui rongeait son frein, s'exclama avec la voix aigre de sa jeunesse :

— Ça, vous pouvez le dire! Tant qu'elle a eu ses châteaux et les écus de son Boiteux, elle ne s'est guère préoccupée de nous. Ne croyez-vous pas que M. le comte de Peyrac, qui était du parlement de Toulouse, n'aurait pas pu vous procurer quelques avantages en vous recommandant à de hauts magistrats de Paris?

— Joffrey avait peu de relations avec les gens de la capitale.

— Oui! Oui! fit l'autre en la singeant. Seulement quelques petites relations avec le gouverneur du Languedoc et du Béarn, le cardinal Mazarin, la reine mère et le roi!

— Tu exagères...

— Enfin, avez-vous été invités au mariage du roi, oui ou non?...

Angélique ne répondit rien et sortit du salon. Il n'y avait aucune raison pour que la discussion prît fin. Autant aller chercher Florimond, puisque le mari était d'accord. En descendant l'escalier, elle se surprit à sourire. Elles avaient vite retrouvé, Hortense et elle, le chemin familier de leurs éternelles querelles!... Ainsi donc Monteloup n'était pas mort. Mieux valait se tirer les cheveux que de se sentir étrangères.

Dans la rue, elle trouva François Binet assis sur le marchepied du carrosse et tenant dans ses bras le bébé endormi. Le jeune barbier lui dit que, voyant l'enfant souffrir, il lui avait administré un remède à sa façon, d'opium et de menthe pilée, dont il avait réserve, étant, comme tous ceux de sa profession, quelque peu chirurgien et apothicaire. Angélique le remercia. Elle s'informa de Margot et de la petite bonne. On lui dit que la servante, comme l'attente se prolongeait, n'avait pu résister à l'annonce d'un valet d'étuviste qui chantait à travers les rues :

> *C'est à l'image de saint Jeanne*
> *que vont se baigner les femmes.*
> *Bien servies vous y serez*
> *de valets et chambrières.*
> *Allez tôt, les bains sont prêts...*

Comme tous les huguenots, Marguerite avait un penchant marqué pour l'eau, ce en quoi Angélique l'approuvait : « Moi aussi, j'irais bien volontiers rendre visite à cette sainte Jeanne...! » soupira-t-elle.
Les laquais et les deux cochers, assis à l'ombre du chariot, buvaient du vin clairet et mangeaient des harengs saurs, car on était vendredi.
Angélique regarda sa robe souillée de poussière et Florimond barbouillé de morve et de miel jusqu'aux sourcils. Quel pitoyable équipage!
Mais il devait encore paraître très luxueux à la femme du besogneux procureur, car Hortense, qui était descendue derrière elle, ricana :
— Eh bien, ma chère, pour une femme qui se plaint d'en être réduite à coucher au coin des rues, tu n'es pas encore trop mal logée : un carrosse, un fourgon, six chevaux en tout, quatre ou cinq laquais, et deux servantes qui vont au bain!

— J'ai un lit, prévint Angélique, veux-tu que je le fasse monter chez toi?

— C'est inutile. Nous avons assez de literie pour te recevoir. Mais, en revanche, il m'est impossible de loger toute cette valetaille.

— Tu auras bien une mansarde pour Margot et la gamine? Quant aux hommes, je vais leur donner de quoi loger à l'auberge.

La bouche pincée, Hortense regardait d'un air horrifié ces hommes du Sud qui, estimant qu'ils n'avaient pas à se déranger pour la femme d'un procureur, continuaient de manger tout en la dévisageant avec insolence de leurs yeux de braise.

— Les gens de ton escorte ont décidément l'air de bandits, fit-elle d'une voix étouffée.

— Tu leur prêtes des qualités qu'ils n'ont pas. Tout ce qu'on peut leur reprocher, c'est une propension marquée à dormir au soleil.

★

Dans la grande chambre qu'on lui avait assignée au second étage, Angélique connut un moment de détente en se plongeant dans un baquet et en s'aspergeant d'eau fraîche. Elle lava même ses cheveux, puis devant un miroir d'acier accroché au-dessus de la cheminée, elle se coiffa tant bien que mal. La chambre était sombre, l'ameublement fort laid, mais suffisant. Dans un petit lit aux draps propres Florimond, grâce au médicament du perruquier, continuait de dormir.

Après s'être fardée légèrement, car elle se doutait que son beau-frère ne devait pas apprécier les femmes qui se mettaient du rouge, Angélique se sentit embarrassée pour se choisir une robe. La plus simple paraîtrait encore trop somptueuse près des toilettes de la pauvre Hortense, qui portait à peine quelques galons de velours et de rubans au corsage de sa robe de drap gris.

Elle se décida enfin pour un ensemble d'intérieur couleur grain de café avec d'assez discrètes broderies d'or, et remplaça la délicate berthe de dentelles par un mouchoir de cou de satin noir. Elle achevait sa toilette lorsque Margot parut en s'excusant de son retard.

D'une main experte, la servante redonna à la chevelure de sa maîtresse le pli gracieux qui lui était habituel, et ne put résister au désir de la parfumer.

— Méfie-toi. Je ne dois pas être trop élégante. Il faut que j'inspire confiance à mon beau-frère le procureur.

— Hélas! Avoir vu de si beaux seigneurs à vos pieds et vous parer maintenant pour séduire un procureur!

Un hurlement strident qui venait du rez-de-chaussée les interrompit. Elles se précipitèrent sur le palier.

Des cris de femme terrifiée montaient à travers la cage de l'escalier. Angélique descendit à toute allure et arriva dans le vestibule pour trouver ses domestiques groupés sur le seuil d'un air fort étonné. Les cris continuaient, mais étaient maintenant assourdis et paraissaient provenir d'un haut bahut de faux ébène garnissant l'antichambre.

Hortense, qui était accourue, alla ouvrir le bahut et réussit à en extraire la grosse bonne qui avait ouvert la porte à Angélique, ainsi que deux enfants de huit et quatre ans accrochés à ses jupes. Mme Fallot commença par envoyer une gifle à la fille, puis elle lui demanda ce qui lui prenait.

— Là! Là! balbutia la malheureuse, le doigt tendu.

Angélique regarda dans la direction indiquée et aperçut le brave Kouassi-Ba, qui se tenait timidement derrière les domestiques.

Hortense ne put s'empêcher d'avoir un petit sursaut, mais se maîtrisa et dit sèchement :

— Eh bien, c'est un homme nègre, un Maure, il n'y a pas de quoi crier ainsi. Vous n'avez jamais vu de Maure?

— N... non, non, madame.

— Il n'y a pas de personne dans Paris qui n'ait vu un Maure. On voit bien que vous sortez de votre campagne. Vous êtes une sotte.

S'approchant d'Angélique, elle lui glissa :

— Félicitations, ma chère! Tu t'y entends à jeter la perturbation dans ma demeure. Jusqu'à y introduire un sauvage des îles! Il est probable que cette fille va me quitter sur-le-champ. Moi qui ai eu un tel mal à la trouver!

— Kouassi-Ba, s'écria Angélique, ces petits enfants et cette demoiselle ont peur de toi. Montre-leur donc comme tu sauras les amuser.

— Voilà, médême.

D'un bond, le Nègre se précipita en avant. La servante hurla derechef en s'appuyant à la cloison comme si elle eût voulu s'y enfoncer. Mais Kouassi-Ba, après avoir fait quelques culbutes, sortit des balles de couleur de ses poches et se mit à jongler avec une habileté surprenante. Il ne semblait nullement gêné par sa récente blessure. Enfin, voyant les enfants sourire, il prit la guitare du petit Giovani et s'accroupissant par terre, les jambes croisées, il se mit à chanter de sa voix douce et feutrée.

Angélique s'approcha des autres domestiques.

— Je vais vous donner de quoi vous loger à l'auberge et prendre vos repas, dit-elle.

Le cocher du carrosse s'avança en tortillant son

feutre à plume rouge qui faisait partie de la riche livrée des gens du comte de Peyrac.

— S'il vous plaît, madame, on voudrait vous demander aussi de nous donner le reste de nos gages. Nous voici à Paris : c'est une ville où l'on fait beaucoup de dépense.

La jeune femme, après un instant d'hésitation, accéda à leur désir. Elle pria Margot de lui apporter sa cassette et compta à chacun ce qui lui était dû. Les hommes remercièrent et saluèrent. Le petit Giovani dit qu'il reviendrait demain aux ordres de Mme la comtesse. Les autres se retirèrent en silence. Comme ils franchissaient le seuil, Margot, debout dans l'escalier, leur cria quelque chose en patois languedocien, mais ils ne répondirent pas.

— Que leur as-tu dit? demanda Angélique rêveusement.

— Que s'ils ne se présentaient pas aux ordres demain, le maître leur jetterait un sort.

— Tu crois qu'ils ne reviendront pas?

— Je le crains bien.

Angélique passa la main sur son front avec lassitude.

— Il ne faut pas dire que le maître leur jettera un sort, Margot. De telles paroles lui causent plus de tort qu'elles ne lui donnent de pouvoir. Tiens, remonte la cassette dans ma chambre et veille à préparer la bouillie de Florimond pour qu'il puisse manger quand il s'éveillera.

— Madame, fit une voix fluette près d'Angélique, mon père m'a prié de vous avertir que le repas était servi et que nous vous attendions en la salle à manger pour dire le bénédicité.

C'était le petit garçon de huit ans qu'elle avait vu tout à l'heure dans le bahut.

— Tu n'as plus peur de Kouassi-Ba? lui demanda-t-elle.

— Non, madame, je suis très content de connaître un homme noir. Tous mes camarades vont m'envier.
— Comment t'appelles-tu ?
— Martin.

On avait ouvert les fenêtres de la salle à manger, afin de donner un peu de clarté et de ne pas allumer les chandelles. En effet, un crépuscule rose et limpide se prolongeait au-dessus des toits. C'était l'heure où les cloches des paroisses se mettaient à carillonner l'angélus. Les notes graves et splendides dominaient les autres et paraissaient porter au loin la prière même de la ville.

— Vous avez de fort belles cloches sur votre paroisse, fit remarquer Angélique pour dissiper la contrainte de ce début de repas, lorsque tout le monde se fut assis, la prière dite.

— Ce sont les cloches de Notre-Dame, répondit maître Fallot. Notre paroisse est Saint-Landry, mais la cathédrale est toute proche. En vous penchant à la fenêtre, vous pouvez apercevoir les deux grandes tours et la flèche de l'abside.

A l'autre extrémité de la table, un vieillard, oncle de maître Fallot, ancien magistrat, se tenait, docte et silencieux.

Au début du repas, lui et son neveu laissèrent tomber, d'un même geste plein de componction, un morceau de corne de licorne dans leurs verres. Ceci rappela à Angélique qu'elle avait omis, le matin, de prendre la pastille de poison à laquelle Joffrey de Peyrac voulait qu'elle s'accoutumât.

La servante passait le potage. La nappe blanche empesée gardait, en carrelures régulières, les plis du repassage.

L'argenterie était assez belle, mais la famille Fallot n'usait pas de fourchettes dont l'usage n'était pas encore répandu. C'était Joffrey qui avait appris à Angélique à se servir de cet objet, et elle se souvint que le jour de son mariage à Toulouse elle s'était sentie fort gauche avec cette petite fourche dans la main. Il y eut plusieurs services de poissons, d'œufs et de laitage. Angélique soupçonna sa sœur d'avoir fait chercher deux ou trois plats préparés à une rôtisserie afin de compléter le menu.

— Il ne faut rien changer à ton ordinaire à cause de ma présence.

— T'imagines-tu que la famille d'un procureur ne mange que de la bouillie de seigle et de la soupe au chou? répliqua l'autre aigrement.

Le soir, malgré sa fatigue, Angélique fut longue à s'endormir. Elle écoutait monter du creux des ruelles moites les cris de la ville inconnue.

Un petit marchand d'oublies passa, secouant ses dés dans un cornet. Des maisons où l'on prolongeait la soirée, on l'appelait et les oisifs s'amusaient à jouer aux dés tout son panier de pâtisseries légères.

Un peu plus tard ce fut la sonnette d'un crieur de morts.

Ecoutez, vous tous qui dormez,
Priez Dieu pour les trépassés...

Angélique frissonna et enfouit son visage dans son oreiller. Elle cherchait près d'elle le long corps sec et chaud de Joffrey. Combien sa gaieté, sa promptitude, sa voix merveilleuse toujours plaisante, ses mains caressantes, lui manquaient!

Quand se retrouveraient-ils? Comme ils seraient heureux alors! Elle se blottirait dans ses bras, elle lui demanderait de l'embrasser, de la serrer très fort!... Elle s'endormit en étreignant son oreiller de grosse toile rude au parfum de lavande.

4

Angélique ôta le vantail de bois plein, puis s'escrima contre la fenêtre aux losanges de verre de couleur reliés de plomb. Elle réussit enfin à l'ouvrir. Il fallait être parisien pour dormir la fenêtre close par une telle chaleur. Elle respira profondément l'air frais du matin, puis s'immobilisa, stupéfaite et émerveillée.

Sa chambre ne donnait pas sur la rue de l'Enfer, mais de l'autre côté de la maison. Elle surplombait une étendue d'eau, lisse et luisante comme une épée, plaquée d'or par le soleil levant, et toute sillonnée de barques et de lourds chalands.

Sur la rive en face, un bateau de lavandières recouvert d'une capote bombée de toile blanche mettait une tache éclatante comme de la craie dans le paysage pastellisé de brume légère. Les cris des femmes, le choc de leurs battoirs parvenaient jusqu'à Angélique, mêlés aux appels des mariniers, aux hennissements des chevaux que des valets menaient boire.

Cependant une odeur pénétrante, à la fois aigre et sucrée, importunait l'odorat. Angélique se pencha et vit que les pilotis de bois qui soutenaient la vieille maison, s'enfonçaient dans une grève de vase envahie d'un amoncellement de fruits pourris autour desquels s'affairaient déjà des essaims de guêpes.

Sur la droite, à l'angle de l'île, il y avait un petit port encombré de chalands. On y débarquait de pleines hottes d'oranges, de cerises, de raisins, de poires. De beaux garçons haillonneux, dressés à l'extrémité de leurs barques, mordaient dans une orange à pleines dents, jetaient la pelure que les vaguelettes repoussaient le long des maisons, puis, ôtant leurs loques, plongeaient dans l'eau pâle. Partant du port, une passerelle de bois, peinte en rouge vif, reliait la Cité à une petite île.

En face, un peu après les lavandières, commençait également une longue plage garnie de bateaux marchands.

On voyait s'y ranger des tonneaux, s'y empiler des sacs, s'y décharger des montagnes de foin pour les écuries.

Armés d'une gaffe, des mariniers retenaient les radeaux de bois flotté descendant le courant, et les guidaient jusqu'à la rive, où les trimardeurs faisaient rouler les troncs, puis les mettaient en pile.

Et, sur toute cette animation régnait une lumière couleur de primevère, d'une finesse exceptionnelle et qui transformait chaque scène en un délicat tableau estompé noyé de rêve, rehaussé subitement par l'éclat d'un reflet, d'un linge ou d'un bonnet blanc, d'une mouette criarde qui passait au ras de l'eau.

— La Seine, murmura Angélique.

La Seine, c'était Paris.

★

On frappa à la porte, et la servante d'Hortense entra portant un pichet de lait.

— J'apporte le lait pour le bébé, madame. J'ai été moi-même jusqu'à la place de la Pierre-au-Lait, dès les premières heures. Les femmes des villages arrivaient à peine. Le lait de leurs pots était encore tiède.

— Vous êtes bien bonne, ma fille, de vous donner tant de mal. Il fallait envoyer la petite que j'ai amenée et lui confier le pot pour le monter ici.

— Je voulais voir si le mignon était réveillé. J'aime tant les bébés, madame. C'est bien dommage que Mme Hortense mette les siens en nourrice. Elle en a eu un il y a six mois, que j'ai porté au village de

Chaillot. Eh bien, chaque jour, je me crève le cœur de penser qu'on va venir m'annoncer sa mort; car la nourrice n'avait guère de lait, et je crois surtout qu'elle le nourrira de « miaulée », de pain trempé dans de l'eau et du vin.

Elle était toute ronde avec des joues bien cirées et des yeux bleus et naïfs. Angélique éprouva pour elle un brusque sentiment de sympathie.

— Comment t'appelles-tu, ma fille?

— Je m'appelle Barbe, madame, pour vous servir.

— Eh bien, tu vois, Barbe, j'ai nourri mon enfant les premiers temps. J'espère qu'il sera vigoureux.

— Rien ne remplace les soins d'une mère, dit Barbe sentencieuse.

Florimond se réveillait. Il agrippa à deux mains les rebords de sa bercelonnette et s'assit, fixant de ses yeux noirs et brillants le nouveau visage.

— Le beau trésor, le beau mignon, bonjour, mon bézot! chantonna la fille en l'enlevant dans ses bras, tout moite encore de sommeil.

Elle l'emmena à la fenêtre, pour lui montrer les barques et les mouettes, et les paniers d'oranges.

— Comment s'appelle ce petit port? demanda Angélique.

— C'est le port Saint-Landry, le port aux fruits, et plus loin c'est le pont Rouge qui mène à l'île Saint-Louis. En face aussi on débarque beaucoup : il y a un port au foin, un port au bois, un port au blé et un port au vin. Ces marchandises intéressent surtout les messieurs de l'Hôtel de Ville, le beau bâtiment que vous voyez là-bas derrière la grève.

— Et la grande place qui est devant?

— C'est la place de Grève.

Barbe plissa les paupières pour mieux voir.

— J'aperçois du monde ce matin en place de Grève. Pour sûr, il doit y avoir un pendu.

— Un pendu? fit Angélique avec horreur.

— Dame, c'est là qu'on fait les exécutions. De ma lucarne, qui est juste au-dessus, j'en perds pas une, bien que ce soit un peu loin. J'aime mieux ça d'ailleurs, car j'ai le cœur sensible. Les pendaisons, c'est le plus fréquent, mais j'ai vu aussi deux têtes coupées à la hache et le bûcher d'un sorcier.

Angélique frissonna et se détourna. La perspective de sa fenêtre lui paraissait tout à coup moins riante.

S'étant habillée avec une certaine élégance puisqu'elle comptait se rendre aux Tuileries, Angélique pria Margot de prendre sa mante et de l'accompagner. La petite bonne garderait Florimond, et Barbe veillerait sur eux. Angélique était contente que la domestique de la maison fût son alliée, car cela avait beaucoup d'importance pour Hortense, qui était peu aidée. En dehors de Barbe, elle n'avait qu'une fille de vaisselle et un homme de peine qui portait l'eau ou le bois pour les feux de l'hiver, s'occupait des chandelles et lavait les carrelages.

— Votre train ne sera bientôt guère plus reluisant, fit la grande Margot en serrant les lèvres. Ce que je craignais est arrivé, madame. Vos croquants de valets et de cochers se sont enfuis, et il n'y a plus personne pour conduire votre carrosse et soigner vos chevaux.

Après un instant de saisissement, Angélique se rasséréna.

— Après tout, c'est aussi bien ainsi. Je n'ai pris avec moi que quatre mille livres. Mon intention est d'envoyer M. d'Andijos à Toulouse pour me ramener des fonds. Mais, en attendant, comme on ne connaît pas l'avenir, autant n'avoir pas à payer ces gens-là. Je vais vendre mes chevaux et mon carrosse au propriétaire de l'écurie publique, et nous irons à pied. J'ai grande envie de regarder les boutiques.

— Madame ne se rend pas compte de la boue qu'il y a dans les rues. A certains endroits, on enfonce jusqu'aux chevilles dans les immondices.

— Ma sœur m'a dit qu'en se mettant aux pieds des patins de bois on marchait très aisément. Allons, Margot, ma chère, ne grogne pas, nous allons visiter Paris, n'est-ce pas merveilleux?

En descendant, Angélique trouva, dans le vestibule, François Binet et le petit musicien.

— Je vous remercie d'être fidèles, leur dit-elle avec émotion, mais je crois qu'il va falloir nous séparer, car je ne pourrai pas vous garder désormais à mon service. Veux-tu, Binet, que j'aille te recommander à Mlle de Montpensier? Etant donné le succès que tu as eu près d'elle à Saint-Jean-de-Luz, je suis sûre qu'elle te trouvera un emploi, ou te recommandera à son tour auprès d'un gentilhomme.

A son grand étonnement, le jeune artisan déclina l'offre.

— Je vous remercie, madame, de votre bonté, mais je crois que je vais en toute simplicité me mettre au service d'un patron barbier.

— Toi, protesta Angélique, toi qui étais déjà le plus grand barbier-perruquier de Toulouse!

— Je ne peux, malheureusement, trouver d'emploi plus important en cette ville où les corporations sont très fermées.

— Mais, à la cour...

— Briguer l'honneur des grands, madame, est une œuvre de longue haleine. Il n'est pas bon de se trouver trop subitement en pleine lumière, surtout lorsqu'il s'agit d'un modeste artisan comme moi. Il suffit de si peu de chose, d'une parole, d'une allusion venimeuse, pour vous précipiter du faîte des grandeurs dans une misère plus grande que vous n'auriez connue si vous étiez resté modestement dans l'ombre. La faveur des princes est si changeante qu'un titre de gloire peut aussi bien causer votre perdition.

Elle le regarda un peu fixement.

— Tu veux leur laisser le temps d'oublier que tu as été le barbier de M. de Peyrac?

Il baissa les paupières.

— Pour moi, je ne l'oublierai jamais, madame. Que mon maître s'impose à ses ennemis et je n'aurai qu'une hâte, c'est de le servir de nouveau. Mais je ne suis qu'un simple barbier.

— Tu as raison, Binet, fit Angélique avec un sourire. J'aime ta franchise. Il n'est aucunement nécessaire que nous t'entraînions dans notre disgrâce. Voici cent écus et je te souhaite bonne chance.

Le jeune homme salua et, prenant son coffre de barbier, se recula jusqu'à la porte avec force courbettes et sortit.

— Et toi, Giovani, veux-tu que j'essaie de te mettre en rapport avec M. Lulli?

— Oh! oui, maîtresse, oh! oui.

— Et toi, Kouassi-Ba, que veux-tu faire?

— Je veux me promener avec toi, médême.

Angélique sourit.

— Bon. Eh bien, venez tous les deux. Nous allons aux Tuileries.

A cet instant, une porte s'ouvrit et Me Fallot passa sa belle perruque brune dans l'entrebâillement.

— J'entends votre voix, madame, et justement je vous guettais pour vous demander un instant d'entretien.

Angélique fit signe aux trois domestiques de l'attendre.

— Je suis à votre disposition, monsieur.

Elle le suivit dans son étude, où s'agitaient clercs et greffiers. L'odeur fade de l'encre, le grincement des plumes d'oie, la clarté douteuse, les vêtements de drap noir de ces gens besogneux ne faisaient pas de cette salle un lieu extrêmement plaisant. Aux murs étaient pendus une multitude de sacs noirs contenant les dossiers des affaires.

Me Fallot fit passer Angélique dans un petit bureau attenant, où quelqu'un se leva. Le procureur présenta :

— M. Desgrez, avocat. M. Desgrez serait à votre disposition pour vous guider dans la pénible affaire de votre mari.

Angélique, consternée, regardait le nouveau venu. Ça, l'avocat du comte de Peyrac! Il eût été difficile de trouver manteau plus élimé, linge plus usé, feutre plus miteux. Le procureur, qui pourtant lui parlait avec considération, paraissait presque luxueusement vêtu à côté de lui. Le pauvre garçon ne portait même pas de perruque, et ses longs cheveux semblaient de la même laine brune et rêche que son habit. Cependant, malgré sa pauvreté criante, il possédait certainement beaucoup d'aplomb.

— Madame, déclara-t-il aussitôt, ne parlons pas au futur ni même au conditionnel : je suis à votre disposition. Maintenant, confiez-moi sans crainte ce que vous savez.

— Ma foi, maître, répondit un peu froidement Angélique, je ne sais rien ou à peu près.

— Tant mieux, on ne part pas ainsi sur de fausses présomptions.

— Il y a tout de même un point certain, intervint Me Fallot : la lettre de cachet signée du roi.

— Très juste, maître. Le roi. Il faut partir du roi.

Le jeune avocat mit son menton dans sa main et fronça les sourcils.

— Pas commode! Pour le point de départ d'une piste on ne peut guère choisir plus haut.

— J'ai l'intention d'aller voir Mlle de Montpensier, la cousine du roi, dit Angélique. Il me semble que par elle je pourrais avoir des renseignements plus précis, surtout s'il s'agit d'une cabale de cour, comme je le soupçonne. Et par elle je pourrai peut-être parvenir jusqu'à Sa Majesté.

— Mlle de Montpensier, peuh! fit l'autre avec une moue dédaigneuse. Cette grande perche est surtout maladroite. N'oubliez pas, madame, qu'elle a été frondeuse et qu'elle a fait tirer sur les troupes de son royal cousin. A ce titre, elle restera toujours suspecte à la cour. De plus, le roi la jalouse un peu pour ses immenses richesses. Elle comprendra vite qu'il n'est pas de son intérêt de paraître protéger un seigneur tombé en disgrâce.

— Je crois, et j'ai toujours entendu dire que la Grande Mademoiselle avait un excellent cœur.

— Plût au Ciel qu'elle le montrât pour vous, madame! En tant qu'enfant de Paris, je n'ai guère confiance dans le cœur des grands, qui nourrissent le peuple des fruits de leur mésentente, fruits aussi amers et pourris que ceux qui stagnent sous votre maison, monsieur le procureur. Mais, enfin, entreprenez cette démarche, madame, si vous la croyez bonne. Je vous recommande cependant de ne parler à Mademoiselle ainsi qu'aux princes qu'avec beaucoup de légèreté et sans insister sur l'injustice qui vous est faite.

« Est-ce à un avocaillon en souliers percés de m'apprendre comment on parle aux gens de cour? » se demandait Angélique avec humeur.

Elle prit sa bourse et en tira quelques écus.

— Voici une avance sur les frais que pourra vous occasionner votre enquête.

— Je vous remercie, madame, répondit l'avocat qui, après avoir jeté aux écus un coup d'œil satisfait, les glissa dans une bourse de cuir qu'il portait à la ceinture et qui paraissait fort plate.

Il salua très courtoisement et sortit.

Aussitôt, un énorme chien danois, au poil blanc parsemé de larges taches brunes, et qui attendait patiemment à l'angle de la maison, se dressa et emboîta le pas à l'avocat. Celui-ci, les mains dans les poches, s'éloigna en sifflotant gaiement.

— Cet homme ne m'inspire guère confiance, dit Angélique à son beau-frère. Je le crois à la fois un plaisantin et un vaniteux incapable.

— C'est un garçon très brillant, affirma le procureur, mais il est pauvre... comme beaucoup de ses pareils. Il y a pléthore d'avocats sans cause sur la place de Paris. Celui-ci a dû hériter la charge de son père, sinon il n'aurait pu l'acheter. Mais je vous l'ai recommandé parce que, d'une part, j'estime son intelligence, et que, de l'autre, il ne vous coûtera pas cher. Avec la petite somme que vous lui avez donnée, il va faire des merveilles.

— La question d'argent ne doit pas intervenir. Si cela est nécessaire, mon mari aura le secours des hommes de loi les plus éclairés.

Me Fallot laissa tomber sur Angélique un regard à la fois hautain et rusé.

— Avez-vous en votre possession une fortune inépuisable?

— Avec moi, non, mais je vais envoyer le marquis d'Andijos à Toulouse. Il verra notre banquier et le chargera, s'il faut de l'argent liquide immédiatement, de vendre quelques terres.

— Ne craignez-vous pas que vos biens toulousains n'aient été assis et mis sous scellés, comme votre hôtel de Paris?

Angélique le regarda, atterrée.

— C'est impossible! balbutia-t-elle. Pourquoi aurait-on fait cela? Pourquoi s'acharnerait-on contre nous? Nous n'avons causé de tort à personne.

L'homme de loi eut un geste plein d'onction.

— Hélas! madame. Bien des gens qui passent dans cette étude prononcent les mêmes paroles. A les entendre, personne ne causerait jamais de tort à personne. Et, pourtant, il y a toujours des procès...

« Et du travail pour les procureurs », pensa Angélique.

Avec cette nouvelle inquiétude en tête, elle fut moins attentive à la promenade qui, par les rues de la Colombe, des Marmousets et de la Lanterne, l'amena devant le Palais de justice. Suivant le quai de l'Horloge, elle atteignit ensuite le Pont-Neuf, à l'extrémité de l'île. Son animation enchanta les domestiques. Des petites boutiques montées sur roues se massaient autour de la statue de bronze du bon roi Henri IV, et mille cris en partaient vantant des marchandises plus variées les unes que les autres. Là c'était un emplâtre miraculeux, là on arrachait les dents sans douleur, ici on vendait des flacons d'un produit bizarre pour détacher les vêtements, là des livres, là des jouets, des colliers d'os de tortue pour délivrer du mal de ventre. On entendait grincer des trompettes et ronfler des caisses à musique. Des tambours battaient sur une estrade où des acrobates jonglaient avec des gobelets. Un individu hâve, vêtu d'un costume élimé, glissa dans la main d'Angélique une feuille de papier et lui demanda dix sols. Elle les donna machinalement et mit la feuille dans sa poche, puis ordonna à sa suite béate de se hâter un peu.

Elle n'avait pas le cœur à baguenauder. De plus, à chaque pas, elle était arrêtée par des mendiants qui surgissaient brusquement devant elle, montrant une plaie visqueuse, un moignon enveloppé de charpie sanglante, ou encore par des femmes haillonneuses portant des enfants dont le visage couvert de croûtes était environné de mouches. Ces gens sortaient de l'ombre des porches, de l'angle d'une boutique, se levaient des berges, éructaient des appels d'abord geignards, bien vite menaçants.

A la fin, écœurée et n'ayant plus de menue monnaie, Angélique donna l'ordre à Kouassi-Ba de les chasser. Immédiatement le Noir découvrit ses dents de cannibale et tendit les mains en direction d'un béquillard qui s'approchait, lequel décampa aussitôt avec une agilité pour le moins surprenante.

— Voilà ce qu'on gagne à marcher à pied comme des croquants, répétait la grande Margot, de plus en plus outrée.

★

Angélique poussa un soupir de soulagement lorsqu'elle aperçut enfin, couverte de lierre, la tour du Bois, vestige croulant de l'ancienne enceinte du vieux Paris. Peu après, apparut le Pavillon de Flore, terminant la galerie et la reliant, formant angle droit avec le château des Tuileries.

L'air devenait plus frais. Un vent léger se levait de la Seine et dispersait les effluves malodorants de la ville.

Enfin on découvrit les Tuileries, palais armorié de mille détails, flanqué d'une coupole dodue et de lanternons, résidence d'été d'une grâce féminine, car il avait été édifié pour une femme, Catherine de Médicis, la fastueuse Italienne.

Aux Tuileries, on lui dit d'attendre. La Grande Mademoiselle était allée au Luxembourg afin d'y prévoir son déménagement, car Monsieur, frère du roi, avait décidé de lui disputer les Tuileries, où pourtant Mademoiselle résidait depuis des années. Il s'était installé avec toute sa suite dans une aile du palais. Mademoiselle l'avait traité de « chipoteur », et il y avait eu beaucoup de cris. Finalement Mademoiselle cédait, comme elle avait toujours cédé. Elle était vraiment trop bonne.

★

Restée seule, Angélique s'assit près d'une fenêtre et contempla le merveilleux jardin. Au-delà des parterres de mosaïques fleuries, on voyait briller les flocons blancs d'un grand verger d'amandiers, et plus loin les masses vertes des arbres de la Garenne.

Au bord de la Seine, un bâtiment abritait la volière de Louis XIII, où s'élevaient encore les faucons de chasse.

A droite, c'étaient les célèbres écuries royales et le manège, d'où montaient à cette heure le bruit des galops et les cris des pages et des entraîneurs.

Angélique respirait l'air champêtre et regardait tourner les petits moulins à vent sur les buttes lointaines de Chaillot, de Passy et du Roule.

Enfin, vers midi, il y eut un grand remue-ménage et Mlle de Montpensier apparut, suant et s'éventant.

— Ma petite amie, dit-elle à Angélique, vous arrivez toujours à point. Au moment où, me tournant de toutes parts, je ne vois que de sottes figures à gifler, votre ravissant minois aux yeux sages et limpides me cause une impression... rafraîchissante. C'est cela : rafraîchissante... Va-t-on, oui ou non, nous apporter de la limonade et des glaces?

Elle se laissa choir dans un fauteuil, reprit du souffle.

— Que je vous raconte. J'ai failli étrangler le petit

Monsieur ce matin, et cela ne m'aurait guère été difficile. Il me chasse de ce palais, où j'ai vécu depuis l'enfance. Je dis plus, j'ai régné sur ce palais. Tenez... C'est d'ici même que j'ai envoyé mes valets et mes violons ferrailler contre les gens de M. Mazarin, à la Porte de la conférence que vous voyez là-bas. Celui-ci voulait s'enfuir devant la colère du peuple, mais, du coup, il n'a pu sortir de Paris. Peu s'en est fallu qu'on ne l'assassinât et qu'on ne jetât son corps à la rivière...

Angélique se demandait comment, au milieu de ce verbiage, elle pourrait aborder le sujet qui lui tenait au cœur. Le scepticisme du jeune avocat sur la bonté des grands lui revenait en mémoire. Enfin, rassemblant tout son courage, elle dit :

— Que Votre Altesse m'excuse, mais je sais qu'elle est au courant de tout ce qui se passe à la cour. N'est-il pas venu à sa connaissance que mon mari était à la Bastille?

La princesse parut franchement surprise et tout de suite s'émut.

— A la Bastille? Mais quel crime a-t-il commis?

— C'est précisément ce que j'ignore et j'espère beaucoup en vous, Altesse, pour m'aider à éclairer cette énigme.

Elle raconta les événements de Saint-Jean-de-Luz et la disparition mystérieuse du comte de Peyrac. Les scellés apposés sur l'hôtel du quartier Saint-Paul prouvaient bien que son enlèvement avait trait à une action de justice, mais le secret était bien gardé.

— Voyons, dit Mlle de Montpensier, cherchons un peu. Votre mari avait des ennemis, comme tout le monde. Qui, selon vous, a pu chercher à lui nuire?

— Mon mari ne vivait pas en bonne intelligence avec l'archevêque de Toulouse. Mais je ne crois pas que celui-ci aurait pu avancer contre lui rien qui motivât l'intervention du roi.

— Le comte de Peyrac n'aurait-il pas blessé quelques grands influents près de Sa Majesté? Je me souviens précisément d'une chose, ma petite. M. de Peyrac s'est montré jadis d'une insolence rare à l'égard de mon père lorsque celui-ci s'est présenté à Toulouse comme gouverneur du Languedoc. Oh! mon père ne lui en a pas voulu, et d'ailleurs il est mort. Monsieur mon père n'était pas de caractère jaloux, bien qu'il passât son temps à comploter. J'ai hérité de cette passion, je l'avoue, et c'est pour cela que je ne suis pas toujours très bien vue par le roi. C'est un homme si susceptible... Ah! j'y songe, M. de Peyrac n'aurait-il pas blessé le roi lui-même?

— Mon mari n'a pas coutume de se dépenser en flatteries. Cependant il respectait le roi, et n'a-t-il pas cherché à lui plaire de son mieux en le recevant à Toulouse?

— Oh! quelle fête magnifique, s'enthousiasma Mademoiselle en joignant les mains. Ces petits oiseaux qui sortaient d'un gros rocher de confiserie!... Mais, justement, je me suis laissé dire que le roi en avait été irrité. C'est comme pour ce M. Fouquet de Vaux-le-Vicomte... Tous ces grands seigneurs ne se rendent pas compte que, si le roi sourit, ses dents sont agacées, comme s'il buvait du verjus, de voir ses propres sujets l'écraser de leur splendeur.

— Je ne puis croire que Sa Majesté soit d'esprit si mesquin.

— Le roi semble doux et honnête, j'en conviens. Mais, qu'on le veuille ou non, il se souvient toujours du temps où les princes du sang lui faisaient la guerre. Et j'en étais, c'est vrai, je ne sais plus pourquoi. Bref, Sa Majesté se méfie de tous ceux qui relèvent la tête un peu trop haut.

— Mon mari n'a jamais cherché à comploter contre le roi. Il s'est toujours conduit en loyal sujet, et il payait à lui seul le quart de tous les impôts du Languedoc.

— Comme vous le défendez avec feu! J'avoue que son aspect m'effrayait un peu, mais, après m'être entretenue avec lui à Saint-Jean-de-Luz, j'ai commencé à comprendre d'où lui venait le succès qu'il a auprès des femmes. Ne pleurez pas, ma chérie, on vous rendra votre grand Boiteux séducteur, devrais-je harceler de questions le cardinal lui-même et mettre les pieds dans le plat à mon habitude!

5

Angélique se sépara de la Grande Mademoiselle un peu rassérénée. Il fut convenu que celle-ci la ferait chercher dès qu'elle aurait obtenu des renseignements probants. Désireuse de faire plaisir à son amie, la princesse accepta de se charger du petit Giovani qu'elle prendrait parmi ses violons en attendant de le présenter à Baptiste Lulli, le baladin du roi.

— De toute façon, aucune démarche ne pourra aboutir avant l'entrée du roi dans Paris, conclut-elle. Tout est suspendu en prévision des fêtes. La reine mère est au Louvre, mais le roi et la reine doivent rester à Vincennes jusque-là. Cela n'arrange pas les affaires. Aussi ne vous impatientez pas. Je ne vous oublierai pas et vous ferai mander quand il le faudra.

★

Après l'avoir quittée, Angélique erra un peu dans les couloirs du château avec l'espoir de rencontrer Péguilin de Lauzun, qu'elle savait très assidu auprès de Mademoiselle. Elle ne le vit pas, mais croisa Cerbalaud. Celui-ci promenait une mine assez longue. Lui non plus ne savait que penser de l'arrestation du comte de Peyrac; tout ce qu'il pouvait dire c'est que personne n'en parlait, ni ne semblait la soupçonner.

— On le saura bientôt, affirma Angélique, confiante en la Grande Mademoiselle, cette trompette aux cent bouches.

Rien ne lui semblait plus terrible maintenant que la muraille de silence dont s'environnait la disparition de Joffrey. Si l'on en parlait, il faudrait bien que la chose vînt au jour.

Elle s'informa du marquis d'Andijos. Cerbalaud dit que celui-ci venait de se rendre au Pré-aux-Clercs pour un duel.

— Il se bat en duel? s'écria Angélique effrayée.

— Pas lui, mais Lauzun et d'Humières ont une affaire d'honneur.

— Accompagnez-moi, je veux les voir.

Comme elle descendait l'escalier de marbre, une femme aux grands yeux noirs l'accosta. Elle reconnut la duchesse de Soissons, l'une des Mancini : Olympe, nièce du cardinal.

— Madame de Peyrac, je suis heureuse de vous revoir, fit cette belle dame, mais, plus encore que vous-même, c'est votre garde du corps, noir comme l'ébène, qui m'enchante. J'avais déjà formé le projet à Saint-Jean-de-Luz de vous le demander. Voulez-vous me le céder? Je vous le paierai bon prix.

— Kouassi-Ba n'est pas à vendre, protesta Angélique. Il est vrai que mon mari l'a acheté tout petit, à Narbonne, mais il ne l'a jamais considéré comme un esclave, et il lui paie des gages comme à un domestique.

— Je lui en paierai aussi, et de fort bons.

— Je regrette, madame, mais je ne puis vous donner satisfaction. Kouassi-Ba m'est utile et mon mari serait désolé de ne pas le trouver à son retour.

— Eh bien, tant pis, fit Mme de Soissons avec un petit geste déçu.

Elle jeta encore un regard d'admiration sur le géant de bronze qui se tenait impassible derrière Angélique.

— C'est inouï combien un tel suivant peut faire ressortir la beauté, la fragilité et la blancheur d'une femme. N'est-ce pas votre avis, très cher?

Angélique aperçut alors le marquis de Vardes qui se dirigeait vers le groupe. Elle n'avait aucune envie de se retrouver en face de ce gentilhomme, qui s'était montré avec elle brutal et odieux. Elle ressentait encore la brûlure de ses lèvres qu'il avait mordues méchamment.

Aussi s'empressa-t-elle de saluer Mme de Soissons et de descendre vers les jardins.

— J'ai l'impression que la belle Olympe jette des regards concupiscents sur votre Nègre, dit Cerbalaud. Vardes, son amant en titre, ne lui suffit pas. Elle est follement curieuse de savoir comment un Maure fait l'amour.

— Oh! dépêchez-vous au lieu de dire des horreurs! s'impatienta Angélique. Moi, je suis surtout curieuse de savoir si Lauzun et d'Humières ne sont pas en train de s'embrocher.

Combien ces gens légers, à la cervelle vide, au cœur égoïste, la lassaient! Elle avait l'impression de courir, comme dans un rêve, à la poursuite de quelque chose d'extrêmement difficile, et de s'évertuer en vain à rassembler des éléments épars. Mais tout fuyait, s'évanouissait devant elle.

Les deux compagnons se trouvaient déjà sur les quais, lorsqu'une voix les héla et les retint encore.

Un grand seigneur, qu'Angélique ne connaissait pas, l'aborda et lui demanda quelques instants d'entretien.

— Oui, mais faites vite.

Il l'attira à l'écart.

— Madame, je suis envoyé par S.A.R. Philippe d'Orléans, frère du roi. Monsieur désirerait vous entretenir au sujet de M. de Peyrac.

— Mon Dieu! murmura Angélique dont le cœur se mit à battre très fort.

Enfin allait-elle savoir quelque chose de précis? Elle n'aimait guère pourtant le frère du roi, ce petit homme aux yeux mornes et froids. Mais elle se souvenait des paroles admiratives, encore qu'assez ambiguës, qu'il avait prononcées au sujet du comte de Peyrac. Qu'avait-il appris sur le prisonnier de la Bastille?

— Son Altesse vous attendra ce soir vers l'heure de cinq après midi, continua à mi-voix le gentilhomme. Vous entrerez par les Tuileries et vous vous rendrez au Pavillon de Flore, où Monsieur a ses appartements. Ne parlez à personne de tout ceci.

— Je serai accompagnée de ma servante.

— A votre guise.

Il salua et s'éloigna en faisant claquer ses éperons.

— Quel est ce gentilhomme? demanda Angélique à Cerbalaud.

— Le chevalier de Lorraine, le nouveau favori de Monsieur. Oui, de Guiche a déplu : il n'était pas assez enthousiaste pour les amours inverties et gardait trop de goût pour le beau sexe. Pourtant le petit Monsieur n'est pas si dédaigneux, lui non plus. On dit qu'après l'entrée du roi on va le marier, et savez-vous qui il épouse? La princesse Henriette d'Angleterre, la fille du pauvre Charles Ier que les Anglais ont décapité...

Angélique n'écoutait que d'une oreille. Elle commençait à avoir faim. L'appétit chez elle ne perdait jamais ses droits. Elle en avait un peu honte, surtout dans les circonstances présentes. Que mangeait le pauvre Joffrey dans sa noire prison, lui si raffiné?

Cependant elle jeta un regard autour d'elle dans l'espoir d'apercevoir un marchand de gaufres ou de pâtés chauds, auquel elle achèterait de quoi se restaurer.

Leur nouvelle course les avait amenés de l'autre côté de la Seine, près de la vieille porte de Nesle flanquée de sa tour. Il y avait longtemps que n'existait plus le Pré-aux-Clercs où tant d'étudiants prenaient jadis leurs ébats. Mais il restait encore entre l'abbaye de Saint-Germain-des-Prés et les anciens fossés un terrain vague, planté de boqueteaux où les jeunes gens pointilleux pouvaient venir laver leur honneur loin du regard indiscret des gens du guet.

En s'approchant, Angélique et Cerbalaud entendirent des cris, et trouvèrent Lauzun et le marquis d'Humières, la chemise ouverte, en tenue de duellistes, et tombant à bras raccourcis sur Andijos. L'un et l'autre racontèrent qu'obligés de se battre, ils avaient été prier en cachette Andijos de venir les séparer au nom de l'amitié, quand ils seraient sur le pré. Mais le traître s'était dissimulé derrière un buisson et avait assisté, en riant comme un fou, aux angoisses des deux « ennemis » qui faisaient traîner les choses en longueur, trouvant qu'une épée était plus courte que l'autre, que les chaussons étaient trop étroits, etc. Finalement ils protestèrent lorsque parut le conciliateur.

— Pour peu que nous n'eussions été gens de cœur, nous aurions eu le loisir cent fois de nous couper la gorge! criait le petit Lauzun.

Angélique se joignit à eux pour accabler Andijos.

— Croyez-vous que mon mari vous ait entretenu depuis quinze ans pour que vous vous livriez à des facéties stupides pendant qu'il est en prison? lui criat-elle. Oh! ces gens du Midi!...

Elle l'empoigna, le tira à l'écart et lui enfonçant ses ongles dans le bras, lui ordonna de repartir aussitôt pour Toulouse afin de lui ramener de l'argent dans les plus brefs délais. Assez penaud, il lui avoua qu'il avait perdu tout ce qu'il possédait en jouant la veille au soir chez la princesse Henriette. Elle lui donna cinq cents livres et Kouassi-Ba pour l'accompagner.

Lorsqu'ils furent partis, Angélique s'aperçut que Lauzun et d'Humières, ainsi que leurs témoins, s'étaient également éclipsés.

Elle posa la main sur son front.

— Je dois retourner aux Tuileries vers 5 heures, dit-elle à Margot. Attendons par là, dans une taverne où l'on nous donnera à boire et à manger.

— Une taverne! répéta la servante indignée, madame, ce n'est pas un lieu pour vous.

— Crois-tu que la prison soit un lieu pour mon mari? J'ai soif et faim. Toi aussi d'ailleurs. Ne fais pas de manières et allons nous reposer.

Elle lui prit le bras familièrement et s'appuya contre elle. Elle était plus petite que Margot, et c'était pour cela sans doute qu'elle s'était longtemps laissé impressionner par la femme de chambre. Maintenant elle la connaissait bien. Vive, véhémente, facilement outrée, Marguerite, dite Margot, vouait à la famille de Peyrac un attachement indéfectible.

— Peut-être as-tu envie de t'en aller, toi aussi? dit

brusquement Angélique. Je ne sais absolument pas comment tout cela va tourner. Tu as vu que les valets n'ont pas été longs à prendre peur et ils n'ont peut-être pas tort.

— Je n'ai jamais tenu à suivre l'exemple des valets, fit dédaigneusement Margot, dont les yeux flambaient comme des braises.

Elle ajouta après un instant de réflexion :

— Pour moi, ma vie tourne autour d'un seul souvenir. J'ai été mise avec le comte dans la hotte du paysan catholique qui le ramena à Toulouse chez ses parents. C'était après le massacre des gens de mon village dont était ma mère, sa nourrice. J'avais quatre ans à peine, mais je me souviens de chaque détail. Il était tout brisé et gémissait. Moi j'essuyais maladroitement son petit visage sanglant, et comme il brûlait de soif, je lui glissais un peu de neige fondue entre les lèvres. Pas plus qu'alors, maintenant, devrais-je mourir aussi sur la paille d'un cachot, je ne le quitterai...

Angélique ne répondit rien, mais elle s'appuya plus fortement et posa un instant sa joue contre l'épaule de la servante.

Elles trouvèrent une taverne près de la porte de Nesle, devant le petit pont en dos d'âne qui franchissait l'ancien fossé des remparts. La patronne leur prépara une fricassée dans l'âtre.

Il y avait peu de monde dans la salle, à part quelques soldats curieux de cette dame en riches atours assise devant une table grossière.

Par la porte ouverte, Angélique regardait la sinistre tour de Nesle flanquée de son lanternon. C'est de là que jadis on précipitait dans le fleuve les amants d'une nuit de la luxurieuse Marguerite de Bourgogne, reine de France, qui, masquée, allait racoler dans les ruelles les étudiants au frais visage.

Maintenant la tour délabrée avait été louée par la

Ville à des blanchisseuses, qui étalaient leur linge aux créneaux et aux meurtrières.

L'endroit était calme et peu passant, la campagne toute proche. Des bateliers tiraient leurs barques sur la vase des rives. Des enfants pêchaient à la ligne dans les fossés...

★

Lorsque le soir commença de tomber, Angélique traversa de nouveau le fleuve pour se retrouver aux Tuileries. Il y avait beaucoup de monde dans les allées du jardin, car l'heure fraîche amenait non seulement des seigneurs, mais aussi des familles de riches bourgeois qui avaient accès à la promenade du parc.

Au pavillon de Flore, le chevalier de Lorraine vint lui-même à la rencontre des visiteuses et les installa sur une banquette de l'antichambre. Son Altesse n'allait pas tarder à venir. Il les laissa.

Les couloirs semblaient très animés. Ce passage servait de communication entre les Tuileries et le Louvre. A plusieurs reprises, Angélique remarqua des visages rencontrés à Saint-Jean-de-Luz. Elle se renfonçait dans l'encoignure, n'ayant aucun souci d'être reconnue. D'ailleurs peu de personnes les remarquaient. On se rendait au souper de Mademoiselle. On se donnait rendez-vous pour jouer au trente et un chez Mme Henriette. Certains déploraient d'être contraints de retourner au château de Vincennes, si peu commode, mais où le roi devait demeurer jusqu'à son entrée dans Paris.

Peu à peu, l'ombre envahit les couloirs. Des files de laquais apparurent portant des flambeaux qu'ils disposèrent de console en console, entre les hautes fenêtres.

— Madame, dit brusquement Margot, il faut nous en aller. La nuit colle aux carreaux. Si nous ne partons pas maintenant, nous ne nous y retrouverons pas, ou bien nous nous ferons assassiner par quelque malandrin.

— Je ne bougerai pas avant d'avoir vu Monsieur, fit Angélique têtue. Devrais-je passer la nuit sur cette banquette.

La servante n'insista pas. Mais quelques instants plus tard, elle reprit à voix basse :

— Madame, je crains qu'on ne veuille attenter à votre vie.

Angélique sursauta.

— Tu es folle. Où vas-tu chercher des idées pareilles?

— Pas si loin. On a bien cherché à vous tuer il y a quatre jours à peine.

— Que veux-tu dire?

— Dans la forêt de Rambouillet. Ce n'était pas au roi et à la reine qu'on en voulait, madame, mais bien à vous. Et, si la voiture n'avait pas trébuché dans une ornière, la balle qu'on a tirée à bout portant dans la vitre, vous l'auriez reçue dans la tête, pour sûr.

— Tu te fais des imaginations extravagantes. Ces valets, à la recherche d'un mauvais coup, auraient assailli n'importe quelle voiture...

— Ouais! Alors pourquoi celui qui a tiré sur vous était-il votre ancien maître d'hôtel, Clément Tonnel?

Angélique regarda autour d'elle la perspective maintenant déserte de l'antichambre, où les flammes droites des cires ne faisaient remuer aucune ombre.

— Tu es certaine de ce que tu dis là?

— J'en répondrais sur ma vie. Je l'ai bien reconnu, malgré son feutre baissé sur les yeux. On a dû le choisir parce qu'il vous connaissait bien, et qu'ainsi on était sûr qu'il ne se tromperait pas sur la personne.

— Qui ça « on » ?

— Est-ce que je sais, moi? fit la servante en haussant les épaules. Mais il y a une chose au moins que je crois encore : c'est que cet homme est un espion; il ne m'a jamais inspiré confiance. D'abord, il n'était pas de chez nous. Ensuite, il ne savait pas rire. Enfin, il paraissait toujours guetter quelque chose, un air de s'affairer à son travail avec des oreilles trop ouvertes... Maintenant pourquoi a-t-il voulu vous tuer, je ne pourrais pas plus l'expliquer que la raison pour laquelle mon maître est en prison. Mais il faudrait être aveugle et sourde et sotte par-dessus le marché pour ne pas comprendre que vous avez des ennemis qui ont juré votre perte.

Angélique frissonna et serra autour d'elle son ample cape de soie brune.

— Je ne vois rien qui puisse motiver cet acharnement. Pourquoi voudrait-on me tuer?

Dans un éclair, la vision du coffret au poison passa devant ses yeux. Ce secret, elle ne l'avait partagé qu'avec Joffrey. Etait-il possible qu'on se préoccupât encore de cette vieille histoire?

— Partons, madame, répéta Margot d'une voix pressante.

A ce moment, le bruit d'un pas résonna dans la galerie. Angélique ne put s'empêcher de tressaillir nerveusement. Quelqu'un s'approchait. Angélique reconnut le chevalier de Lorraine, portant un flambeau à trois bougies.

Les flammes éclairaient son visage très beau, dont l'expression affable démentait mal une expression hypocrite et tant soit peu cruelle.

— Son Altesse Royale s'excuse infiniment, dit-il en s'inclinant. Elle a été retardée et ne pourra se rendre ce soir au rendez-vous qu'elle vous a donné. Voulez-vous que la chose soit reportée demain à la même heure?

Angélique était affreusement déçue. Elle accepta cependant le nouveau rendez-vous.

Le chevalier de Lorraine lui dit que les portes des Tuileries étaient fermées; il allait les conduire jusqu'à l'autre extrémité de la grande galerie. Là, en sortant par un petit jardin qu'on appelait le Jardin de l'infante, elles seraient à quelques pas du Pont-Neuf.

Le chevalier de Lorraine marchait en tenant haut son flambeau. Ses talons de bois résonnaient lugubrement sur le dallage. Angélique voyait passer dans les vitres noires leur petit cortège, et ne pouvait s'empêcher de lui trouver quelque chose de funèbre. De temps à autre, on croisait un garde, une porte s'ouvrait et un couple en sortait, rieur. On apercevait un salon brillamment éclairé, où la société jouait gros et petit jeu. Un orchestre de violons, quelque part derrière une tenture, laissa flotter longtemps sa mélodie aigrelette et douce.

Enfin l'interminable marche parut prendre fin. Le chevalier de Lorraine s'arrêta.

— Voici l'escalier par lequel vous allez descendre dans les jardins. Vous trouverez immédiatement sur votre droite une petite porte et quelques marches, et vous serez hors du palais.

Angélique n'osait dire qu'elle était sans voiture, et d'ailleurs le chevalier ne s'en informait pas. Il s'inclina avec la correction de quelqu'un qui a terminé son service et s'éloigna.

Angélique saisit de nouveau le bras de la servante.

— Dépêchons-nous, Margot, ma chère. Je ne suis pas peureuse, mais cette promenade nocturne ne m'inspire aucunement.

Elles commencèrent à descendre en hâte les marches de pierre.

★

Ce fut son petit soulier qui sauva Angélique. Elle avait tant marché toute la journée que la fragile bride de cuir, brusquement, céda. Lâchant sa compagne à mi-chemin de l'escalier, elle se pencha pour essayer de la réparer. Margot continua de descendre.

Tout à coup un cri atroce monta de l'ombre, un cri de femme frappée à mort.

— Au secours, madame, on m'assassine... Fuyez! ... Fuyez!

Puis la voix se tut. Un gémissement affreux se prolongea, s'affaiblit.

Glacée d'épouvante, Angélique sondait en vain le puits obscur où s'enfonçaient les marches blêmes. Elle appela :

— Margot! Margot!

Sa voix résonna dans un silence profond. L'air frais de la nuit parfumée par les orangers du jardin venait jusqu'à elle, mais plus un bruit ne s'élevait.

Frappée de panique, Angélique remonta précipitamment et retrouva les lumières de la grande galerie. Un officier y passait. Elle se précipita vers lui.

— Monsieur! Monsieur! au secours. On vient de tuer ma servante.

Elle reconnut un peu tard le marquis de Vardes, mais dans son effroi il lui parut providentiel.

— Hé! c'est la femme en or, fit-il remarquer de sa voix ricanante, c'est la femme aux doigts lestes.

— Monsieur, le moment n'est pas au badinage. Je vous répète qu'on vient d'assassiner ma servante.

— Et après? Vous ne voudriez pas que j'en pleure?

Angélique se tordait les mains.

— De grâce, il faut faire quelque chose, chasser les

malandrins qui se cachent sous cet escalier. Elle n'est peut-être que blessée?

Il la regardait en continuant de sourire.

— Décidément vous me semblez moins arrogante que la première fois que nous nous sommes rencontrés. Mais l'émotion ne vous va pas si mal.

Elle fut sur le point de lui sauter au visage, de le frapper, de le traiter de lâche. Mais elle entendit le glissement de l'épée qu'il tirait tout en disant nonchalamment :

— Allons voir cela.

Elle le suivit, essayant de ne pas trembler, et redescendit près de lui les premières marches.

Le marquis se pencha par-dessus la balustrade.

— On ne voit rien, mais on sent. Le fumet de la canaille ne trompe guère : oignon, tabac et vin noir des tavernes. Ils sont bien quatre ou cinq à grouiller en bas.

Et, lui saisissant le poignet :

— Ecoutez.

Le bruit d'une chute dans l'eau, suivie d'une retombée d'éclaboussures, troua le silence morne.

— Voilà. Ils viennent de jeter le corps dans la Seine.

Tourné vers elle, les yeux à demi fermés comme s'il l'étudiait avec une attention de reptile, il continuait :

— Oh! l'endroit est classique. Il y a par là une petite porte qu'on oublie souvent de fermer, parfois volontairement. C'est un jeu pour qui le veut d'y poster quelques tueurs à gages. La Seine est à deux pas. L'affaire est vite menée. Tendez l'oreille un peu, vous les entendrez chuchoter. Ils ont dû s'apercevoir qu'ils n'ont pas frappé la personne qu'on leur avait recommandée. Vous avez donc de grands ennemis, ma toute belle?

Angélique serrait les dents pour les empêcher de claquer.

Elle réussit à dire enfin :
— Qu'allez-vous faire ?
— Pour l'instant, rien. Aucune envie d'aller mesurer mon épée avec les rapières rouillées de ces malandrins. Mais d'ici une heure des suisses vont venir prendre la garde dans ce coin. Les assassins déguerpiront, à moins qu'ils ne se fassent pincer. De toute façon, vous pourrez alors passer sans crainte. En attendant...

La tenant toujours par le poignet, il la ramena dans la galerie. Elle le suivait machinalement, la tête bourdonnante.

— Margot est morte... On a voulu me tuer... C'est la deuxième fois... Et je ne sais rien, rien... Margot est morte...

Vardes l'avait fait entrer dans une sorte de renfoncement du mur garni d'une console et de tabourets, et qui devait servir d'antichambre à un appartement voisin. Posément, il remit son épée au fourreau, détacha son baudrier et le posa ainsi que l'arme sur la console. Puis il s'approcha d'Angélique.

Elle comprit subitement ce qu'il voulait et le repoussa avec horreur.

— Quoi, monsieur, je viens d'assister au meurtre d'une fille pour laquelle j'avais de l'attachement, et vous croyez que je consentirais...

— Je me moque que vous consentiez ou non. Ce que les femmes ont en tête m'est indifférent. Je ne leur trouve de l'intérêt qu'au-dessous de la ceinture. L'amour est une formalité. Ignorez-vous que c'est ainsi que les belles dames paient leur passage dans les couloirs du Louvre ?

Elle essaya de se montrer cinglante.

— C'est vrai, j'oubliais : « Qui dit Vardes, dit mufle. »

Le marquis lui pinça le bras jusqu'au sang.

— Petite garce! Si vous n'étiez pas si jolie, je vous abandonnerais volontiers à ces braves gens qui vous attendent sous l'escalier. Mais ce serait dommage de voir saigner un petit poulet si tendre. Allons, soyez sage.

Elle ne le voyait pas, mais elle devinait son sourire suffisant et un peu cruel dans son beau visage. Une lueur indécise, venue de la galerie, éclairait sa perruque d'un blond pâle.

— Vous ne me toucherez pas, fit-elle haletante, ou j'appelle.

— Appeler ne servirait de rien. L'endroit est peu fréquenté. Il n'y aurait guère pour s'émouvoir de vos cris que les messieurs aux rapières rouillées. Ne faites pas de scandale, ma chère. Je vous veux, je vous aurai. Il y a longtemps que j'ai décidé cela et le hasard m'a bien servi. Préférez-vous que je vous laisse repartir seule chez vous?

— J'irai demander aide ailleurs.

— Qui vous aidera dans ce palais, où tout semble avoir été si bien préparé pour votre perte? Qui vous a conduite jusqu'à cet escalier réputé?

— Le chevalier de Lorraine.

— Tiens! tiens! il y aurait donc du petit Monsieur là-dessous? Au fait, ce ne serait pas la première fois qu'il supprimerait quelque « rivale » gênante. Vous voyez donc que vous avez tout intérêt à vous taire...

Elle ne répondit pas, mais, lorsqu'il se rapprocha de nouveau, elle ne bougea plus.

Sans hâte, avec une tranquillité insolente, il lui releva ses longues jupes de taffetas qui bruissèrent, et elle sentit ses mains tièdes lui caresser complaisamment les reins.

— Charmante, fit-il à mi-voix...

Angélique était hors d'elle-même d'humiliation et de peur. Dans son esprit affolé, tourbillonnaient des images absurdes : le chevalier de Lorraine et son flambeau, la Bastille, le cri de Margot, le coffret de poison. Puis tout s'effaça, et elle fut submergée par l'anxiété, la panique physique de la femme qui n'a connu qu'un seul homme. Ce contact nouveau l'inquiétait et la révulsait. Elle se tordit, essayant d'échapper à l'étreinte. Elle voulait crier, mais aucun son ne sortit de sa gorge. Paralysée, tremblante, elle se laissa prendre, réalisant à peine ce qui lui arrivait...

Un éclat de lumière plongea soudain à l'intérieur du réduit. Puis un gentilhomme qui passait écarta précipitamment son flambeau et s'éloigna en riant et en criant : « Je n'ai rien vu. » Ce genre de spectacle semblait être familier aux habitants du Louvre.

Le marquis de Vardes ne s'était pas interrompu pour si peu. Dans l'ombre où leurs souffles proches se mêlaient, Angélique éperdue se demandait quand la terrible contrainte allait prendre fin. Lasse, bouleversée, à demi évanouie, elle s'abandonnait, malgré elle, aux bras masculins qui la broyaient. Peu à peu, la nouveauté de l'étreinte, la répétition de ces gestes d'amour pour lesquels son corps avait été si merveilleusement façonné, lui causèrent un trouble contre lequel elle ne se défendit pas. Lorsqu'elle en prit conscience, il était trop tard. L'étincelle du plaisir allumait en elle une langueur bien connue, répandait en ses veines le subtil émoi qui bientôt allait se transformer en feu dévorant.

Le jeune homme la devina. Il eut un petit rire étouffé et redoubla de science et d'attention.

Alors elle se révolta contre elle-même, refusant de consentir à ce forfait, tournant la tête, gémissant tout bas : « Non, non. » Mais la lutte ne faisait que précipiter sa défaite et bientôt elle s'abandonna vaincue.

A peine se furent-ils séparés, qu'Angélique se sentit

envahie d'une honte affreuse. Elle plongea son visage dans ses mains. Elle aurait voulu mourir, ne jamais revoir la lumière.

Silencieux, encore haletant, l'officier remettait son baudrier.

— Les gardes doivent être là maintenant, dit-il. Viens.

Comme elle ne bougeait pas, il lui prit le bras et la poussa hors du recoin. Elle se dégagea, mais le suivit sans un mot. La honte continuait à la brûler comme un fer rouge. Jamais plus elle ne pourrait regarder Joffrey en face, embrasser Florimond. Vardes avait tout détruit, tout saccagé. Elle avait perdu la seule chose qui lui restait : la conscience de son amour.

Au pied de l'escalier, un suisse, en collerette blanche et pourpoint à crevés jaunes et rouges, sifflotait appuyé sur sa hallebarde, près d'une lanterne posée à terre.

A la vue de son capitaine, il se redressa.

— Pas de coquins dans les environs? interrogea le marquis.

— Je n'ai vu personne, monsieur. Mais, avant mon arrivée, y a dû avoir du vilain par là.

Levant sa lanterne il montra sur le sol une large flaque de sang.

— La porte du Jardin de l'infante était ouverte sur les quais. J'ai suivi le sang jusque-là. Je suppose qu'ils ont f... le type à l'eau...

— Ça va, suisse. Veille bien.

La nuit était sans lune. Des berges montait une odeur de vase fétide. On entendait bourdonner les moustiques et murmurer la Seine. Angélique, arrêtée au bord du quai, appela tout bas :

— Margot!

L'envie lui prenait de s'anéantir dans cette ombre, de plonger à son tour au sein de la nuit liquide.

La voix du marquis de Vardes interrogea sèchement :
— Où demeures-tu ?
— Je vous défends de me tutoyer, cria-t-elle tandis que la colère la ranimait brusquement.
— Je tutoie toujours les femmes que j'ai prises.
— Je me moque de vos petites habitudes. Laissez-moi.
— Oh ! oh ! tu étais moins fière tout à l'heure. Je n'avais pas l'impression de tellement te déplaire.
— Tout à l'heure était tout à l'heure. Maintenant c'est autre chose. Et maintenant je vous hais.

Elle répéta plusieurs fois « je vous hais ! » les dents serrées, et cracha vers lui.

Puis elle se mit à marcher, en trébuchant dans la poussière du quai.

L'obscurité était complète. A peine quelques falots, de place en place, éclairaient l'enseigne d'une boutique, le porche d'une maison bourgeoise.

Angélique savait que le Pont-Neuf se trouvait à sa droite. Elle repéra sans trop de peine le blanc parapet, mais comme elle s'y engageait, une sorte de larve humaine accroupie se dressa devant elle. A l'odeur nauséabonde, elle devina un de ces mendiants qui l'avaient tant effrayée pendant le jour. Elle recula, poussant un cri perçant. Derrière elle un pas se précipita et la voix du marquis de Vardes s'éleva :
— Arrière, truand, ou je t'embroche !

L'autre restait planté en travers du pont.
— Pitié, noble seigneur ! Je suis un pauvre aveugle.
— Pas si aveugle que tu n'y voies clair pour couper ma bourse !

De la pointe de son épée, Vardes piqua le ventre de l'être informe, qui sursauta et s'enfuit en geignant.
— Cette fois, allez-vous me dire où vous habitez ? fit l'officier durement.

Du bout des lèvres, Angélique donna l'adresse de son beau-frère le procureur. Ce Paris nocturne la terrifiait. On y sentait un grouillement d'êtres invisibles, une vie souterraine pareille à celle des cloportes. Des voix sortaient des murs, des chuchotements, des ricanements. De temps à autre, la porte ouverte d'une taverne ou d'un bordeau jetait sur le seuil une giclée de lumière et de chants criards, et l'on apercevait dans la fumée des pipes des mousquetaires attablés avec, sur les genoux, la masse rose d'une fille nue. Puis le lacis des ruelles reprenait, labyrinthe ténébreux.

De Vardes se retournait souvent. D'un groupe réuni près d'une fontaine, un individu s'était détaché et les suivait d'un pas silencieux et souple.

— Est-ce loin encore?

— Nous arrivons, dit Angélique qui reconnaissait les gargouilles et les pignons des maisons de la rue de l'Enfer.

— Tant mieux, car je crois que je vais être obligé de percer quelques bedaines. Ecoutez-moi bien, petite. Ne revenez jamais au Louvre. Cachez-vous, faites-vous oublier.

— Ce n'est pas en me cachant que je ferai sortir mon mari de prison.

Il ricana :

— A votre guise, ô fidèle et vertueuse épouse.

Angélique sentit un flot de sang lui monter au visage. Elle avait envie de mordre, d'étrangler.

Une seconde silhouette surgit d'un bond de l'ombre d'une ruelle.

Le marquis plaqua au mur la jeune femme et se posta devant elle, l'épée à la main.

Dans le cercle de clarté que dispensait la grosse lanterne suspendue devant la maison de maître Fallot de Sancé, Angélique, les yeux dilatés d'effroi, regardait ces hommes couverts de haillons. L'un d'eux avait un bâton à la main, l'autre un couteau de cuisine.

— Nous voulons vos bourses, dit le premier d'une voix rauque.

— Vous aurez certainement quelque chose, messires, mais ce seront de bons coups d'épée.

Angélique, suspendue au marteau de bronze de la porte, frappait à coups redoublés. La porte enfin s'entrebâilla. Elle s'engouffra dans la maison, gardant la vision du marquis de Vardes dont l'épée haute tenait en respect les deux malandrins, grondants et avides comme des loups.

6

C'était Hortense qui lui avait ouvert la porte. Une chandelle à la main, son cou maigre jaillissant d'une chemise de grosse toile, elle suivait sa sœur dans l'escalier, en chuchotant d'une voix sifflante.

Elle l'avait toujours dit. Une traînée, voilà ce qu'était Angélique depuis son plus jeune âge. Une intrigante. Une ambitieuse qui ne tenait qu'à la fortune de son mari et avait encore l'hypocrisie de faire croire qu'elle l'aimait, tandis qu'elle ne se privait pas de suivre des libertins dans les bas-fonds de Paris.

Angélique l'écoutait à peine. L'oreille tendue, elle guettait les bruits de la rue; elle entendit nettement un cliquetis d'acier, puis un cri d'homme égorgé, suivi d'une galopade éperdue.

— Ecoute, murmura-t-elle en saisissant nerveusement le bras d'Hortense.

— Quoi donc?

— Ce cri! Il y a eu certainement un blessé.

— Et après? La nuit est aux malandrins et aux bretteurs. Aucune femme respectable n'aurait l'idée de se promener dans Paris après le coucher du soleil. Il faut que ce soit ma propre sœur!

Elle éleva la chandelle pour éclairer le visage d'Angélique.

— Si tu te voyais! Pouah! Tu as une tête de courtisane qui vient de faire l'amour.

Angélique lui arracha le bougeoir des mains.

— Et toi, tu as une tête de bégueule qui ne l'a pas fait assez. Va donc rejoindre ton procureur de mari, qui ne sait que ronfler quand il est au lit.

Angélique resta longtemps assise devant la fenêtre, ne se décidant pas à s'étendre et à dormir. Elle ne pleurait pas. Elle revivait les diverses étapes de cette affreuse journée. Il lui semblait qu'un siècle s'était écoulé depuis le moment où Barbe était entrée dans la chambre en disant : « Voici du bon lait pour le bébé. »

Depuis Margot était morte et elle, Angélique, avait trahi Joffrey.

« Si au moins cela ne m'avait pas fait tant plaisir! » se répétait-elle.

L'avidité de son corps lui faisait horreur. Tant qu'elle s'était trouvée aux côtés de Joffrey, comblée par lui, elle n'avait pas su à quel point la parole qu'il lui avait souvent dite : « Vous êtes faite pour l'amour », était vraie.

Heurtée par la trivialité de certains événements de son enfance, elle s'était crue froide, avec ses répulsions, ses réflexes ombrageux. Joffrey avait su la libérer de ces mauvaises chaînes, mais aussi il avait éveillé en elle le goût du plaisir, auquel la portait sa nature saine et champêtre. Parfois il s'en était montré un peu inquiet.

Elle se souvint d'un après-midi d'été, alors qu'étendue en travers du lit elle se pâmait sous ses caresses. Tout à coup il s'était interrompu et lui avait dit brusquement :

— Me trahiras-tu?
— Non, jamais. Je n'aime que toi.
— Si tu me trahissais, je te tuerais!

« Eh bien, qu'il me tue! pensa Angélique en se dressant brusquement. Ce sera bon de mourir de sa main. C'est lui que j'aime. »

Accoudée à la fenêtre, tournée vers la ville nocturne, elle répéta : « C'est toi que j'aime. »

Dans la chambre s'élevait le souffle léger du bébé. Angélique réussit à dormir une heure, mais dès les premières lueurs de l'aube, elle se trouva debout. Ayant noué un foulard sur ses cheveux, elle descendit à pas de loup et sortit.

Mêlée aux servantes, aux femmes d'artisans et de commerçants, elle s'en alla à Notre-Dame pour entendre la première messe.

Dans les ruelles, où le brouillard de la Seine se dorait comme un voile féerique sous les premiers rayons du soleil, on respirait encore les relents de la nuit. Truands, coupe-bourses regagnaient leurs repaires, tandis que mendiants, malingreux, coquillards, béquillards s'installaient au coin des rues. Des yeux chassieux suivaient ces femmes prudes et sages allant prier leur Seigneur avant de commencer leur tâche. Les artisans ôtaient les vantaux de leurs échoppes.

Les garçons-perruquiers, le sac de poudre et le peigne à la main, couraient chez leurs pratiques bourgeoises afin d'accommoder la perruque de M. le conseiller ou de M. le procureur.

★

Angélique remonta les travées ombreuses de la cathédrale. Dans un froissement de savates les marguilliers préparaient les calices et les burettes sur les autels, garnissaient d'eau les bénitiers, nettoyaient les chandeliers.

Angélique entra dans le premier confessionnal rencontré. Les tempes battantes, elle s'accusa d'avoir commis le péché d'adultère.

Après avoir reçu l'absolution, elle assista à la messe, puis alla commander trois services pour le repos de l'âme de sa servante Marguerite.

En se retrouvant sur le parvis, elle se sentait apaisée. L'heure des scrupules était passée. Maintenant elle garderait tout son courage pour lutter et arracher Joffrey à la prison.

Elle acheta des oublies, encore tièdes du four, à un petit marchand et regarda autour d'elle. L'animation du parvis était déjà à son comble. Des carrosses amenaient de grandes dames à la messe.

Devant les portes de l'Hôtel-Dieu, des religieuses alignaient les morts de la nuit, dûment cousus dans leurs linceuls. Un tombereau les ramassait pour les emporter au cimetière des Saints-Innocents.

Bien que la place du Parvis fût close d'une murette, elle n'en conservait pas moins le désordre et le pittoresque qui en avaient fait jadis la place la plus populaire de Paris.

Les boulangers venaient toujours y vendre à bas prix, pour les indigents, leurs pains de la semaine passée. Les badauds s'assemblaient toujours devant le grand Jeûneur, cette énorme statue de plâtre, recouverte de plomb, et que les Parisiens, depuis des siècles, avaient toujours vue là. On ne savait pas ce que représentait ce monument : c'était un homme tenant d'une main un livre et de l'autre un bâton autour duquel s'entrelaçaient des serpents.

C'était le personnage le plus célèbre de Paris. On lui attribuait le pouvoir de parler les jours d'émeute pour exprimer les sentiments du peuple, et combien de libelles circulaient alors signés : « le Grand Jeûneur de Notre-Dame »...

> *Oyez la voix d'un sermonneur*
> *Vulgairement appelé Jeûneur*
> *Pour s'être vu, selon l'Histoire,*
> *Mille ans sans manger et sans boire*

C'était aussi sur le parvis qu'étaient venus, au cours des siècles, tous les criminels, en chemise et le cierge de quinze livres en main, pour faire leur amende honorable à Notre-Dame, avant d'être brûlés ou pendus.

Angélique eut un frisson en évoquant le cortège des sinistres fantômes.

Combien étaient venus s'agenouiller là, au milieu des clameurs cruelles, sous le regard aveugle des vieux saints de pierre!

Elle secoua la tête pour chasser ces pensées lugubres et s'apprêtait à retourner chez le procureur, lorsqu'un ecclésiastique en costume de ville l'aborda.

— Madame de Peyrac, je vous présente mes hommages. Je comptais précisément me rendre chez Me Fallot pour vous entretenir.

— Je suis à votre disposition, monsieur l'abbé, mais je me remémore mal votre nom.

— Vraiment?

L'abbé souleva son large chapeau, entraînant dans le même geste une courte perruque en crin grisonnant et Angélique, stupéfaite, reconnut l'avocat Desgrez.

— Vous! Mais pourquoi ce déguisement?

Le jeune homme s'était recoiffé. Il glissa à mi-voix :

— Parce qu'hier on avait besoin d'un aumônier à la Bastille.

Il prit dans les basques de son habit une petite boîte de corne pleine de tabac râpé, prisa, éternua, se moucha et demanda ensuite à Angélique :

— Qu'en pensez-vous? N'est-ce pas criant de vérité?

— Certes. Je m'y suis laissé prendre moi-même. Mais... dites-moi, vous avez pu vous introduire à la Bastille?

— Chut! Allons chez M. le procureur. Nous y parlerons librement.

En chemin, Angélique maîtrisait avec peine son impatience. L'avocat savait-il enfin quelque chose? Avait-il vu Joffrey?

Il marchait fort gravement à son côté, avec l'attitude digne et modeste d'un vicaire plein de piété.

— Est-ce que cela vous arrive souvent de vous déguiser ainsi dans votre métier? demanda Angélique.

— Dans mon métier, non. Mon honneur d'avocat s'opposerait même à de telles mascarades. Mais il faut bien vivre. Lorsque je suis las de faire du corbinage, c'est-à-dire de la chasse au client sur les marches du Palais pour pêcher une plaidoirie qui me sera payée trois livres, j'offre mes services à la police. Cela me nuirait si on le savait, mais je peux toujours prétendre que j'enquête pour mes clients.

— N'est-ce pas un peu hardi de se déguiser en ecclésiastique? interrogea Angélique. Vous pouvez être entraîné à commettre un acte proche du sacrilège.

— Je ne me présente pas pour donner les sacrements, mais comme confident. Le costume inspire confiance. Rien n'est plus naïf en apparence qu'un vicaire sorti tout frais du séminaire. On lui raconte n'importe quoi. Ah! certes, je reconnais que tout cela n'est pas brillant. Ce n'est pas comme votre beau-frère Fallot, qui était mon condisciple à la Sorbonne. Voilà un homme qui ira loin! Ainsi, pendant que je joue au frétillant petit abbé près d'une gente demoiselle, ce grave magistrat va passer toute sa matinée à genoux, au Palais, à écouter une plaidoirie de Me Talon dans un procès d'héritage.

— Pourquoi à genoux?

— C'est la tradition judiciaire d'Henri IV. Le procureur procure, c'est-à-dire prépare les pièces. L'avocat les plaide. Il a grande préséance sur le procureur. Celui-ci doit se tenir à genoux pendant que l'autre parle. Mais l'avocat a le ventre creux tandis que le procureur a la bedaine rebondie. Dame! il a gagné sa part sur les douze degrés de la procédure.

— Cela me semble bien compliqué.

— Essayez quand même de vous souvenir de ces détails. Ils peuvent avoir leur importance si jamais l'on arrive à faire sortir le procès de votre mari.

— Croyez-vous qu'il faudra en arriver là? s'écria Angélique.

— Il faudra en arriver là, affirma gravement l'avocat. C'est sa seule chance de salut.

Dans le petit bureau de Me Fallot, il ôta sa perruque et passa la main dans ses cheveux raides. Son visage, qui paraissait naturellement gai et animé, avait tout à coup une expression soucieuse. Angélique s'assit près de la petite table et se mit à jouer machinalement avec l'une des plumes d'oie du procureur. Elle n'osait interroger Desgrez. Enfin, n'y tenant plus, elle hasarda :

— Vous l'avez vu?
— Qui cela?
— Mon mari?
— Oh! non, il n'en est pas question : il est au secret le plus absolu. Le gouverneur de la Bastille ré-

pond sur sa tête qu'il ne doit communiquer avec personne, ni écrire.

— Est-il bien traité?

— Pour l'instant, oui. Il a même un lit et deux chaises, et il mange le repas même du gouverneur. Je me suis laissé dire aussi qu'il chantait souvent, qu'il couvrait les murs de sa cellule de formules mathématiques à l'aide du moindre caillou de plâtre, et aussi qu'il avait entrepris d'apprivoiser deux énormes araignées.

— Oh! Joffrey, murmura Angélique avec un sourire. Mais ses yeux se remplissaient de larmes.

Ainsi il vivait, il n'était pas devenu un fantôme aveugle et sourd, et les murs de la Bastille n'étaient pas encore assez épais pour étouffer les échos de sa vitalité.

Elle leva les yeux vers Desgrez.

— Merci, maître.

L'avocat détourna le regard avec humeur.

— Ne me remerciez pas. L'affaire est extrêmement difficile. Pour ces quelques minces renseignements, je dois vous avouer que j'ai déjà dépensé toute l'avance que vous m'avez donnée.

— L'argent est sans importance. Demandez-moi ce que vous jugez nécessaire pour poursuivre votre enquête.

Mais le jeune homme continuait à regarder ailleurs, comme si, malgré sa faconde, il eût été très embarrassé.

— Pour être franc, fit-il avec brusquerie, je me demande même si je ne devrais pas essayer de vous rendre cet argent. Je crois que je me suis un peu imprudemment chargé de cette affaire, qui me semble très complexe.

— Vous renoncez à défendre mon mari? s'écria Angélique.

Hier encore, elle n'avait pu s'empêcher d'éprouver de la méfiance pour un homme de loi qui, malgré ses brillants diplômes, était certainement un pauvre hère ne mangeant pas tous les jours à sa faim.

Mais maintenant qu'il parlait de l'abandonner, elle était saisie de panique.

Il dit en hochant la tête :

— Pour le défendre, il faudrait encore qu'il soit attaqué.

— De quoi l'accuse-t-on?

— Officiellement, de rien. *Il n'existe pas.*

— Mais alors on ne peut rien lui faire.

— On peut *l'oublier* pour toujours, madame. Il y a dans les culs-de-fosse de la Bastille des gens qui y sont depuis trente ou quarante ans et qui ne parviennent même plus à se rappeler leur nom ni ce qu'ils ont fait. C'est pourquoi je dis : sa plus grande chance de salut est de provoquer un procès. Mais, même dans ce cas, ce procès sera sans doute privé, et l'assistance d'avocat refusée. Ainsi l'argent que vous allez dépenser est-il sans doute inutile!

Elle se dressa devant lui et le regarda fixement.

— Vous avez peur?

— Non, mais je m'interroge. Pour moi, par exemple, n'est-il pas préférable de rester un avocat sans causes plutôt que de risquer le scandale? Pour vous, n'est-il pas préférable d'aller vous cacher au fond d'une province avec votre enfant et l'argent qui vous reste, plutôt que de perdre la vie? Pour votre mari, n'est-il pas préférable de passer plusieurs années en prison plutôt que d'être entraîné dans un procès... de sorcellerie et de sacrilège?

Angélique poussa un énorme soupir de soulagement.

— Sorcellerie et sacrilège!... C'est de cela qu'on l'accuse?

— C'est du moins ce qui a servi de prétexte à son arrestation.

— Mais c'est sans gravité! Ce n'est que la suite d'une ânerie de l'archevêque de Toulouse.

Elle raconta en détail au jeune magistrat les principaux épisodes de la querelle entre l'archevêque et le comte de Peyrac, comment ce dernier, ayant mis au point un procédé d'extraction de l'or des roches, l'archevêque, jaloux de sa richesse, avait décidé d'obtenir de lui ce secret, qui n'était en somme qu'une formule industrielle.

— Il ne s'agit d'aucune action magique, mais de travail scientifique.

L'avocat fit la moue.

— Madame, personnellement je suis incompétent en la matière. Si ces travaux forment la base de l'accusation, il faudrait réunir des témoins, faire la démonstration devant les juges et leur prouver qu'il ne s'agit pas de magie ou de sorcellerie.

— Mon mari n'est pas un dévot, mais il va à la messe le dimanche, il jeûne et il communie aux grandes fêtes. Il est généreux pour l'Eglise. Cependant, le primat de Toulouse craignait son influence et ils étaient en lutte depuis des années.

— Malheureusement, c'est un titre que d'être archevêque de Toulouse. A certains égards, ce prélat a plus de pouvoir que l'archevêque de Paris, et peut-être même que le cardinal. Songez qu'il est le seul à représenter encore la cause du Saint-Office en France. Entre nous, qui sommes des gens modernes, une telle histoire ne paraît pas tenir debout. L'Inquisition est sur le point de disparaître. Elle ne garde sa virulence que dans certaines régions du Midi où l'hérésie protestante est plus répandue, à Toulouse précisément, et à Lyon. Mais finalement, ce n'est pas tant la sévérité de l'archevêque et l'application des lois du Saint-

Office que je crains dans ce cas particulier. Tenez, lisez ceci.

Il sortit d'un sac de peluche usée un petit carré de papier apostillé dans le coin du mot « copie ».

Angélique lut.

Sentence :
Entre Philibert Vénot, procureur général des causes de l'official du siège épiscopal de Toulouse, demandeur en crime de magie et sortilège contre le sieur Joffrey de Peyrac, comte de Morens, défendeur.

Considérant que ledit Joffrey de Peyrac est suffisamment convaincu d'avoir renoncé à Dieu et de s'être donné au diable, et aussi d'avoir invoqué plusieurs fois les démons et d'avoir conféré avec eux, enfin d'avoir procédé en plusieurs et diverses sortes de sortilèges...

Pour lesquels cas et autres est renvoyé au juge séculier pour être jugé de ses crimes.

Rendu le 26 juin 1660 par P. Vénot, ledit de Peyrac n'y a provoqué ni appelé ainsi a dit que la volonté de Dieu fût faite!

Desgrez expliqua :

— En langage moins sibyllin cela signifie que le tribunal religieux, après avoir jugé votre mari par coutumace, c'est-à-dire à l'insu du prévenu, et avoir conclu d'avance à sa culpabilité, l'a remis à la justice séculière du roi.

— Et vous croyez que le roi va ajouter foi à de telles sornettes? Elles ne résultent que de la jalousie d'un évêque qui voudrait régner sur toute la province, et qui se laisse influencer par des élucubrations d'un moine arriéré comme ce Bécher, certainement fou par-dessus le marché.

— Je ne puis juger que les faits, trancha l'avocat. Or ceci prouve que l'archevêque tient soigneusement à ne pas se mettre en avant dans cette histoire : voyez, son nom même n'est pas signalé sur cet acte, et pourtant on ne peut douter que ce soit lui qui ait provoqué le premier jugement à huis clos. En revanche, la lettre de cachet portait la signature du roi ainsi que celle de Séguier, le président du tribunal. Séguier est un homme intègre, mais faible. Il est gardien des formes de la justice. Les ordres du roi priment tout pour lui.

— Cependant, si le procès est provoqué, ce sera quand même l'appréciation des juges-jurés qui comptera?

— Oui, convint Desgrez avec réticence. Mais qui nommera les juges-jurés?

— Et que risque, selon vous, mon mari, dans un tel procès?

— La torture, par question ordinaire et extraordinaire d'abord, puis le bûcher, madame!

Angélique se sentit blêmir, et une nausée lui monta à la gorge.

— Mais enfin, répéta-t-elle, on ne peut pas condamner un homme de son rang sur des racontars stupides!

— Aussi ne servent-ils que de prétexte. Voulez-vous mon avis, madame? L'archevêque de Toulouse n'a jamais eu l'intention de livrer votre mari à un tribunal séculier. Il espérait sans doute qu'un jugement ecclésiastique suffirait à rabattre sa superbe et à le rendre docile aux vues de l'Eglise. Mais monseigneur, en fomentant cette intrigue, a été dépassé dans ses prévisions, et savez-vous pourquoi?

— Non.

— Parce qu'il y a *autre chose*, dit François Desgrez en levant le doigt. Certainement votre mari devait avoir en très haut lieu des envieux, quantité d'ennemis qui avaient juré sa perte. L'intrigue de monseigneur de Toulouse leur a fourni un tremplin merveilleux. Autrefois, on empoisonnait ses ennemis dans l'ombre. Maintenant on adore faire cela dans les formes : on accuse, on juge, on condamne. Ainsi on a la conscience tranquille. Si le procès de votre mari a lieu, il sera fondé sur cette accusation de sorcellerie, mais le *vrai* motif de sa condamnation, on ne le saura jamais.

Angélique eut une rapide vision du coffret au poison. Fallait-il en parler à Desgrez? Elle hésita. En parler serait donner forme à des soupçons sans fondement, peut-être embrouiller encore des pistes si complexes.

Elle demanda d'une voix incertaine :

— De quel ordre serait cette chose que vous soupçonnez?

— Je n'en ai pas la moindre idée. Tout ce que je puis vous affirmer, c'est que, pour avoir mis mon long nez dans cette affaire, j'ai eu le temps de reculer d'effroi devant les hauts personnages qui s'y trouvent mêlés. En bref, je vous répéterai ce que je vous ai dit l'autre jour : la piste commence au roi. S'il a signé cette lettre d'arrestation, c'est qu'il l'approuvait.

— Quand je pense, murmura Angélique, qu'il lui a demandé de chanter pour lui et l'a couvert de paroles aimables! Il savait déjà qu'on allait l'arrêter.

— Sans doute, mais notre roi a été à bonne école de sournoiserie. Toujours est-il qu'il n'y a que *lui* qui puisse révoquer un tel ordre d'arrêt spécial et secret. Ni Tellier, ni surtout Séguier ou autres gens de robe, n'y suffiraient. A défaut du roi, il faut essayer d'approcher la reine mère, qui a beaucoup d'influence sur son fils, ou son confesseur jésuite, ou même le cardinal.

— J'ai vu la Grande Mademoiselle, dit Angélique. Elle a promis de s'informer autour d'elle et de me renseigner. Mais elle dit qu'il ne faut rien espérer avant les fêtes de l'entrée... du roi... à Paris...

Angélique acheva sa phrase avec difficulté. Depuis quelques instants, depuis que l'avocat avait parlé du bûcher, un malaise la gagnait. Elle sentait la sueur perler à ses tempes, et elle craignait de s'évanouir. Elle entendit Desgrez approuver :

— Je suis de son avis. Avant les fêtes, rien à faire. Le mieux pour vous serait d'attendre patiemment ici. Pour moi, je vais tâcher de compléter mon enquête.

Dans un brouillard, Angélique se leva, tendit les mains en avant. Sa joue froide rencontra une sévère étoffe ecclésiastique.

— Alors, vous ne renoncez pas à le défendre?

Le jeune homme garda le silence un instant, puis il dit d'un ton bourru :

— Après tout, je n'ai jamais eu peur pour ma peau. Je l'ai risquée dix fois dans des rixes idiotes de taverne. Je peux bien la risquer encore une fois pour une cause juste. Seulement il faut que vous me donniez de l'argent, car je suis pauvre comme un gueux, et le fripier qui me loue des costumes est un fieffé voleur.

Ces fortes paroles ranimèrent Angélique. Ce garçon était beaucoup plus sérieux qu'elle ne l'avait cru au début. Sous des apparences réalistes et désinvoltes, il cachait une connaissance approfondie de la chicane, et il devait s'atteler avec conscience aux tâches dont on le chargeait.

Angélique se doutait que ce n'était pas le cas de tous les jeunes avocats frais émoulus de l'université qui, lorsqu'ils avaient un père généreux, ne songeaient surtout qu'à parader.

Reprenant son sang-froid, elle lui compta cent livres. Après un rapide salut, François Desgrez s'éloigna, non sans avoir jeté un coup d'œil énigmatique sur le pâle visage, dont les yeux verts brillaient comme des pierres précieuses dans la pénombre terne de ce bureau, empuanti par l'odeur des encres et des cires à cacheter.

Angélique regagna sa chambre en se cramponnant à la rampe. C'était certainement aux émotions de la dernière nuit qu'elle devait cette défaillance. Elle allait s'étendre et essayer de dormir un peu, quitte à subir les sarcasmes d'Hortense. Mais à peine fut-elle entrée chez elle qu'elle fut reprise de nausée et n'eut que le temps de se précipiter vers sa cuvette.

« Qu'est-ce que j'ai? » se demanda-t-elle, saisie d'effroi.

Et si Margot avait dit vrai? Si réellement on cherchait à la tuer? L'accident du carrosse? l'attentat du Louvre? N'allait-on pas chercher à l'empoisonner?

Subitement, son visage se détendit et un sourire éclaira ses traits.

« Quelle sotte je fais! Je suis enceinte, tout simplement! »

Elle se souvint qu'à son départ de Toulouse elle s'était déjà demandé si elle n'attendait pas un second enfant. Maintenant la chose se confirmait sans que le doute fût possible.

« Comme Joffrey sera content quand il sortira de prison! » se dit-elle.

7

Les jours suivants, Angélique s'efforça de prendre patience. Il fallait attendre l'entrée triomphale du roi à Paris. On en parlait pour la fin de juillet; mais les préparatifs de la fête nécessitaient de jour en jour un recul de date. La foule des provinciaux venus à Paris pour ce grand événement commençait à trépigner.

Angélique s'occupa de vendre son carrosse, ses chevaux et quelques bijoux. Elle partageait l'existence modeste de ce quartier bourgeois. Elle mettait la main à la cuisine, jouant avec Florimond qui, très actif, trottait à travers la maison en s'empêtrant dans sa longue robe. Ses petits cousins l'adoraient. Gâté par eux, par Barbe, par la petite servante béarnaise, il semblait heureux et avait repris de bonnes joues. Angélique lui broda un petit béguin rouge, sous lequel son ravissant minois encadré de boucles noires fit l'extase de toute la famille. Même Hortense se dérida, et remarqua qu'un enfant de cet âge avait certainement beaucoup de charme! Elle, hélas! n'avait jamais eu les moyens de se payer une nourrice à domicile, de sorte qu'elle ne connaissait ses enfants que lorsqu'ils atteignaient leurs quatre ans! Enfin tout le monde ne pouvait pas épouser un seigneur bancal et défiguré, enrichi par le commerce de Satan, et mieux valait être la femme d'un procureur que de perdre son âme.

Angélique faisait la sourde oreille. Afin de prouver sa bonne volonté, elle allait tous les matins à la messe en la peu distrayante compagnie de son beau-frère et de sa sœur. Elle commençait à connaître l'aspect particulier de la Cité, envahie de plus en plus par les gens de robe.

Autour du Palais de justice, de Notre-Dame, des paroisses de Saint-Agnan et de Saint-Landry, sur les quais, s'agitaient nombre de sergents-huissiers, de procureurs, de juges, de conseillers.

Vêtus de noir, portant le rabat, le manteau et quelquefois la robe, ils allaient et venaient, les mains embarrassées de leurs sacs à procès, les bras chargés de monceaux de papiers qu'ils appelaient les « utiles liasses ». Ils encombraient les escaliers du Palais et les ruelles avoisinantes. Le cabaret de la Tête-Noire était leur lieu de réunion. On y voyait briller, devant des ragoûts fumants et des bouteilles pansues, les trognes enluminées des magistrats.

A l'autre bout de l'île, le Pont-Neuf, braillard, imposait un Paris que ces messieurs de la Justice s'indignaient fort de voir fleurir à leur ombre.

Lorsqu'on envoyait un laquais faire une course de ce côté et qu'on lui demandait quand il rentrerait, il répondait : « Cela dépendra des chansons qu'on entend aujourd'hui sur le Pont-Neuf. »

Avec les chansons, une nuée de poésies, libelles ou pamphlets naissaient de ce brassage perpétuel autour des échoppes. Sur le Pont-Neuf on savait tout. Et les grands avaient appris à redouter les feuillets salis qu'emportait le vent de la Seine.

Certain soir, en sortant de table chez Me Fallot et alors que les uns et les autres dégustaient du vin de coing ou de framboise, Angélique retira machinalement de sa poche une feuille de papier. Elle la regarda avec étonnement, puis se souvint qu'elle l'avait achetée dix sols à un pauvre hère du Pont-Neuf, le matin de sa promenade aux Tuileries.

Elle lut à mi-voix :

> *Et puis entrons dans le palais*
> *Où nous verrons que Rabelais*
> *N'a point dit tant de railleries*
> *Qu'il s'y fait de friponneries.*
> *Nous y verrons de fins trompeurs*
> *D'illustrissimes affronteurs.*
> *Allons-y voir la grande presse...*

Deux cris indignés l'interrompirent. Le vieil oncle de Me Fallot s'étranglait dans son verre. Avec une vivacité qu'Angélique n'eût pas attendue de son solennel beau-frère, celui-ci lui arracha la feuille des mains, la roula en boule et la jeta par la fenêtre.

— Quelle honte, ma sœur! s'écria-t-il. Comment osez-vous introduire de pareilles ordures dans notre maison! Je parie que vous l'avez achetée à un de ces gazetiers faméliques du Pont-Neuf?

— En effet. On me l'a fourrée dans la main en me réclamant dix sols. Je n'ai pas osé refuser.

— L'impudence de ces gens dépasse ce qu'on peut imaginer. Leur plume n'épargne même pas l'intégrité des gens de loi. Et dire qu'on les enferme à la Bastille comme s'ils étaient des gens de qualité, alors que la plus noire prison du Châtelet serait encore trop bonne pour eux.

Le mari d'Hortense soufflait comme un taureau. Jamais elle ne l'aurait cru capable de s'émouvoir à ce point.

— Pamphlets, libelles, chansons, nous en sommes accablés. Ils n'épargnent rien, ni le roi ni la cour, et le blasphème ne les gêne aucunement.

— De mon temps, dit le vieil oncle, la race des journalistes commençait à peine à se répandre. Maintenant c'est une vraie vermine, la honte de notre capitale.

Il parlait rarement, n'ouvrant la bouche que pour réclamer un petit verre de vin de coing ou sa tabatière. Cette longue phrase trahissait combien la lecture du pamphlet l'avait bouleversé.

— Aucune femme respectable ne s'aventure à pied sur le Pont-Neuf, trancha Hortense.

Me Fallot était allé se pencher à la fenêtre.

— Le ruisseau a emporté cette ignominie. Mais j'aurais été curieux de savoir si elle était signée du Poète crotté.

— Sans nul doute. Une telle virulence ne trompe pas.

— Le Poète crotté, murmura sombrement Me Fallot, l'homme qui critique la société dans son ensemble, le révolté-né, le parasite professionnel! Je l'ai aperçu une fois sur un tréteau, débitant à la foule je ne sais quelles élucubrations acides. C'est un nommé Claude Le Petit. Quand je pense que ce maigre échalas au teint de navet trouve le moyen de faire grincer les dents des princes et du roi lui-même, j'estime qu'il est décourageant de vivre à une pareille époque. Quand donc la police nous débarrassera-t-elle de ces saltimbanques?

On soupira encore quelques minutes, puis l'incident fut clos.

L'entrée du roi à Paris occupait tous les esprits. A cette occasion un rapprochement se fit entre Angélique et sa sœur. Un jour Hortense entra chez Angélique en arborant un sourire aussi suave qu'elle le pouvait.

— Figure-toi ce qui nous arrive, s'écria-t-elle. Tu te souviens de mon ancienne amie de pension, Athénaïs de Tonnay-Charente, avec laquelle j'étais très liée à Poitiers?

— Non, absolument pas.

— C'est sans importance. Voici qu'elle est à Paris, et comme elle a toujours été intrigante, elle a déjà réussi à se pousser près de quelques personnes importantes. Bref, pour le jour de l'entrée elle pourra se rendre à l'hôtel de Beauvais, qui est situé juste dans la rue Saint-Antoine, où commencera le défilé du cortège. Evidemment nous regarderons par les fenêtres des combles, mais cela ne nous empêchera pas de voir, au contraire.

— Pourquoi dis-tu « nous »?

— Parce qu'elle nous a conviées à partager cette aubaine. Elle aura avec elle sa sœur et son frère, et une autre amie qui est également de Poitiers. Nous serons ainsi une petite carrossée de Poitevins. Ce sera très sympathique, n'est-ce pas?

— Si c'est sur mon carrosse que tu comptais, je suis désolée de t'avertir que je l'ai vendu.

— Je sais, je sais. Oh! le carrosse c'est sans importance. Athénaïs amènera le sien. Il est un peu délabré, car sa famille est ruinée, surtout qu'Athénaïs est fort dépensière. Sa mère l'a expédiée à Paris avec une femme, un laquais et ce vieux carrosse, avec ordre de trouver un mari dans le plus bref délai. Oh! elle y arrivera, elle se donne assez de mal. Mais voilà... pour l'entrée du roi... elle m'a fait comprendre qu'elle était un peu à court de toilettes. Tu comprends, cette Mme de Beauvais, qui nous cède une de ses lucarnes, n'est pas n'importe qui. On dit même que la reine mère, le cardinal, et toutes sortes de grands personnages vont dîner chez elle pendant le défilé. En somme nous serons aux premières loges. Mais il ne faut pas qu'on nous prenne pour des caméristes ou des pauvresses au point de nous faire chasser par les laquais.

En silence Angélique alla ouvrir une de ses grandes malles.

— Regarde s'il y a là-dedans quelque chose qui puisse lui convenir, ainsi qu'à toi-même. Tu es plus grande que moi, mais ce sera facile de rallonger une jupe avec une dentelle ou un volant.

Hortense se rapprocha, les yeux brillants. Elle ne pouvait cacher son admiration tandis qu'Angélique étalait sur le lit les toilettes somptueuses. Devant la robe de drap d'or elle poussa un cri d'admiration.

— Je crois que ce serait un peu déplacé pour notre lucarne, la prévint Angélique.

— Evidemment tu as assisté au mariage du roi; alors tu peux faire la dédaigneuse.

— Je t'assure que je suis très contente. Personne

plus que moi n'attend avec impatience l'entrée du roi à Paris. Mais, cette robe, je veux la garder pour la vendre, si jamais Andijos ne me rapporte pas d'argent, comme je commence à le craindre. Pour les autres, tu peux en disposer en toute propriété. Il est juste que tu te dédommages des frais que te cause ma présence chez toi.

Finalement, après beaucoup d'hésitation, Hortense se décida pour une robe de satin bleu ciel à l'intention de son amie. Elle choisit pour elle un ensemble vert pomme qui affirmait son type un peu indécis de brune.

Le matin du 26 août, Angélique, en regardant la maigre silhouette de sa sœur rembourrée par les paniers du manteau de robe, le teint mat rehaussé par ce vert éclatant, les cheveux rares mais flous et fins, d'un belle couleur marron, constata en hochant la tête :

— Je crois vraiment, Hortense, que tu serais presque jolie si tu n'avais pas le caractère si âcre.

A sa grande surprise, Hortense ne se fâcha pas. Elle soupira, tout en continuant à se regarder dans le grand miroir d'acier :

— Je le crois aussi, dit-elle. Que veux-tu, je n'ai jamais eu le goût de la médiocrité, et je n'ai connu que cela. J'aime parler, voir des gens brillants et bien vêtus, j'adore la comédie. Mais il est difficile de s'évader des besognes ménagères. Cet hiver, j'ai pu me rendre aux réceptions que donnait un écrivain satirique, le poète Scarron. Un affreux bonhomme, infirme, méchant, mais quel esprit, ma chère! Je garde un souvenir émerveillé de ces réceptions. Malheureusement Scarron vient de mourir. Il faudra retourner à la médiocrité.

— Pour l'instant, tu n'inspires pas pitié. Je t'assure que tu as beaucoup d'allure.

— Il est certain que la même robe sur une « vraie » femme de procureur ne produirait pas le même effet. La noblesse ne s'achète pas. On l'a dans le sang.

Penchées sur des écrins pour choisir leurs bijoux, elles retrouvaient la chaleur du clan, la morgue de leur classe. Elles oubliaient la chambre sombre, les meubles sans goût, les fades tapisseries de Bergame sur les murs, qu'on tissait en Normandie à l'intention des petits-bourgeois.

Dès l'aube du grand jour, M. le procureur partit pour Vincennes, où devaient se réunir les corps de l'Etat chargés de saluer et de haranguer le roi.

Les canons tonnaient, répondant aux cloches des églises. La milice bourgeoise, en tenue d'apparat, hérissée de piques, de hallebardes, de mousquets, prenait possession des rues, que les crieurs emplissaient d'un effrayant vacarme, distribuant des opuscules où étaient annoncés le programme de la fête, l'itinéraire du cortège royal, la description des arcs de triomphe.

Vers 8 heures le carrosse, assez dédoré, de Mlle Athénaïs de Tonnay-Charente, s'arrêta devant la maison. C'était une belle fille toute en teintes fraîches : cheveux d'or, joues roses, front de nacre rehaussé d'une mouche. Sa robe bleue seyait merveilleusement à ses yeux de saphir, un peu globuleux, mais vifs et spirituels.

Elle songea à peine à remercier Angélique, bien qu'elle portât en plus de la toilette une très belle parure de diamants cédée par la jeune femme.

Tout était dû à Mlle de Tonnay-Charente de Mortemart, et on ne pouvait qu'être honoré de la servir. Malgré la gêne de sa famille, elle estimait que sa noblesse ancienne valait une fortune. Sa sœur et son frère paraissaient doués du même état d'esprit. Tous trois possédaient une vitalité débordante, une verve caustique, un enthousiasme et une ambition qui en faisaient des gens les plus agréables et les plus redoutables à fréquenter.

Ce fut une joyeuse voiturée qui, bien que grinçante, s'ébranla à travers les rues encombrées, les maisons aux façades garnies de fleurs et de tapisseries. Au milieu de la foule de plus en plus dense, on voyait des cavaliers, des files de carrosses réclamer le passage pour se rendre à la porte Saint-Antoine, où devait avoir lieu le rassemblement du cortège.

— Il va falloir faire un détour pour aller chercher la pauvre Françoise, dit Athénaïs. Cela ne va guère être facile.

— Oh! Dieu nous préserve de Mme Scarron cul-de-jatte! s'exclama son frère.

Assis près d'Angélique, il la serrait sans façons. Elle lui demanda de s'écarter parce qu'il l'étouffait.

— J'ai promis à Françoise de l'emmener, reprit Athénaïs; elle est brave fille et n'a pas tellement de distractions depuis que son cul-de-jatte d'époux est mort. Je me demande si elle ne commence pas à le regretter.

— Dame, si repoussant qu'il fût, il gagnait l'argent du ménage. La reine mère lui avait fait une pension.

— Est-ce qu'il était déjà infirme quand il l'a épousée? demanda Hortense. Ce couple m'a toujours intriguée.

— Bien sûr qu'il était cul-de-jatte. Il a pris la petite chez lui pour le soigner. Comme elle était orpheline, elle a accepté : elle avait quinze ans.

— Croyez-vous qu'elle ait fait le saut? demanda la jeune sœur.

— Savoir?... Scarron clamait à qui voulait l'entendre que la maladie l'avait paralysé de partout sauf de la langue et d'un autre point que j'entends bien.

Sans nul doute, elle a dû apprendre pas mal de petites choses avec lui. Il était resté tellement vicieux! Et, ma foi, tant de monde venait aussi chez eux qu'un beau seigneur, bien bâti, a dû se charger de la distraire par-dessus le marché. On a parlé de Villarceaux.

— Il faut reconnaître, dit Hortense, que Mme Scarron est belle, mais qu'elle se tenait toujours très modestement. Elle restait assise à côté de la chaise roulante de son mari, l'aidait à s'asseoir, lui passait des tisanes. Avec cela, elle est érudite et parle fort bien.

La veuve attendait sur le trottoir, devant une maison de pauvre apparence.

— Mon Dieu, cette robe! chuchota Athénaïs en portant la main à ses lèvres. Sa jupe montre la corde.

— Pourquoi ne m'en avez-vous pas parlé? demanda Angélique. J'aurais pu lui trouver quelque chose.

— Ma foi, je n'y ai pas pensé. Montez donc, Françoise.

La jeune femme s'assit dans un coin, après avoir gracieusement salué à la ronde. Elle avait de beaux yeux bruns, qu'elle voilait souvent de ses longues paupières touchées de mauve. Née à Niort, elle avait habité l'Amérique, mais était revenue, orpheline, en France.

Lorsqu'ils parvinrent, non sans peine, à la rue Saint-Antoine, celle-ci, propre et droite, ne présentait pas un aspect trop encombré. Les carrosses se garaient dans les ruelles avoisinantes. L'hôtel de Beauvais se signalait par son activité de ruche. Un dais de velours cramoisi, enrichi de passements et de crépines d'or et d'argent, décorait le balcon central. Des tapis de Perse embellissaient la façade.

Sur le seuil, une vieille dame borgne, parée comme une châsse, mais les poings sur les hanches, dirigeait en criant les tapissiers.

— Que fait là cette affreuse mégère? interrogea Angélique tandis que leur groupe s'approchait de l'hôtel.

Hortense lui fit signe de se taire, mais Athénaïs pouffa derrière son éventail.

— C'est la maîtresse de maison, ma chère, Catherine de Beauvais dite Cateau-la-Borgnesse. C'est une ancienne femme de chambre d'Anne d'Autriche, qui l'a chargée de déniaiser notre jeune roi lorsqu'il allait sur ses quinze ans. Voilà le mystère de sa fortune.

Angélique ne put s'empêcher de rire.

— Il faut croire que son expérience a remplacé le charme...

— Un proverbe dit qu'il n'y a pas de femmes laides pour les adolescents et les moines, renchérit le jeune Mortemart.

Malgré leurs sentiments ironiques, ils ne s'en inclinèrent pas moins profondément devant l'ancienne femme de chambre.

Celle-ci, de son œil unique, leur jeta un regard incisif.

— Ah! ce sont les Poitevins. Mes agneaux, ne m'encombrez point. Filez là-haut avant que mes chambrières n'aient pris les bonnes places. Mais celle-ci, qui est-ce? fit-elle, pointant un index crochu dans la direction d'Angélique.

Mlle de Tonnay-Charente présenta :

— Une amie, la comtesse de Peyrac de Morens.

— Tiens! Tiens! hé! hé! fit la vieille dame avec une sorte de ricanement.

— Je suis sûre qu'elle sait quelque chose sur ton compte, chuchota Hortense dans l'escalier. Nous sommes naïfs de croire que le scandale ne finira pas par éclater. Je n'aurais jamais dû t'emmener. Tu ferais mieux de rentrer à la maison.

— Entendu, mais alors rends-moi la robe, dit Angélique en tendant la main vers le corsage de sa sœur.

— Reste tranquille, sotte, répliqua Hortense en se débattant.

Avec autorité, Athénaïs de Tonnay-Charente avait pris d'assaut la fenêtre d'une chambre de domestique et s'y installait en compagnie de ses amies.

— On voit merveilleusement, s'écria-t-elle. Tenez, là-bas, la porte Saint-Antoine par laquelle va entrer le roi.

Angélique se pencha aussi. Elle se sentit pâlir.

Ce qu'elle voyait sous le ciel bleu embué de chaleur, ce n'était pas l'immense avenue où se rangeait la foule, ce n'était pas la porte Saint-Antoine avec son arc-de-triomphe en pierres blanches, mais un peu sur la droite, dressée comme une falaise sombre, la masse d'une énorme forteresse.

Elle demanda à mi-voix à sa sœur :

— Qu'est-ce que ce grand château-fort près de la porte Saint-Antoine?

— La Bastille, souffla Hortense derrière son éventail.

Angélique ne pouvait en détacher ses yeux. Huit donjons coiffés chacun d'une tourelle de guet, des façades aveugles, des murs, des herses, des ponts-levis, des fossés, une île de douleur perdue en l'océan d'une ville indifférente, un monde clos, insensible à la vie et que n'atteindraient même pas en ce jour les clameurs d'allégresse : la Bastille!...

Le roi passerait, éblouissant, au pied de la farouche gardienne de son autorité.

Aucun son ne percerait la nuit des geôles où des hommes désespéraient depuis des années, depuis toute une vie.

L'attente se prolongeait. Enfin les cris de la foule impatiente signalèrent le commencement du défilé.

Sortant de l'ombre de la porte Saint-Antoine, apparurent les premières compagnies. Elles étaient composées des quatre ordres mendiants : cordeliers, jacobins, augustins, carmes, précédés de leurs croix et de leurs porteurs de cierges. Les robes de bure, noires, brunes ou blanches, insultaient à la splendeur du soleil, qui faisait luire, pour se venger, un parterre de crânes roses.

Le clergé séculier suivait, avec ses croix et ses bannières, ses prêtres en surplis et bonnets carrés.

Puis les corps de la capitale se présentèrent, trompettes levées et faisant succéder aux chants pieux des sonneries joyeuses.

Les trois cents archers de la Ville furent suivis de M. de Burnonville, le gouverneur, et de ses gardes.

Ensuite apparut le prévôt des marchands chevauchant parmi une magnifique escorte de laquais en velours vert et précédant les conseillers de la cité, les échevins, les quarteniers, les maîtres et les gardes des corporations de la draperie, de l'épicerie, de la mercerie, de la pelleterie, du vin, en robes de velours de mille couleurs.

Le peuple acclama ses compagnies marchandes.

Il se refroidit quand circulèrent à leur tour les chevaliers du guet, suivis des gens du Châtelet, c'est-à-dire des sergents à verge, des huissiers et des deux lieutenants, civil et criminel.

En reconnaissant ses habituels tourmenteurs « grimauts » et « malveillants », la plèbe se taisait.

Le même silence hostile accueillit les cours souveraines, les Aides, les Comptes, symboles de l'impôt détesté.

Le premier président et ses principaux collègues étaient tous magnifiques dans leurs grands manteaux écarlates, aux parements d'hermine, la tête coiffée du mortier de velours noir galonné d'or.

Il fut bientôt 2 heures de l'après-midi. Dans le ciel d'azur, de petits nuages se formaient en vain, immédiatement dissous par le soleil brûlant. La foule suait, fumait. Elle commençait à entrer en transe, le cou tendu vers l'horizon des faubourgs.

Une clameur annonça qu'on venait de voir la reine mère apparaître sous le dais de l'hôtel de Beauvais. C'était le signe que le roi et la reine approchaient.

Angélique avait les bras passés autour des épaules de Mme Scarron et d'Athénaïs de Tonnay-Charente. Toutes trois, penchées à la fenêtre du dernier étage de l'hôtel, ne perdaient pas une miette du spectacle. Hortense, le jeune Mortemart et sa plus jeune sœur avaient trouvé place à une autre fenêtre.

On reconnut au loin le train de Son Eminence monseigneur Mazarin.

Le cardinal-ministre étalait sa magnificence avec ses soixante-douze mulets ouvrant la marche, sous leurs houssines de velours et d'or, ses pages, ses gentils-hommes couverts d'étoffes somptueuses, le carrosse où il se tenait, et qui était un véritable ouvrage d'orfèvrerie étincelant au soleil.

Il fit halte devant l'hôtel de Beauvais et, profondément salué par Cateau-la-Borgnesse, alla rejoindre au balcon la reine mère et la belle-sœur de celle-ci, l'ex-reine d'Angleterre, épouse du roi décapité Charles Ier.

La foule applaudissait Mazarin sans contrainte. On ne l'aimait pas plus qu'au temps des « mazarinades », mais il avait signé la paix des Pyrénées, et, dans le fond du cœur, le peuple de France lui était reconnaissant de l'avoir préservé de sa propre folie, celle de bannir son roi, ce roi qu'on attendait maintenant dans un paroxysme d'admiration et d'adoration.

Ses gentilshommes et leurs maisons le précédaient.

Maintenant Angélique pouvait mettre un nom sur bien des visages. Elle indiqua à ses compagnes le marquis d'Humières et le duc de Lauzun, à la tête de leurs cent gentilshommes. Lauzun, sans façons, espiègle toujours, envoyait des baisers aux dames. La foule y répondait par de grands rires attendris.

Comme on les aimait ces jeunes seigneurs, si braves et si brillants! Là encore on oubliait leur gaspillage, leur morgue, leurs rixes et leurs débauches éhontées dans les tavernes. On ne se souvenait que de leurs exploits guerriers et galants.

On les nommait tout haut : Saint-Aignan d'or vêtu, le plus agréable par la taille et la mine, de Guiche avec son visage de fleur du Sud marchant seul sur un fougueux cheval dont les bonds faisaient resplendir les pierreries, Brienne et le triple étage de plumes de son chapeau, qui l'entouraient comme des battements d'ailes d'oiseaux fabuleux blancs et roses.

Angélique se recula un peu et serra les lèvres lorsque passa le marquis de Vardes, son fin visage insolent dressé sous sa perruque blonde, marchant à la tête des cent suisses engoncés dans leurs fraises empesées.

Un fracas aigu de trompettes brisa la cadence du défilé.

Le roi approchait, porté par le remous des clameurs.

Il était là!... Beau comme l'astre du jour!

Comme il était grand, le roi de France! Un vrai roi enfin! Ni méprisable comme un Charles IX ou un Henri III, ni trop simple comme un Henri IV, ni trop austère comme un Louis XIII.

Monté sur un cheval bai-brun, il avançait lentement, escorté à quelques pas de son grand chambellan, de son premier gentilhomme, de son grand écuyer, de son capitaine des gardes.

Il avait refusé le dais que la Ville avait fait broder pour lui. Il voulait que le peuple le vît.

Louis XIV passa sans soupçonner le rôle que joueraient dans sa vie ces trois femmes réunies là par le plus curieux des hasards : Athénaïs de Tonnay-

Charente de Mortemart, Angélique de Peyrac, Françoise Scarron, née d'Aubigné.

Sous sa main, Angélique sentait frémir la chair dorée de Françoise.

— Oh! qu'il est beau, chuchota la veuve.

Devant l'homme déifié qui s'éloignait parmi la tempête des acclamations, la pauvre veuve Scarron évoquait-elle le nabot lubrique dont elle avait été pendant huit années la servante et le jouet?

Athénaïs, ses yeux bleus agrandis par l'enthousiasme, murmura :

— Certes, il est beau sous son habit d'argent. Mais je pense qu'il ne doit pas être mal non plus sans habit aucun, et même sans chemise. La reine a bien de la chance de trouver un homme pareil dans son lit.

Angélique ne disait rien.

« C'est lui, pensait-elle, qui tient notre sort entre ses mains. Dieu nous préserve, il est trop grand, il est trop haut! »

Un cri venu de la foule détourna son regard.

— M. le prince! Vive M. le prince! clamait-on.

Angélique tressaillit.

Maigre, efflanqué, dressant son visage aux yeux de feu, au nez en bec d'aigle, le prince de Condé rentrait dans Paris. Il revenait des Flandres, où l'avait conduit sa longue rébellion à l'autorité royale. Il n'avait cure de scrupules, de regrets, et d'ailleurs le peuple de Paris en jugeait ainsi. On oubliait le traître, on acclamait le vainqueur de Rocroi et de Lens.

A son côté, Monsieur, frère du roi, tout ennuagé de dentelles, ressemblait plus que jamais à une fille déguisée.

Enfin apparut la jeune reine, assise dans un char à la romaine tout de vermeil doré, tiré par six chevaux aux housses d'orfèvreries brodées de fleurs de lis d'or et de pierres précieuses.

Cateau-la-Borgnesse, au pied d'un escalier, semblait guetter quelqu'un. Lorsque le modeste petit groupe des Poitevins dont faisait partie Angélique apparut sur le palier, elle leur cria de sa voix éraillée :

— Alors? Vous avez pu lorgner à votre aise?

Ils se récrièrent, les joues encore enflammées d'excitation et remercièrent.

— C'est bon. Allez donc manger quelques gâteaux par là.

Elle plia son vaste éventail et en donna un coup léger sur l'épaule d'Angélique.

— Vous, ma belle, venez un peu avec moi.

Surprise, la jeune femme suivit Mme de Beauvais à travers les salles encombrées d'invités. Elles finirent par se retrouver dans un petit boudoir désert.

— Ouf! fit la vieille dame en s'éventant. Ça n'est pas facile de s'isoler.

Elle examinait Angélique avec attention. Sa paupière à demi fermée sur son orbite vide donnait à sa physionomie une expression de canaillerie qu'accentuaient les placards de fard rouge incrustés dans ses rides, le sourire de sa bouche édentée.

— Je crois que ça ira, dit-elle après un moment d'observation. Ma belle, que diriez-vous d'un grand château aux environs de Paris, avec maître d'hôtel, valets de pied, laquais, servantes, six carrosses, des écuries, et cent mille livres de rente?

— C'est à moi qu'on propose tout cela? demanda Angélique en riant.

— A vous.

— Et qui donc?

— Quelqu'un qui vous veut du bien.

— Je m'en doute. Mais encore?

L'autre se rapprocha d'un air complice.

— Un riche seigneur qui se meurt d'amour pour vos beaux yeux.

— Ecoutez, madame, dit Angélique, qui s'évertuait à garder son sérieux pour ne pas froisser la bonne dame, je suis très reconnaissante à ce seigneur quel qu'il soit, mais je crains qu'on ne cherche à abuser de ma naïveté en me faisant des propositions aussi princières. Ce seigneur me connaît bien mal s'il croit que le seul énoncé de ces splendeurs peut me déterminer à lui appartenir.

— Etes-vous donc si à l'aise dans Paris pour faire à ce point la dédaigneuse? Je me suis laissé raconter que vos biens étaient sous scellés et que vous vendiez vos équipages.

Son œil vif de pie-grièche ne quittait pas le visage de la jeune femme.

— Je vois que vous êtes bien renseignée, madame, mais précisément, je n'ai pas encore l'intention de vendre mon corps.

— Qui vous parle de cela, petite sotte? siffla l'autre entre ses dents gâtées.

— J'ai cru comprendre...

— Bah! vous prendrez un amant ou vous n'en prendrez pas. Vous vivrez en religieuse, si cela vous tente. Tout ce qu'on vous demande, c'est d'accepter cette proposition.

— Mais... en échange de quoi? interrogea Angélique stupéfaite.

L'autre se rapprocha encore et lui prit familièrement les deux mains.

— Voilà, c'est tout simple, fit-elle sur un ton raisonnable de bonne grand-mère. Vous vous installez chez vous dans ce merveilleux château. Vous venez à la cour. Vous allez à Saint-Germain, à Fontainebleau. Cela vous amuserait, n'est-ce pas, de participer aux fêtes de la cour, d'être entourée, gâtée, louangée? Naturellement, si vous y tenez absolument, vous pourrez vous appeler encore Mme de Peyrac... Mais peut-être préférerez-vous changer de nom. Par exemple vous pourriez vous appeler Mme de Sancé... C'est très joli... On vous regardera passer. « Voici la belle Mme de Sancé. » Hé! hé! n'est-ce pas que c'est plaisant?

— Mais enfin, s'impatienta Angélique, ne me croyez tout de même pas assez stupide pour m'imaginer qu'un gentilhomme va me combler de richesses sans me demander aucune compensation?

— Hé! bé! pourtant c'est presque ça. Tout ce qu'on vous demande, c'est de ne plus penser qu'à vos toilettes, vos bijoux, vos amusements. Est-ce donc si difficile pour une jolie fille? Vous comprenez, insista-t-elle en secouant légèrement Angélique, vous me comprenez?

Angélique regardait ce visage de mauvaise fée dont le menton poilu retenait des paquets de poudre blanche.

— Vous me comprenez? Ne plus penser à rien! Oublier...

« On me demande d'oublier Joffrey, se disait Angélique, d'oublier que je suis sa femme, de renoncer à le défendre, d'effacer son souvenir de ma vie, d'effacer tout souvenir. On me demande de me taire, d'oublier... »

La vision du petit coffret à poison s'imposa à elle. C'était de là, elle en était sûre maintenant, que partait le drame. Qui pouvait avoir intérêt à son silence? Des gens parmi les plus haut placés du royaume : M. Fouquet, le prince de Condé, tous ces nobles dont la trahison soigneusement pliée reposait depuis des années dans le coffret de santal.

Angélique secoua la tête avec beaucoup de sang-froid.

— Je suis désolée, madame, mais je suis sans doute

d'intelligence peu ouverte, car je ne comprends pas un traître mot de ce que vous m'exposez là.

— Eh bien, vous réfléchirez, ma mie, vous réfléchirez, et puis vous donnerez votre réponse. Pas trop tard, pourtant. D'ici quelques jours, n'est-ce pas? Voyons, voyons, ma jolie, est-ce qu'à tout prendre cela ne vaut pas mieux... (Elle se pencha vers l'oreille d'Angélique et lui souffla :) ... que de perdre la vie?

8

— A votre avis, monsieur Desgrez, comprenez-vous dans quel dessein un seigneur anonyme me propose un château et cent mille livres de rente?

— Ma foi, dit l'avocat, je suppose que c'est dans le même dessein que si je vous offrais moi-même cent mille livres de rente.

Angélique le regarda sans comprendre, puis rougit légèrement sous le regard hardi du jeune homme. Elle ne s'était jamais avisée d'examiner son avocat sous ce jour très particulier. Avec un certain trouble, elle nota que ses vêtements usés devaient cacher un corps vigoureux aux belles proportions. Il n'était pas beau, avec un grand nez, des dents inégales, mais il avait une physionomie expressive. Me Fallot disait de lui qu'à part le talent et l'érudition, il n'avait rien de ce qu'il fallait pour devenir un magistrat honorable. Il fréquentait peu ses collègues, continuait à hanter les cabarets comme au temps de l'université. C'est pourquoi on lui confiait certaines affaires nécessitant enquête en des lieux où ces messieurs de la rue Saint-Landry auraient hésité à se rendre de peur d'y perdre leur âme.

— Eh bien, précisément, dit Angélique, ce n'est pas

du tout ce que vous pensez. Je vais retourner la question : Pourquoi a-t-on cherché par deux fois à m'assassiner, ce qui est une façon encore plus sûre d'obtenir mon silence?

Le visage de l'avocat s'assombrit subitement.

— Ah! voilà ce que j'attendais, fit-il.

Il quitta sa pose désinvolte au bord de la table, dans le petit bureau de Me Fallot, et il prit place gravement en face d'Angélique.

— Madame, reprit-il, je ne suis peut-être pas un homme de loi qui vous inspire grande confiance. Cependant, en l'occurrence, je crois que votre honoré beau-frère n'est pas trop mal tombé en vous adressant à moi, car l'affaire de votre mari réclame plutôt les qualités d'un policier privé, ce que je suis devenu par la force des choses, que la connaissance scrupuleuse du droit et de la procédure. Mais, en vérité, je ne puis démêler cet imbroglio que si vous me donnez tous les éléments pour en juger clairement. En bref, voici la question que je brûle de vous poser...

Il se leva, alla regarder derrière la porte, souleva un rideau qui cachait des casiers, puis revenant vers la jeune femme, interrogea à mi-voix :

— Que savez-vous, votre mari et vous, qui puisse faire peur à l'un des plus grands personnages du royaume? J'ai nommé M. Fouquet.

Angélique devint blanche jusqu'aux lèvres. Elle fixa l'avocat avec un peu d'égarement.

— Bon, il y a quelque chose, à ce que je vois, reprit Desgrez. Pour l'instant, j'attends le rapport d'un espion placé auprès de Mazarin. Mais un autre m'a mis sur la piste d'un domestique nommé Clément Tonnel, qui fut jadis homme à tout faire du prince de Condé...

— Et maître d'hôtel chez nous, à Toulouse.

— C'est cela. Ce garçon est aussi en rapport étroit

avec M. Fouquet. En réalité, il ne travaille que pour lui seul, tout en touchant de fortes gratifications de temps à autre de son ancien maître M. le prince, et qu'il doit d'ailleurs lui extorquer par chantage. Maintenant, une autre question : par l'entremise de qui vous a-t-on fait cette proposition de vous installer princièrement?

— Par Mme de Beauvais.

— Cateau-la-Borgnesse!... Cette fois, l'affaire est claire. C'est signé Fouquet. Il paie fort grassement cette vieille mégère pour connaître tous les secrets de la cour. Autrefois elle était à la solde de M. Mazarin, mais il s'est montré moins généreux que le surintendant. J'ajoute que j'ai également levé la piste d'un autre grand personnage qui a juré la perte de votre mari et la vôtre.

— Et c'est?

— Monsieur, frère du roi.

Angélique poussa un cri.

— Vous êtes fou!

Le jeune homme grimaça d'un air mauvais :

— Croyez-vous que je vous ai escroqué vos 1 500 livres? J'ai l'air d'un plaisantin, madame, mais si les renseignements que je rapporte coûtent cher, c'est parce qu'ils sont toujours exacts. C'est le frère du roi qui vous a tendu un piège au Louvre et qui a essayé de vous faire assassiner. Je le sais par le malandrin même qui a poignardé votre servante Margot, et il ne m'a pas fallu moins de dix pintes de vin au Coq-Rouge pour lui tirer cet aveu.

Angélique passa la main sur son front. D'une voix saccadée, elle fit à Desgrez le récit du curieux incident dont elle avait été le témoin quelques années plus tôt au château du Plessis-Bellière.

— Savez-vous ce qu'est devenu votre parent, le marquis du Plessis?

— Je l'ignore. Mais il se peut qu'il soit à Paris ou à l'armée.

— La Fronde est loin, murmura l'avocat rêveur, mais il suffirait de bien peu de chose pour rallumer le brandon qui fume encore. Evidemment, il y a beaucoup de personnes qui craignent de voir apparaître au grand jour un tel témoignage de leur trahison.

D'un geste, il balaya la table encombrée de paperasses et de plumes d'oie.

— Résumons la situation : Mlle Angélique de Sancé, c'est-à-dire vous-même, est soupçonnée de posséder un secret redoutable. M. le prince ou Fouquet charge le valet Clément de vous espionner. De longues années, celui-ci vous guette. Enfin il acquiert la certitude de ce qui n'était qu'un soupçon : c'est vous qui avez fait disparaître le coffret, c'est vous seule et votre mari qui savez le secret de la cachette. Cette fois, notre valet va trouver Fouquet et monnaie son renseignement à prix d'or. Dès cet instant, votre perte est décidée. Tous ceux qui vivent aux crochets du surintendant, tous ceux qui craignent de perdre leur pension, la faveur de la cour, se liguent dans l'ombre contre le seigneur toulousain qui, un jour, peut apparaître devant le roi en disant : — Voilà ce que je sais!

« Si nous étions en Italie, on aurait usé du poignard ou du poison. Mais l'on sait que le comte de Peyrac est réfractaire au poison, et d'ailleurs en France on aime donner aux choses une apparence légale.

« La stupide cabale montée par monseigneur de Fontenac tombe à point. On va faire arrêter l'homme compromettant comme sorcier. Le roi est circonvenu. On attise sa jalousie envers ce seigneur trop riche. Et voilà! Les portes de la Bastille se referment sur le comte de Peyrac. Tout le monde peut respirer à l'aise.

— Non! dit Angélique farouchement. Moi, je ne les laisserai pas respirer à l'aise. Je remuerai ciel et terre jusqu'à ce que justice nous soit rendue. J'irai moi-même dire au roi *pourquoi* nous avons tant d'ennemis.

— Chut! dit vivement Desgrez. Ne vous emballez pas. Vous portez entre vos mains une charge de poudre à canon, mais prenez garde qu'elle ne vous réduise en miettes la première. Qui peut vous garantir que le roi ou même Mazarin ne sont pas au courant de cette histoire?...

— Mais enfin, protesta Angélique, c'étaient eux les victimes désignées de l'ancien complot : on devait assassiner le cardinal et, si possible, le roi et son jeune frère.

— J'entends bien, ma belle, j'entends bien, dit l'avocat.

Il se reprit, avec un geste d'excuse :

— J'admets la logique de votre argumentation, madame. Mais, voyez-vous, les intrigues des grands forment un nœud de vipères. On risque la mort à vouloir démêler leurs sentiments. Il est fort possible que M. Mazarin ait été mis au courant par un de ces chassés-croisés d'espions dont il a le secret. Mais qu'importe à M. Mazarin un passé dont il est sorti grand vainqueur! Le cardinal était en train de négocier avec les Espagnols le retour de M. de Condé. Etait-ce le moment d'ajouter un crime de plus sur le tableau noir où l'on devait passer l'éponge? M. le cardinal a fait la sourde oreille. On veut arrêter ce seigneur de Toulouse, eh bien, qu'on l'arrête! C'est une très bonne idée. Le roi suit volontiers ce que dit M. le cardinal, et d'ailleurs il a pris ombrage de la richesse de votre époux. Ce sera jeu d'enfant de lui faire signer la lettre de cachet de la Bastille...

— Mais le frère du roi?

— Le frère du roi? Eh bien, lui non plus ne se

préoccupe guère de ce que M. Fouquet ait voulu le faire mourir quand il était enfant. Le présent seul compte pour lui et, pour le présent, c'est M. Fouquet qui le fait vivre. Il le couvre d'or, il lui cherche des favoris. Le petit Monsieur n'a jamais été très gâté par sa mère, ni par son frère. Il tremble qu'on ne compromette son protecteur. En somme, toute cette affaire aurait été menée le mieux du monde, si vous n'étiez pas intervenue. On espérait que, privée de l'appui de votre mari, vous disparaîtriez... sans bruit... on ne sait où. On ne veut pas le savoir. On ignore toujours le sort des épouses quand un seigneur tombe en disgrâce. Elles ont le tact de se dissiper en fumée. Peut-être vont-elles au couvent. Peut-être changent-elles de nom. Vous seule ne suivez pas la loi commune. Vous prétendez réclamer justice!... Voilà qui est fort insolent, n'est-il pas vrai? Alors, par deux fois, on essaie de vous tuer. Puis, en désespoir de cause, Fouquet joue au démon tentateur...

Angélique poussa un profond soupir.

— C'est écrasant, murmura-t-elle. De quelque côté qu'on tourne les yeux, on ne voit qu'ennemis, regards haineux, jaloux, méfiants, menaces...

— Ecoutez, rien n'est peut-être perdu, dit Desgrez. Fouquet vous offre une manière honorable de vous en tirer. On ne vous rend pas la fortune de votre mari, mais enfin on vous met à l'aise. Que vous faut-il de plus?

— Il me faut mon mari! cria Angélique en se levant avec fureur.

L'avocat la regarda avec ironie.

— Vous êtes vraiment une très bizarre personne.

— Et vous, vous êtes un lâche! En vérité, vous crevez de peur comme tous les autres.

— Il est vrai que la vie d'un pauvre clerc compte bien peu aux yeux de ces grands personnages.

— Eh bien, gardez-la votre petite vie à six sous! Gardez-la pour les épiciers qui se font voler par leurs commis et pour les héritiers jaloux. Je n'ai pas besoin de vous.

L'avocat se leva sans mot dire, tout en défroissant longuement une feuille de papier.

— Voici le décompte de mes dépenses. Vous y verrez que je n'en ai rien distrait pour moi.

— Que vous soyez honnête ou voleur m'est indifférent.

— Un conseil encore.

— Je n'ai plus besoin de vos conseils. Je me renseignerai près de mon beau-frère.

— Votre beau-frère ne tient nullement à prendre parti dans cette affaire. Il vous a recueillie et recommandée à moi parce que, si les choses tournent bien, il en tirera gloire. Sinon, il s'en lavera les mains et se retranchera derrière le service du roi. C'est pourquoi je vous dis encore : essayez de voir le roi.

Il lui fit un grand salut, se coiffa de son feutre délavé, puis revint sur ses pas.

— Si vous avez besoin de moi, vous pouvez me faire mander aux Trois-Maillets où je suis chaque soir.

Lorsqu'il fut parti, Angélique éprouva une brusque envie de pleurer. Maintenant, elle était bien seule. Elle sentait peser sur elle un ciel d'orage, une accumulation de nuages venus de tous les points de l'horizon : l'ambition de Mgr de Fontenac, la peur de Fouquet et de Condé, la veulerie du cardinal et, plus près d'elle, l'attente méfiante de son beau-frère et de sa sœur prêts à la chasser de leur maison au moindre signe inquiétant...

Elle croisa dans le vestibule Hortense, un devantier blanc autour de sa maigre taille. La maison embaumait la fraise chaude et l'orange. En septembre, les bonnes ménagères font leurs confitures. C'était une opération délicate et importante, parmi les grandes bassines de cuivre rouge, les pains de sucre concassés et les larmes de Barbe. La maison en était sens dessus dessous pendant trois jours.

Hortense, qui portait un précieux pain de sucre, trébucha contre Florimond qui sortait de la cuisine en agitant furieusement son hochet d'argent à trois sonnettes et deux dents de cristal.

Il n'en fallut pas plus pour faire éclater l'orage.

— Non seulement on est encombré, compromis, glapit Hortense, mais encore je ne peux même pas vaquer à mes occupations sans être bousculée, et assourdie. La migraine me serre les tempes. Et pendant que je me tue de besogne, madame reçoit son avocat ou court les rues sous prétexte de délivrer un affreux mari dont elle regrette la fortune.

— Ne crie pas si fort, dit Angélique. Je ne demande pas mieux que de t'aider à faire tes confitures. Je connais de très bonnes recettes du Midi.

Hortense, son pain de sucre en main, se redressa comme si elle se drapait dans un vêtement de tragédienne.

— Jamais, fit-elle farouchement, jamais je n'admettrai que tu mettes la main à la nourriture que je prépare pour mon époux et mes enfants! Je n'oublie pas que tu as pour mari un suppôt du diable, un jeteur de sorts, un fabricant de poisons. Il se pourrait fort bien que tu sois devenue son âme damnée. Gaston a changé depuis que tu es ici.

— Ton mari? Je ne le regarde même pas.

— Mais lui te regarde... beaucoup plus qu'il ne convient. Tu devrais comprendre que ta présence se prolonge anormalement ici. Tu avais parlé d'une seule nuit...

— Je t'assure que je me débats pour éclaircir la situation.

— Tes démarches vont finir par te faire remarquer, et tu te feras arrêter aussi.

— Au point où j'en suis, je me demande si je ne serais pas mieux en prison. Au moins, j'y serais logée gratis et sans histoires.

— Tu ne sais pas de quoi tu parles, ma belle, ricana Hortense. On doit payer dix sols par jour et c'est à moi, ta seule parente, qu'on viendra sans doute les demander.

— Ce n'est pas tellement cher. C'est moins que ce que je te donne. Sans compter les toilettes et les bijoux que je t'ai abandonnés.

— Avec deux enfants, cela fera trente sols par jour à payer...

Angélique poussa un soupir de lassitude.

— Allons, viens, Florimond, dit-elle au bébé. Tu vois bien que tu fatigues tante Hortense. Ses vapeurs de confitures lui montent au cerveau et elle divague.

L'enfant se précipita en agitant derechef son beau hochet brillant. Cela mit le comble à la fureur d'Hortense.

— C'est comme ce hochet! cria-t-elle. Jamais mes enfants n'en ont possédé de pareil. Tu te plains de n'avoir plus d'argent, et tu vas acheter un jouet aussi coûteux à ton fils.

— Il en avait tellement envie. Et puis ce hochet n'est pas si coûteux. L'enfant du savetier du coin en a un semblable.

— Tout le monde sait que les gens du peuple ne savent pas épargner. Ils gâtent leurs enfants et ne leur donnent aucune éducation. Avant d'acheter des objets superflus, n'oublie pas que tu es dans la misère et que je n'ai aucunement l'intention de t'entretenir.

— Je ne te le demande pas, dit Angélique, cinglée. Dès qu'Andijos sera de retour, j'irai loger à l'auberge.

Hortense haussa les épaules avec un rire de pitié.

— Décidément, tu es plus stupide encore que je ne croyais. Tu ne sais pas ce que sont les lois et les opérations de justice. Il ne te rapportera rien, ton marquis d'Andijos.

La triste prédiction d'Hortense ne se réalisa que trop bien. Lorsque le marquis d'Andijos se présenta, suivi du fidèle Kouassi-Ba, il apprit à Angélique qu'à Toulouse tous les biens du comte étaient sous scellés. Il n'avait pu rapporter que mille livres, prêtées sous promesse de secret par deux grands fermiers du prisonnier.

La plupart des bijoux d'Angélique, la vaisselle d'or et d'argent et la majeure partie des objets précieux que contenait l'hôtel du Gai Savoir, y compris les lingots d'or et d'argent, avaient été saisis et transportés en partie à la lieutenance générale de Toulouse et en partie à Montpellier.

Andijos paraissait embarrassé. Il n'avait plus sa faconde et sa bonhomie habituelles et jetait des regards furtifs autour de lui. Il raconta encore que Toulouse était entrée en effervescence à la suite de l'arrestation du comte de Peyrac. Le bruit ayant couru que l'archevêque en était responsable, une véritable émeute avait eu lieu autour du palais épiscopal. Des capitouls étaient venus trouver Andijos et lui avaient demandé de se mettre à leur tête pour se rebeller contre l'autorité royale, ni plus ni moins. Le marquis avait eu toutes les peines du monde à quitter la ville pour regagner Paris.

— Et maintenant que comptez-vous faire? demanda Angélique.

— Demeurer quelque temps à Paris. Mes ressources, comme les vôtres, sont, hélas! limitées. J'ai vendu une vieille ferme et un pigeonnier. Peut-être vais-je pouvoir acquérir une charge à la cour...

Son accent si bondissant jadis avait quelque chose de piteux comme un drapeau en berne.

« Oh! ces gens du Midi! pensa Angélique. De grands serments, de grands rires! Et puis, vienne le malheur : le feu d'artifice s'éteint. »

— Je ne veux pas vous compromettre, dit-elle à voix haute. Merci de tous vos services, monsieur d'Andijos. Je vous souhaite bonne chance à la cour.

Il lui baisa la main en silence et s'esquiva un peu honteusement.

Angélique, dans le vestibule, regardait la porte de bois peint de la maison du procureur. Combien de domestiques, par cette porte, l'avaient déjà quittée, les yeux bas, mais fuyant avec soulagement leur maîtresse en disgrâce!

Kouassi-Ba était accroupi à ses pieds. Elle caressa la grosse tête crépue, et le géant eut un sourire enfantin.

Mille livres, c'était quand même quelque chose. La nuit suivante, Angélique fit le projet de quitter la maison de sa sœur dont l'atmosphère devenait intolérable. Elle emmènerait avec elle la petite servante béarnaise et Kouassi-Ba. On devait bien trouver à Paris des auberges modestes. Il lui restait encore quelques bijoux et la robe lamé or. Quel prix pourrait-elle en tirer?

Le bébé qu'elle attendait commençait de remuer, mais elle y pensait à peine et n'en était pas émue comme elle l'avait été pour Florimond. Le premier mouvement de joie passé, elle se rendait compte que la venue d'un second enfant dans un tel moment était presque une catastrophe. Enfin, il ne fallait pas regarder trop loin dans l'avenir et garder tout son courage.

Le lendemain apporta un peu d'espoir avec la venue d'un page de la maison de Mlle de Montpensier, magnifique dans sa livrée à fond chamois garnie d'or et de velours noir.

Hortense elle-même en fut impressionnée.

La Grande Mademoiselle demandait à Angélique de passer la voir au Louvre, dans l'après-midi. Le page spécifia de vive voix que Mademoiselle n'était plus aux Tuileries mais au Louvre.

Tremblante d'impatience, Angélique traversa à l'heure dite le pont Notre-Dame, à la grande déception de Kouassi-Ba, qui lorgnait du côté du Pont-Neuf. Mais Angélique ne se souciait pas d'être importunée par les marchands et les mendiants.

Elle avait été sur le point de demander à Hortense sa chaise à roues qu'on appelait « vinaigrette », afin d'épargner sa dernière toilette un peu luxueuse. Mais, devant la mine pincée de sa sœur, elle y avait renoncé.

Angélique portait une robe en deux tons, olive et vert pâle, d'étoffes un peu légères pour la saison. Elle s'était enveloppée dans son manteau de soie prune, car le vent humide prenait en enfilade les ruelles étroites et les quais.

Elle atteignit enfin le massif palais dont les toits et les dômes, plantés de hautes cheminées armoriées, se dressaient sur le ciel épais.

Par la cour intérieure et de grands escaliers de marbre, Angélique gagna l'appartement qu'on lui avait indiqué comme étant actuellement celui de Mademoiselle. Elle ne pouvait s'empêcher de frissonner à retrouver ces longs couloirs, sinistres malgré leurs plafonds à caissons dorés, leurs lambris fleuris, leurs tentures précieuses. Mais trop de ténèbres stagnaient en ces recoins faits pour le guet-apens, l'attentat. Une histoire de sang et d'horreur surgissait à chaque pas dans ce vieux palais royal où pourtant la cour d'un très jeune roi cherchait à éveiller un peu de gaieté.

Un certain M. de Préfontaines apprit à Angélique que Mademoiselle était chez son peintre, dans la grande galerie, et se proposa d'y conduire la jeune femme.

Il marchait à son côté avec componction. C'était un homme entre deux âges, prudent et avisé, et dont les conseils étaient si précieux à la Grande Mademoiselle que par deux fois, pour l'ennuyer, la reine mère avait exigé l'exil du pauvre homme.

Malgré ses préoccupations, Angélique fit effort pour l'entretenir pendant qu'ils cheminaient et elle s'informa des projets de Mademoiselle. La princesse ne s'installerait-elle pas bientôt au palais du Luxembourg, comme il était prévu?

M. de Préfontaines soupira. Mademoiselle s'était mis en tête de faire restaurer ses appartements du Luxembourg, pourtant fort beaux et quasi neufs. En attendant, elle s'était logée au Louvre, ne pouvant supporter la cohabitation des Tuileries avec Monsieur, frère du roi. D'autre part, comme on parlait beaucoup du mariage de Monsieur avec la jeune Henriette d'Angleterre et de l'installation du couple au Palais-Royal, Mademoiselle espérait encore pouvoir revenir aux Tuileries.

— Personnellement, madame, conclut M. de Préfontaines, je ne vous cacherai pas mon avis : Luxembourg ou Tuileries, peu importe. Tout plutôt que de loger au Louvre.

Il se rapprocha d'elle confidentiellement.

— Que voulez-vous, mon aïeul et mon père étaient de religion réformée. Moi-même, j'ai été élevé jusqu'à l'âge de dix ans dans les pratiques protestantes. Eh bien, qu'on le veuille ou non, il n'est pas de huguenot qui puisse se sentir à l'aise en passant par les couloirs du Louvre. Certes, près d'un siècle s'est écoulé depuis la nuit atroce, mais je vois parfois briller sur les dalles le sang de la Saint-Barthélemy. Mon grand-père m'a décrit la tragédie par le menu. Il avait vingt-quatre ans alors et n'a échappé que par miracle au massacre organisé des protestants. Tenez... c'est de cette fenêtre que le roi Charles IX tirait avec une arquebuse sur les seigneurs réformés qui essayaient de se sauver en traversant la Seine et de gagner le Pré-aux-Clercs. Mon grand-père évoquait Charles IX. Il le revoyait gigantesque, barbu, bestial, criant : « Tue! tue! n'en épargnez pas un. » Toute la nuit on massacra dans le Louvre. De toutes les fenêtres on jetait des corps, dans toutes les alcôves on poignardait. Vous n'êtes pas huguenote?

— Non, monsieur.

— Alors je ne sais pas pourquoi je vous raconte cela, dit M. de Préfontaines, songeur. Je suis, moi-même, catholique, mais on se remet mal d'une éducation première. Depuis que je loge au Louvre, je dors fort peu. Je me réveille en sursaut, croyant entendre crier dans les couloirs : Tue! Tue! et le bruit de course des seigneurs protestants pourchassés par leurs assassins me hante... Si vous voulez mon avis, madame, je me demande s'il n'y a pas de fantômes au Louvre... des fantômes sanglants.

— Vous devriez prendre quelque tisane d'herbes somnifères, monsieur de Préfontaines, recommanda Angélique, qui se sentait mal à l'aise en écoutant ces lugubres évocations. L'attentat auquel elle avait échappé et qui avait coûté la vie à Margot, était trop proche pour qu'elle pût traiter les paroles de M. de Préfontaines d'imaginations désuètes.

Le meurtre, le viol et la trahison, l'horreur des crimes les plus immondes étaient tapis dans les entrailles de l'énorme palais.

Angélique se trouva bientôt dans une sorte de sous-sol, au-dessous de la grande galerie. Depuis Henri IV, des appartements y étaient réservés à des artistes et à des gens exerçant certains métiers.

Sculpteurs, peintres, horlogers, parfumeurs, graveurs en pierres précieuses, forgeurs d'épées d'acier, les plus adroits doreurs, damasquineurs, luthiers, faiseurs d'instruments de science, tapissiers, libraires, y logeaient avec leurs familles aux frais du roi. Derrière les portes de gros bois verni, on entendait le martèlement des masses et des forges, le cliquetis des métiers de l'atelier spécialisé en tapisserie de haute lice et tapis de Turquie, le choc sourd des presses d'imprimerie.

Le peintre chez qui Mlle de Montpensier se faisait faire son portrait était un Hollandais à la barbe blonde, grand, avec de frais yeux bleus dans un visage de jambon cuit. Artisan modeste et homme de talent, Van Ossel opposait aux caprices des dames de la cour la forteresse d'un caractère paisible et d'un français malhabile. Si la plupart des grands le tutoyaient, comme il était d'usage pour un valet ou un ouvrier, il n'en faisait pas moins marcher son monde à sa guise.

Ainsi il avait exigé de peindre Mademoiselle avec un sein nu et, au fond, il n'avait pas tort, car c'était là ce que la robuste célibataire avait de plus parfait. A supposer que le tableau fût destiné à quelque nouveau prétendant, l'éloquence de cet objet rond, blanc, tentateur, il fallait le reconnaître, compléterait heureusement le chiffre de la dot et la noblesse des titres.

Mademoiselle, drapée dans un opulent velours bleu sombre aux plis cassés, couverte de perles et de bijoux, une rose aux doigts, sourit à Angélique.

— Dans un instant, je suis à vous, ma mignonne. Van Ossel, vas-tu te décider à finir mon supplice?

Le peintre grommela dans sa barbe et, pour la forme, ajouta quelques touches de lumière au sein unique, objet de tous ses soins.

Tandis qu'une chambrière aidait Mlle de Montpensier à se revêtir, le peintre abandonnait ses pinceaux à un petit garçon qui devait être son fils et qui lui servait d'apprenti. Il regardait avec attention Angélique et son suivant Kouassi-Ba. Enfin, ôtant son feutre, il fit un profond salut.

— Vous, madame, voulez-vous que je fasse votre portrait... Oh! Très beau! La femme lumineuse et le Maure tout noir. Le soleil et la nuit...

Angélique déclina l'offre avec un sourire. Le moment n'était pas choisi. Mais peut-être un jour...

Elle imagina le grand tableau qu'elle ferait suspendre dans les salons de l'hôtel du quartier Saint-Paul, lorsqu'elle s'y installerait victorieuse, avec Joffrey de Peyrac. Cela lui donna un regain de courage pour l'avenir.

Dans la galerie, tout en remontant vers ses appartements, la Grande Mademoiselle lui prit le bras et aborda le sujet avec sa brusquerie coutumière.

— Ma chère petite, j'espérais, après quelques vérifications, vous apporter la bonne nouvelle en vous confirmant qu'il s'agissait, pour votre mari, d'un malentendu provoqué par quelque courtisan aigri et cherchant à se faire valoir près du roi, ou encore par les calomnies d'un solliciteur éconduit par M. de Peyrac et qui chercherait à se venger... Mais je crains, maintenant, que l'affaire ne soit quelque peu longue et compliquée.

— De grâce, Altesse, qu'avez-vous appris?

— Entrons chez moi, loin des oreilles indiscrètes.

Lorsqu'elles furent assises côte à côte sur un confortable canapé, Mademoiselle reprit :

— En vérité, j'ai appris très peu de chose, et si l'on met à part les papotages habituels de la cour, je dois vous dire que c'est justement ce peu de renseignements qui m'inquiète. Les gens ne savent rien ou préfèrent ne rien savoir.

Elle ajouta avec une trace d'hésitation, en baissant la voix :

— Votre mari est accusé de sorcellerie.

Pour ne pas blesser la bonne princesse, Angélique se retint de lui dire qu'elle le savait déjà.

— Ceci n'est pas grave, reprit Mlle de Montpensier, et la chose aurait pu se résoudre sans difficultés si votre mari avait été remis à un tribunal ecclésiastique comme l'objet de l'accusation le commanderait. Je ne vous cache pas que je trouve parfois les gens d'Eglise un peu agaçants, envahissants, mais il faut reconnaître que leur justice particulière, traitant des points qui concernent leurs attributions, est le plus souvent probe et intelligente. Mais le fait important, c'est que, malgré cette accusation spéciale, votre mari a été remis à la justice séculière. Là je ne me fais pas d'illusions. S'il y a jugement, ce qui n'est pas sûr, l'issue dépendra uniquement de la personnalité des juges-jurés.

— Voulez-vous dire, Altesse, que les juges du pouvoir civil risquent de se montrer partiaux?

— Cela dépend de ceux qu'on choisira.

— Et qui doit les choisir?

— Le roi.

Devant la mine apeurée de la jeune femme, la princesse se leva, lui toucha l'épaule et se mit à la rasséréner. Tout finirait bien, elle en était certaine. Mais il fallait clarifier la question. On ne mettait pas sans raison au secret un homme de la situation et du rang de M. de Peyrac. Elle avait fait une enquête très poussée auprès de l'archevêque de Paris, cardinal de Condi, ancien frondeur lui-même et assez mal disposé envers Mgr de Fontenac de Toulouse.

Par ce cardinal, qu'on ne pouvait taxer de complaisance pour les actes d'un rival puissant au Languedoc, elle avait appris que, si l'archevêque de Toulouse semblait bien avoir été en effet l'instigateur de la première accusation de sorcellerie, son désistement en faveur de la justice du roi lui avait été en quelque sorte imposé par des voies occultes.

— Monseigneur de Toulouse n'avait pas en réalité l'intention de pousser les choses aussi loin et, ne croyant pas à la sorcellerie lui-même, dans le cas de votre mari du moins, il se serait contenté de lui infliger un blâme soit devant le tribunal ecclésiastique, soit devant le parlement de Toulouse. Mais on lui a arraché « son » accusé par une lettre de cachet spéciale et préparée longtemps à l'avance.

Mademoiselle expliqua ensuite que, poursuivant son enquête auprès de ses hautes relations, elle avait acquis de plus en plus la certitude que Joffrey de Peyrac avait été enlevé de force à l'action probable du tribunal parlementaire de Toulouse.

— Je le tiens de la bouche de M. Masseneau lui-même, un digne parlementaire du Languedoc, qui vient d'être appelé à Paris pour des raisons mystérieuses, et qui se demande d'ailleurs s'il ne s'agit pas de l'affaire de votre mari.

— Masseneau? fit Angélique songeuse.

Dans un éclair, elle revit le petit homme rougeaud et enrubanné qui se débattait dans la poussière de la route de Salsigne en menaçant l'insolent comte de Peyrac de sa canne et en criant : « J'écrirai au gouverneur du Languedoc... au Conseil du roi... »

— Oh! mon Dieu, murmura-t-elle, c'est un ennemi de mon mari.

— J'ai parlé moi-même à ce magistrat, dit la duchesse de Montpensier. Bien que d'origine roturière, il m'a paru assez franc et digne. En fait, il craint beaucoup d'être choisi comme juge-juré pour l'affaire du comte de Peyrac, précisément parce qu'on sait qu'il a eu une altercation avec lui. Il dit que les injures qu'on peut se lancer au soleil ne regardent pas la marche de la justice, et qu'il serait fort embarrassé d'être obligé de se prêter à un simulacre de procès.

Angélique n'avait retenu qu'un seul mot : procès!

— On envisage donc de faire le procès? Un avocat que j'ai consulté m'a dit que ce serait déjà un résultat que d'aboutir à cela, surtout si l'on pouvait obtenir aussi la formation d'un tribunal au sein du Parlement de Paris. La présence de ce Masseneau, lui-même parlementaire, pourrait le prouver.

Mlle de Montpensier fit une grosse moue, qui ne la rendit guère plus belle.

— Vous savez, ma petite, je suis assez versée dans la chicane et je connais les gens de robe. Eh bien, si vous voulez m'en croire, un tribunal de parlementaires ne vaudrait rien à votre mari, parce que presque tous les parlementaires doivent quelque chose à Fouquet, l'actuel surintendant des finances, et qu'ils suivraient ses ordres, d'autant plus que celui-ci est un ancien président du Parlement de Paris.

Angélique tressaillit. Fouquet! Ainsi le redoutable écureuil montrait encore le bout de son oreille pointue.

— Pourquoi me parlez-vous de M. Fouquet? demanda Angélique d'une voix indécise. Je vous jure que mon mari n'a rien fait pour attirer sa haine. D'ailleurs, il ne l'a jamais vu!

Mademoiselle continuait à hocher la tête.

— Personnellement, je n'ai pas d'espions auprès de Fouquet. D'ailleurs ceci n'est pas dans ma manière, encore que ce soit la sienne. C'était aussi celle de feu mon père, qui assurait que dans ce royaume on ne pouvait agir autrement. Je n'ai donc, et je le regrette pour votre mari, pas d'homme ou de femme à moi dans l'entourage du surintendant. Mais, par le frère du roi, qui est aussi à la solde de M. Fouquet, du moins je le suppose, j'ai cru comprendre que tous deux, vous et votre mari, vous détiendriez sur Fouquet un secret.

Angélique sentit son cœur s'arrêter. Devait-elle se confesser entièrement à sa grande protectrice ? Elle en fut tentée, mais se rappela à temps combien celle-ci était gaffeuse et incapable de garder sa langue. Il valait donc mieux attendre et demander avis à Desgrez.

La jeune femme soupira et dit en détournant les yeux :

— Que puis-je connaître sur ce puissant seigneur que je n'ai jamais approché ? Evidemment je me souviens que, quand j'étais enfant, on parlait en Poitou d'une prétendue conspiration des seigneurs à laquelle étaient mêlés M. Fouquet, M. le prince de Condé et d'autres grands personnages. Peu après, ce fut la Fronde.

Il était déjà assez délicat de hasarder pareils propos devant la Grande Mademoiselle... Mais celle-ci n'y vit pas malice et confirma que son père avait aussi passé sa vie à conspirer.

— C'était son vice principal. Au surplus, il était trop bon et trop mou pour prendre les charges du royaume en main. Il était devenu un artiste de la conspiration. Il a pu aussi se trouver dans le clan de Fouquet alors fort peu connu. Mais mon père était riche et Fouquet encore à ses débuts. Nul ne pourra dire que mon père a conspiré pour s'enrichir.

— Tandis que mon mari s'est enrichi sans conspirer, dit Angélique avec un pâle sourire. C'est peut-être cela qui paraît suspect.

Mademoiselle en convint. Elle ajouta que l'absence de tout esprit de courtisanerie représentait un grave défaut à la cour. Mais enfin cela ne justifiait pas l'ordre d'emprisonnement au secret signé du roi.

— Il doit savoir autre chose, affirma la Grande Mademoiselle. De toute façon, il n'y a que le roi qui puisse intervenir. Oh! il n'est pas facile à manœuvrer. Il a été dressé par Mazarin à la diplomatie florentine. On peut le voir souriant et même la larme à l'œil, car c'est un tendre... tandis qu'il prépare le poignard qui exécutera un ami.

Voyant Angélique pâlir, sa protectrice lui passa un bras autour des épaules et dit avec enjouement :

— Je plaisante, comme toujours. Il ne faut pas me prendre au sérieux. Personne ne me prend plus au sérieux dans ce royaume. Aussi bien, je conclus : voulez-vous voir le roi?

Et comme Angélique, subissant la réaction de cette perpétuelle douche écossaise, se jetait aux pieds de la Grande Mademoiselle, toutes deux fondirent en larmes.

Après quoi, Mlle de Montpensier l'avertit que le redoutable rendez-vous était déjà fixé et que le roi recevrait Mme de Peyrac dans deux heures.

Loin d'en être bouleversée, Angélique se sentit alors pénétrée d'un calme étrange. Cette journée serait décisive.

N'ayant pas le temps de retourner au quartier Saint-Landry, elle demanda à Mademoiselle de l'autoriser à se servir de ses poudres et de ses fards afin d'être tout à fait présentable. Mademoiselle lui prêta une de ses femmes.

Devant le miroir de la coiffeuse, Angélique se demanda si elle était encore assez belle pour disposer favorablement le roi à son égard.

Sa taille avait épaissi, mais en revanche son visage,

autrefois d'une rondeur enfantine, s'était amaigri. Elle avait les yeux cernés et le teint pâle. Après un examen sévère, elle se dit qu'après tout la courbe allongée de son visage et ses yeux agrandis par une ombre mauve ne lui allait pas si mal. Ils lui conféraient une expression pathétique, émouvante, qui n'était pas sans charme.

Elle se farda légèrement, fixa une mouche de velours noir près de sa tempe et se laissa coiffer par la chambrière.

Un peu plus tard, comme elle se regardait dans le miroir et voyait ses yeux verts étinceler comme ceux d'un chat dans la nuit, elle murmura :

— Ce n'est plus moi! Et c'est quand même une femme très belle. Oh! le roi ne peut rester insensible. Mais, hélas! je n'ai pas assez d'humilité pour lui. Mon Dieu, faites que je sois humble!

9

Angélique se releva, le cœur battant, de sa profonde révérence. Le roi était devant elle. Ses hauts talons de bois vernis ne faisaient aucun bruit sur le tapis de laine épaisse.

Angélique s'aperçut que la porte du petit cabinet s'était refermée et qu'elle était seule avec le souverain. Elle éprouva un sentiment de gêne, presque de panique. Elle avait toujours vu le roi au cœur d'une foule innombrable. Ainsi il ne lui était pas apparu absolument vrai et vivant; il était comme un acteur sur la scène d'un théâtre.

Maintenant, elle sentait la présence de cet homme un peu massif, subtilement imprégné du parfum de la poudre d'iris dont il pâlissait selon la mode ses abondants cheveux bruns. Et cet homme était le roi.

Elle se contraignit à lever les yeux. Louis XIV était grave et impassible. On aurait dit qu'il cherchait à se rappeler le nom de la visiteuse, bien que la Grande Mademoiselle l'eût annoncé quelques instants auparavant. Angélique se sentit paralysée par la froideur de son regard.

Elle ignorait que Louis XIV, sans avoir hérité la simplicité de son père le roi Louis XIII, en avait la timidité. Passionné pour le faste et les honneurs, il domptait de son mieux ce sentiment d'infériorité peu en accord avec la majesté de son titre. Mais, bien que marié et déjà fort galant, il en était encore à ne pouvoir aborder une femme, surtout une belle femme, sans perdre contenance.

Or, Angélique était belle. Elle avait surtout, ce qu'elle ignorait, un port de tête altier et, dans le regard, une expression à la fois retenue et hardie, qui pouvait parfois ressembler à une insolence, à un défi, mais aussi à l'innocence des êtres neufs et sincères. Son sourire la transformait en révélant la sympathie qu'elle portait aux êtres et à la vie.

Cependant, en cet instant, Angélique ne souriait pas. Elle devait attendre que le roi parlât et, devant ce silence qui se prolongeait, sa gorge se serra.

Enfin, le roi se décida, mentit un peu.

— Madame, je ne vous reconnaissais pas. Vous n'avez plus cette robe d'or merveilleuse que vous portiez à Saint-Jean-de-Luz?

— En effet, sire, et je suis bien honteuse de me présenter devant vous dans une toilette si simple et si fanée. Mais c'est la seule qui me reste. Votre Majesté n'ignore pas que tous mes biens sont sous scellés.

La physionomie du roi se gela. Puis, tout à coup, il prit le parti de sourire.

— Vous en venez tout de suite au fait, madame. Après tout, vous avez raison. Vous me rappelez que les instants d'un roi sont comptés et qu'il n'a pas de temps à perdre en balivernes. Vous êtes un peu sévère, madame.

Une délicate rougeur envahit les joues pâles de la jeune femme et elle eut un sourire confus.

— Loin de moi de vous rappeler les trop nombreux devoirs dont vous êtes accablé, sire. Mais je répondais avec simplicité à votre question. Je ne voudrais pas que Votre Majesté me crût assez négligente pour me présenter devant elle avec une toilette défraîchie et des bijoux par trop modestes.

— Je n'ai pas donné l'ordre que vos biens à vous soient saisis. Et j'ai même recommandé de laisser Mme de Peyrac libre et de ne l'importuner en rien.

— Je suis infiniment reconnaissante à Votre Majesté des attentions qu'elle a manifestées à mon égard, dit Angélique en s'inclinant. Mais je n'ai rien qui m'appartienne en propre, et, dans ma hâte de savoir ce qu'il était advenu à mon mari, j'ai gagné Paris sans autre fortune que des effets et quelques bijoux. Mais je ne viens pas crier misère près de vous, sire. Le sort de mon mari est ma seule préoccupation.

Elle se tut, serrant les lèvres sur le flot de questions qu'elle aurait voulu jeter : Pourquoi l'avez-vous arrêté ? Que lui reprochez-vous ? Quand me le rendrez-vous ?

Louis XIV la regardait avec une curiosité non dissimulée.

— Dois-je comprendre, madame, que vous, si belle, vous êtes réellement amoureuse de cet époux bancal et repoussant ?

Le ton méprisant du souverain causa à Angélique l'effet d'un coup de poignard. Une peine affreuse l'envahit. L'indignation fit flamber ses yeux.

— Comment pouvez-vous parler ainsi? s'écria-t-elle avec chaleur. Pourtant vous l'avez entendu, sire? Vous avez entendu la Voix d'or du royaume!

— Il est vrai que sa voix avait un charme contre lequel on se défendait mal.

Il se rapprocha et reprit d'une voix insinuante :

— Il serait donc exact que votre mari avait le pouvoir d'ensorceler toutes les femmes, même les plus glaciales. On m'a rapporté que ce seigneur était tellement fier de ce pouvoir qu'il s'en vantait au point d'en faire une sorte d'enseignement, baptisé « cour d'amour », fêtes où régnait le libertinage le plus éhonté.

« Moins éhonté que ce qui se passe chez vous au Louvre », faillit répondre crûment Angélique.

Elle se maîtrisa de son mieux.

— On a mal interprété près de Votre Majesté le sens de ces réunions mondaines. Mon mari aimait à faire revivre en son palais du Gai Savoir les traditions médiévales des troubadours du Midi qui élevaient la galanterie envers les dames à la hauteur d'une institution. Certes les conversations étaient légères puisqu'on y parlait d'amour, mais la décence y était de mise.

— N'étiez-vous pas jalouse, madame, de voir ce mari, dont vous étiez si amoureuse, se livrer à la débauche?

— Je ne l'ai jamais connu se livrant à la débauche dans le sens où vous l'entendez, sire. Ces traditions enseignent la fidélité à une seule femme, épouse légitime ou maîtresse. Et j'étais celle qu'il avait choisie.

— Vous avez été longue cependant à vous incliner devant ce choix. Pourquoi votre répulsion première s'est-elle transformée tout à coup en amour dévorant?

— Je vois que Votre Majesté s'intéresse aux détails

les plus intimes de la vie de ses sujets, dit Angélique qui cette fois ne put maîtriser l'inflexion ironique de sa voix.

La rage bouillonnait en elle. Sa bouche était pleine de répliques cinglantes qu'elle brûlait de lui lancer au visage. Celle-ci, par exemple : « Est-ce que les rapports de vos espions vous signalent chaque matin combien de fois les nobles du royaume ont fait l'amour dans la nuit ? »

Elle se retint à grand-peine et baissa la tête dans la crainte que ses sentiments ne puissent se lire sur son visage.

— Vous n'avez pas répondu à ma question, madame, dit le roi d'un ton glacial.

Angélique passa la main sur son front.

— Pourquoi me suis-je mise à aimer cet homme ? murmura-t-elle. Sans doute parce qu'il avait toutes les qualités qui font qu'une femme est heureuse d'être l'esclave d'un tel homme.

— Vous reconnaissez donc que votre mari vous a ensorcelée ?

— J'ai vécu cinq ans près de lui, sire. Je suis prête à jurer sur l'Evangile qu'il n'était ni sorcier ni mage.

— Vous savez que c'est de sorcellerie qu'on l'accuse ?

Elle inclina la tête en silence.

— Il ne s'agit pas seulement de l'influence étrange qu'il exerce sur les femmes, mais encore de l'origine suspecte de son immense fortune; on dit qu'il a obtenu le secret de la transmutation de l'or par un commerce avec Satan.

— Sire, qu'on soumette mon mari à un tribunal et il démontrera sans peine qu'il a été victime de conceptions fausses d'alchimistes égarés par leur tradition moyenâgeuse, laquelle à notre époque est devenue plus nuisible qu'utile.

Le roi se détendit un peu.

— Admettez, madame, que ni vous ni moi ne connaissons grand-chose à l'alchimie. Cependant je confesse que les explications qu'on m'a fournies au sujet des pratiques infernales de M. de Peyrac restent vagues et demandent d'être précisées.

Angélique retint un soupir de soulagement.

— Que je suis heureuse, sire, de vous entendre prononcer une telle sentence de clémence et de compréhension!

Le roi eut un mince sourire mêlé de contrariété.

— N'anticipons pas, madame. J'ai dit seulement que je demandais des détails sur cette histoire de transmutation.

— Précisément, sire, *il n'y a jamais eu de transmutation*. Mon mari a simplement mis au point un procédé de dissolution par le plomb fondu de l'or très fin contenu dans certaines roches, et c'est par la pratique de ce procédé qu'il a gagné sa fortune.

— Si tel était son procédé honnête et sincère, il eût été assez normal qu'il en offrît l'exploitation à son roi, alors que jamais il n'en a soufflé mot à personne.

— Sire, je suis témoin qu'il a fait la démonstration complète de son procédé devant quelques seigneurs, ainsi que devant l'envoyé de l'archevêque de Toulouse. Mais ce procédé s'applique seulement à certaines roches qu'on appelle filons d'or invisible des Pyrénées, et il faut des spécialistes étrangers pour en tirer parti. Ce n'est donc pas une formule cabalistique qu'il peut céder, mais une science spéciale, de nouvelles recherches de terrains, et des sommes considérables.

— Il préférait sans doute garder pour lui l'exploitation d'un tel procédé qui, en le faisant riche, lui donnait prétexte de recevoir chez lui des étrangers, Espagnols, Allemands, Anglais, et des hérétiques venus de Suisse. Il était ainsi très à l'aise pour préparer la révolte du Languedoc.

— Mon mari n'a jamais comploté contre Votre Majesté.

— Il faisait montre cependant d'une arrogance et d'une indépendance pour le moins révélatrices. Admettez, madame, qu'un gentilhomme qui ne demande rien au roi, ce n'est déjà pas très normal. Mais, lorsqu'il se vante de ne pas avoir besoin de son souverain, cela dépasse la mesure.

Angélique sentit la fièvre la secouer. Elle se fit humble, admit que Joffrey était un original qui, isolé de ses semblables par sa disgrâce physique, avait mis tout en œuvre pour en triompher grâce à sa haute philosophie et à sa science.

— Votre mari voulait créer un Etat dans l'Etat, dit durement le roi. Pas de religion non plus, car magicien ou non, il prétendait régner par l'argent et le faste. Depuis son arrestation, Toulouse est en ébullition et le Languedoc s'agite. Ne croyez pas, madame, que j'ai signé cette lettre de cachet sans raison plus valable qu'une accusation de sorcellerie, inquiétante il est vrai, mais qui surtout entraîne d'autres désordres. J'ai eu des preuves sérieuses de sa trahison.

— Les traîtres voient partout la trahison, dit lentement Angélique, dont les prunelles vertes lancèrent des éclairs. Si Votre Majesté me nommait ceux qui ont ainsi calomnié le comte de Peyrac, je serais certaine de retrouver parmi eux des personnages qui, dans un passé encore proche, ont comploté réellement, eux, contre le pouvoir et même la vie de Votre Majesté.

Louis XIV resta impassible, mais son teint s'assombrit légèrement.

— Vous êtes bien hardie, madame, de juger en qui je dois mettre ma confiance. Les bêtes mauvaises domptées, enchaînées, me sont plus utiles que le vassal lointain, fier et libre, qui bientôt se poserait en rival. Que le cas de votre mari serve d'exemple aux autres seigneurs qui auraient tendance à relever la tête. On verra bien si, avec tout son or, il pourra acheter ses juges, et si Satan le secourra. C'est à moi de défendre le peuple contre les influences pernicieuses de ces grands nobles qui se veulent maître des corps et des âmes, et du roi lui-même.

« Il faudrait que je me jette en larmes à ses pieds », pensa Angélique.

Mais elle en était incapable. La personnalité du roi s'était effacée à ses yeux. Elle ne voyait plus qu'un garçon de son âge — vingt-deux ans — qu'elle avait terriblement envie de saisir par son jabot de dentelle et de secouer comme un prunier.

— Voici donc la justice du roi, fit-elle d'une voix hachée et qui lui parut étrangère. Vous êtes entouré d'assassins poudrés, de bandits emplumés, de mendiants débitant les plus basses flatteries. Un Fouquet, un Condé, des Conti, Longueville, Beaufort... L'homme que j'aime n'a jamais trahi. Il a surmonté les pires disgrâces, il a alimenté le Trésor royal d'une partie de sa fortune, gagnée par son génie, au prix d'efforts et de travaux incessants, il n'a rien demandé à personne. Voilà ce qu'on ne lui pardonnera jamais...

— En effet, voilà ce qu'on ne lui pardonnera jamais, répéta le roi en écho.

Il s'approcha d'Angélique et lui saisit le bras avec une violence qui trahissait sa colère malgré le calme voulu de son visage.

— Madame, vous allez sortir libre de cette pièce, alors que je pourrais vous faire arrêter. Souvenez-vous-en à l'avenir, quand vous douterez de la magnanimité du roi. Mais attention! Je ne veux plus entendre parler de vous, car alors je serai impitoyable. Votre mari est mon vassal. Laissez s'accomplir la justice de l'Etat. Adieu, madame!

10

« Tout est perdu!... C'est ma faute! J'ai perdu Joffrey », se répétait Angélique.

Hagarde, elle courait à travers les couloirs du Louvre. Elle cherchait Kouassi-Ba! Elle voulait voir la Grande Mademoiselle!... En vain, son cœur étreint d'angoisse appelait le secours d'un cœur ami. Les silhouettes qu'elle croisait étaient sourdes et aveugles, marionnettes inconsistantes venues d'un autre monde.

La nuit tombait, traînant une tempête d'octobre qui cinglait les vitres, rabattait les flammes des bougies, sifflait sous les portes, remuait les tentures.

Colonnades, mascarons, ombres solennelles des escaliers géants, menuiseries dorées, ponts et galeries, dalles, trumeaux, cimaises... Angélique errait à travers le Louvre comme à travers une ténébreuse forêt, un labyrinthe mortel.

Dans l'espoir de trouver Kouassi-Ba, elle descendit et gagna l'une des cours. Elle dut reculer devant l'averse, qui, des gouttières, se déversait avec un bruit torrentiel.

Sous l'escalier, une troupe de comédiens italiens qui, ce soir-là, allaient danser devant le roi, s'était réfugiée autour d'un brasero. La lueur rouge du foyer éclairait les bariolages des costumes d'Arlequins, leurs masques noirs, les blancs travestissements de Pantalon et de ses clowns.

Ayant regagné l'étage, Angélique aperçut enfin un

visage de connaissance. C'était Brienne. Il lui dit qu'il avait vu M. de Préfontaines chez la jeune princesse Henriette d'Angleterre; peut-être celui-ci pourrait-il lui indiquer où se trouvait Mlle de Montpensier.

★

Chez la princesse Henriette, on jouait gros jeu autour des tables, dans la tiédeur des chandelles de cire qui éclairaient gaiement le grand salon. Angélique aperçut Andijos, Péguilin, d'Humières et de Guiche. Ils étaient absorbés par le jeu ou peut-être firent-ils mine de ne pas la voir.

M. de Préfontaines, qui sirotait un verre de liqueur près de la cheminée, lui dit que Mlle de Montpensier était allée faire une partie de cartes avec la jeune reine dans l'appartement d'Anne d'Autriche. S. M. la reine Marie-Thérèse, fatiguée, intimidée, parlant mal le français, n'aimait pas se mêler à la jeunesse peu indulgente de la cour. Mademoiselle allait chaque soir faire une partie avec elle. Mademoiselle était très bonne; cependant, comme la petite reine se couchait tôt, il était fort possible que Mademoiselle passât d'ici peu chez sa cousine Henriette. De toute façon, elle ferait appeler M. de Préfontaines, car elle ne s'endormait pas sans avoir vérifié ses comptes avec lui.

Angélique, ayant décidé de l'attendre, s'approcha d'une table où les officiers de bouche avaient disposé un souper froid et des pâtisseries. Elle était toujours très humiliée de l'appétit qu'elle gardait, même dans les circonstances les plus graves. Encouragée par M. de Préfontaines, elle s'assit et mangea une aile de poulet, deux œufs en gelée et divers pâtés et confitures. Puis, ayant demandé à un page l'aiguière d'argent pour se rincer les doigts, elle se mêla à un groupe de joueurs et prit des cartes. Elle avait un peu d'argent. Bientôt la chance la favorisa et elle commença de gagner. Elle en fut réconfortée. Si elle pouvait remplir sa bourse, ce ne serait pas finalement une journée entièrement catastrophique. Elle se plongea dans le jeu. Les piles d'écus s'amoncelaient devant elle. L'un de ses voisins, qui perdait, dit, moitié figue, moitié raisin :

— Ne nous étonnons pas : c'est la petite sorcière.

Elle lui rafla sa mise d'une main preste, et ne comprit que quelques secondes plus tard l'allusion. Ainsi la disgrâce de Joffrey commençait à être connue. On se chuchotait d'une oreille à l'autre qu'il était accusé de sorcellerie. Cependant Angélique resta fermement à sa place.

« Je ne quitterai le jeu que lorsque je commencerai à perdre. Oh! si je pouvais les ruiner tous et avoir assez d'or pour acheter les juges... »

Tandis qu'elle abattait une fois de plus trois as insolents, une main se glissa autour de sa taille et la pinça.

— Pourquoi êtes-vous revenue au Louvre? souffla à son oreille le marquis de Vardes.

— Certainement pas pour vous revoir, répondit Angélique sans le regarder.

Et elle se dégagea avec brusquerie.

Il prit des cartes et les disposa machinalement, tout en continuant sur le même ton :

— Vous êtes folle! Vous voulez absolument vous faire assassiner?

— Ce que je veux faire ne vous regarde aucunement.

Il joua, perdit, posa une nouvelle mise sur la table.

— Ecoutez, il est temps encore. Suivez-moi. Je vais vous faire donner une escorte de suisses pour vous accompagner chez vous.

Cette fois, elle le dévisagea avec mépris.

— Je n'ai aucune confiance en votre protection, monsieur de Vardes, et vous savez pourquoi.

Il abattit ses cartes avec un dépit contenu.

— Eh! je suis bien bête de me soucier de vous.

Il hésita encore avant de grommeler avec une grimace mauvaise :

— Vous me contraignez à un rôle ridicule. Mais enfin, puisqu'il n'y a pas d'autre moyen de vous faire entendre raison, je vous dirai : pensez à votre fils. Sortez du Louvre immédiatement, et surtout évitez de rencontrer le frère du roi!

— Je ne bougerai pas de cette table tant que vous serez dans les parages, répondit Angélique, très calme.

Les mains du gentilhomme se crispèrent. Mais il quitta subitement la table de jeu.

— C'est bon, je m'en vais. Ne tardez pas à faire de même. Il y va de votre vie.

Elle le vit s'éloigner, saluant à droite et à gauche, puis sortir.

Angélique restait troublée. Elle ne pouvait écarter le sentiment apeuré qui se glissait en elle comme un froid serpent. Vardes lui préparait-il un autre piège? Il était capable de tout. Pourtant la voix du cynique gentilhomme avait un accent inusité. L'évocation qu'il avait faite de Florimond la bouleversa tout à coup. Elle eut la vision du délicieux petit bonhomme, en béguin rouge, titubant dans sa longue robe brodée, son hochet d'argent au poing. Qu'adviendrait-il de lui si elle venait à disparaître?...

La jeune femme laissa ses cartes, glissa les pièces d'or dans sa bourse. Elle avait gagné quinze cents livres. Elle ramassa son manteau sur le dos d'un fauteuil et alla saluer la princesse Henriette, qui lui répondit par une inclination de tête indifférente.

A regret, Angélique quitta le salon, refuge de lumière et de chaleur. Un courant d'air claqua la porte derrière elle. Le vent sifflant couchait les flammes tressautantes des chandelles qui semblaient soumises à une panique folle. Ombres et flammes s'agitaient comme en transe. Puis le calme revenait, tandis que le vent allait miauler plus loin, et dans les perspectives silencieuses des couloirs plus rien ne bougeait.

Ayant demandé son chemin au suisse de garde posté devant l'appartement de la princesse Henriette, Angélique marchait vite, serrant sa mante autour d'elle. Elle s'efforçait de ne pas avoir peur, mais chaque recoin lui semblait dissimuler une forme suspecte. Comme elle approchait de l'angle d'un couloir, elle ralentit le pas. Une angoisse insurmontable la paralysait.

« Ils sont là », se dit-elle.

Elle ne voyait personne, mais une ombre traînait au ras du sol. Cette fois il n'y avait plus de doute : un homme faisait le guet...

Angélique s'arrêta tout à fait. Quelque chose bougea à l'angle du mur, et une silhouette drapée dans un manteau sombre, le feutre enfoncé profondément sur les yeux, apparut lentement, lui barrant le passage. Se mordant les lèvres pour retenir un cri, Angélique se détourna aussitôt et revint sur ses pas.

Elle jeta un coup d'œil par-dessus son épaule. Maintenant, *ils* étaient trois, et *ils la suivaient*. La jeune femme hâta le pas. Mais les trois personnages se rapprochaient. Alors elle se mit à courir avec la légèreté d'une biche.

Elle n'avait pas besoin de se retourner pour savoir qu'*ils* s'étaient élancés à sa poursuite. Elle entendait derrière elle leurs pas, volontairement assourdis. *Ils* couraient sur la pointe des pieds. C'était une poursuite silencieuse, irréelle, une course de cauchemar à travers le désert de l'immense palais.

Tout à coup, Angélique aperçut une porte entrouverte sur sa droite. Elle venait de tourner l'angle d'un couloir. Les poursuivants n'étaient plus en vue.

Elle s'engouffra dans la pièce, referma la porte, poussa la targette. Appuyée contre le battant, plus morte que vive, elle entendit les pas précipités des hommes et perçut leurs souffles haletants. Puis le silence retomba.

Titubant d'émotion, Angélique alla s'appuyer contre le lit. Il n'y avait personne, mais quelqu'un sans doute ne tarderait pas à venir. Les draps du lit étaient préparés pour la nuit. Un feu flambait dans la cheminée et éclairait la pièce, ainsi qu'une petite veilleuse à huile placée sur la table de chevet.

Angélique, une main posée sur sa poitrine, reprenait haleine.

« Il faut absolument que je sorte de ce guêpier », se dit-elle.

Elle avait été bien inconsciente de s'imaginer qu'ayant échappé à un premier attentat dans les couloirs du Louvre, elle pourrait échapper à un second.

Certes, en la faisant revenir au Louvre, la Grande Mademoiselle était ignorante des dangers qu'Angélique courait. Le roi lui-même, elle en était sûre, ne soupçonnait pas ce qui se tramait à l'intérieur de son palais. Mais, au Louvre, régnait la présence occulte de Fouquet. Tremblant que le secret d'Angélique n'amenât la ruine de son étonnante fortune, le surintendant avait alerté son âme damnée, Philippe d'Orléans, il avait jeté la crainte dans le cœur de ceux qui vivaient de lui, tout en flattant le roi. L'arrestation du comte de Peyrac était une étape. La disparition d'Angélique complétait la manœuvre prudente. Seuls les morts ne parlent pas.

La jeune femme serra les dents. Une volonté farouche l'envahit. Elle échapperait à la mort.

Des yeux, elle fit le tour de la pièce, cherchant l'issue par laquelle elle pourrait essayer de s'évader sans risquer d'attirer l'attention.

Tout à coup, son regard se dilata d'effroi.

Devant elle, la tenture bougeait. Elle entendit le grincement d'un pêne dans une serrure. Une porte dissimulée s'ouvrit très lentement et, dans l'ouverture, les trois hommes qui l'avaient poursuivie apparurent.

Elle n'eut pas de peine à reconnaître, en celui qui s'avançait le premier, Monsieur, frère du roi.

Il rabattit son manteau de conspirateur, fit bouffer d'une chiquenaude les dentelles de son jabot. Il ne la quittait pas des yeux, tandis qu'un sourire froid retroussait sa petite bouche aux lèvres rouges.

— Parfait! s'exclama-t-il de sa voix de fausset. La biche est tombée dans le piège. Mais quelle course! Vous pouvez vous vanter, madame, d'avoir le pied léger.

Angélique s'arma de sang-froid et, bien qu'elle sentît ses jambes se dérober sous elle, esquissa une révérence.

— C'est donc vous, monseigneur, qui m'avez tant effrayée? J'ai cru avoir affaire à quelques malandrins ou coupe-bourses du Pont-Neuf qui s'étaient introduits dans le palais en quête d'un mauvais coup.

— Oh! il m'est déjà arrivé de jouer la nuit au brigand sur le Pont-Neuf, dit le petit Monsieur d'un air suffisant, et personne ne peut m'en remontrer pour couper les bourses ou percer la bedaine d'un bourgeois. N'est-il pas vrai, mon très cher?

Il se tournait vers l'un de ses compagnons. Celui-ci relevait son feutre, découvrant les traits du chevalier de Lorraine. Sans répondre, le favori s'approcha et tira son épée, qui jeta un reflet rougeâtre à la lueur du feu.

Angélique regardait avec attention le troisième, qui se tenait un peu à l'écart.

— Clément Tonnel, dit-elle enfin, que faites-vous ici, mon ami?

L'homme s'inclina très bas.

— Je suis aux ordres de monseigneur, répondit-il.

Et il ajouta, emporté par la force de l'habitude :

— Que madame la comtesse m'excuse.

— Je vous excuse bien volontiers, dit Angélique qui tout à coup était saisie d'une nerveuse envie de rire. Mais pourquoi tenez-vous un pistolet à la main?

Le maître d'hôtel jeta un regard embarrassé sur son arme. Cependant, il se rapprocha du lit où Angélique continuait de s'appuyer.

Philippe d'Orléans avait tiré le tiroir du guéridon qui servait de table de chevet. Il en sortit un verre à demi plein d'un liquide noirâtre.

— Madame, dit-il solennellement, vous allez mourir.

— Vraiment? répondit Angélique.

Elle les regardait tous trois, debout devant elle. Il lui semblait que son être se dédoublait. Au fond d'elle-même, une femme affolée se tordait les mains, criait : « Pitié, je ne veux pas mourir! » Une autre, lucide, songeait : « Ils ont vraiment l'air ridicule. Tout ceci est une mauvaise plaisanterie. »

— Madame, vous nous avez nargués, reprit le petit Monsieur, dont la bouche se crispait d'impatience. Vous allez mourir, mais nous sommes généreux : nous vous laissons le choix de votre mort : poison, fer ou feu.

Un coup de vent secoua violemment la porte et rabattit une fumée âcre à l'intérieur de la pièce. Angélique avait redressé la tête avec espoir.

— Oh! personne ne viendra, personne ne viendra! ricana le frère du roi. Ce lit est votre lit de mort, madame. Il a été préparé pour vous.

— Mais enfin, que vous ai-je fait? s'écria Angélique,

qui commençait à sentir une sueur d'angoisse mouiller ses tempes. Vous parlez de ma mort comme d'une chose naturelle, indispensable. Permettez-moi de ne pas partager votre opinion. Le plus grand criminel a le droit de savoir de quoi on l'accuse et de se défendre.

— La plus habile défense ne changera rien au verdict, madame.

— Eh bien, si je dois mourir, au moins dites-moi pourquoi! reprit la jeune femme avec véhémence.

A tout prix, il fallait gagner du temps.

Le jeune prince jeta un regard interrogateur à son compagnon.

— Après tout, puisque aussi bien, dans quelques instants, vous aurez cessé de vivre, je ne vois pas pourquoi nous nous montrerions inutilement inhumains, dit-il de sa voix sucrée. Madame, vous n'êtes pas si ignorante que vous le clamez. Vous vous doutez parfaitement sur les ordres de qui nous sommes ici?

— Le roi? s'écria Angélique en feignant le respect.

Philippe d'Orléans haussa ses épaules délicates.

— Le roi est tout juste bon à envoyer en prison les gens contre lesquels on attise sa jalousie. Non, madame, il ne s'agit pas de Sa Majesté.

— De qui donc alors le frère du roi peut-il admettre de recevoir des ordres?

Le prince tressaillit.

— Je vous trouve bien osée, madame, de parler ainsi. Vous m'offensez!

— Et moi, je trouve que vous êtes, dans votre famille, bien susceptibles! riposta Angélique dont la colère surmontait la terreur. Qu'on vous fête ou qu'on vous cajole, vous vous offensez parce que celui qui vous reçoit paraît plus riche que vous. Qu'on vous offre des présents, et c'est une insolence! Qu'on ne vous salue pas assez profondément, c'en est une autre! Qu'on ne vive pas en mendiants à tendre la main jusqu'à ruiner l'Etat comme toute votre basse-cour de seigneurs, c'est d'une arrogance blessante! Qu'on paie ses impôts rubis sur l'ongle, c'est une provocation!... Une bande de chipoteurs, voilà ce que vous êtes, vous, votre frère le roi, votre mère, et tous vos traîtres de cousins : Condé, Montpensier, Soissons, Guise, Lorraine, Vendôme...

Elle s'arrêta à bout de souffle.

Dressé sur ses hauts talons comme un jeune coq sur ses ergots, Philippe d'Orléans jeta un regard indigné à son favori.

— Avez-vous jamais entendu parler de la famille royale avec une pareille insolence?

Le chevalier de Lorraine eut un sourire cruel.

— Les injures ne tuent pas, monseigneur. Allons, finissons-en, madame.

— Je veux savoir pourquoi je meurs, s'entêta Angélique.

Elle ajouta précipitamment, décidée à tout pour gagner quelques minutes :

— Est-ce à cause de M. Fouquet?

Le frère du roi ne put s'empêcher de sourire avec satisfaction.

— Ainsi la mémoire vous revient? Vous savez donc pourquoi M. Fouquet tient tant à votre silence?

— Je ne sais qu'une chose, c'est qu'il y a des années j'ai fait avorter le complot d'empoisonnement qui devait vous supprimer, vous-même, monsieur, ainsi que le roi et le cardinal. Et je regrette amèrement que la chose ne se soit pas produite, par les soins dudit M. Fouquet et du prince de Condé.

— Ainsi, vous avouez?

— Je n'ai rien à avouer. La trahison de ce valet vous a amplement renseigné sur ce que je savais et que j'ai confié à mon mari. Jadis je vous ai sauvé la vie, monseigneur, et voilà comment vous me remerciez!

Une émotion fugitive parut sur le visage efféminé du jeune homme. Son égoïsme le rendait sensible à tout ce qui le concernait.

— Le passé est le passé, dit-il d'une voix hésitante. M. Fouquet, depuis, m'a comblé de ses bienfaits. Il est juste que je l'aide à écarter la menace qui pèse sur lui. Vraiment, madame, vous me voyez navré, mais il est trop tard. Pourquoi n'avez-vous pas accepté la proposition raisonnable que M. Fouquet vous a faite par l'entremise de Mme de Beauvais?

— J'ai cru comprendre qu'il me faudrait abandonner mon mari à son triste sort.

— Evidemment. On ne peut faire taire un comte de Peyrac qu'en le murant dans une prison. Mais une femme qui a pour elle luxe et louanges oublie vite les souvenirs qu'il faut oublier. De toute façon, il est trop tard. Allons, madame...

— Et si je vous disais où se trouve ce coffret, proposa Angélique en le saisissant aux épaules, vous, monseigneur, vous seul auriez entre les mains ce redoutable pouvoir d'effrayer, de dominer M. Fouquet lui-même, et la preuve de la trahison de tant d'autres grands seigneurs qui vous regardent de haut, ne vous prennent pas au sérieux...

Une lueur brilla dans les yeux du jeune prince, et il passa sa langue sur ses lèvres.

Mais le chevalier de Lorraine le saisit à son tour et l'attira contre lui comme s'il eût voulu l'arracher à l'empire néfaste d'Angélique.

— Prenez garde, monseigneur. Ne vous laissez pas tenter par cette femme. Elle cherche, par des promesses mensongères, à nous échapper, à retarder son exécution. Mieux vaut qu'elle emporte son secret dans la tombe. Si vous le possédiez, vous seriez sans doute très puissant, mais vos jours seraient comptés.

Blotti contre la poitrine de son favori, heureux de cette mâle protection, Philippe d'Orléans réfléchissait.

— Vous avez raison, comme toujours, mon cher amour, soupira-t-il. Eh bien, faisons notre devoir. Madame, que choisissez-vous : poison, épée ou pistolet?

— Décidez-vous vite! trancha, menaçant, le chevalier de Lorraine. Sinon, nous choisirons pour vous.

Après un instant d'espoir, Angélique retombait dans une situation atroce et sans issue.

Les trois hommes étaient devant elle. Elle n'eût pu faire un mouvement sans être arrêtée par l'épée du chevalier de Lorraine ou le pistolet de Clément. Aucun cordon de sonnette n'était à sa portée. Aucun bruit ne venait du dehors. Seuls le crépitement des bûches dans l'âtre, le grésillement de la pluie contre les vitres troublaient le silence étouffant. Dans quelques secondes, ses assassins allaient se ruer sur elle. Les yeux d'Angélique se posèrent sur les armes. Avec le pistolet ou l'épée, elle mourrait sûrement. Mais peut-être pourrait-elle échapper au poison? Depuis plus d'un an, elle ne cessait d'absorber chaque jour une dose infime des produits toxiques que lui avait préparés Joffrey.

Elle tendit une main qu'elle essayait d'empêcher de trembler.

— Donnez! murmura-t-elle.

En approchant le verre de ses lèvres, elle remarqua qu'un dépôt à luisance métallique s'était formé au fond. Elle prit soin de ne pas remuer le liquide, tout en buvant. Le goût en était âcre et poivré.

— Et maintenant, laissez-moi seule, fit-elle en reposant le verre sur le guéridon.

Elle ne ressentait aucune douleur. « Sans doute, se

disait-elle, la nourriture que j'ai absorbée chez la princesse Henriette protège-t-elle encore les parois de mon estomac contre les effets corrosifs du produit... »
Elle ne perdait pas tout espoir d'échapper à ses tortionnaires et d'éviter une mort horrible.

Elle glissa à genoux aux pieds du prince.

— Monseigneur, ayez pitié de mon âme. Envoyez-moi un prêtre. Je vais mourir. Déjà je n'ai plus la force de me traîner. Vous êtes sûr maintenant que je ne vous échapperai pas. Ne me laissez pas mourir sans confession. Dieu ne pourrait vous pardonner l'infamie de m'avoir privée des secours de la religion.

Elle se mit à crier d'une voix déchirante :

— Un prêtre! Un prêtre! Dieu ne vous pardonnera pas.

Elle vit Clément Tonnel se détourner et se signer en blêmissant.

— Elle a raison, dit le prince d'une voix troublée. Nous ne gagnerons rien de plus à la priver des consolations de la religion. Madame, calmez-vous. J'avais prévu votre demande. Je vais vous envoyer un aumônier qui attend dans une pièce voisine.

— Messieurs, retirez-vous, supplia Angélique en exagérant la faiblesse de sa voix et en portant la main à son estomac, comme si elle était tordue par un spasme de douleur. Je ne veux plus songer qu'à mettre ma conscience en paix. Je sens trop que, si l'un seulement de vous demeure sous mes yeux, je serai incapable de pardonner à mes ennemis. Ah! que je souffre! Pitié, mon Dieu!

Elle se rejeta en arrière avec un cri affreux.

Philippe d'Orléans entraîna le chevalier de Lorraine.

— Allons vite. Elle n'en a plus que pour quelques instants.

Le maître d'hôtel avait déjà quitté la pièce.

Dès qu'ils furent sortis, Angélique, d'un bond, se releva et courut à la fenêtre. Elle réussit à l'ouvrir, reçut la rafale de pluie en plein visage, et se pencha sur le trou sombre.

Elle ne voyait absolument rien et ne pouvait calculer à quelle distance se trouvait le sol, mais sans hésitation elle enjamba l'appui de la fenêtre.

Sa chute lui parut interminable. Elle atterrit brutalement dans une sorte de cloaque où elle s'enfonça et qui lui épargna sans doute de se rompre un membre. A la douleur de sa cheville, elle crut un instant avoir le pied cassé; mais ce n'était qu'une foulure.

Rasant les murs, Angélique s'éloigna de quelques pas, puis, introduisant l'extrémité d'une de ses boucles de cheveux dans sa gorge, elle réussit à vomir plusieurs fois.

Elle ne pouvait se rendre compte de l'endroit où elle se trouvait. Se guidant aux murs, elle s'aperçut avec effroi qu'elle avait sauté dans une petite cour intérieure envahie d'immondices et d'ordures, où elle risquait d'être rejointe comme au fond d'une fosse.

Heureusement, elle rencontra sous ses doigts une porte qui s'ouvrait. A l'intérieur, il faisait noir et humide. Une odeur de vin et de cellier lui parvint. Elle devait être dans les communs du Louvre, près des caves.

Elle décida de remonter aux étages. Elle ameuterait le premier garde qu'elle rencontrerait... Mais le roi la ferait arrêter et jeter en prison. Ah! comment sortir de cette souricière?

Cependant, en parvenant aux galeries habitées, elle eut un soupir de soulagement. A quelques pas elle reconnaissait le suisse en faction devant la porte de la princesse Henriette auquel elle avait demandé naguère son chemin. Au même instant ses nerfs la dominèrent et elle poussa un hurlement de terreur, car, à l'autre extrémité du couloir, elle venait de voir déboucher, courant, le chevalier de Lorraine et Philippe d'Orléans, l'épée en main. Ils connaissaient la seule issue de la courette où leur victime s'était précipitée, et ils essayaient de lui couper la retraite.

Bousculant le factionnaire, Angélique se rua à l'intérieur du salon et vint se précipiter aux pieds de la princesse Henriette.

— Pitié, madame, pitié, on veut m'assassiner!

Un coup de canon n'eût pas plus bouleversé la brillante assemblée. Tous les joueurs se dressèrent, contemplant avec stupeur cette jeune femme échevelée, trempée, à la robe boueuse et déchirée, qui venait de s'écrouler au milieu d'eux.

A bout de forces, Angélique jetait autour d'elle des regards traqués. Elle reconnut les visages d'Andijos et de Péguilin de Lauzun.

— Messieurs, secourez-moi! supplia-t-elle. On vient d'essayer de m'empoisonner. On me poursuit pour me tuer.

— Mais enfin, où sont-ils, vos assassins, ma pauvre chère? interrogea la voix douce d'Henriette d'Angleterre.

— Là!

Incapable d'en dire plus, Angélique désignait la porte.

On se retourna.

Le petit Monsieur, frère du roi, et son favori le chevalier de Lorraine se tenaient sur le seuil. Ils avaient remis leur épée au fourreau et affichaient un air de componction peinée.

— Ma pauvre Henriette, dit Philippe d'Orléans en s'approchant à petits pas de sa cousine, je suis navré de cet incident. Cette malheureuse est folle.

— Je ne suis pas folle. Je vous dis qu'ils veulent m'assassiner.

— Mais enfin, chérie, vous déraisonnez, essaya de l'apaiser la princesse. Celui que vous désignez comme votre assassin n'est autre que Mgr d'Orléans. Regardez-le bien.

— Je ne l'ai que trop regardé! cria Angélique. De ma vie, je n'oublierai jamais son visage. Je vous dis qu'il a voulu m'empoisonner. Monsieur de Préfontaines, vous qui êtes un honnête homme, apportez-moi quelque médecine, du lait, que sais-je, afin que je puisse combattre l'effet de cet atroce poison. Je vous en prie... Monsieur de Préfontaines!

Bégayant, ahuri, le pauvre homme se précipita vers un drageoir et tendit à la jeune femme une boîte d'orviétan, dont elle s'empressa de manger quelques morceaux.

Le désordre était à son comble.

Monsieur, sa petite bouche pincée de contrariété, essaya encore de se faire entendre.

— Je vous affirme, mes amis, que cette femme n'a plus sa raison. Aucun de vous n'ignore en vérité que son mari est actuellement à la Bastille, et pour un crime affreux : le crime de sorcellerie! Cette malheureuse, envoûtée par ce scandaleux gentilhomme, essaie de clamer une innocence bien difficile à démontrer. En vain, Sa Majesté a-t-elle cherché aujourd'hui à la convaincre, au cours d'une entrevue pleine de bonté...

— Oh! la bonté du roi! La bonté du roi!... s'exaspéra Angélique.

Dans un instant, elle allait se mettre à divaguer... C'en serait fait d'elle!

Elle plongea son visage dans ses mains, essaya de retrouver son calme.

Elle entendait le petit Monsieur et sa voix candide d'adolescent.

— Elle a été soudain saisie d'une véritable crise

diabolique. Elle est possédée du démon. Le roi a fait mander aussitôt le supérieur du couvent des augustins afin qu'on tente de la calmer par des prières rituelles. Mais elle a réussi à s'enfuir. Pour éviter le scandale de la faire appréhender par des gardes, Sa Majesté m'a chargé d'essayer de la rejoindre et de la retenir en attendant l'arrivée des religieux. Je suis désolée, Henriette, qu'elle ait troublé votre soirée. Je crois que le plus sage serait que vous vous retiriez tous dans une chambre voisine avec vos jeux, tandis que j'accomplirai ici le service dont m'a chargé mon frère.

Angélique, dans un brouillard, voyait se dissoudre autour d'elle les rangs pressés de dames et des gentilshommes.

Impressionnés, soucieux de ne pas déplaire au frère du roi, les gens se retiraient.

Angélique leva les mains, rencontra l'étoffe d'une robe sur laquelle ses doigts sans force ne purent se refermer.

— Madame, dit-elle d'une voix sans timbre, vous n'allez pas me laisser mourir?

La princesse hésitait. Elle jeta un regard anxieux à son cousin.

— Quoi, Henriette, protesta celui-ci douloureusement, vous doutez de moi? Alors que nous nous sommes déjà promis une confiance mutuelle et que bientôt des liens sacrés nous uniront?

Le blonde Henriette baissa la tête.

— Faites confiance à monseigneur, mon amie, dit-elle à Angélique. Je suis persuadée qu'on ne veut que votre bien.

Elle s'éloigna rapidement.

Dans une sorte de délire qui la rendait muette de peur, Angélique, toujours agenouillée sur le tapis, se tourna vers la porte par laquelle les courtisans avaient si rapidement disparu. Elle aperçut Bernard d'Andijos et Péguilin de Lauzun qui, pâles comme des morts, ne se décidaient pas à quitter la pièce.

— Eh bien, messieurs, fit Mgr d'Orléans de sa voix criarde, mes ordres vous concernent également. Faudra-t-il que je rapporte au roi que vous accordez plus de créance au rabâchage d'une folle qu'aux paroles de son propre frère?

Les deux hommes baissèrent la tête et avec lenteur sortirent à leur tour.

Cette suprême défection réveilla subitement la combativité d'Angélique.

— Lâches! Lâches! O lâches! s'écria-t-elle en se relevant d'un bond et en se précipitant derrière l'abri d'un fauteuil.

Elle évita de justesse le coup d'épée que lui portait le chevalier de Lorraine. Un autre coup lui atteignit l'épaule et son sang jaillit.

— Andijos, Péguilin, à moi les Gascons! hurla-t-elle hors d'elle-même, sauvez-moi des hommes du Nord.

La porte du second salon se rouvrit brusquement. Lauzun et le marquis d'Andijos firent irruption, l'épée nue. Ils avaient guetté derrière le vantail entrebâillé, et maintenant, ils ne pouvaient plus douter des horribles intentions du frère du roi et de son favori.

D'un seul coup, d'Andijos fit sauter l'épée de Philippe d'Orléans et lui entama le poignet. Lauzun croisait le fer avec le chevalier de Lorraine.

Andijos saisit la main d'Angélique.

— Fuyons vite!

Il l'entraîna dans le couloir, se heurta à Clément Tonnel qui n'eut pas le temps de brandir le pistolet qu'il dissimulait sous son manteau. D'un seul élan, Andijos lui planta sa lame dans la gorge. L'homme s'effondra dans un flot de sang. Puis le marquis et la jeune femme se lancèrent dans une course folle. Derrière eux, la voix de fausset du petit Monsieur ameutait les suisses :

— Gardes ! Gardes ! Rattrapez-les.

Bientôt un bruit de pas, mêlé au cliquetis des hallebardiers, s'éleva sur leurs traces.

— La grande galerie... souffla Andijos, jusqu'aux Tuileries... Les écuries, les chevaux ! Après, la campagne... Sauvés...

Malgré son embonpoint, le Gascon courait avec une endurance qu'Angélique ne lui eût jamais supposée. Mais elle n'en pouvait plus. Sa cheville la faisait atrocement souffrir, son épaule la brûlait.

— Je vais tomber ! dit-elle haletante, je vais tomber !

A ce moment, ils passaient devant un des grands escaliers menant aux cours.

— Descendez là, fit Andijos, et cachez-vous de votre mieux. Moi, je vais les entraîner le plus loin possible.

Volant presque, Angélique glissa le long des marches de pierre. La lueur du brasero la fit reculer. Brusquement, elle s'effondra.

Arlequin, Colombine, Pierrot la reçurent, l'attirèrent dans leur refuge, la dissimulèrent de leur mieux. Les grands losanges verts et rouges de leurs travestis papillonnèrent longtemps devant les yeux de la jeune femme avant qu'elle sombrât dans un profond évanouissement.

11

Une lueur verte et douce baignait Angélique. Celle-ci venait de rouvrir les yeux. Elle était à Monteloup, sous les ombrages de la rivière, où le soleil ne pénétrait qu'en se teignant de vert. Elle entendait son frère Gontran lui dire :

— Le vert des plantes, je ne le trouverai jamais. A la rigueur, en traitant la calamine par du sel de cobalt venu de Perse, on obtient une teinte voisine, mais c'est un vert épais, opaque. Rien de cette émeraude lumineuse des feuilles au-dessus de la rivière...

Gontran avait une grosse voix enrouée, nouvelle, et pourtant c'était bien l'intonation maussade qu'il prenait lorsqu'il parlait de ses couleurs et de ses tableaux.

Combien de fois avait-il murmuré, en regardant les yeux de sa sœur avec une sorte de rancune :

— Le vert des plantes, je ne le trouverai jamais.

Une brûlure au creux de l'estomac fit tressaillir Angélique. Elle se souvint que quelque chose de terrible s'était passé.

« Mon Dieu, pensa-t-elle, mon petit enfant est mort! »

Certainement il était mort! Il n'avait pu survivre à tant d'horreurs. Il était mort quand elle avait sauté par la fenêtre, dans ce gouffre noir. Ou bien quand elle avait couru à travers les couloirs du Louvre... Le vertige de cette course insensée enfiévrait encore ses membres; son cœur, forcé à l'extrême, lui semblait douloureux.

Rassemblant ses forces, elle réussit à bouger l'une de ses mains et à la poser sur son ventre. Un doux sursaut répondit à sa pression.

« Oh! il est encore là, il vit! Quel vaillant petit compagnon! » pensa-t-elle avec fierté et tendresse.

L'enfant s'agitait en elle comme une petite grenouille. Elle sentit glisser sous ses doigts la tête ronde. D'instant en instant, elle regagnait sa lucidité, et elle s'aperçut qu'elle se trouvait en réalité dans un grand lit à colonnes torses, dont les courtines de serge verte laissaient filtrer cette lueur glauque qui lui avait rappelé les bords de la rivière de Monteloup.

Elle n'était pas rue de l'Enfer, chez Hortense. Où était-elle? Ses souvenirs restaient vagues; elle avait seulement l'impression de traîner derrière elle comme une masse énorme et ténébreuse, elle ne savait quel drame atroce de poison noir, d'épées jaillies comme des éclairs, de peur, de boue collante.

La voix de Gontran s'éleva encore :

— Jamais, jamais on ne trouvera ce vert de l'eau sous les feuilles.

Cette fois, Angélique avait failli pousser un cri. Elle était folle, sans nul doute! ou affreusement malade?...

Elle se redressa et écarta les courtines du lit. Le spectacle qui s'offrit à sa vue acheva de la convaincre qu'elle avait perdu la raison.

Devant elle, étendue sur une espèce d'estrade, elle voyait une déesse blonde et rose à demi nue offrant dans un panier de paille de somptueuses grappes de raisins dorés dont les pampres exubérants se répandaient sur des coussins de velours. Un petit Cupidon, entièrement nu, potelé à merveille, une couronne de fleurs posée de guingois sur ses cheveux blonds, grappillait le raisin avec beaucoup d'ardeur. Tout à coup, à plusieurs reprises le petit dieu éternua. La déesse le regarda avec inquiétude et dit quelques mots en une langue étrangère, qui était sans doute la langue de l'Olympe.

Quelqu'un bougea dans la pièce, et un géant roux et barbu, mais vêtu tout bonnement comme un artisan du siècle, s'approcha d'Eros, le prit dans ses bras et l'enveloppa dans un manteau de laine.

Simultanément, Angélique découvrit le chevalet du peintre Van Ossel, près duquel un ouvrier en tablier de cuir se tenait, chargé de deux palettes où d'éclatantes couleurs mêlaient leurs taches bariolées.

L'ouvrier, penchant la tête légèrement de côté, regardait le tableau inachevé du maître. Un jour blafard éclairait son visage. C'était un gaillard de taille moyenne, d'aspect ordinaire, avec sa chemise de grosse toile ouverte sur un cou bronzé, des cheveux châtains coupés à la diable au ras des épaules, et dont la frange en désordre cachait à demi les yeux sombres. Mais Angélique aurait reconnu entre mille cette lèvre boudeuse, ce nez frondeur, et aussi la bonhomie du menton un peu lourd qui lui rappelait son père, le baron Armand.

Elle appela :

— Gontran !

— La dame est réveillée ! s'exclama la déesse.

Aussitôt tout le groupe, auquel s'ajoutaient cinq ou six enfants, se pressa au bord du lit.

L'ouvrier semblait stupéfait. Ebahi, il regardait Angélique, qui lui souriait. Tout à coup, il rougit violemment et lui saisit la main entre les siennes, maculées de couleurs. Il murmura :

— Ma sœur !

La plantureuse déesse, qui n'était autre que la femme du peintre Van Ossel, cria à sa fille d'apporter le lait de poule qu'elle avait préparé dans la cuisine.

— Je suis content, disait le Hollandais, je suis content d'avoir obligé non seulement une dame dans la peine, mais aussi la sœur de mon compagnon.

— Mais pourquoi suis-je ici ? demanda Angélique.

De sa voix pesante, le Hollandais raconta comment, la veille au soir, des coups frappés à la porte de leur logement les avaient éveillés. A la lueur de la chandelle, des comédiens italiens en oripeaux de satin leur avaient tendu une femme évanouie, sanglante, à demi morte, et, dans leur fougueuse langue italienne,

les avaient suppliés de secourir la malheureuse. La paisible langue hollandaise avait répondu :
— Qu'elle soit la bienvenue!

Maintenant, Gontran et Angélique se regardaient avec un peu d'embarras. N'y avait-il pas huit années qu'ils s'étaient séparés aux abords de Poitiers? Angélique revoyait Raymond et Gontran, s'enfonçant à cheval dans les ruelles montantes. Peut-être Gontran évoquait-il le vieux carrosse où les trois fillettes poussiéreuses se serraient.

— La dernière fois que je t'ai vue, dit-il, tu étais avec Hortense et Madelon, et tu allais au couvent des Ursulines de Poitiers.
— Oui. Madelon est morte, tu sais?
— Oui, je sais.
— Te rappelles-tu, Gontran? Autrefois, tu faisais le portrait du vieux Guillaume.
— Le vieux Guillaume est mort.
— Oui, je sais.
— J'ai toujours son portrait. J'en ai fait un plus beau encore... de mémoire. Je te le montrerai.

Il s'était assis au bord du lit, ouvrant sur son tablier de cuir de grosses mains tachées, incrustées de rouge et de bleu, corrodées par les produits chimiques qui lui servaient à fabriquer ses couleurs, rendues calleuses par le pilon du mortier dans lequel il broyait du matin au soir le minium de plomb, les ocres, les litharges, mêlés d'huiles ou d'esprit-de-sel.

— Comment en es-tu arrivé à faire ce métier? interrogea Angélique avec une nuance de pitié dans la voix.

Le nez susceptible de Gontran (le nez des Sancé) se pinça, et son front se couvrit de nuages.

— Sotte! fit-il sans ambages. Si j'en suis arrivé là, comme tu dis, c'est que je l'ai voulu. Oh! mon bagage de latin est complet et les jésuites n'ont rien épargné pour faire de moi un jeune noble capable de continuer le nom de la famille, puisque Josselin s'est enfui aux Amériques et que Raymond est entré dans la célèbre compagnie. Mais, moi aussi, j'avais mon idée. Je me suis fâché avec notre père, qui voulait me voir aller aux armées, servir le roi. Il m'a dit qu'il ne me donnerait pas un sou. Alors je suis parti à pied, comme un gueux, et je me suis fait artisan à Paris. J'achève mes années d'apprentissage. Ensuite, je vais entreprendre mon tour de France. Je vais partir et aller de ville en ville m'instruire de tout ce qu'on enseigne sur les métiers de peintre ou de graveur. Pour subsister, je me louerai chez des peintres, ou bien je ferai des portraits de bourgeois. Et, plus tard, j'achèterai une maîtrise. Je deviendrai un grand peintre, j'en suis sûr, Angélique! Et peut-être que je serai chargé de peindre les plafonds du Louvre?

— Tu y mettras l'enfer, des flammes et des diables grimaçants!

— Non, j'y mettrai le plein ciel bleu, des nuées touchées de soleil, parmi lesquelles apparaîtra le roi dans sa gloire.

— Le roi dans sa gloire..., répéta Angélique d'une petite voix lasse.

Elle ferma les yeux. Elle se sentait soudain plus âgée que ce jeune homme qui était pourtant son aîné, mais qui avait conservé intacte la force de ses passions enfantines. Certes, il avait eu froid et faim, il avait été humilié, mais il n'avait jamais cessé de marcher vers son rêve.

— Et moi, dit-elle, tu ne me demandes pas comment j'en suis arrivée là?

— Je n'ose pas t'interroger, fit-il avec gêne. Je sais bien que tu as épousé, contre ton gré, un homme affreux et redoutable. Notre père jubilait de ce mariage, mais nous te plaignions tous, ma pauvre Angélique. Tu as donc été très malheureuse?

— Non. C'est maintenant que je suis malheureuse.

Elle hésitait au bord des confidences. Pourquoi troubler ce garçon, indifférent à ce qui n'était pas son labeur enchanté? Combien de fois avait-il songé à sa petite Angélique au cours de ces années? Rarement sans doute, et seulement quand il se désolait de ne pouvoir reproduire le vert des feuilles. Il n'avait jamais eu besoin des autres, bien qu'il fît étroitement partie du cercle familial.

— A Paris, je suis descendue chez Hortense, dit-elle encore, essayant de ranimer en son âme transie la chaleur de leur fraternité.

— Hortense? Une pie-grièche. En arrivant j'ai bien essayé de la voir, mais quelle sérénade il m'en a coûté! Elle mourait de honte à me voir pénétrer chez elle avec mes gros souliers. Je ne portais même plus l'épée! criait-elle. Plus rien ne me distinguait des grossiers artisans! C'est vrai. Me vois-tu portant l'épée avec mon tablier de cuir? Et pourtant, s'il me plaît à moi, noble, de peindre, crois-tu que ce soient des préjugés de cette sorte qui vont m'arrêter? Je les renverse d'un coup de pied.

— Je crois que nous sommes tous faits pour la révolte, dit Angélique avec un soupir.

Et elle prit affectueusement la main calleuse de son frère.

— Tu as dû avoir beaucoup de misère?

— Pas plus que je n'en aurais connu à l'armée avec une épée au côté, des dettes par-dessus la tête et des usuriers à mes trousses. Je sais ce que je gagne. Je n'attends aucune pension de la bonne humeur d'un seigneur lointain. Mon maître ne peut me tromper, car la corporation me protège. Quand la vie devient trop dure, je fais quelquefois un saut au Temple, chez notre frère le jésuite, pour lui demander quelques écus.

— Raymond est-il à Paris? s'exclama Angélique.

— Oui. Il réside au Temple, mais il est aumônier de je ne sais combien de couvents, et je ne serais même pas étonné qu'il devienne le confesseur de quelques grands personnages à la cour.

Angélique réfléchissait. C'était l'aide de Raymond qu'il lui fallait. Un ecclésiastique qui, peut-être, prendrait la chose à cœur puisqu'il s'agissait de sa famille...

Malgré le souvenir encore cuisant des dangers qu'elle avait courus, malgré les paroles du roi, Angélique ne songeait pas un instant à abandonner la partie. Elle comprenait seulement qu'elle devait se montrer très prudente.

— Gontran, dit-elle d'un ton décidé, tu vas me conduire à la taverne des Trois-Maillets.

Gontran ne se formalisa pas des décisions d'Angélique. Angélique n'avait-elle pas toujours été une originale? Avec quelle netteté il la revoyait dans son souvenir, pieds nus, griffée de ronces, revenant déguenillée de ses expéditions à travers champs dont elle ne soufflait mot à personne, sanglante, farouche, mystérieuse.

Le peintre Van Ossel conseilla d'attendre la nuit, ou tout au moins le soir, qui estompe les visages. N'avait-il pas une longue expérience des drames et des intrigues de ce palais dont les échos venaient bruire, par la voix de ses nobles modèles, autour de son chevalet?

Mariedje prêta à Angélique une de ses cottes avec le corsage en drap simple d'un beige soutenu, de cette couleur qu'on appelait rose sèche. Elle lui mit sur les cheveux un foulard de satin noir comme en portaient les femmes du peuple. Angélique s'amusait de sentir la jupe, plus courte que celle des grandes dames, lui battre les chevilles.

Lorsque, accompagnée de Gontran, elle quitta le Louvre par la petite porte qu'on surnommait la porte des lavandières parce que tout le long du jour les blanchisseuses des maisons princières allaient et venaient de la Seine au palais, elle ressemblait plus à une accorte petite femme d'artisan, pendue au bras de son mari, qu'à une grande dame qui, la veille encore, avait parlé au roi.

Au-delà du Pont-Neuf, la Seine miroitait sous les derniers rayons du soleil. Les chevaux qu'on menait boire entraient dans l'eau jusqu'au poitrail et s'ébrouaient en hennissant. Des bateaux à foin rangeaient le long des berges la longue file de leurs meules odorantes. Un coche d'eau, venu de Rouen, débarquait sur les berges vaseuses son contingent de soldats, de moines et de nourrices.

Les cloches sonnaient l'angélus. Les marchands d'oublies et de gaufres s'élançaient dans les rues avec leurs paniers recouverts de linges blancs, interpellant ainsi les joueurs des tavernes :

Eh! qui appelle l'oublieur
Quand chacun de vous a perdu?
Oublies! oublies! voyez bon prix.

Un carrosse passait, précédé de ses coureurs et de ses chiens, et le Louvre, massif et lugubre, violacé par l'approche du soir, étirait sous le ciel rouge son interminable galerie.

LE SUPPLICIÉ DE NOTRE-DAME

Septembre 1660 - Février 1661

1

Un tonnerre de chansons s'échappait de la taverne, dont l'enseigne énorme brandissait trois maillets de fer forgé au-dessus de la tête des passants.

Angélique et son frère Gontran descendirent les marches et se trouvèrent dans l'atmosphère épaissie par la fumée du tabac et le relent des sauces. Au fond de la salle une porte ouverte laissait voir la cuisine où, devant des feux rougeoyants, tournaient lentement des broches bien garnies de volailles.

Les deux jeunes gens s'assirent à une table un peu éloignée, près d'une fenêtre, et Gontran commanda du vin.

— Choisis une bonne bouteille, dit Angélique en se forçant à sourire, c'est moi qui paie.

Et elle montra sa bourse, où elle gardait précieusement les 1 500 livres qu'elle avait gagnées au jeu.

Gontran dit qu'il n'était pas gourmet. En général, il se contentait d'un bon petit vin des coteaux de Paris. Et, le dimanche, il s'en allait déguster des vins plus célèbres dans les faubourgs où le vin de Bordeaux et de Bourgogne, n'ayant pas payé encore l'octroi d'entrée dans Paris, coûtait moins cher. On l'appelait le vin « guinguet ». On le buvait dans des guinguettes. Cette promenade, le dimanche, c'était sa seule distraction.

Angélique lui demanda s'il y allait avec des amis. Il dit que non. Il n'avait pas d'amis, mais il se plaisait, assis sous une tonnelle, à regarder autour de lui les visages des ouvriers et de leurs familles. Il trouvait l'humanité bonne et sympathique.

— Tu as de la chance, murmura Angélique, qui sentit brusquement sur la langue le goût amer du poison.

Elle ne se sentait pas malade, mais lasse et nerveuse.

Les yeux brillants, serrant autour d'elle la mante de grosse laine empruntée à Mariedje, elle contemplait ce spectacle nouveau pour elle d'un cabaret de la capitale.

Il était vrai qu'on y respirait, à défaut d'air pur, un climat de liberté et de familiarité qui comblait d'aise les habitués.

Le gentilhomme y venait fumer et oublier l'étiquette des antichambres royales, le bourgeois s'y remplissait la panse loin de l'œil soupçonneux de son acariâtre épouse, le mousquetaire y jouait aux dés, l'artisan y buvait sa paie et, pendant quelques heures, oubliait ses peines.

Aux Trois-Maillets, situé place de Montorgueil, non loin du Palais-Royal, on voyait beaucoup de comédiens, qui, le visage encore illuminé de fards et paré de faux nez, venaient à la fin de la soirée « s'humecter les entrailles » et rafraîchir leurs gosiers épuisés par les rugissements de la passion. Des mimes italiens aux oripeaux voyants, des montreurs forains, et même parfois des bohémiens suspects aux yeux de braise se mêlaient à la compagnie habituelle du quartier.

Cette nuit-là, un vieillard italien, dont le visage était caché par un masque de velours rouge et dont la barbe blanche descendait jusqu'à la ceinture, montrait à l'assemblée un petit singe fort drôle. Celui-ci, après avoir observé l'un des clients, se mettait à l'imiter cocassement dans la façon de fumer sa pipe ou de placer son chapeau ou de porter son verre à la bouche.

La houle des rires secouait les bedaines.

Gontran, les yeux brillants, observait la scène.

— Regarde, quelle merveille ce masque rouge et cette barbe de neige étincelante !

Néanmoins, Angélique, de plus en plus nerveuse, se demandait combien de temps il lui faudrait attendre en ce lieu.

Enfin, comme la porte s'ouvrait une fois de plus, l'énorme chien danois de l'avocat Desgrez apparut.

Un homme enveloppé d'un ample manteau gris muraille accompagnait l'avocat. Angélique reconnut avec étonnement le jeune Cerbalaud qui dissimulait son pâle visage sous un feutre profondément enfoncé et un collet relevé.

Elle pria Gontran d'aller chercher les nouveaux venus et de les mener discrètement à leur table.

— Mon Dieu, madame, soupira l'avocat en se glissant près d'elle sur le banc, depuis ce matin je vous ai vue égorgée dix fois, noyée vingt fois et enterrée cent fois!

— Une seule suffirait, maître, dit-elle en riant.

Mais elle ne pouvait s'empêcher d'éprouver un certain plaisir en constatant son émotion.

— Vous craigniez donc tant de voir disparaître une cliente qui vous paie si mal et vous compromet si dangereusement? demanda-t-elle.

Il fit une moue piteuse.

— La sentimentalité est une maladie dont on ne se guérit pas facilement. Quand il s'y mêle le goût de l'aventure, autant dire qu'on est destiné à finir stupidement. Bref, plus votre affaire se complique, plus elle me passionne. Comment va votre blessure?

— Vous êtes déjà au courant?

— C'est le devoir d'un avocat-policier. Mais monsieur ici présent m'a été fort précieux, je l'avoue.

Cerbalaud, les yeux mauves d'insomnie dans un visage de cierge, raconta la fin de la tragédie du Louvre à laquelle, par le plus grand des hasards, il s'était trouvé mêlé.

Il était de garde cette nuit-là aux écuries des Tuileries, lorsqu'un homme haletant, ayant perdu sa perruque, avait débouché des jardins. C'était Bernard d'Andijos. Il venait d'enfiler au pas de course la grande galerie, réveillant par la galopade de ses talons de bois les échos du Louvre et des Tuileries, précipitant aux portes des chambres et des appartements des visages effarés, bousculant au passage des gardes qui essayaient de s'interposer.

Tout en sellant à la hâte un cheval, il avait expliqué que Mme de Peyrac avait failli être assassinée et que lui-même, Andijos, venait de se battre avec M. d'Orléans. Quelques instants plus tard, il piquait des deux vers la porte Saint-Honoré en criant qu'il partait soulever le Languedoc contre le roi.

— Oh! pauvre marquis d'Andijos! dit Angélique en riant. Lui... soulever le Languedoc contre le roi?...

— Hé! croyez-vous qu'il ne le fera pas? interrogea Cerbalaud.

Il leva gravement un doigt :

— Madame, vous n'avez rien compris à l'âme des Gascons : le rire et la colère se suivent vite, mais l'on ne sait jamais sur quoi la chose finira. Et, lorsque c'est la colère, mordious, prenez garde!

— Il est vrai que c'est aux Gascons que je dois la vie. Savez-vous ce qu'il est advenu du duc de Lauzun ?

— Il est à la Bastille.

— Mon Dieu, soupira Angélique, pourvu qu'on ne l'y oublie pas quarante ans !

— Il ne s'y laissera pas oublier, soyez sans crainte. J'ai vu aussi, porté par deux laquais, le cadavre de votre ancien maître d'hôtel.

— Le diable ait son âme !

— Enfin, comme je ne doutais plus de votre mort, je me suis rendu chez votre beau-frère le procureur, Me Fallot de Sancé. J'y ai trouvé Me Desgrez, votre avocat. Avec lui, nous sommes allés au Châtelet afin d'examiner tous les corps de noyés ou d'assassinés trouvés ce matin dans Paris. Piètre besogne, dont j'ai encore l'estomac troublé. Et me voici ! Madame, qu'allez-vous faire ? Il vous faut fuir au plus vite.

Angélique regarda ses deux mains posées devant elle sur la table, près du grand verre à pied où le vin, auquel elle n'avait pas touché, brillait comme un rubis sombre.

Ses mains lui parurent extraordinairement petites, et d'une blancheur fragile. Machinalement, elle les compara aux fortes mains masculines de ses compagnons.

Desgrez, en familier du cabaret, avait posé devant lui une boîte de corne et râpait un peu de tabac avant d'en bourrer sa pipe.

Angélique se sentit très seule et très faible.

Gontran dit brusquement :

— Si j'ai bien compris, tu te trouves entraînée dans une histoire louche où tu risques de laisser ta vie. Ça ne m'étonne pas de toi. Tu n'en as jamais fait d'autres !

— M. de Peyrac est à la Bastille, accusé de sorcellerie, expliqua Desgrez.

— Ça ne m'étonne pas de toi! répéta Gontran. Mais tu peux encore t'en tirer. Si tu n'as pas d'argent, je t'en prêterai. J'ai fait quelques économies pour mon tour de France, et Raymond, notre frère jésuite, t'aidera aussi, certainement. Rassemble tes hardes et prends le carrosse public de Poitiers. De là tu gagneras Monteloup. Chez nous, tu ne craindras rien!

Un instant Angélique entrevit l'asile du château de Monteloup, le calme des marais et des bois. Florimond jouerait avec les dindons du pont-levis...

— Et Joffrey? dit-elle. Qui s'occupera de lui faire rendre justice?

Il y eut un lourd silence que submergèrent les braillements d'une tablée d'ivrognes et les réclamations des soupeurs tapant sur leurs assiettes avec leurs couteaux. L'apparition de Maître Corbasson, le rôtisseur, portant haut une oie brunie et grésillante, apaisa les réclamations. Le bruit diminua et, parmi les grommellements de satisfaction, on entendit cliqueter le cornet à dés d'un quatuor de joueurs.

Desgrez, impassible, bourrait sa pipe hollandaise à long tuyau.

— Tu y tiens donc tellement, à ton mari? interrogea Gontran.

Angélique serra les dents.

— Il y a plus de valeur dans une once de son cerveau que dans vos trois cervelles réunies, affirma-t-elle sans ambages. C'est ridicule à dire, je le sais. Mais, bien qu'il soit mon mari, qu'il soit boiteux et défiguré, je l'aime.

Un sanglot sec la secoua.

— Pourtant, c'est moi qui ai causé sa perte. A cause de cette sale histoire de poison. Et hier, en parlant au roi, j'ai signé sa condamnation, j'ai...

Brusquement les yeux d'Angélique se fixèrent et ses traits se figèrent d'effroi. Une vision hideuse venait de s'inscrire au carreau de la fenêtre qu'elle avait devant elle : un visage de cauchemar, noyé sous de longues mèches de cheveux gras. La joue blême était marquée d'une loupe violette. Un bandeau noir dissimulait un œil; l'autre luisait comme celui d'un loup et l'affreuse apparition regardait Angélique *en riant*.

— Qu'y a-t-il? interrogea Gontran qui, le dos tourné, ne voyait rien.

Desgrez suivit la direction du regard terrifié de la jeune femme, et soudain bondit vers la porte en sifflant son chien.

Le visage disparut du carreau. Quelques instants plus tard, l'avocat revint bredouille.

— Il a disparu comme un rat dans son trou.

— Vous connaissez ce triste sire? s'informa Cerbalaud.

— Je les connais tous. Celui-ci, c'est Calembredaine, illustre polisson, roi des tire-laine du Pont-Neuf, et l'un des plus grands capitaines de bandits de la capitale.

— Il ne manque pas de hardiesse à venir regarder ainsi les honnêtes gens souper.

— Il avait peut-être un complice dans la salle auquel il voulait faire signe...

— C'était moi qu'il regardait, dit Angélique, dont les dents claquaient.

Desgrez lui lança un rapide regard.

— Bah! ne vous effrayez pas. Ici, nous ne sommes pas loin de la rue de la Truanderie et du faubourg Saint-Denis. C'est le quartier général des gueux et de leur prince le grand Coesre, roi des argotiers.

Tout en parlant, il avait passé sa main autour de la taille de la jeune femme et l'attirait fermement contre lui. Angélique sentit la chaleur et la vigueur de cette main masculine. Ses nerfs bouleversés s'apaisèrent. Sans honte, elle se serra contre Desgrez. Qu'importait qu'il fût un avocat roturier et misérable? N'était-elle pas sur le point de devenir une paria, une pourchassée, sans toit ni protection, sans nom peut-être?

— Morbleu, reprit Desgrez sur un ton jovial. On ne s'installe pas au cabaret pour y parler de façon aussi lugubre. Restaurons-nous, messieurs; après, nous tirerons des plans. Holà! Corbasson, grillotier du diable, vas-tu nous laisser périr le ventre creux?

Le tenancier s'empressa.

— Que peux-tu proposer à trois grands seigneurs qui n'ont soupé que d'émotions depuis vingt-quatre heures, et à une jeune dame fragile dont l'appétit a besoin d'être encouragé?

Corbasson mit son menton dans ses mains et prit un air inspiré:

— Eh bien, à vous, messieurs, je proposerai un grand filet de bœuf bien saignant, piqué aux concombres et aux cornichons, trois petits poulets à la cendre et une bassine de crème frite. Quant à madame, que dirait-elle d'un menu plus léger. Du veau bouilli et une salade, la moelle d'un os, de la gelée de pommes, une poire confite et un cornet d'oublies. En terminant, une petite cuillerée de dragées de fenouil, et je suis persuadé que de nouveau les roses reviendront se mêler à son teint de lis.

— Corbasson, tu es l'homme le plus indispensable et le plus aimable de la création. La prochaine fois que j'irai à l'église, je prierai saint Honoré pour toi. De plus, tu es un grand artiste, non seulement comme fabricant de sauces, mais par l'esprit de tes paroles.

Mais, pour la première fois de sa vie sans doute, Angélique n'avait pas faim. Elle ne goûta que du bout des dents aux préparations culinaires de Maître Corbasson.

Son corps luttait contre les relents du poison qu'elle avait absorbé la nuit dernière. Des siècles semblaient s'être écoulés depuis l'affreuse aventure. Engourdie par le malaise et peut-être par cet encens grossier et inhabituel de la tabagie, le sommeil la prenait. Les yeux clos, elle se disait qu'Angélique de Peyrac était morte.

★

Lorsqu'elle s'éveilla, une aube fumeuse stagnait dans la salle du cabaret.

Angélique bougea et s'aperçut que sa joue reposait sur un dur oreiller, qui n'était autre que les genoux de l'avocat Desgrez. Le reste de son corps était étendu le long du banc. Elle vit au-dessus d'elle le visage de Desgrez qui, les yeux mi-clos, continuait de fumer d'un air rêveur.

Angélique se redressa précipitamment, ce qui la fit grimacer de douleur.

— Oh, excusez-moi, balbutia-t-elle, je... J'ai dû vous gêner énormément.

— Avez-vous bien dormi? s'enquit-il d'une voix traînante où la fatigue et un peu d'ivresse se mêlaient.

La cruche devant lui était presque vide.

Cerbalaud et Gontran, les coudes sur la table, leur faisaient écho, allongés sur les bancs ou à même le dallage.

La jeune femme jeta un regard vers la fenêtre. Elle avait le souvenir de quelque chose d'horrible. Mais elle ne vit que le reflet d'un matin pâle et pluvieux qui mouillait les carreaux.

Dans l'arrière-salle, on entendait les ordres de Maître Corbasson, et le bruit sonore de plusieurs grosses futailles qu'on roulait sur les dalles.

Un homme poussa la porte d'un coup de pied et entra, le chapeau sur la nuque. Il tenait une clochette à la main et portait par-dessus ses vêtements une sorte de blouse d'un bleu passé où l'on distinguait un semis de fleurs de lis et l'écusson de saint Christophe.

— Je suis Picard, crieur de boissons. As-tu besoin de moi, tavernier?

— Tout juste, l'ami. On vient de m'amener de la Grève six tonneaux de vins de Loire. Trois de blanc, trois de rouge. J'en mets deux en perce par jour.

Réveillé en sursaut, Cerbalaud se dressa et tira soudainement son épée.

— Mordious, messires, écoutez tous! Je pars en guerre contre le roi.

— Taisez-vous, Cerbalaud, supplia Angélique effrayée.

Il lui jeta un regard soupçonneux d'ivrogne mal éveillé.

— Croyez-vous que je ne le ferai point? Vous ne connaissez pas les Gascons, madame. La guerre au roi! Je vous y convie tous! La guerre au roi! Sus, les révoltés du Languedoc!

L'épée brandie, il alla trébucher contre les marches du seuil et sortit.

Indifférents à ses braillements, les dormeurs continuaient de ronfler, et le tavernier, ainsi que le crieur de vins, agenouillés devant leurs tonneaux, dégustaient le vin nouveau à grands claquements de langue avant d'en fixer le prix. Une odeur fraîche et capiteuse chassait les relents de pipe froide, d'alcool et de sauces rancies.

Gontran se frotta les yeux.

— Seigneur, fit-il en bâillant, il y a longtemps que je n'ai si bien mangé, exactement depuis le dernier banquet de la confrérie de saint Luc, qui malheureusement n'a lieu qu'une fois l'an. Est-ce que ce n'est pas l'angélus que j'entends sonner?

— Cela se pourrait bien, dit Desgrez.

Gontran se leva et s'étira.

— Il me faut partir, Angélique, sinon mon patron

va me faire grise mine. Ecoute, va voir Raymond au Temple avec Me Desgrez. Je passerai ce soir chez Hortense, quitte à me faire injurier par cette charmante sœur. Je te le répète, quitte Paris. Mais je sais bien que tu es la pire de toutes les mules que notre père a élevées...

— Comme toi, tu es le pire de ses mulets, riposta Angélique.

Ils sortirent ensemble, suivis du chien qui répondait au nom de Sorbonne. Le ruisseau au milieu de la rue charriait un flot d'eau boueuse. Il avait plu. L'air demeurait chargé d'eau et un vent mou faisait grincer les enseignes de fer au-dessus des boutiques.

— A la barque! A l'écaille! criait une accorte marchande d'huîtres.

— Au bon réveil! Au bon soleil du ventre! criait le marchand d'eau-de-vie.

Gontran arrêta le bonhomme et vida d'un trait un gobelet d'alcool. Puis il s'essuya les lèvres d'un revers de main, paya et, ayant soulevé son chapeau à l'adresse de l'avocat et de sa sœur, il s'éloigna dans la foule, semblable à tous les ouvriers qui, à cette heure, gagnaient leur travail.

« Nous voilà bien tous les deux! pensa Angélique en le regardant s'éloigner. Ils sont beaux, les héritiers de Sancé! Pour moi je ne suis dans cette situation que par la force des choses, mais lui, pourquoi a-t-il voulu descendre si bas? »

Un peu gênée pour son frère, elle regarda Desgrez.

— Il a toujours été bizarre, dit-elle. Il aurait pu devenir officier, comme tous les jeunes nobles, mais il n'aimait que fabriquer des couleurs. Ma mère disait que, quand elle l'attendait, elle avait passé huit jours à teindre tous les effets de famille en noir pour le deuil de mes grands-parents. C'est peut-être à cause de cela?

Desgrez sourit.

— Allons voir le frère jésuite, dit-il, quatrième spécimen de cette étrange famille.

— Oh! Raymond est un personnage.

— Je l'espère pour vous, madame.

— Il ne faut plus m'appeler madame, dit Angélique. Regardez-moi, maître Desgrez.

Elle leva vers lui son pathétique petit visage, d'une pâleur de cire. La fatigue clarifiait ses yeux verts et leur donnait une couleur à peine imaginable : celle des feuilles printanières.

— Le roi a dit : « Je ne veux plus entendre parler de vous. Comprenez-vous ce qu'un tel ordre signifie? C'est qu'il n'y a plus de Mme de Peyrac. Je ne dois plus exister. Je n'existe plus. Comprenez-vous?

— Je comprends surtout que vous êtes malade, dit Desgrez. Est-ce que vous renouvelez votre affirmation de l'autre jour?

— Quelle affirmation?

— Que vous n'avez aucune confiance en moi?

— Il n'y a en cet instant que vous en qui je puisse avoir confiance.

— Alors venez. Je vais vous emmener dans un endroit où l'on vous soignera. Vous ne pouvez aborder un redoutable jésuite sans être en pleine possession de toutes vos facultés.

Il lui prit le bras et l'entraîna parmi la cohue du Paris matinal. Le tintamarre était assourdissant. Tous les marchands à la fois se mettaient en branle et poussaient leurs clameurs.

Angélique avait grand-peine à protéger son épaule blessée de la bousculade, et elle serrait les dents pour maîtriser les gémissements qui lui montaient aux lèvres.

2

Dans la rue Saint-Nicolas, Desgrez fit halte devant une énorme enseigne qui portait un bassinet de cuivre sur un fond bleu roi. Des nuages de vapeur s'échappaient des fenêtres du premier étage.

Angélique comprit qu'elle était chez un barbier-étuviste, et éprouva à l'avance un soulagement à la pensée de se plonger dans un baquet d'eau chaude.

Maître Georges, le patron, leur dit de s'asseoir et de l'attendre quelques minutes. Il rasait un mousquetaire avec de grands ronds de bras et, ce faisant, discourait sur les malheurs de la paix, qui est bien l'une des calamités qui puissent accabler un valeureux guerrier.

Enfin, laissant le « valeureux guerrier » à son apprenti avec mission de lui laver la tête, ce qui n'était pas une mince besogne, maître Georges, tout en essuyant la lame de son rasoir sur son tablier, s'approcha d'Angélique avec un sourire empressé.

— Hé! Hé! Je vois ce que c'est. Encore une victime des maladies galantes. Tu voudrais que je te la remette à neuf avant d'en user, incorrigible trousseur de jupons?

— Il ne s'agit pas de cela, dit l'avocat avec beaucoup de calme. Cette jeune personne vient d'être blessée et je voudrais que vous lui procuriez quelque soulagement. Ensuite vous lui ferez donner un bain.

Angélique, que les propos du barbier avaient fait rougir malgré sa pâleur, se sentit horriblement gênée à l'idée de se dévêtir devant ces deux hommes. Elle avait toujours été soignée par des femmes et, n'étant jamais malade, ne connaissait pas les examens de médecins, encore moins ceux des barbiers-chirurgiens de boutique.

Mais, avant qu'elle pût ébaucher un geste de protestation, Desgrez, de la façon la plus naturelle du monde, et avec l'habileté d'un homme pour lequel les vêtements féminins n'ont pas de secrets, dégrafa son corsage, puis, dénouant la coulisse qui retenait la chemise, la fit glisser le long des bras jusqu'à la taille.

Maître Georges se pencha et souleva délicatement l'emplâtre d'onguent et de charpie que Mariedje avait posé sur la longue estafilade faite par l'épée du chevalier de Lorraine.

— Hum! Hum! marmonna le barbier. Je vois ce que c'est. Un galant seigneur qui a trouvé qu'on lui demandait trop cher et qui a payé en « monnaie de fer », comme nous disons. Ne sais-tu donc pas, mignonne, qu'il faut garer leur épée sous le lit jusqu'à ce qu'ils aient porté la main à la bourse?

— Et, de la blessure, qu'en pensez-vous? interrogea Desgrez toujours flegmatique, tandis qu'Angélique était au supplice.

— Hum! Hum! elle n'est ni bonne ni mauvaise. J'y vois l'onguent saumâtre d'un apothicaire ignare. Nous allons nettoyer cela et le remplacer par une pommade régénérescente et rafraîchissante.

Il s'éloigna pour aller prendre une boîte sur une étagère.

Angélique souffrait de se voir assise, à demi nue, dans cette boutique où l'odeur suspecte des drogues se mêlait à celle des savons.

Un client entra pour se faire raser et s'exclama en jetant un regard vers elle :

— Oh! les beaux tétons! Que ne les ai-je sous la main pour les caresser quand la lune se lève!

Sur un signe imperceptible de Desgrez, le chien

Sorbonne, qui était à ses pieds, se leva et d'un bond alla planter les dents dans le haut-de-chausses du nouveau venu.

— Oh! la la. Aïe! Malheur de moi! s'exclama le client. C'est l'homme au chien! Et c'est donc toi, Desgrez, rôdeur du diable, qui es le propriétaire de ces deux divines pommes d'amour?

— Ne vous en déplaise, messire, fit Desgrez impassible.

— Alors je n'ai rien dit, je n'ai rien vu. Oh! Messire, pardonnez-moi et dites à votre chien de lâcher mes pauvres chausses râpées.

D'un sifflement léger, Desgrez rappela le chien.

— Oh! je veux m'en aller d'ici, fit Angélique, qui essayait maladroitement de se rhabiller, et dont les lèvres tremblaient.

Fermement, le jeune homme la contraignit à se rasseoir. Il dit avec rudesse, bien qu'à voix basse :

— Ne faites pas la prude, petite sotte. Faut-il vous rappeler l'adage des soldats : à la guerre comme à la guerre? Vous êtes engagée dans une bataille où la vie de votre mari et la vôtre sont en jeu. Vous devez tout faire pour en sortir, et l'heure n'est plus aux mièvreries.

Maître Georges s'approchait, un petit couteau brillant à la main.

— Je crois qu'il va me falloir couper dans les chairs, dit-il. J'aperçois sous la peau une humeur blanchâtre qui demande à être évacuée. Ne crains rien, ma mignonnette, ajouta-t-il en lui parlant comme à une enfant, personne n'a la main plus légère que maître Georges.

Malgré son appréhension, Angélique dut constater qu'il disait vrai, car il l'opéra fort bien. Puis, ayant versé sur la plaie un liquide qui la fit bondir et qui n'était autre que de l'eau-de-vie, il lui dit de monter aux étuves et qu'il achèverait de la panser après.

Les étuves de Maître Georges représentaient un des derniers établissements de bains tels qu'ils avaient existé au Moyen Age, lorsque les croisés revenus d'Orient avaient rapporté avec le goût des bains turcs celui de se laver. Les étuves pullulaient alors dans Paris. Non seulement on y suait et on s'y décrassait, mais encore on y « faisait le poil » selon les termes de l'époque, ce qui représentait une épilation totale du corps. Cependant, leur réputation était vite devenue suspecte, car elles ajoutaient à leurs multiples spécialités celles qui intéressaient principalement les maisons borgnes de la rue du Val d'amour. Des prêtres inquiets, des huguenots sévères, et des médecins qui y voyaient la cause des maladies de peau, s'étaient ligués pour leur suppression. Et, désormais, hors l'officine sordide de quelques barbiers, il n'y avait plus guère moyen de se laver dans Paris. Les gens semblaient en prendre assez facilement leur parti.

Les étuves elles-mêmes comprenaient deux grandes pièces dallées, ornées de petites cabines de bois. Au fond de chaque salle, un garçon chauffait des boulets de pierre dans un four.

Angélique fut entièrement dévêtue par une des servantes qui s'occupaient de la salle des femmes. On l'enferma dans une des cabines, où se trouvaient un banc et un petit bassin d'eau, dans lequel on venait de précipiter des boulets de pierre incandescents. L'eau fumait et dégageait une vapeur brûlante.

Angélique, assise sur le banc, suffoqua, haleta et crut qu'elle allait mourir. On la sortit ruisselante de sueur.

La servante lui enjoignit ensuite de se plonger dans un cuveau d'eau froide, puis, l'enveloppant d'une serviette, elle la conduisit dans une pièce voisine où se trouvaient déjà d'autres femmes dans le plus simple appareil. Des servantes, qui étaient pour la plupart des vieilles d'un aspect assez repoussant, rasaient les clientes ou bien peignaient leurs longs cheveux, tout en caquetant comme une nuée de poules. Au timbre de voix et au sujet des conversations, Angélique devina que la plupart des clientes étaient elles-mêmes d'humble condition, servantes ou marchandes qui, après avoir ouï la messe, passaient aux bains pour y récolter les derniers potins avant de courir à leur travail.

On lui dit de s'étendre sur un autre banc.

Au bout d'un instant, Maître Georges parut, sans effaroucher le moins du monde l'assemblée.

Il tenait à la main une lancette et était suivi d'une petite fille portant un panier rempli de verres à ventouse, et une tige d'amadou.

Angélique protesta de plus belle.

— Vous n'allez pas me saigner! J'ai déjà perdu assez de sang. Vous ne voyez donc pas que je suis enceinte? Vous allez me tuer mon enfant!

Inflexible, le barbier-chirurgien lui fit signe de se tourner.

— Tiens-toi tranquille ou je fais venir ton ami pour qu'il te claque les fesses.

Terrifiée à l'idée de voir l'avocat dans un tel rôle, Angélique se tint coite.

Le barbier lui scarifia trois point du dos avec sa lancette et lui apposa des ventouses.

— Regardez, disait-il ravi, ce sang noir qui coule! Un sang si noir dans une fille si blanche, est-ce possible?

— Par pitié, laissez-m'en quelques gouttes! supplia Angélique.

— Je meurs d'envie de te vider entièrement, dit le

barbier en roulant des yeux féroces. Et ensuite je t'indiquerai la recette pour te remplir les veines d'un sang frais et généreux. La voici : un bon verre de vin rouge et une nuit d'amour.

Il la laissa enfin, après l'avoir pansée solidement. Deux filles l'aidèrent à se coiffer et à se rhabiller. Elle leur glissa un pourboire qui leur fit ouvrir des yeux ébahis.

— Eh! marquise, s'exclama la plus jeune, est-ce ton prince de la basoche en veste râpée qui te fait de si beaux présents?

Une des vieilles femmes la bouscula et, après avoir dévisagé Angélique qui entreprenait, les jambes molles, de descendre l'escalier de bois, elle chuchota à l'intention de sa collègue :

— Tu n'as donc pas vu que c'est une grande dame qui vient se changer un peu de ses fades petits seigneurs?

— D'habitude elles ne se déguisent pas, protesta l'autre. Elles mettent un masque, et Maître Georges les fait entrer sur l'arrière.

Dans la boutique, Angélique retrouva Desgrez, rasé de frais et la peau rougie.

— Elle est à point, fit le barbier avec un clin d'œil entendu. Mais ne soyez pas brutal à votre habitude tant que la plaie de son épaule ne sera pas fermée.

Cette fois la jeune femme prit le parti de rire. Elle se sentait absolument incapable de la moindre révolte.

— Comment vous trouvez-vous? demanda Desgrez lorsqu'ils furent de nouveau dans la rue.

— Je me sens faible comme un petit chat, répondit Angélique, mais au fond ce n'est pas tellement désagréable. J'ai l'impression de voir la vie avec une grande philosophie. Je ne sais si l'énergique traitement que je viens de subir est excellent pour la santé, mais il a certainement le don d'apaiser les nerfs. Vous pouvez être tranquille que, quelle que soit l'attitude de mon frère Raymond, il ne trouvera devant lui qu'une sœur humble et docile.

— C'est parfait. Je crains toujours le coup de dent de votre esprit frondeur. Vous passerez aux étuves la prochaine fois que vous comparaîtrez devant le roi?...

— Hélas! que ne l'ai-je fait! soupira Angélique complètement vaincue. Il n'y aura pas de prochaine fois. Jamais plus je ne comparaîtrai devant le roi.

— Il ne faut pas dire : jamais plus. La vie est changeante, la roue tourne.

Un coup de vent détacha le foulard dont la jeune femme maintenait sa chevelure. Desgrez s'arrêta et le renoua doucement.

Angélique prit dans les siennes les deux mains brunes et chaudes, dont les longs doigts ne manquaient pas de finesse.

— Vous êtes très gentil, Desgrez, murmura-t-elle en levant vers lui ses yeux câlins.

— Vous vous trompez fort, madame. Tenez, regardez ce chien.

Il désignait du doigt Sorbonne, qui folâtrait autour d'eux. Il le retint au passage, puis, lui saisissant la tête, il découvrit la puissante mâchoire du danois.

— Que pensez-vous de cette rangée de crocs?
— C'est une chose terrifiante!
— Savez-vous à quoi j'ai dressé ce chien? Voilà : quand le soir tombe sur Paris, nous partons en chasse tous les deux, je lui fais sentir un vieux bout de casaque, un objet appartenant au malandrin que je poursuis. Et nous marchons; nous descendons jusqu'aux berges de la Seine, nous rôdons sous les ponts et dans les pilotis, nous errons dans les faubourgs et sur les vieux remparts, nous entrons dans les cours,

nous plongeons dans les trous pleins de cette vermine de gueux et de bandits. Et tout à coup, Sorbonne s'élance. Lorsque je le rejoins il tient mon homme à la gorge, oh! très délicatement, juste ce qu'il faut pour que l'autre ne puisse bouger. Je dis au chien : « Warte », ce qui signifie : « attends » en langue germanique, car c'est un mercenaire allemand qui me l'a vendu. Je me penche vers l'homme, je l'interroge, et puis je le juge. Parfois je lui fais grâce, parfois j'appelle les gens du guet pour qu'ils le mènent au Châtelet, et parfois je me dis : à quoi bon encombrer les prisons et ces messieurs de la justice? Et je dis à Sorbonne : « Zang! » ce qui signifie : « serre bien fort ». Et il y a un bandit de moins dans Paris.

— Et... vous faites cela souvent? interrogea Angélique, qui ne pouvait maîtriser un frisson.

— Assez souvent. Vous voyez bien que je ne suis pas gentil.

Après un moment de silence, elle murmura :

— Il y a tant de choses différentes en un homme. On peut être à la fois très méchant et très gentil. Pourquoi faites-vous ce terrible métier?

— Je vous l'ai déjà dit : je suis trop pauvre. Mon père ne m'a laissé que sa charge d'avocat et des dettes. Mais, telles que les choses tournent, je crois bien que je finirai dans la peau coriace d'un affreux malveillant, d'un grimaud de la pire espèce.

— Qu'est-ce que c'est que cela?

— Le nom que les sujets de Sa Majesté le grand Coesre, prince des gueux, donnent aux gens de police.

— Ils vous connaissent déjà?

— Ils connaissent surtout mon chien.

La rue du Temple s'ouvrait devant eux, coupée de

fondrières boueuses sur lesquelles on avait jeté des planches. Quelques années plus tôt, ce même quartier ne comprenait que des potagers appelés « culture du Temple », et l'on y voyait encore entre les maisons nouvelles des carrés de choux et des petits troupeaux de chèvres.

Le mur d'enceinte, dominé par le donjon lugubre des anciens Templiers, apparut.

Desgrez demanda à Angélique de l'attendre une seconde et entra chez un mercier. Il en ressortit quelques instants plus tard nanti d'un rabat immaculé mais sans dentelles, et noué d'un cordon violet. Des manchettes blanches ornaient ses poignets. La poche de sa veste était gonflée d'étrange façon. Il y prit un mouchoir et faillit faire tomber un gros chapelet. Sans avoir changé de vêtement, sa casaque et ses hauts-de-chausses élimés avaient pris un aspect extrêmement décent. L'expression de son visage y contribuait sans doute, car Angélique hésita subitement à lui parler avec la même familiarité.

— Vous avez l'air d'un magistrat dévot, dit-elle un peu décontenancée.

— N'est-ce point l'air que doit avoir un avocat accompagnant une jeune dame près de son frère jésuite ? demanda Desgrez en soulevant son chapeau avec un humble respect.

3

En abordant les hauts murs crénelés de l'enclos du Temple d'où jaillissait tout un ensemble de tours gothiques dominées par le sinistre donjon des Templiers, Angélique ne se doutait pas qu'elle pénétrait dans l'endroit de Paris où l'on était le plus sûr de vivre en liberté.

Cette enceinte fortifiée, représentant jadis le fief des moines guerriers appelés templiers, puis ensuite celui des chevaliers de Malte, jouissait de privilèges ancestraux devant lesquels le roi lui-même s'inclinait : on n'y payait pas d'impôts, on n'y subissait aucune entrave administrative et policière, et les débiteurs insolvables y trouvaient asile contre les sentences de prise de corps. Depuis plusieurs générations, le Temple était l'apanage des grands bâtards de France. L'actuel grand prieur, le duc de Vendôme, descendait en ligne droite d'Henri IV et de sa maîtresse la plus célèbre, Gabrielle d'Estrées.

Angélique, qui ne connaissait pas la juridiction spéciale de cette petite ville isolée au sein de la Grande Ville, éprouva une impression pénible en franchissant le pont-levis.

Mais, de l'autre côté de la porte voûtée, elle trouva un calme surprenant.

Le Temple avait perdu depuis longtemps ses traditions militaires. Ce n'était plus qu'une sorte de retraite paisible qui offrait à ses heureux habitants toutes sortes d'avantages pour une vie à la fois retirée et mondaine. Du côté du quartier aristocratique, Angélique aperçut quelques carrosses stationnant devant les beaux hôtels de Guise, de Boufflers et de Boisboudran.

A l'ombre de la massive tour de César, les jésuites possédaient une maison confortable, où vivaient et venaient se recueillir plus particulièrement ceux de leur congrégation attachés comme aumôniers aux grands personnages de la cour.

Dans le vestibule, la jeune femme et l'avocat croisèrent un prêtre au teint d'Espagnol qui ne parut pas inconnu à Angélique. C'était le confesseur de la jeune reine Marie-Thérèse, ramené de la Bidassoa avec les deux nains, la grande chambrière Molina et la petite Philippa.

Desgrez demanda au séminariste qui les avait introduits d'avertir le révérend père de Sancé qu'un homme de loi demandait à l'entretenir au sujet du comte de Peyrac.

— Si votre frère n'est pas au courant de l'affaire, c'est que les jésuites n'ont plus qu'à fermer boutique, déclara l'avocat à Angélique, tandis qu'ils attendaient dans un petit parloir. J'ai souvent pensé que si, par quelque hasard, j'avais à m'occuper de réorganiser la police, je m'inspirerais de leurs méthodes.

Sur ces entrefaites, le père de Sancé entra d'un pas vif. D'un coup d'œil, il reconnut Angélique.

— Ma chère sœur! dit-il.

Et, venant à elle, il l'embrassa fraternellement.

— Oh! Raymond! murmura-t-elle réconfortée par cet accueil.

Déjà il leur faisait signe de s'asseoir.

— Où en êtes-vous de cette pénible affaire?

Desgrez prit la parole à la place d'Angélique que l'émotion de revoir son frère, jointe à toutes celles qu'elle avait éprouvées depuis moins de trois jours et à l'énergique traitement de maître Georges, rendait incapable de rassembler la moindre idée.

D'un ton docte il résuma la situation. Le comte de Peyrac était à la Bastille sous l'inculpation — secrète — de sorcellerie. Ceci s'aggravait du fait qu'il avait déplu au roi et s'était attiré les soupçons de personnages influents.

— Je sais! Je sais! marmottait le jésuite.

Il ne dit pas qui l'avait si bien renseigné, mais après avoir posé sur Desgrez un regard scrutateur, il conclut à brûle-pourpoint :

— Quelle est votre opinion, maître, sur la marche que nous devons suivre pour sauver mon malheureux beau-frère?

— Je pense qu'en l'occurrence le mieux serait l'ennemi du bien. Le comte de Peyrac est certainement la victime d'une cabale de cour que le roi lui-même ne peut soupçonner, mais qu'un personnage puissant dirige. Je ne nommerai personne.

— Vous faites bien, glissa vivement le père de Sancé, tandis qu'Angélique voyait passer devant elle le profil chafouin du redoutable écureuil (1).

— Mais il serait maladroit de chercher à déjouer les manœuvres de personnes qui ont pour elles l'argent et l'influence. Par trois fois, Mme de Peyrac a failli périr dans des attentats. L'expérience doit suffire. Inclinons-nous et parlons de ce qu'il nous est permis d'exposer au grand jour. M. de Peyrac est accusé de sorcellerie. Eh bien, qu'il soit remis à un tribunal ecclésiastique. Voilà, mon père, où votre concours va devenir extrêmement précieux, car je ne vous cache pas que mon influence d'avocat peu connu serait nulle en la matière. Pour faire accepter mes remontrances en tant qu'avocat du comte de Peyrac, il faudrait au moins que le jugement soit décidé et qu'un avocat soit accordé. Initialement, je pense que personne n'y songeait. Mais les différentes interventions que Mme de Peyrac a provoquées à la cour ont remué la conscience du souverain. Je ne doute plus maintenant que le procès soit ouvert. A vous, mon père, d'obtenir la seule forme acceptable et qui évitera les malversations et les falsifications de ces messieurs de la justice civile.

— Je vois, maître, que vous n'avez pas d'illusions sur votre corporation.

---

(1) Qui était l'emblème du surintendant Nicolas Fouquet.

— Je n'ai d'illusions sur personne, mon père.

— Vous faites bien, approuva Raymond de Sancé. Après quoi, il promit de voir quelques personnes dont il ne dit pas les noms, et de tenir l'avocat et sa sœur au courant de ses démarches.

— Tu es descendue chez Hortense, je crois?

— Oui, dit en soupirant Angélique.

— A propos, intervint Desgrez, il m'est venu une idée. Ne pourriez-vous user de vos relations, mon père, pour obtenir à madame votre sœur, ma cliente, un logement modeste dans l'enclos? Vous n'ignorez pas que sa vie reste menacée, mais, au Temple, nul n'oserait se risquer à commettre un crime. On sait fort bien que M. le duc de Vendôme, grand prieur de France, n'admet pas les malandrins à l'intérieur de l'enceinte, et qu'il prend fait et cause pour ceux qui lui demandent asile. Un attentat perpétré sur sa juridiction connaîtrait une publicité que personne ne souhaite. Enfin, Mme de Peyrac pourrait s'inscrire sous un faux nom, ce qui brouillerait sa piste. J'ajoute qu'elle connaîtrait ainsi un peu de repos, ce dont sa santé a fort besoin.

— Votre projet me paraît très sage, approuva Raymond qui, après avoir réfléchi un instant, sortit et revint avec un petit papier où il avait inscrit une adresse :

« Mme Cordeau, veuve, logeuse sur le Carreau du Temple. »

— Cette habitation est modeste et même assez pauvre. Mais tu auras une grande chambre et tu pourras prendre tes repas chez cette dame Cordeau, qui est chargée de garder la maisonnette et d'en louer les trois ou quatre pièces. Je sais que tu es habituée à plus de luxe, mais je crois que ce logis correspond à l'obscurité nécessaire que souhaite pour toi Me Desgrez.

— Bien, Raymond, approuva sagement Angélique, qui retrouva un peu de chaleur pour ajouter : Merci de croire à l'innocence de mon mari, et de nous aider à combattre l'injustice dont il est victime.

Le visage du jésuite se fit sévère.

— Angélique, je n'ai pas voulu t'accabler, car ta pauvre mine ainsi que ta tenue m'ont inspiré pitié. Mais ne crois pas que j'aie la moindre indulgence pour la vie scandaleuse de ton mari, dans laquelle il t'a entraînée et que tu expies bien durement aujourd'hui. Cependant, il est normal que je vienne en aide à un membre de ma famille.

La jeune femme ouvrit la bouche pour riposter. Puis elle se ravisa. Décidément, elle était matée.

Malgré tout, elle ne put retenir sa langue jusqu'au bout. Comme Raymond les reconduisait dans le vestibule, il avertit Angélique que leur plus jeune sœur, Marie-Agnès, avait obtenu, grâce à son intervention, un des postes très recherchés de filles d'honneur de la reine.

— A la bonne heure! s'exclama la jeune femme, Marie-Agnès au Louvre! Je suis certaine qu'elle s'y formera vite et complètement.

— Mme de Navailles s'occupe spécialement des filles d'honneur. C'est une aimable personne, mais sage et prudente. Je m'entretenais à l'instant même avec le confesseur de la reine, qui m'a dit combien Sa Majesté tenait à l'excellente conduite de ses filles d'honneur.

— Serais-tu naïf?...

— C'est un travers que nos supérieurs n'admettent pas.

— Alors, ne sois pas hypocrite, conclut Angélique.

Raymond continua de sourire avec affabilité.

— Je vois avec joie que tu es toujours la même, ma chère sœur. Je souhaite que tu trouves la tranquillité dans cette demeure que je t'ai indiquée. Va, je prierai pour toi.

★

— Ces jésuites sont décidément des gens remarquables, déclara Desgrez un peu plus tard. Pourquoi donc ne me suis-je pas fait jésuite?

Il se plongea dans l'étude de cette question jusqu'à la rue Saint-Landry.

Hortense accueillit sa sœur et l'avocat avec une expression franchement hostile.

— Parfait! Parfait! fit-elle en affectant de se maîtriser. Je constate que, de chacune de tes fugues, tu reviens dans un état plus lamentable. Et toujours accompagnée, naturellement.

— Hortense, c'est Me Desgrez!

Hortense tourna le dos à l'avocat, qu'elle ne pouvait souffrir à cause de ses vêtements miteux et de sa réputation de débauché.

— Gaston! appela-t-elle. Venez donc voir votre belle-sœur. J'espère que vous en serez guéri pour la vie!

Me Fallot de Sancé parut, assez mécontent de l'interpellation de sa femme, mais, à la vue d'Angélique, ses lèvres s'entrouvrirent de stupeur.

— Ma pauvre enfant, dans quel état!...

Sur ces entrefaites, on sonna et Barbe introduisit Gontran.

Sa vue acheva d'irriter Hortense, qui éclata en imprécations.

— Qu'ai-je donc fait au Seigneur pour être accablée d'un frère et d'une sœur de ce genre? Qui pourra croire maintenant que ma famille est réellement d'ancienne noblesse? Une sœur qui me revient vêtue en chiffetière! Un frère qui, de dégradation en dégradation, en est réduit à devenir un grossier manouvrier que nobles et bourgeois peuvent tutoyer et battre à coups de canne!... Ce n'est pas seulement cet horrible sorcier boiteux que l'on aurait dû enfermer à la Bastille, mais vous tous avec lui!...

Angélique, indifférente à ces cris, appelait sa petite servante béarnaise, afin que celle-ci vînt l'aider à préparer ses bagages.

Hortense s'interrompit et reprit haleine.

— Tu peux toujours l'appeler! Elle est partie.

— Comment cela, partie?

— Ma foi, telle maîtresse, telle servante! Elle est partie hier avec un grand escogriffe à l'accent épouvantable, qui est venu la demander.

Angélique, atterrée, car elle se sentait responsable de l'adolescente arrachée par elle à son pays natal, se tourna vers Barbe.

— Barbe, il ne fallait pas la laisser partir.

— Est-ce que je savais moi, madame? pleurnicha la grosse fille. Cette gamine avait le diable au corps. Elle m'a juré sur le crucifix que l'homme qui la demandait était son frère.

— Ouais! son frère à la manière gasconne. Il y a là-bas une expression « frère de mon pays » qu'emploient entre eux les gens d'une même province. Enfin, tant pis. Je n'aurai plus à dépenser d'argent pour son entretien...

Le soir même, Angélique et son petit garçon emménageaient dans le modeste logis de la veuve Cordeau, sur le Carreau du Temple.

On appelait ainsi la place du marché où affluaient les marchands de volailles, de poissons, de viande fraîche, d'ail, de miel et de cresson, car chacun avait le droit, moyennant une faible redevance au bailli, de s'installer là et de vendre au prix qu'il lui plaisait, sans taxes ni contrôle.

L'endroit était animé et populaire. La veuve Cordeau elle-même n'était qu'une vieille femme, plus paysanne que citadine, qui filait de la laine devant son maigre feu et qui avait un peu l'apparence d'une sorcière.

Mais Angélique trouva la chambre propre, fleurant bon la lessive, le lit confortable, et l'on avait jeté une bonne bottée de paille sur le sol afin d'atténuer le froid du dallage par ce début d'hiver.

Mme Cordeau avait fait monter un petit berceau pour Florimond, une provision de bois et une marmite de bouillon.

Lorsque Desgrez et Gontran l'eurent quittée, la jeune femme s'occupa de faire manger le bébé et de le coucher. Florimond grognait, réclamant Barbe et ses petits cousins. Pour le distraire, elle lui fredonna une chanson : celle du *Moulin vert*, qu'il affectionnait. Elle ne souffrait presque plus de sa blessure, et les soins qu'elle avait à donner à son petit la distrayaient. Bien qu'elle fût accoutumée à avoir autour d'elle de nombreux domestiques, son enfance avait été assez rude pour qu'elle ne se trouvât pas bouleversée par la disparition de sa dernière servante.

Et d'ailleurs les religieuses qui l'avaient élevée ne l'avaient-elles pas habituée aux gros travaux « en prévision des épreuves que le Ciel peut nous envoyer » ?

Aussi, lorsque l'enfant fut endormi et qu'elle-même s'étendit entre les draps grossiers mais propres, et que le veilleur de nuit passa sous les fenêtres en criant : « Il est 10 heures. La porte est close. Bonnes gens du Temple, dormez en paix... », elle éprouva un moment de bien-être et de détente.

La porte était close. Alors que la grande ville alentour s'éveillait à l'horreur de la nuit, avec ses tavernes grondantes, ses bandits aux aguets, ses assassins postés et ses crocheteurs de serrures, la petite population du Temple, à l'abri de ses hauts murs crénelés, s'endormait en paix. Les fabricants de faux bijoux, les débiteurs insolvables et les imprimeurs clandestins fermaient leurs paupières, sûrs du lendemain paisible. Du côté de l'hôtel du grand prieur, isolé parmi ses jardins, on entendait un clavecin et, du côté de la chapelle et du cloître, on entendait prier en latin, tandis que quelques chevaliers de Malte, en robe noire et croix blanche, regagnaient leurs cellules.

La pluie tombait. Angélique s'endormit paisiblement.

Elle s'était inscrite au bailliage sous le nom peu compromettant de Mme Martin. Personne ne lui posa de questions. Les jours suivants, elle garda l'impression nouvelle, mais agréable, d'être une jeune mère de milieu simple, qui se mêle à ses voisins et n'a d'autre souci que de s'occuper de son enfant. Chez Mme Cordeau, elle mangeait en compagnie de celle-ci, de son fils, un garçon de quinze ans qui était apprenti en ville, et d'un vieux commerçant ruiné qui se cachait au Temple de ses créanciers.

— Le malheur de ma vie, disait-il volontiers, c'est que mon père et ma mère m'ont mal élevé. Oui, madame, ils m'ont appris l'honnêteté. C'est la plus grande tare qu'on puisse avoir quand on se destine au commerce.

L'enfant Florimond attirait beaucoup de compliments, et Angélique en était très fière. Elle profitait du moindre rayon de soleil pour le promener à travers les auvents du marché, où toutes les marchandes le comparaient à l'Enfant Jésus de la crèche.

Un des orfèvres, qui avait son échoppe contre la

maison où habitait Angélique, lui offrit une croix en pierres rouges imitant le rubis.

Angélique s'émut en attachant au cou du petit le pauvre bijou. Où était le diamant de six carats que Maître Florimond avait failli avaler le jour du mariage du roi, à Saint-Jean-de-Luz?

Les fabricants de fausse bijouterie faisaient partie des artisans de toute espèce qui se fixaient dans l'Enclos pour se soustraire aux tyranniques exigences des corporations et, le faux étant interdit par celle des Orfèvres de Paris, il n'y avait qu'au Temple que l'on pouvait acheter toute cette bimbeloterie qui faisait la joie des filles du peuple. On les voyait venir de tous les coins de la capitale, fraîches et jolies dans leurs pauvres vêtements d'étoffes ternes, gris le plus souvent, et qui les faisaient surnommer « grisettes ».

Dans ses promenades, elle évitait de se rendre du côté des beaux hôtels où des personnes riches et d'un rang distingué, certains par goût, d'autres par économie, étaient venues s'établir dans l'enclos du Temple. Elle craignait un peu d'être reconnue par les visiteurs et visiteuses dont les carrosses franchissaient la poterne à grand fracas, et surtout elle préférait s'épargner des regrets. Une rupture totale avec sa vie passée était préférable à tous points de vue, et d'ailleurs n'était-elle pas la femme d'un pauvre prisonnier abandonné de tous?...

4

Cependant, certain jour qu'elle descendait l'escalier, Florimond dans les bras, elle eut, en croisant sa voisine de chambre, l'impression que ce visage ne lui était pas inconnu. Mme Cordeau lui avait dit qu'elle hébergeait aussi une jeune veuve très pauvre, mais assez distante, et qui préférait ajouter quelques deniers à sa modeste pension pour qu'on lui montât ses repas dans sa chambre. Angélique entrevit un ravissant visage de brune, aux yeux langoureux, vite baissés, et sur lequel elle ne put mettre un nom bien qu'elle eût la certitude de l'avoir déjà rencontré.

Au retour de la promenade, la jeune veuve semblait l'attendre.

— N'êtes-vous pas Mme de Peyrac? demanda-t-elle.

Contrariée, un peu inquiète, Angélique lui fit signe d'entrer dans sa chambre.

— Vous partagiez le carrosse de mon amie Athénaïs de Tonnay-Charente, le jour de l'entrée du roi dans Paris. Je suis Mme Scarron.

Angélique reconnaissait enfin cette personne à la fois si belle et si effacée qui les avait accompagnées dans sa robe de pauvresse et leur avait fait un peu honte. Mme « Scarron cul-de-jatte », comme disait méchamment le frère d'Athénaïs.

Elle n'avait guère changé depuis, sauf que sa robe était un peu plus usée et reprisée. Mais elle portait des cols blancs d'une blancheur immaculée et gardait un air de décence assez attendrissant.

Heureuse, malgré tout, de pouvoir converser avec une Poitevine, Angélique la fit asseoir devant l'âtre, et elles partagèrent ensemble, avec Florimond, un cornet d'oublies et des gaufres.

Françoise d'Aubigné lui dit qu'elle était venue loger au Temple parce qu'on pouvait y demeurer trois mois sans payer son logement. Or elle était absolument à bout de ressources et sur le point d'être jetée à la rue par ses créanciers. Elle espérait, au cours de ces trois mois, pouvoir obtenir du roi ou de la reine mère qu'on renouvelât pour elle la pension de 2 000 livres que Sa Majesté accordait à son mari de son vivant.

— Je me rends presque chaque semaine au Louvre et me place sur le chemin de la chapelle. Vous savez que Sa Majesté, en quittant ses appartements pour aller entendre la messe, traverse une galerie où elle accepte d'être abordée par les solliciteurs. Il y a là quantité de moines, d'orphelines de guerre et de vieux militaires sans pension. Nous attendons parfois fort longtemps. Enfin le roi paraît. J'avoue que, chaque fois que je dépose mon placet dans cette main royale, mon cœur bat au point que je crains que le roi ne l'entende.

— Pour l'instant, il n'a même pas entendu votre supplique!

— C'est vrai, mais je ne désespère pas qu'il y jette un jour un coup d'œil.

La jeune veuve était au courant de tous les potins de la cour. Elle parlait avec beaucoup d'enjouement et d'esprit, et, lorsqu'elle quittait son air transi, elle avait un charme extraordinaire. Elle ne semblait pas trouver étrange de revoir la brillante Mme de Peyrac en si triste équipage, et bavardait comme si elle se trouvait dans un salon.

Pour prévenir toute indiscrétion, Angélique la mit brièvement au courant de sa situation.

Elle attendait sous un nom d'emprunt que son mari fût jugé et réhabilité, pour reparaître aux yeux du monde. Elle évita de dire de quoi le comte de Peyrac était accusé, car malgré la légèreté des anecdotes qu'elle contait, Françoise Scarron paraissait fort pieuse. C'était une protestante convertie et qui cherchait dans la dévotion un réconfort à ses épreuves.

Angélique conclut :

— Vous voyez que ma situation est encore plus précaire que la vôtre, madame. Et je ne vous cache pas que non seulement je ne puis vous être d'aucune utilité dans les démarches que vous entreprenez près des gens bien en cour, mais que beaucoup de personnes qui m'étaient, il y a quelques mois, inférieures, ont le droit de me regarder de haut désormais.

— Il faut en effet partager les gens en deux catégories, répondit la veuve du spirituel cul-de-jatte : ceux qui vous sont utiles et ceux qui vous sont inutiles. Les premiers, on les fréquente pour obtenir des protections, les seconds pour le plaisir.

Elles rirent toutes deux assez gaiement.

— Pourquoi vous voit-on si peu? demanda Angélique. Vous pourriez partager nos repas.

— Oh! c'est plus fort que moi, fit la veuve avec un frisson. Mais j'avoue que la vue de cette mère Cordeau et de son fils me fait mourir de peur!...

Angélique ouvrait la bouche pour s'étonner de cette déclaration lorsqu'un bruit étrange, une sorte de grognement animal venu de l'escalier les interrompit.

Mme Scarron alla ouvrir la porte et recula en refermant précipitamment.

— Mon Dieu, il y a un démon dans l'escalier!
— Que voulez-vous dire?
— En tout cas, c'est un homme tout noir.

Angélique poussa un cri et se précipita sur le palier.

— Kouassi-Ba! appela-t-elle.
— Oui, c'est moi, médème, répondit Kouassi-Ba.

Il émergea, tel un sombre spectre, du petit escalier obscur. Il était vêtu de loques informes retenues par des ficelles. Sa peau était grise et flasque. Mais en apercevant Florimond, il poussa un rire sauvage et, se précipitant sur l'enfant ravi, il esquissa une danse endiablée.

Françoise Scarron, avec un geste d'horreur, s'élança hors de la chambre et se réfugia dans la sienne.

Angélique avait pris sa tête à deux mains pour réfléchir. Quand donc... mais quand donc Kouassi-Ba avait-il disparu? Elle ne se rappelait plus. Tout s'embrouillait. Elle se souvint enfin qu'il l'avait accompagnée au Louvre le matin de ce terrible jour où elle avait vu le roi et failli mourir de la main même du duc d'Orléans. A partir de ce moment, elle devait s'avouer qu'elle avait complètement oublié Kouassi-Ba!

Elle jeta une bourrée dans le feu afin qu'il pût sécher ses loques trempées de pluie, et lui donna à manger tout ce qu'elle put trouver. Il raconta son odyssée.

Dans ce grand château où habite le roi de France, Kouassi-Ba avait longtemps, longtemps attendu « médême ». C'était long! Les servantes qui passaient se moquaient de lui.

Après, la nuit était venue. Après il avait reçu beaucoup de coups de bâton. Après, il s'était réveillé dans l'eau, oui dans l'eau qui coule devant le grand château...

« On l'a assommé et jeté dans la Seine », interpréta Angélique.

Kouassi-Ba avait nagé; ensuite, il avait trouvé une plage. Quand il s'était éveillé de nouveau, il avait été heureux, car il se croyait revenu dans son pays. Trois Maures se penchaient au-dessus de lui. Des hommes comme lui et non pas des négrillons comme en ont les dames pour leur servir de pages.

— Tu es sûr de n'avoir pas rêvé? demanda Angélique surprise. Des Maures à Paris! J'ai pu constater qu'il y en avait peu qui fussent des adultes.

A force de l'interroger, elle finit par comprendre qu'il avait été recueilli par des Noirs que l'on présentait comme phénomènes à la foire Saint-Germain, ou qui étaient gardiens d'ours savants. Mais Kouassi-Ba n'avait eu aucune envie de demeurer parmi eux. Il avait peur des ours.

Ayant terminé son récit, il sortit de sous ses loques un panier et, s'agenouillant devant Florimond, lui présenta deux petits pains mollets appelés « pain mouton », dont la croûte était dorée aux jaunes d'œufs et saupoudrée de grains de blé. Ils répandaient une odeur délicieuse.

— Comment as-tu pu acheter cela ?
— Oh ! je n'ai pas acheté. Je suis entré chez le boulanger et j'ai fait comme ça (il ébaucha une terrifiante grimace), la dame et la demoiselle se sont cachées sous le comptoir et j'ai pris les gâteaux pour les apporter à mon petit maître.
— Mon Dieu ! soupira Angélique, atterrée.
— Si j'avais mon grand sabre courbe...
— Je l'ai vendu au fripier, s'empressa de répondre la jeune femme.

Elle se demandait si les archers du guet n'étaient pas aux trousses de Kouassi-Ba. Il lui parut même entendre une rumeur au-dehors. Allant à la fenêtre, elle aperçut un groupe massé devant la maison. Un personnage à l'air respectable, vêtu de sombre, discutait avec la mère Cordeau. Angélique entrebâilla la fenêtre pour essayer de comprendre de quoi il s'agissait.

La mère Cordeau lui cria :
— Il paraît qu'il y a un homme tout noir chez vous ?

Angélique descendit précipitamment.
— C'est exact, madame Cordeau. Il s'agit d'un Maure, d'un... d'un ancien serviteur. C'est un très brave garçon.

Le personnage respectable se présenta alors comme étant le bailli du Temple, chargé d'appliquer la justice haute, moyenne et basse, au nom du grand prieur, dans l'intérieur de l'Enclos. Il dit qu'il était impossible qu'un Maure y demeurât, d'autant plus que celui qu'on lui avait signalé était vêtu comme un gueux.

Après avoir discuté un long moment, Angélique se porta garante que Kouassi-Ba repasserait l'enceinte avant la nuit.

Elle remonta navrée.

— Que vais-je faire de toi, mon pauvre Kouassi-Ba? Ta présence provoque une véritable émeute. Et moi, je n'ai plus assez d'argent pour te nourrir et t'entretenir. Tu es habitué au luxe, hélas! et à ne manquer de rien!...

— Vends-moi, madame.

Comme elle le regardait avec surprise, il ajouta :

— Le comte m'a acheté très cher, et pourtant j'étais encore petit à l'époque. Maintenant je vaux au moins mille livres. Cela te fera beaucoup de monnaie pour faire sortir mon maître de prison.

Angélique se dit que le Noir avait raison. Au fond Kouassi-Ba était tout ce qu'elle possédait encore de sa fortune ancienne. La chose lui répugnait, mais n'était-ce pas la meilleure façon de trouver un abri à ce pauvre sauvage égaré parmi les turpitudes du monde civilisé?

— Reviens demain, lui dit-elle. J'aurai trouvé une solution. Et prends garde de ne pas te faire attraper par les archers du guet.

— Oh! moi je connais la manière pour me cacher. J'ai beaucoup d'amis dans cette ville. Je fais comme cela et alors les amis disent : « Tu es des nôtres », et ils m'emmènent dans leurs maisons.

Il lui montra comment il fallait croiser les doigts d'une certaine façon pour se faire reconnaître des amis en question.

Elle lui donna une couverture et regarda s'éloigner

sous la pluie cette longue carcasse errante. Aussitôt après son départ, elle décida d'aller demander conseil à son frère. Mais le révérend père de Sancé était absent.

Angélique revenait préoccupée, lorsqu'un jeune garçon qui portait une boîte à violon sous le bras la dépassa en sautant de flaque en flaque.
— Giovani!
Décidément, c'était le jour des rencontres! Elle entraîna le petit musicien à l'abri du cloître de la vieille église et lui demanda ce qu'il devenait.
— Je ne suis pas encore dans l'orchestre de M. Lulli, dit-il, mais Mlle de Montpensier, en partant pour Saint-Fargeau, m'a cédé à Mme de Soissons, qui a été nommée intendante de la maison de la reine. De sorte que j'ai d'excellentes relations, conclut-il d'un air important, grâce auxquelles je peux augmenter mes émoluments en donnant des leçons de musique et de danse à des jeunes filles de bonne famille. Je revenais précisément de chez Mlle de Sévigné, qui loge à l'hôtel de Boufflers.
Il ajouta timidement, après avoir jeté un coup d'œil embarrassé sur la mise modeste de son ancienne patronne :
— Et vous, madame, puis-je vous demander comment vont vos affaires? Quand reverrons-nous M. le comte?
— Bientôt. C'est une question de jours, répondit Angélique qui pensait à autre chose. Giovani, poursuivit-elle en saisissant le garçon par les épaules, j'ai pris la décision de vendre Kouassi-Ba. Je me souviens que la comtesse de Soissons souhaitait l'acquérir, mais je ne peux sortir du Temple, encore moins me rendre aux Tuileries. Veux-tu t'entremettre pour cette affaire?

— Je suis toujours à votre service, madame, répondit gentiment le petit musicien.

Il dut faire diligence, car, moins de deux heures plus tard, alors qu'Angélique préparait le repas de Florimond, on frappa à sa porte. Elle alla ouvrir et se trouva devant une grande femme rousse à l'air arrogant, et un laquais qui portait la livrée rouge cerise de la maison du duc de Soissons.

— Nous venons de la part de Giovani, dit la femme, dont la pèlerine laissait entrevoir un très coquet uniforme de chambrière.

Elle avait la mine à la fois rusée et insolente de la servante préférée d'une grande dame.

— On est prêt à discuter, continua-t-elle après avoir toisé Angélique et jugé la chambre d'un coup d'œil. Mais s'agirait de savoir combien il y aura pour nous?

— Baisse un peu le caquet, ma fille, trancha Angélique d'un ton qui rétablit aussitôt les distances.

Elle s'assit et laissa ses visiteurs debout devant elle.

— Comment t'appelles-tu? demanda-t-elle au laquais.

— La Jacinthe, madame la comtesse.

— Bon! Toi, au moins, tu as les yeux vifs et la mémoire alerte. Pourquoi faut-il payer deux personnes?

— Dame! pour les affaires de ce genre on travaille toujours ensemble.

— C'est une association. Heureusement que toute la maison de M. le duc n'y participe pas! Voici ce que vous devez faire : vous direz à Mme la duchesse que je désire lui vendre mon Maure Kouassi-Ba. Mais je ne peux me rendre aux Tuileries. Il faudrait donc que votre maîtresse me donne rendez-vous au Temple dans la maison de son choix. Mais j'insiste pour que tout ceci se fasse très discrètement, et que mon nom même ne soit pas prononcé.

— Ça ne m'a pas l'air bien malin à organiser, dit la servante après avoir regardé son compère.

— Pour vous, il y aura deux livres pour dix livres. C'est vous dire que, plus le prix sera élevé, mieux vous serez payés. Il faut aussi que Mme de Soissons ait tellement envie d'acquérir ce Maure qu'elle n'hésite devant aucun chiffre.

— J'en fais mon affaire, promit la servante. Et d'ailleurs, Mme la duchesse regrettait encore l'autre matin, pendant que je la coiffais, de n'avoir pas cet affreux démon dans sa suite! Grand bien lui fasse! conclut-elle en levant les yeux au ciel.

Angélique et Kouassi-Ba attendaient dans un petit cabinet attenant à l'office de l'hôtel de Boufflers.

Des voix rieuses et des exclamations mondaines venaient des salons où Mme de Sévigné recevait ce jour-là dans sa ruelle. Des petits laquais passaient, les bras chargés de plateaux de pâtisserie.

Bien qu'elle ne voulût pas se l'avouer, Angélique souffrait de se voir ainsi reléguée, tandis que les femmes de son monde, à quelques pas d'elle, poursuivaient leur vie légère. Elle avait tant rêvé de connaître Paris et ces « ruelles » d'alcôve où les beaux esprits du temps se donnaient rendez-vous!...

Près d'elle, Kouassi-Ba roulait de gros yeux pleins d'appréhension. Elle avait loué pour lui, chez un fripier du Temple, une vieille livrée aux dorures déteintes, dans laquelle il faisait une mine peu glorieuse.

Enfin la porte s'ouvrit devant la servante de Mme de Soissons, et celle-ci, claquant son éventail, fit une apparition froufroutante et animée.

— Ah! voici la femme dont tu m'as parlé, Bertille...

Elle s'interrompit pour examiner Angélique avec attention.

— Dieu me pardonne, s'exclama-t-elle, est-ce vous, ma chère?

— C'est moi, dit Angélique en riant, mais, je vous en prie, ne vous étonnez pas. Vous savez que mon mari est à la Bastille; il m'est difficile d'être en meilleure posture que lui.

— Ah! oui, approuva Olympe de Soissons, en prenant son parti de la situation. N'avons-nous pas tous connu nos moments de disgrâce? Au moment où mon oncle le cardinal Mazarin a dû s'enfuir de France, nous avons porté des jupes percées mes sœurs et moi, et le peuple dans la rue jetait des pierres sur notre carrosse et nous appelait les « Putains-Mancini ». Or, maintenant que ce pauvre cardinal est en train de mourir, les gens de la rue sont certainement plus impressionnés que moi. Voyez comme la roue tourne!... Mais est-ce là votre Maure, ma chère? A première vue, il m'avait semblé plus beau! Plus gras et plus noir aussi.

— C'est parce qu'il a froid et faim, s'empressa de dire Angélique. Mais vous verrez, dès qu'il aura mangé, il redeviendra noir comme du charbon.

La belle femme faisait une moue déçue. Kouassi-Ba se dressa d'un bon félin.

— Moi, je suis encore fort! Regarde!

Il arracha la vieille livrée et son buste apparut, criblé de curieux tatouages en relief. Il gonfla les épaules et, bandant ses muscles, éleva ses bras en encorbellement comme les lutteurs de foire. Des reflets jouaient sur sa peau bronzée.

Très droit et immobile, il parut tout à coup grandir. Sa présence sauvage, bien qu'il demeurât impassible, envahissait la petite pièce et y introduisait d'étranges mystères. Un pâle soleil traversa les vitraux et posa une lueur dorée sur ce fils exilé de l'Afrique.

Enfin, ses longues paupières égyptiennes s'abaissèrent sur ses prunelles d'ivoire et, de son regard, il ne resta plus qu'un mince rayon posé sur la duchesse de Soissons. Puis un lent sourire, à la fois arrogant et doux, étira les lèvres épaisses du Maure.

Jamais Angélique n'avait vu Kouassi-Ba aussi beau, et jamais, non jamais, elle ne l'avait vu si... terrible.

Le Noir, dans toute sa force primitive, détaillait sa proie. Il avait su d'instinct ce que voulait cette femme blanche, avide de plaisirs nouveaux.

Les lèvres entrouvertes, Olympe de Soissons paraissait subjuguée. Ses yeux sombres brillaient d'un feu extraordinaire. Le battement de sa belle gorge, la gourmandise de sa bouche trahissaient le désir avec une telle impudeur que la servante elle-même, malgré sa hardiesse, baissa tout à coup la tête et qu'Angélique eut envie de s'enfuir en claquant la porte.

La duchesse parut finalement se reprendre. Elle ouvrit son éventail et s'éventa d'un geste machinal.

— Combien... Combien en voulez-vous?

— Deux mille cinq cents livres.

Les yeux de la servante brillèrent.

Olympe de Soissons sursauta, revenue sur terre.

— Vous êtes folle!

— Ce sera deux mille cinq cents livres, ou je le garde pour moi, déclara froidement Angélique.

— Ma chère...

— Oh! madame, s'exclama Bertille qui venait de poser un doigt timide sur le bras de Kouassi-Ba, comme sa peau est douce! Jamais on ne pourrait s'imaginer qu'un homme ait une peau si douce; on dirait un pétale de fleur séchée.

A son tour, la duchesse passa son doigt le long du bras lisse, au grain de peau serré et souple. Un frisson voluptueux la secoua. S'enhardissant, elle toucha les tatouages de la poitrine, et se mit à rire.

— Décidément, je l'achète. C'est une folie, mais je

sens déjà que je ne pourrais m'en passer. Bertille, avertis donc La Jacinthe de m'apporter ma cassette.

Comme à un signal donné, le laquais entra, portant un coffret de cuir ouvragé.

Tandis que l'homme, qui devait jouer le rôle d'intendant de la duchesse pour ses plaisirs secrets, comptait la somme, la servante, sur les ordres de sa maîtresse, fit signe à Kouassi-Ba de la suivre.

— Au revoir, médême, au revoir, dit le Maure en s'approchant d'Angélique, et pour mon petit maître Florimond, tu lui diras...

— C'est bon, va-t'en, dit-elle durement.

Mais elle garda, comme un coup de poignard au cœur, le regard de chien battu que l'esclave lui avait jeté avant de quitter la pièce...

Nerveusement, elle comptait les pièces et les glissait dans sa bourse. Elle n'avait maintenant qu'une hâte : s'en aller.

— Oh! ma chère, tout cela est bien pénible, je m'en doute, soupira la duchesse de Soissons qui s'éventait d'un air épanoui. Cependant, ne vous désolez pas, la roue tourne toujours. On entre à la Bastille, c'est vrai, mais on en sort aussi. Savez-vous que Péguilin de Lauzun est rentré en grâce auprès du roi?

— Péguilin! s'exclama Angélique que ce nom et cette nouvelle rassérénèrent subitement. Oh! j'en suis ravie. Que s'est-il passé?

— Sa Majesté a du goût pour les insolences de ce hardi gentilhomme. Elle a cherché le premier prétexte pour le rappeler près d'elle. On raconte que Lauzun avait été envoyé à la Bastille parce qu'il s'était battu avec Philippe d'Orléans. Certains disent même que c'est à cause de vous que Lauzun s'est battu avec Monsieur?

Angélique frissonna au souvenir de l'affreuse scène. Une fois encore, elle supplia Mme de Soissons de se montrer discrète à son sujet, et de ne pas révéler le lieu de sa retraite. Mme de Soissons, à laquelle une longue expérience avait appris qu'il faut ménager les personnes en disgrâce tant que le maître n'a pas tranché leur sort, promit tout ce qu'on voulut et la quitta en l'embrassant.

5

L'affaire de la vente de Kouassi-Ba avait distrait Angélique des préoccupations immédiates concernant son mari. Maintenant que le sort de celui-ci ne dépendait plus de ses seuls efforts, elle se sentait envahie d'une sorte de fatalisme auquel son état n'était pas étranger. Sa grossesse pourtant se poursuivait normalement, quoi qu'elle eût pu craindre. L'enfant qu'elle portait était bien vivant.

Gontran vint voir sa sœur. Il partait pour son tour de France. Il avait acheté un mulet, « pas si beau que ceux de chez nous », dit-il. Dans les villes, les confréries secrètes des Compagnons l'accueilleraient. Souffrait-il de cette rupture avec *son* monde? Il ne semblait pas.

Angélique le regarda s'éloigner avec mélancolie.

Un matin, elle revenait avec Florimond d'une petite promenade du côté du gros donjon. Elle y avait rencontré les troupeaux de chèvres qu'un berger de Belleville amenait souvent au Temple. Il les mettait à paître dans le terrain vague près de la grosse tour, et les trayait au fur et à mesure de la demande des clients. Selon lui, le lait de chèvre était excellent pour les nourrices, et le lait d'ânesse « pour les tempéraments affaiblis par l'incontinence et la débauche ». Bien qu'elle ne fût certainement pas dans ce dernier cas, Angélique achetait souvent un petit pot de lait d'ânesse. Tenant par la main Florimond qui trottinait, elle arrivait devant la maison lorsqu'elle entendit des cris. Elle vit alors le fils de sa logeuse qui courait en essayant de protéger sa tête contre une grêle de cailloux que lui jetaient des gamins lancés à ses trousses.

— Cordeau! Corde-au-cou! va donc! Tire la langue, Cordaucou!

Le garçon, sans chercher à faire face, s'engouffra dans la maison.

Un peu plus tard, à l'heure du déjeuner, Angélique le retrouva dans la cuisine, avalant paisiblement sa portion de craspois.

Le fils de la mère Cordeau n'intéressait pas particulièrement Angélique. C'était un fort garçon de quinze ans, trapu et taciturne, dont le front bas ne trahissait pas une intelligence supérieure. Mais il se montrait obligeant pour sa mère et pour les locataires.

Apparemment, sa seule distraction, le dimanche, était de jouer avec Florimond, dont il faisait toutes les volontés.

— Que s'est-il passé tout à l'heure, mon pauvre Cordeau? interrogea la jeune femme en s'asseyant devant la grossière écuelle où la logeuse s'apprêtait à verser les pois et le lard de baleine. Pourquoi n'as-tu pas corrigé avec tes gros poings ces malappris qui te jetaient des pierres?

L'adolescent haussa les épaules, et sa mère expliqua :

— Vous savez, il a l'habitude, depuis le temps! Même moi, des fois, je l'appelle Cordaucou sans faire attention. Et des pierres, depuis qu'il est tout petit, il en a toujours reçu. Il ne se frappe pas. L'important, c'est qu'il arrive à passer maître, hein! Plus tard on le respectera. Ça, je suis tranquille.

Et la vieille eut un ricanement qui accentua son apparence de sorcière.

Angélique se souvint de la répulsion que Mme Scarron témoignait tant au fils qu'à la mère, et elle les regarda avec étonnement.

— Alors, c'est donc vrai? Vous n'êtes pas au courant? reprit Mme Cordeau, en reposant sa poêle sur le feu de l'âtre. Eh bien, j'ai pas à m'en cacher, mais mon gars il travaille avec maître Aubin.

Et comme Angélique ne comprenait toujours pas, elle précisa :

— Maître Aubin, le bourreau, quoi!

La jeune femme sentit un frisson la saisir au creux de la nuque et lui parcourir l'échine. En silence, elle commença de manger la grossière nourriture. On était en période de jeûne précédant les fêtes de Noël et chaque jour revenait ce sempiternel morceau de baleine cuit avec des pois, le plat de pénitence des pauvres.

— Oui, il est apprenti bourreau, continua la vieille en venant prendre place à table. Que voulez-vous, il faut de tout pour faire un monde! Maître Aubin est le propre frère de mon défunt mari, et il n'a que des filles. Alors, quand mon mari est mort, maître Aubin m'a écrit dans le petit bourg où nous habitions, en me disant qu'il s'occuperait de mon fils pour lui apprendre le métier, et peut-être plus tard qu'il lui laisserait sa charge. Et, vous savez, être exécuteur des hautes et basses œuvres de Paris, c'est quelque chose! Je voudrais bien vivre encore assez pour voir mon fils porter les chausses et le maillot rouges...

Elle posa un regard presque tendre sur la grosse tête ronde de son affreux rejeton, qui continuait à engouffrer sa pitance.

« Et dire que ce matin même il a peut-être passé la corde au cou d'un pendu, songeait Angélique, horrifiée. Les gamins du Carreau n'ont pas tort : on ne s'appelle pas comme ça quand on fait un pareil métier! »

La veuve, qui prenait son silence pour une sympathie attentive, continuait de parler :

— Mon homme aussi était bourreau. Mais, dans les campagnes, c'est pas tout à fait la même chose, car les exécutions capitales se font au chef-lieu. Au fond, à part que des fois il donnait la question à un voleur, il était plutôt « rifleur », c'est-à-dire écorcheur de bêtes et enfouisseur de charognes...

Elle poursuivait, heureuse pour une fois de n'être pas interrompue par des protestations d'horreur.

Il ne fallait pas croire que l'office de bourreau fût simple. La variété des procédés employés pour arracher des aveux aux patients en avait fait un métier compliqué. L'enfant Cordaucou ne manquait pas de travail, allez! Il devait apprendre à faire sauter une tête d'un coup d'épée ou d'un coup de hache, à manier le fer chaud, percer la langue, pendre, noyer, rouer, et savoir enfin appliquer la torture de l'écartèlement, de l'eau, des brodequins et de l'estrapade...

Ce jour-là, Angélique laissa son assiette pleine et remonta assez rapidement chez elle.

Raymond savait-il le métier du fils de la mère Cordeau lorsqu'il avait envoyé sa sœur loger chez celle-ci? Non, sans doute. Pourtant, Angélique n'envisageait pas un seul instant que son mari, quoique prisonnier, pût avoir affaire un jour au bourreau. Joffrey de Peyrac était un gentilhomme! Il y avait certainement une loi ou un privilège qui interdisait que l'on torturât les nobles. Il faudrait qu'elle demandât à Desgrez... Le bourreau, c'était pour les pauvres gens, ceux qu'on expose au pilori de la place des Halles, ceux que l'on fouette nus au carrefour des rues, ou qu'on s'en va pendre en place de Grève, « gibier de potence » qui fournissait ses meilleures distractions au petit peuple. Ce n'était pas pour Joffrey de Peyrac, dernier descendant des comtes de Toulouse...

★

Par la suite, Angélique fréquenta moins souvent la cuisine de Mme Cordeau.

Elle se rapprochait de Françoise Scarron et, disposant d'un peu d'argent depuis la vente de Kouassi-Ba, elle achetait du bois pour faire un bon feu et invitait la jeune veuve dans sa chambre.

Mme Scarron espérait toujours que le roi un jour lirait ses placets. Chargée d'espoir, elle partait, certains matins froids, pour le Louvre, et en revenait ayant perdu son espoir, mais ayant fait bagage d'anecdotes de cour qui la distrayaient pour la journée.

Elle quitta le Temple une dizaine de jours, ayant trouvé une place de gouvernante chez une grande dame, puis revint, sans donner d'explications, reprendre sa vie cachée et grelottante à l'ombre de l'Enclos.

Elle recevait parfois quelques visites parmi les gens haut placés qui l'avaient fréquentée lorsque l'écrivain satirique Scarron régnait sur un petit cénacle de beaux esprits.

Un jour, à travers la cloison, Angélique reconnut la voix claironnante d'Athénaïs de Tonnay-Charente. Elle sut que la belle Poitevine poursuivait une carrière assez agitée dans le monde parisien, mais n'avait pas encore décroché un mari bellement titré et pensionné.

Une autre fois, ce fut une femme blonde et animée, fort belle encore malgré les approches de la quarantaine. Comme elle repartait, Angélique l'entendit qui disait :

— Que voulez-vous, ma chérie, il faut prendre le plaisir au jour la journée. Vous me faites peine à vivre dans votre chambre sans feu, dans vos petites robes usées. Une telle misère n'est pas permise quand on a de si beaux yeux.

Françoise murmura quelque chose qu'Angélique ne distingua pas.

— Je vous l'accorde, reprit la voix harmonieuse et gaie, mais il dépend de nous seules qu'une servitude, pas plus humiliante que de quêter des pensions, ne devienne esclavage. Ainsi le « payant », qui actuellement me permet de rouler carrosse, se résigne très facilement à deux petites visites par mois. « Pour cinq cents livres, lui ai-je dit, il m'est impossible de donner plus. » Il s'incline, car il sait bien que sans cela il n'aurait rien. Oh! c'est un brave homme : sa seule qualité, c'est de s'y connaître admirablement en viandes, car son grand-père était boucher. Il me conseille lorsque je reçois. Je l'ai averti aussi qu'il aurait mauvais gré de se montrer jaloux, car je tiens à mes petits caprices. Vous voilà choquée, ma belle? Je le vois à la façon de serrer vos jolies lèvres. Ecoutez, il n'y a rien pourtant de si varié dans la nature que les joies de l'amour, quoiqu'elles soient toujours les mêmes.

★

Lorsqu'elle revit son amie, Angélique ne put se retenir de lui demander qui était cette personne.

— Ne croyez pas que ce soit mon goût de recevoir des femmes de ce genre, répondit Françoise avec gêne. Mais vraiment il faut reconnaître que Ninon de Lenclos est la plus charmante et la plus spirituelle des amies. Elle m'a beaucoup aidée et fait de son mieux pour me trouver des protections. Cependant, je me demande si sa recommandation ne me nuit pas plus qu'elle ne me profite.

— J'aurais aimé l'approcher et lui parler, dit Angélique. Ninon de Lenclos..., répéta-t-elle rêveusement, car le nom de la célèbre courtisane ne lui était pas inconnu. Lorsque j'ai su que j'irais à Paris, j'ai songé : « Pourvu que je puisse me faire admettre dans le salon de Ninon de Lenclos! »

— Qu'un ange m'emporte si je mens! s'écria la jeune veuve dont le regard brilla d'enthousiasme. Il n'est pas d'endroit dans Paris où l'on puisse se trouver plus à l'aise. Le ton y est divin, la décence remarquable, et l'on ne s'y ennuie guère. Ce salon de Ninon de Lenclos, c'est vraiment l'un des pièges du diable, car personne ne pourrait croire qu'il est dirigé par une personne aux mœurs aussi condamnables. Vous savez ce qu'on dit d'elle : « Ninon de Lenclos a couché avec le règne de Louis XIII et s'apprête à en faire autant avec celui de Louis XIV. » Ce qui d'ailleurs ne m'étonnerait pas, car sa jeunesse semble éternelle.

★

Ce jour-là, en pénétrant pour la seconde fois dans le petit parloir des jésuites, Angélique s'attendait à y trouver son frère qui l'avait fait prévenir, et l'avocat Desgrez qu'elle n'avait pas revu depuis longtemps.

Mais seul se trouvait là un petit homme d'un certain âge, vêtu de noir et portant une de ces « perruques de clerc » faites de crin et auxquelles était cousue une calotte de cuir noir.

Il se leva et salua gauchement, d'une manière surannée, puis se présenta comme greffier du tribunal, retenu présentement par Me Desgrez pour l'affaire du sieur Peyrac.

— Je ne m'en occupe que depuis trois jours, mais j'ai déjà vu longuement Me Desgrez et Me Fallot, qui m'ont instruit de cette affaire et m'ont chargé des écritures ordinaires et de l'introduction de votre procès.

Angélique poussa un soupir de soulagement.

— Enfin, ça y est! s'exclama-t-elle.

Le petit bonhomme regarda d'un air scandalisé cette cliente qui n'entendait visiblement rien à la chicane.

— Si Me Desgrez m'a fait l'insigne honneur de me demander de l'assister, c'est qu'il s'est rendu compte, ce jeune homme, que, malgré tous les hauts parchemins que sa grande intelligence lui a fait décerner, il lui fallait un homme connaissant vraiment le métier de la procédure. Cet homme de métier, madame, c'est moi.

Angélique le vit fermer les yeux, avaler sa salive et se mettre ensuite à surveiller les poussières qui dansaient dans un rai de lumière. Elle fut un peu décontenancée.

— Mais vous m'aviez laissé entendre que le procès était introduit?

— Tout doux, ma belle madame. J'ai dit seulement que je travaillais à l'introduction dudit procès et que...

Il fut interrompu par l'entrée de l'avocat et du jésuite.

— Qu'est-ce donc cet oiseau que vous nous avez amené? glissa Angélique à Desgrez.

— Ne craignez rien, il n'est pas dangereux. C'est un petit insecte qui vit de paperasses, mais un petit dieu dans son genre.

— Il parle de faire pourrir mon mari en prison pendant vingt ans!

— Monsieur Clopot, votre langue est trop longue et vous avez excédé madame, dit l'avocat.

Le petit homme se fit encore plus petit, et alla se blottir dans un coin où il prit quelque ressemblance avec une blatte.

Angélique faillit éclater de rire.

— Vous le traitez bien durement, votre petit dieu de la paperasse.

— C'est toute la supériorité que j'ai sur lui. En fait, il est cent fois plus riche que moi. Maintenant asseyons-nous et examinons la situation.

— Le procès est décidé?

— Oui.

La jeune femme regarda les visages de son frère et de son avocat, qui marquaient quelque réticence.

— La présence de M. Clopot a dû déjà t'en avertir, dit enfin Raymond, mais il nous a été impossible d'obtenir la comparution de ton mari devant un tribunal ecclésiastique.

— Pourtant... puisqu'il s'agit d'une accusation de sorcellerie?

— Nous avons fait valoir tous les arguments et fait jouer toutes les influences, tu peux m'en croire. Mais le roi a, je crois, le désir de se montrer plus catholique que le pape. En réalité, plus M. Mazarin s'incline vers la tombe, et plus le jeune monarque prétend prendre en main toutes les affaires du royaume, y compris les affaires religieuses. N'est-ce pas assez déjà que la nomination des évêques dépende de son choix, et non d'une autorité religieuse? Enfin nous n'avons pu rien obtenir d'autre que le déclenchement d'un procès civil.

— Cette décision est préférable à l'oubli, n'est-ce pas? dit Angélique, quêtant un encouragement dans les yeux de Desgrez.

Mais celui-ci restait de marbre.

— Il est toujours préférable d'être fixé sur son sort, plutôt que de douter pendant de longues années, dit-il.

— Ne nous appesantissons pas sur cet échec, reprit Raymond. Maintenant, il s'agit de savoir comment influer sur la direction de ce procès. Le roi va nommer lui-même les juges-jurés. Notre rôle sera de lui faire comprendre qu'il se doit d'agir avec souci d'impartialité et de justice. Rôle délicat que d'éclairer la conscience d'un roi!...

Cette parole rappela à Angélique une expression lointaine prononcée par le marquis du Plessis-Bellière à propos de M. Vincent de Paul. Il disait de lui : « C'est la conscience du royaume. »

— Oh! s'exclama-t-elle, pourquoi n'y avoir pas songé plus tôt? Si M. Vincent pouvait parler de Joffrey à la reine ou au roi, je suis sûre qu'il les ébranlerait.

— Hélas! Monsieur Vincent est mort le mois dernier dans sa maison de Saint-Lazare.

— Mon Dieu! soupira Angélique dont les yeux se remplirent de larmes dues à la déception. Oh! pourquoi n'avoir pas songé à lui quand il était encore en vie! Il aurait su leur parler. Il aurait obtenu la juridiction religieuse...

— Crois-tu donc que nous n'avons pas essayé tous les moyens possibles pour emporter cette décision? demanda un peu aigrement le jésuite.

Les yeux d'Angélique brillaient.

— Si, murmura-t-elle. Mais Monsieur Vincent était un saint.

Il y eut un silence, puis le père de Sancé soupira.

— Tu as raison. Il n'y a en effet qu'un saint qui pourrait faire plier l'orgueil du roi. Même ses courtisans les plus intimes connaissent mal encore l'âme réelle de ce jeune homme qui, sous une apparente réserve, est dévoré d'un terrible désir de puissance. Je ne doute pas qu'il soit un grand roi, mais...

Il s'interrompit, jugeant peut-être qu'il y avait danger à émettre de pareils commentaires.

— Nous avons su, reprit-il, que certains savants

qui résident à Rome et dont deux font partie de notre congrégation, s'inquiétaient de l'arrestation du comte Joffrey de Peyrac et protestaient — sous le manteau évidemment, puisque la chose était jusqu'à ce jour secrète. Il serait possible de réunir leurs témoignages et de demander au pape une intervention par lettre au roi. Cette voix auguste, le mettant en face de ses responsabilités et l'adjurant de bien examiner le cas d'un accusé que les plus grands esprits s'accordent à juger innocent du délit de sorcellerie, pourrait l'ébranler.

— Crois-tu qu'on puisse obtenir une telle lettre? fit Angélique désabusée. L'Eglise n'aime pas les savants.

— Il me semble que ce n'est pas à une femme de ta conduite de juger les fautes ou les erreurs de l'Eglise, répondit doucement Raymond.

Angélique ne se méprit pas sur la douceur de ce ton. Elle demeura silencieuse.

— J'ai l'impression qu'il y avait quelque chose qui n'allait pas entre Raymond et moi aujourd'hui, dit-elle lorsqu'un peu plus tard elle raccompagna l'avocat jusqu'à la poterne. Pourquoi parle-t-il de ma conduite sur ce ton acerbe? Il me semble que je mène une vie au moins aussi exemplaire que la bourelle chez qui je loge.

Desgrez sourit.

— Je suppose que votre frère a dû déjà recueillir quelques-uns des papiers qui circulent depuis ce matin dans Paris. Claude Le Petit, ce fameux poète du Pont-Neuf qui depuis bientôt six ans trouble la digestion des grands, a eu vent du procès de votre mari et en a profité pour tremper sa plume dans le vitriol.

— Qu'a-t-il pu raconter? Avez-vous vu ses pamphlets?

L'avocat fit signe à M. Clopot qui suivait derrière de se rapprocher et de lui donner le sac qu'il tenait.

Il en tira une liasse de papiers grossièrement imprimés.

Il s'agissait de petites chansons en vers. Le journaliste, avec une verve qui semblait couler de source, mais recherchait manifestement l'injure la plus basse et les termes les plus vulgaires, présentait Joffrey de Peyrac comme « le grand Boiteux, le Chevelu, le Grand Cocu du Languedoc »...

Il avait beau jeu d'ironiser sur l'aspect physique de l'accusé. Il terminait l'un de ces libelles par ce couplet :

> *Et la belle madame de Peyrac,*
> *Priant que la Bastille ne s'ouvre*
> *Et qu'il demeure en son cul-de-sac,*
> *S'en va faire la p... au Louvre.*

Angélique crut qu'elle allait rougir, mais au contraire devint toute pâle.

— Oh! maudit poète crotté! s'écria-t-elle en jetant les feuillets dans la boue. C'est bien vrai que la crotte est encore trop propre pour lui!

— Chut! Madame, il ne faut pas jurer, protesta Desgrez en affectant un air scandalisé tandis que le clerc se signait. Monsieur Clopot, veuillez ramasser ces ordures et les remettre dans le sac.

— Je voudrais bien savoir pourquoi l'on ne jette pas ces maudits gazetiers en prison au lieu d'y mettre les honnêtes gens, continua Angélique, qui tremblait de colère. Et j'ai entendu dire qu'on enfermait les gazetiers à la Bastille, comme s'ils étaient dignes de considération. Pourquoi pas au Châtelet, comme des vrais bandits qu'ils sont?

— Il n'est pas facile de mettre la main sur un gazetier. C'est la race la plus fuyante qui soit. Ils sont partout et nulle part. Claude Le Petit a failli être pendu dix fois, et pourtant il reparaît toujours et lance ses flèches au moment où l'on s'y attend le moins. C'est l'œil de Paris. Il voit tout, il sait tout et personne ne le rencontre jamais. Je ne l'ai jamais vu moi-même, mais je suppose que ses oreilles doivent être plus larges que des plats à barbe, car tous les potins de la capitale y trouvent asile. On devrait le payer comme espion au lieu de le poursuivre.

— On devrait le pendre une bonne fois, c'est tout!

— Il est vrai que notre chère et peu efficace police classe les journalistes-gazetiers parmi les *malintentionnés*. Mais elle n'attrapera jamais le Petit Poète du Pont-Neuf, si nous ne nous en mêlons pas, mon chien et moi.

— Faites cela, je vous en prie! s'écria Angélique en saisissant à deux mains Desgrez par son rabat de grosse toile. Que Sorbonne me le ramène dans sa gueule, mort ou vif.

— J'irai plutôt l'offrir à M. Mazarin, car, croyez-moi, avant vous c'est bien là son pire ennemi.

— Comment a-t-on pu tolérer si longtemps qu'un menteur puisse s'étaler ainsi impunément?

— Hélas! la force redoutable de Claude Le Petit, c'est qu'il ne ment jamais et se trompe rarement.

Angélique ouvrit la bouche pour protester, puis se souvenant du marquis de Vardes, elle se tut, dévorant sa rage et sa honte.

6

Quelques jours avant Noël, la neige se mit à tomber. La ville prit sa parure de fête. Dans les églises, on édifiait les crèches de gros carton ou de rocaille où les personnages de la Nativité retrouvaient leurs places, l'Enfant Jésus entre le bœuf et l'âne.

Les bannières des confréries continuaient à mener par les ruelles encombrées de neige et de boue leurs longues processions chantantes.

Ainsi que le voulait la coutume annuelle, les Augustins de l'Hôtel-Dieu se mirent à fabriquer des milliers de beignets, arrosés de jus de citron, que les enfants partirent vendre à pleines bassines à travers Paris. Pour ces beignets seuls, on avait droit de rompre le jeûne, et l'argent récolté aiderait au Noël des pauvres malades.

Simultanément, les événements se précipitèrent pour Angélique. Entraînée dans les méandres lugubres de l'affreux procès, c'est à peine si elle réalisa que l'on vivait les heures bénies de Noël et les premiers jours de la nouvelle année.

Tout d'abord, Desgrez vint la voir un matin au Temple, et lui communiqua les renseignements qu'il avait pu obtenir sur la nomination des juges-jurés du procès.

— La nomination des juges a été précédée d'une longue enquête. Il ne faut pas se faire d'illusions, car il semble qu'on les ait choisis non point à cause de leur esprit de justice, mais d'après leur degré d'attachement à la cause royale. De plus, on a soigneusement écarté des magistrats dont certains sont dévoués au roi, certes, mais que l'on sait assez courageux pour éventuellement s'opposer à la pression royale. Tel par exemple Me Gallemand, qui est un des avocats les plus célèbres de notre temps et dont la situation est pourtant bien assise, car, pendant la Fronde, il a franchement pris parti pour la cause royale, jusqu'à risquer l'emprisonnement, mais c'est un lutteur qui ne craint personne, et ses boutades inattendues font trembler le Palais. J'ai longtemps espéré qu'il serait choisi, mais décidément on ne veut que des gens sûrs.

— C'était à prévoir, d'après ce que j'ai cru comprendre dernièrement, fit Angélique avec courage. Savez-vous quelques noms parmi ceux qu'on a déjà désignés?

— Le président Séguier, premier président, fera en personne l'interrogatoire pour la forme et pour revêtir le procès d'un grand éclat d'exemple et de publicité.

— Le président Séguier! C'est plus que je n'osais espérer!

— Ne nous emballons pas, dit l'avocat. Le président Séguier paie ses hautes fonctions du prix de son indépendance morale. J'ai entendu dire aussi qu'il avait visité le prisonnier, et que l'entrevue avait été orageuse. Le comte a refusé de prêter serment, car la chambre de Justice est, à ses yeux, a-t-il dit, incompétente pour juger un membre du parlement de Toulouse, et seule la grande chambre du Parlement de Paris pourrait juger un ancien maître des requêtes d'un parlement provincial.

— Ne disiez-vous pas que la solution parlementaire n'était pas non plus souhaitable, à cause de l'asservissement des parlementaires à M. Fouquet?

— Certes, madame, et j'ai essayé d'en avertir votre mari. Mais, soit que ce mot ne lui soit point parvenu, soit que sa fierté s'oppose à recevoir des conseils, je ne puis que vous rapporter la réponse qu'il a faite au grand maître de la justice du roi.

— Et qu'en est-il résulté? demanda anxieusement la jeune femme.

— Je suppose que le roi a décidé de passer outre à la coutume, et qu'on jugera votre mari quand même, au besoin « en muet ».

— C'est-à-dire?

L'avocat expliqua que cela consisterait à le juger comme un absent, « par contumace », et que, dans ce cas, son affaire s'en trouverait aggravée, puisqu'en France un prévenu était toujours un présumé coupable, alors qu'en Angleterre, par exemple, c'était au procureur-accusateur d'apporter les preuves de la culpabilité d'une personne arrêtée, laquelle, faute d'accusation notifiée par écrit, était relâchée dans les vingt-quatre heures.

— Et connaît-on le futur procureur-accusateur du procès ?

— Ils sont deux. Il y a d'abord Denis Talon, qui est l'avocat général du roi lui-même, et il y a, comme je l'avais prévu, votre beau-frère Fallot de Sancé désigné comme juge. Ce dernier a fait mine de se désister, alléguant un lien de parenté avec vous, mais il a dû être convaincu par Talon ou d'autres, car, dans les coulisses du Palais, on dit maintenant qu'on le trouve très fin d'avoir choisi entre le devoir de famille et sa fidélité au roi, à qui il doit tout.

Angélique avala sa salive et son visage se contracta. Mais elle se domina et voulut savoir la suite.

— Il y a aussi Masseneau, un parlementaire de Toulouse.

— Sans doute celui-là aussi serait-il soucieux d'obéir à n'importe quel ordre du roi, et surtout de se venger d'un noble insolent...

— Je l'ignore, madame, encore que cela soit possible, du fait même que Masseneau ait été désigné par le roi nommément. Pourtant, on me rapporte qu'il aurait eu récemment une conversation avec la Grande Mademoiselle au sujet de votre mari, conversation dont il résulterait qu'il ne serait pas totalement hostile à M. de Peyrac, et qu'il regretterait fort sa nomination.

Angélique chercha dans sa mémoire.

— La duchesse de Montpensier m'avait dit en effet quelque chose de ce genre. A la réflexion, une telle attitude favorable me paraît peu probable, car j'ai entendu Masseneau, hélas! injurier mon mari, et mon mari lui répondre sur le même ton.

— Circonstance qui, sans aucun doute, motiva sa désignation nominale par le roi. Car, avec l'avocat général et Masseneau, ce sont les seuls nommés. Les autres sont choisis par Séguier, ou par Talon lui-même.

— Il y en aura donc encore des juges-jurés?

— Il y aura le président des jurés. On m'a parlé du président Mesmon, mais la chose m'étonne. C'est un vieillard qui n'a plus qu'un souffle de vie. Je le vois mal présidant un débat qui risque d'être orageux. Peut-être n'a-t-il été choisi qu'à cause de sa faiblesse physique, car on le sait un homme juste et consciencieux. S'il peut retrouver quelques forces pour ce procès, c'est un de ceux que nous pouvons espérer convaincre.

Puis Desgrez poursuivit :

— Il y aura encore Bourié, secrétaire du conseil de justice, qui possède parmi les gens de loi une réputation de faussaire légal, et un nommé Delmas, homme de loi très obscur, qui est peut-être choisi parce qu'il est l'oncle de Colbert, lui-même commis de Mazarin, peut-être aussi simplement parce qu'il est protestant et que le roi veut donner toutes les apparences légales à sa justice et conserver la réputation de faire participer également la religion réformée à l'expédition de la justice séculière du royaume...

— Je suppose, dit Angélique, que ce huguenot va être bien surpris de se trouver mêlé à un procès de sorcellerie où il sera question d'exorcisme et de possession. Mais, au fait, cela nous sera sans doute profitable d'avoir parmi les jurés un esprit peut-être plus clairvoyant et qui rejette d'emblée toute superstition?

— Sans doute, fit l'avocat en hochant la tête avec une expression soucieuse. A propos d'exorcisme et de possession, dites-moi donc si vous connaissez un moine du nom de Conan Bécher, et une nonne qui, avant de prendre l'habit, s'appelait Carmencita de Mérecourt?

— Si je les connais! s'exclama Angélique. Ce moine Bécher est un alchimiste à demi fou qui a juré d'arracher à mon mari le secret de la pierre philosophale. Quant à Carmencita de Mérecourt, c'est une personne volcanique qui a été... la maîtresse de Joffrey jadis et qui ne lui pardonne pas de ne plus l'être. Mais que viennent-ils faire dans cette histoire?

— Il serait question d'une séance d'exorcisme qu'aurait présidée ce Bécher, et à laquelle aurait participé cette dame. C'est très vague. La pièce vient d'être versée au dossier de l'accusation et constitue, paraît-il, un document d'une importance capitale.

— Vous ne l'avez pas lu?

— Je n'ai rien lu du dossier énorme à la constitution duquel le conseiller Bourié s'emploie activement. M'est avis qu'il ne doit pas se gêner pour utiliser ses qualités de faussaire.

— Mais enfin, puisque le procès va avoir lieu, en tant qu'avocat de l'accusé vous devez connaître les détails des autres actes d'accusation?

— Hélas! non. Et il m'a déjà été dit plusieurs fois que l'assistance d'un avocat sera refusée à votre mari. De sorte qu'actuellement je m'emploie surtout à obtenir un refus *écrit* de cette déclaration.

— Mais vous êtes fou!

— Pas le moins du monde. La coutume judiciaire établit qu'on ne peut refuser l'assistance d'un avocat qu'à un homme accusé du crime de lèse-majesté. Et, comme l'invocation d'un tel crime est tout de même difficile à soutenir dans le cas qui nous occupe, si j'obtiens cette déclaration écrite qu'on lui refuse un avocat, je prends la procédure en faute, ce qui me donnera aussitôt une forte position morale. Finalement, je crois, par cette manœuvre détournée, que je contraindrai ces gens à me nommer défenseur.

★

Lorsque Desgrez revint le surlendemain, il avait pour la première fois une expression satisfaite qui fit bondir d'espoir le cœur d'Angélique.

— Le tour est joué, fit-il, exultant. Le premier président de la chambre de justice Séguier vient de me désigner comme avocat défenseur du sieur Peyrac, accusé de sorcellerie. C'est une victoire remportée grâce aux ficelles de la procédure. Malgré leur désir aveugle de complaire au roi, ces hauts laquais de la justice se sont trouvés par trop en désaccord avec leurs propres principes. Bref, ils se sont vus contraints de désigner un avocat. Toutefois, je vous signale, madame, qu'il est encore temps pour vous de choisir un avocat plus célèbre pour lui remettre la cause de votre époux.

Angélique regardait par la fenêtre. L'Enclos était presque désert, et comme endormi sous son tapis de neige. Mme Scarron passa, enveloppée de son mauvais manteau, pour se rendre à l'office dans la chapelle du grand prieur. Les sons d'une petite cloche s'étouffaient sous le ciel gris.

Au pied de la maison, Sorbonne tournait mélancoliquement sur lui-même en attendant son maître.

Angélique jeta un regard de biais à l'avocat, qui affectait un air grave et compassé.

— Je ne vois vraiment pas à quel homme plus qualifié je pourrais confier cette cause qui me tient au cœur, dit-elle. Vous remplissez toutes les conditions désirables. En effet, lorsque mon beau-frère Fallot vous a recommandé à moi, il m'a dit : « C'est un des plus habiles esprits de la magistrature, et, de plus, il ne vous coûtera pas cher. »

— Je vous remercie de la bonne opinion que vous avez de moi, madame, fit Desgrez, qui ne parut nullement fâché.

La jeune femme dessinait machinalement du doigt sur la vitre embuée. « Quand je serai revenue à Toulouse, pensait-elle, avec Joffrey, me souviendrai-je encore de l'avocat Desgrez ? Parfois, je me rappellerai que nous avons été aux étuves ensemble, et cela me paraîtra inimaginable !... »

Tout à coup, elle se retourna, transfigurée.

— Si je comprends bien, vous allez pouvoir rencontrer mon mari journellement. Ne pourriez-vous pas m'emmener ?

Mais Desgrez la dissuada de forcer les consignes très sévères du secret absolu où se trouvait le prisonnier. Il n'était pas encore certain lui-même d'être admis à le voir, mais il était décidé à batailler pour cela par l'entremise de l'ordre des avocats, qui comportait soixante-cinq membres en tout, outre les avocats parlementaires, ceux du conseil du roi, ceux des chambres de justice et de la chambre des aides, dont Desgrez lui-même faisait partie. Il expliqua que n'appartenant qu'à ce dernier organisme un peu terne, il avait peut-être plus de chances d'aboutir qu'un avocat de grand renom dont les puissants du jour se méfieraient. Il fallait agir maintenant très vite, car, sa désignation comme défenseur n'ayant été arrachée que par ruse à la justice royale, il y avait lieu de s'attendre que le dossier de l'accusation ne lui fût communiqué que très peu de temps avant le procès, et peut-être seulement en partie.

— Dans ce genre de procès, je sais que les pièces sont souvent sur des feuilles volantes, et que le garde des Sceaux, le cardinal Mazarin ou le roi se réservent à tous moments de les examiner ou d'en enlever, voire d'en rajouter. Certes, cela ne se fait pas d'une manière courante, mais, étant donné que cette affaire est quelque peu spéciale...

Malgré ces dernières paroles désabusées, Angélique fredonna ce soir-là en faisant la bouillie de Florimond, et finit par trouver du goût au sempiternel morceau de baleine de la mère Cordeau. Les enfants de l'Hôtel-Dieu étaient passés à l'Enclos ce jour-là. Elle leur avait acheté quelques excellents beignets, et son appétit satisfait l'aidait à voir l'avenir sous des couleurs plus riantes.

Sa confiance fut récompensée. En effet, dès le soir suivant, l'avocat revint avec deux nouvelles extraordinaires : on lui avait communiqué une partie du dossier, et il avait obtenu l'autorisation de voir le prisonnier.

En entendant cela, Angélique se précipita vers Desgrez, lui noua les bras autour du cou et l'embrassa avec fougue. Une seconde, elle ressentit l'étreinte de deux bras vigoureux, et elle en éprouva un plaisir bref et intense. Déjà elle reculait, confuse et elle balbutiait, en essuyant ses yeux où perlaient des larmes, qu'elle ne savait plus ce qu'elle faisait.

Avec beaucoup de tact, Desgrez parut n'accorder aucune importance à l'incident.

Il dit que sa visite à la Bastille aurait lieu le lendemain vers le milieu de la journée. Il ne pourrait communiquer avec le prisonnier qu'en présence du gouverneur, mais il espérait bien, par la suite, réussir à conférer avec le comte de Peyrac seul à seul.

— J'irai avec vous, décida Angélique. J'attendrai devant la prison. Je sens que je serais incapable de rester enfermée sagement ici pendant ce temps.

L'avocat parla ensuite des pièces du procès dont il avait eu connaissance. D'un sac de peluche usée, il tira quelques feuilles où il avait noté les principaux chefs d'accusation.

— Il est essentiellement accusé de sorcellerie et sortilèges. Déclaré comme artiste en poisons et faisant des distillations de drogues. Convaincu de faits magiques tels que la connaissance de l'avenir et les moyens de parer à un mauvais sort pour éviter la menace de poison. Il aurait découvert par des sortilèges l'art de fasciner beaucoup de personnes réputées saines d'esprit, et d'envoyer « l'invocation diabolique et ridicule », c'est-à-dire le mauvais sort et l'envoûtement, à d'autres personnes de son choix... Il enseignerait aussi l'usage de poudres et de fleurs pour se faire aimer, etc. L'accusation assure qu'une de ses... anciennes maîtresses est morte et que, son cadavre ayant été déterré, on a découvert dans sa bouche le portrait-talisman du comte de Peyrac...

— Quel ramassis d'insanités! s'exclama Angélique stupéfaite. Vous ne prétendez tout de même pas que de respectables juges vont en faire état en pleine audience?

— Probablement si, et, pour ma part, je me félicite de l'excès même de telles âneries, car je les démolirai d'autant plus facilement. La suite de l'accusation comprend le crime d'alchimie, la recherche de trésors, la transmutation de l'or et — tenez-vous bien! — « la prétention hérétique d'avoir créé la vie ». Pouvez-vous m'éclairer, madame, sur ce que cela peut bien signifier?

Désemparée, Angélique réfléchit longuement et finit par poser la main sur son sein, où s'agitait son deuxième enfant.

— Pensez-vous que c'est à cela qu'ils veulent faire allusion? demanda-t-elle en riant.

L'avocat eut un geste dubitatif et résigné. Il reprit sa lecture.

— ... A augmenté ses biens avec des moyens de sorcellerie, sans « négliger la transmutation, etc. » Et, tout à la fin, je vois ceci :

« Exigeait des droits qui ne lui étaient pas dus. Se vantait ouvertement d'être indépendant du roi et des princes. Recevait des étrangers hérétiques et suspects, et se servait de livres prohibés provenant de pays étrangers. » Maintenant, continua Desgrez avec une certaine hésitation, j'en arrive à la pièce qui m'a paru la plus inquiétante et la plus étonnante de ce dossier. Il s'agit d'un procès-verbal d'exorcisme pratiqué sur la personne de votre mari par trois ecclésiastiques, lesquels ont déclaré que celui-ci avait été convaincu de possession certaine et de commerce avec le diable.

— Mais ce n'est pas possible! s'écria Angélique, qui sentit une sueur froide lui mouiller les tempes. Qui sont ces prêtres?

— L'un d'eux est le moine Bécher dont je vous ai parlé l'autre jour. J'ignore s'il a pu pénétrer à la Bastille comme représentant de l'official. Mais ce qui est certain, c'est que la cérémonie a réellement eu lieu et que les témoins affirment que toutes les réactions du comte prouvent de façon éclatante ses relations avec Satan.

— C'est impossible! répéta Angélique. *Vous*, au moins, vous n'y croyez pas?

— Moi, je suis un libertin, madame. Je ne crois ni à Dieu, ni au diable.

— Taisez-vous, balbutia-t-elle en se signant précipitamment.

Elle courut à Florimond et le serra contre elle.

— Tu entends ce qu'il dit, mon ange? murmura-t-elle. Oh! les hommes sont fous.

Après un instant de silence, Desgrez se rapprocha de la jeune femme.

— Ne vous troublez pas, reprit-il, il y a *certainement* quelque chose de louche là-dessous, et c'est cela qu'il s'agit de découvrir à temps. Mais j'insiste sur le fait que cette pièce est très inquiétante, car c'est elle qui risque d'impressionner le plus les juges. L'exorcisme a été exécuté selon les rites de l'official de Rome. Les réactions du prévenu sont accablantes pour lui. J'ai noté en particulier la réaction aux taches diaboliques et l'envoûtement sur autrui.

— De quoi s'agit-il exactement?

— Pour les taches diaboliques, les démonologues signalent que certains points du corps d'un possédé sont rendus sensibles au toucher d'un poinçon d'argent auparavant exorcisé. Or, au cours de cette épreuve, les témoins ont constaté les cris affreux et « véritablement infernaux » que le prévenu a jetés par instants. Alors qu'un homme ordinaire ne peut être nullement incommodé par l'attouchement léger de cet instrument inoffensif. Quant à l'envoûtement sur autrui, une personne a été amenée en sa présence et a manifesté tous les signes connus de la possession.

— Si c'est de la Carmencita qu'il s'agit, je lui fais confiance pour jouer à ravir son rôle de comédienne, dit Angélique, sarcastique.

— Il est probable qu'il s'agit de cette religieuse, mais son nom n'est pas mentionné. De toute façon, je vous le répète, il y a là-dedans un détail qui sonne faux. Cependant, comme je prévois que les juges-jurés s'y référeront à tout propos, il me faut pouvoir le démolir. Malheureusement, pour l'instant, je ne trouve rien qui puisse le rendre illégal.

— Mon mari lui-même pourra peut-être vous éclairer.

— Espérons-le, soupira l'avocat.

7

Avec son revêtement de neige candide, l'énorme forteresse de la Bastille paraissait encore plus sinistre et plus noire. Sous le ciel bas, on voyait s'élever, de la plate-forme des donjons, de minces filets de fumée grise. Sans doute avait-on allumé quelques feux chez le gouverneur et au corps de garde, mais Angélique imaginait sans peine l'humidité glaciale des cachots où les prisonniers « oubliés » se recroquevillaient sur leur paillasse humide.

Desgrez l'avait installée, jusqu'à son retour, dans une petite taverne du faubourg Saint-Antoine, dont le patron et surtout la fille de celui-ci semblaient de ses amis.
De son poste de guet près de la fenêtre, Angélique pouvait tout observer sans être remarquée. Elle voyait très nettement les soldats du bastion avancé, qui soufflaient dans leurs doigts en battant la semelle autour de leurs canons. Parfois, l'un de leurs camarades les hélait du haut des créneaux, et leurs voix sonores se répondaient dans l'air gelé.

Enfin, Angélique aperçut Desgrez qui, ayant franchi le pont-levis, revenait vers elle. Son cœur se mit à battre d'une appréhension mal définie.
Elle trouvait à l'avocat une démarche bizarre et une mine étrange. Il essaya de sourire, puis parla très vite et d'un ton qui parut à Angélique faussement enjoué. Il dit qu'il avait réussi sans trop de mal à voir M. de Peyrac, et que le gouverneur les avait laissés seuls

quelques instants. Ils étaient tombés d'accord pour que Desgrez assurât la défense.

Le comte tout d'abord ne voulait pas d'avocat, prétendant qu'en l'acceptant il acceptait par là même la décision d'être jugé devant un tribunal ordinaire et non, comme il le demandait, par la cour parlementaire. Il voulait se défendre seul, mais, après quelques instants de conversation, il avait accepté le concours qui s'offrait à lui.

— Je suis surprise qu'un homme aussi ombrageux ait cédé si facilement, s'étonna Angélique. Je m'attendais à ce que vous ayez à soutenir une véritable bataille. Car, vous savez, pour ce qui est de trouver des arguments logiques à ce qu'il expose, on peut compter sur lui!

L'avocat plissa le front comme s'il souffrait d'une forte migraine, et demanda à la fille du cabaretier de lui apporter une pinte de bière.

Il dit enfin :

— Votre mari a cédé à la seule vue de votre écriture.

— Il a lu ma lettre? Il en a été heureux?

— Je la lui ai lue.

— Pourquoi? Il...

Elle s'interrompit et murmura d'une voix sans timbre :

— Voulez-vous dire qu'il n'était pas en état de la lire? Pourquoi? est-il malade? Parlez! J'ai le droit de savoir.

Inconsciemment, elle avait saisi le poignet du jeune homme et lui enfonçait ses ongles dans la chair.

Il attendit que la jeune fille qui le servait se fût éloignée.

— Soyez courageuse, fit-il avec une compassion qui n'était pas feinte. Aussi bien, il vaut mieux que vous sachiez tout. Le gouverneur de la Bastille ne m'a pas caché que le comte de Peyrac avait été soumis à la question préalable.

Angélique devenait livide.

— Que lui a-t-on fait? On a achevé de briser ses pauvres membres?

— Non. Mais il est vrai que la torture des brodequins et de l'écartèlement l'a beaucoup affaibli, et, depuis, il est obligé de demeurer étendu. Cependant ce n'est pas le pire. Profitant de l'absence du gouverneur, il a pu me donner quelques détails sur la séance d'exorcisme dont il a été victime de la part du moine Bécher. Il affirme que le poinçon dont celui-ci s'est servi pour l'une des épreuves était truqué et lui enfonçait par moments une longue aiguille dans les chairs. Saisi subitement par une souffrance atroce, il n'a pu s'empêcher de pousser plusieurs fois un cri de douleur qui a été très défavorablement interprété par les témoins. Quant à la religieuse possédée, il ne l'a pas formellement reconnue, car il était à demi évanoui.

— Souffre-t-il? Est-ce qu'il se désespère?

— Il a beaucoup de courage, bien que son corps soit épuisé et qu'il ait dû subir près de trente interrogatoires.

Après être resté un instant songeur, Desprez ajouta :

— Dois-je vous l'avouer? Son aspect m'a saisi au premier abord. Je ne pouvais m'imaginer que vous étiez la femme de cet homme. Et puis, dès les premiers mots échangés, quand ses yeux brillants se sont fixés sur les miens, j'ai compris... Ah! j'oubliais! le comte de Peyrac m'a chargé d'une commission pour son fils Florimond. Il l'avertit qu'à son retour il lui apportera, pour se distraire, deux petites araignées auxquelles il a appris à danser.

— Pouah! J'espère bien que Florimond n'y touchera pas, dit Angélique qui se retenait de toutes ses forces pour ne pas éclater en sanglots.

★

— Maintenant, nous y voyons plus clair, déclara le révérend père de Sancé, lorsqu'il eut écouté le récit que venait de lui faire l'avocat de ses dernières démarches. A votre avis, maître, l'accusation se bornera aux actes dits de sorcellerie, et s'appuiera sur le procès-verbal dressé par le moine Bécher?

— J'en suis convaincu, car les quelques bruits qu'on a essayé de lancer sur la soi-disant trahison du comte de Peyrac contre le roi ont été reconnus sans fondement. En désespoir de cause, on en revient à la première accusation : c'est un sorcier que ce tribunal civil prétend juger.

— Parfait. Il faut donc convaincre les juges, d'une part qu'il n'y a rien de surnaturel dans les travaux miniers auxquels se livrait mon beau-frère, et pour cela il vous faut obtenir les témoignages des ouvriers avec lesquels il opérait. D'autre part, il importe de réduire à néant la valeur de l'exorcisme sur lequel l'accusation pense s'appuyer.

— La partie serait gagnée si les juges, qui sont tous fort croyants, pouvaient être convaincus qu'il s'agit là d'un faux exorcisme.

— Nous vous aiderons à le prouver.

Raymond de Sancé frappa du plat de sa main la table du parloir, et tendit vers l'avocat son fin visage au teint mat. Ce geste et ces yeux clos à demi, c'était soudain le grand-père de Ridoué qui revivait. Chaque fois, Angélique en était émue, et son cœur se réchauffait de sentir s'étendre sur son foyer menacé l'ombre protectrice de Monteloup.

— Car il y a une chose que vous ne savez pas, monsieur l'avocat, scanda le jésuite d'une voix ferme, de même que l'ignorent bien des princes de l'Eglise de France dont, il est vrai, l'éducation religieuse est moins poussée parfois que celle d'un pauvre curé de campagne. Eh bien, apprenez qu'il n'y a qu'un seul homme en France qui, de par le pape, est autorisé à juger les cas de possession et les manifestations de Satan. Cet homme fait partie de la Compagnie de Jésus. Ce n'est qu'à la suite d'une vie prudente, d'études approfondies et arides, qu'il a reçu de S. S. le pape le redoutable privilège de s'entretenir face à face avec le Prince des Ténèbres. Maître Desgrez, je suis persuadé que vous désarçonnerez beaucoup les juges lorsque vous leur apprendrez que, seul un procès-verbal d'exorcisme signé par le révérend père Kircher, grand exorciste de France, est valable aux yeux de l'Eglise.

— Certes, s'exclama Desgrez, très agité, j'avoue que je me doutais un peu d'une chose de ce genre, mais ce moine Bécher a agi avec une habileté infernale et a réussi à se faire accréditer par le cardinal de Gondi, archevêque de Paris. Je dénoncerai ce vice de procédure religieuse! s'écria l'avocat qui se voyait déjà à la barre, je dénoncerai les prêtres non mandatés qui, par un simulacre blasphématoire, ont essayé de ridiculiser l'Eglise.

— Ayez la patience de m'attendre quelques instants, dit le père de Sancé en se levant.

Il revint peu après accompagné d'un autre jésuite qu'il présenta comme étant le père Kircher.

Angélique était très impressionnée de rencontrer le grand exorciste de France. Elle ne savait pas trop à quoi elle s'était attendue. Mais elle n'avait certainement pas pensé se trouver devant un homme d'aspect aussi modeste. Sans sa soutane noire éclairée sur sa poitrine d'une croix de cuivre, on eût pris volontiers ce grand jésuite peu bavard pour un paysan paisible plutôt que pour un ecclésiastique accoutumé à converser avec le diable.

Angélique sentit que Desgrez lui-même, malgré son scepticisme foncier, ne manquait pas d'être intrigué par la personnalité du nouveau venu.

Raymond dit qu'il avait déjà mis le père Kircher au courant de l'affaire, et il l'informa des derniers événements.

Le grand exorciste écoutait avec un bon sourire rassurant.

— La chose me paraît simple, dit-il enfin. Il me faut pratiquer à mon tour un exorcisme en règle. La lecture que vous en ferez à l'audience et que j'appuierai de mon témoignage mettra certainement dans une situation épineuse la conscience de ces messieurs.

— Ça n'est pas si simple, fit Desgrez en se grattant vigoureusement la tête. Vous faire pénétrer à la Bastille, même à titre d'aumônier et pour ce prisonnier qui est extrêmement surveillé, me semble une gageure...

— D'autant plus qu'il faut que nous soyons trois.

— Pourquoi cela?

— Le démon est trop habile pour qu'un seul homme, même bardé de prières, puisse le provoquer sans danger. Pour aborder un homme qui fait commerce avec le diable, il me faut être assisté de deux au moins de mes acolytes habituels.

— Mais mon mari ne fait pas commerce avec le diable! protesta Angélique.

Elle plongea brusquement son visage dans ses mains pour dissimuler un fou rire subit. A force d'entendre dire que son mari commerçait avec le diable, elle finissait par se représenter Joffrey debout devant un comptoir de boutique et devisant avec un diable cornu et souriant. Ah! quand ils se retrouveraient enfin chez eux, à Toulouse, comme ils riraient à grands éclats de toutes ces sottises! Elle s'imaginait sur les genoux de Joffrey, enfouissant ses lèvres dans l'épaisse chevelure au parfum de violette, tandis que les mains merveilleuses de Joffrey retrouveraient avec de longues caresses le corps qu'il aimait.

Son rire intempestif s'acheva dans un sanglot bref.

— Prends courage, ma chère sœur, dit doucement Raymond. La naissance du Christ nous apporte l'espérance : paix aux hommes de bonne volonté.

Mais ces alternatives d'espoir et de désespoir rongeaient la jeune femme. Si elle se reportait en pensée au dernier Noël qu'elle avait vécu parmi les fêtes de Toulouse, elle se sentait envahie d'effroi devant le chemin parcouru.

Un an plus tôt, aurait-elle pu s'imaginer qu'elle se trouverait, en cette veille de Noël, alors que les cloches de Paris se déchaînaient sous le ciel gris, sans autre asile que l'âtre d'une mère Cordeau? Près de la vieille qui filait sa quenouille et de l'apprenti bourreau qui jouait innocemment avec le petit Florimond, elle n'avait d'autre courage que de tendre ses paumes à la flamme. Assise à son côté sur le même banc, la veuve Scarron, aussi jeune, aussi belle, aussi minable et déshéritée qu'elle-même, glissait parfois doucement son bras autour de la taille de sa compagne et se serrait contre elle dans un besoin frileux de sentir une autre chair contre sa chair solitaire.

Le vieux marchand de nouveautés, réfugié lui aussi près du seul feu de la triste masure, somnolait dans le fauteuil de tapisserie qu'il avait descendu de sa chambre. Il marmonnait en dormant et faisait des additions, à la recherche obstinée des raisons de sa faillite. Quand le craquement d'une bûche l'éveillait, il souriait et s'écriait avec effort :

— N'oublions pas que Jésus va naître. Le monde entier est à la joie. Si nous chantions quelque petit cantique?

Et, au grand plaisir de Florimond, il chevrotait avec ardeur :

> *Nous étions trois bergerettes*
> *Auprès d'un petit ruisseau.*
> *En gardant nos brebiettes*
> *Naulet, Nau, Nau, Nau,*
> *Qui passaient dans le préau.*

Quelqu'un frappa à la porte. On vit une ombre noire qui glissa quelques mots à Cordaucou.

— C'est pour Mme Angélique, fit le garçon.

Angélique se leva, croyant trouver Desgrez. Dans l'entrée, elle vit un cavalier botté, enveloppé d'un grand manteau et dont le feutre baissé cachait le visage.

— Je viens te faire mes adieux, ma chère sœur.

C'était Raymond.

— Où pars-tu? s'étonna-t-elle.

— Pour Rome... Je ne peux te donner de détails sur la mission dont je suis chargé, mais dès demain tout le monde saura que les relations entre l'ambassade française et le Vatican se sont aggravées. L'ambassadeur a refusé d'obtempérer aux ordres du Saint-Père, qui demandait que seul le personnel des relations diplomatiques fût admis dans l'enceinte de l'ambassade. Et Louis XIV a fait dire qu'il répondrait par la force à quiconque voudrait lui imposer d'autres décisions que les siennes. Nous sommes à la veille d'une rupture entre l'Eglise de France à la papauté. Il faut à tout prix éviter cette catastrophe. Je dois me rendre à bride abattue jusqu'à Rome pour essayer de négocier une entente et d'apaiser les esprits.

— Tu pars! répéta-t-elle atterrée. Tu m'abandonnes, toi aussi? Et la lettre pour Joffrey?

— Hélas! ma pauvre petite, je crains fort que dans

ces conditions n'importe quelle supplique du souverain pontife ne soit mal accueillie par notre monarque. Mais tu peux compter sur moi cependant pour m'occuper de cette affaire pendant mon séjour à Rome. Tiens, voilà un peu d'argent. Et puis écoute, j'ai vu Desgrez il y a une heure à peine. Ton mari vient d'être transféré dans les prisons du Palais de justice.

— Qu'est-ce que cela signifie?
— Qu'il va être jugé bientôt. Ce n'est pas tout. Au Palais de justice, Me Desgrez se fait fort de pouvoir introduire le père Kircher et ses acolytes. Cette nuit même... profitant du va-et-vient des offices, ils seront près du prisonnier. Je ne doute pas que l'épreuve soit décisive. Aie confiance!

Elle l'écoutait le cœur glacé, incapable de ranimer en elle l'espérance.

Ce fut le religieux qui, la prenant par ses épaules graciles, l'attira vers lui et baisa fraternellement ses joues froides.

— Aie confiance, ma chère sœur, répéta-t-il.

Elle entendit décroître, étouffé par le tapis de neige, le pas de deux chevaux qui, ayant franchi la poterne de l'Enclos, s'éloignaient dans Paris.

L'avocat Desgrez habitait, sur le Petit-Pont qui relie la Cité au quartier de l'Université, une de ces vieilles maisons grêles au toit pointu, dont les fondations trempaient dans la Seine depuis des siècles et qui ne parvenaient pas à s'écrouler malgré les inondations.

Angélique, folle d'impatience, finit par se rendre chez lui. Elle avait obtenu son adresse du tavernier des Trois-Maillets.

Arrivée à l'endroit qu'on lui avait indiqué, elle hésita un peu. Vraiment cette maison ressemblait à Desgrez : pauvre, dégingandée, tant soit peu arrogante.

Angélique grimpa l'escalier en tournevis, dont la rampe de bois pourri s'ornait de curieuses sculptures grimaçantes.

Au dernier étage, il n'y avait qu'une porte. Elle entendit renifler, au ras du plancher, le chien Sorbonne. Elle frappa.

Une grosse fille au visage fardé, et dont le mouchoir de col bâillait sur une poitrine généreuse, vint ouvrir.

Angélique recula un peu. Elle n'avait pas songé à cela.

— Qu'est-ce que tu veux? demanda l'autre.
— Est-ce ici qu'habite Me Desgrez?

Quelqu'un bougea à l'intérieur de la pièce, et l'avocat apparut, une plume d'oie à la main.

— Entrez, madame, fit-il d'un ton très naturel.

Puis il poussa la fille dehors et referma la porte.

— Vous n'avez donc pas deux sous de patience? reprit-il d'un ton de reproche. Il faut que vous veniez me relancer jusque dans ma bauge, au risque de perdre la vie...

— Je n'avais aucune nouvelle depuis...
— Depuis six jours seulement.
— Quel est le résultat de l'exorcisme?
— Asseyez-vous là, fit Desgrez sans la moindre pitié, et laissez-moi terminer ce que je suis en train d'écrire. Ensuite, nous parlerons.

Angélique s'assit sur le siège qu'il lui montrait et qui n'était autre qu'un simple coffre de bois, destiné sans doute à ranger des vêtements. Elle regardait autour d'elle en se disant qu'elle n'avait jamais vu un intérieur aussi misérable. Le jour n'y pénétrait que par des petits carreaux de couleur verdâtre, encadrés de plomb. Dans l'âtre, un feu maigre n'arrivait pas à dissiper l'humidité venue du fleuve que l'on entendait couler plus bas entre les pilotis du Petit-Pont. Dans un coin, des livres étaient entassés sur le plancher. Desgrez lui-même n'avait pas de table. Assis sur un escabeau, il écrivait, une planche posée sur les genoux. Son écritoire était à terre, près de lui.

Le seul meuble important était le lit, mais les courtines de serge bleue et les couvertures en étaient constellées de trous. Cependant il y avait des draps blancs, usés mais propres. Malgré elle, les yeux d'Angélique revenaient sans cesse vers ce lit bouleversé, dont le désordre trahissait sans fard la scène qui avait dû s'y dérouler quelques instants auparavant entre l'avocat et la fille, si lestement congédiée. La jeune femme sentit le sang lui monter aux joues.

Une longue continence, vécue dans des alternatives d'espoir et de découragement qui lui exaspéraient les nerfs, la rendait sensible à cette évocation.

Elle éprouva le désir intense de se blottir contre une épaule masculine et de tout oublier dans une étreinte exigeante, un peu brutale, comme devait l'être celle de ce garçon dont la plume grinçait dans le silence.

Elle le regarda. Absorbé, il plissait le front et remuait ses noirs sourcils sous l'effort de la pensée.

Elle éprouva un peu de honte et, pour dissimuler son trouble, caressa machinalement la grosse tête que le chien danois avait posée dévotement sur ses genoux.

— Ouf! s'exclama Desgrez en se levant et en s'étirant. Jamais de ma vie je n'ai tant parlé de Dieu et de l'Eglise. Savez-vous ce que représentent ces feuillets que vous voyez épars sur mon dallage?

— Non.

— La plaidoirie de Me Desgrez, avocat, qu'il prononcera au procès du seigneur de Peyrac, accusé de sorcellerie, procès qui tiendra ses assises au Palais de justice le 20 janvier 1661.

— La date est fixée? s'écria Angélique qui se sentit pâlir. Oh! je veux absolument y assister. Déguisez-moi en homme de robe ou en moine. Il est vrai que je suis enceinte, fit-elle en se regardant avec ennui. Mais cela se voit à peine. Mme Cordeau affirme que j'aurai une fille, car je porte le bébé très haut. A la rigueur, je puis passer pour un clerc qui aime bien la bonne chère...

Desgrez se mit à rire.

— Je ne sais pas si la supercherie ne serait pas un peu trop visible. J'ai trouvé mieux. Il y aura quelques religieuses admises à l'audience. Vous vous déguiserez avec cornette et scapulaire.

— Cette fois je me demande si la bonne réputation des nonnes ne sera pas atteinte par mon embonpoint?

— Bah! Avec une ample robe et une bonne mante, il n'y paraîtra pas. Mais, attention, je peux compter sur votre sang-froid?

— Je vous promets que je serai la plus discrète des auditrices.

— Ce sera dur, fit Desgrez. Je ne peux absolument pas prévoir comment les choses vont tourner. Tout tribunal a ceci de bon, c'est qu'il est sensible à une déposition sensationnelle faite devant lui. Je tiens donc en réserve la démonstration artisanale de la fabrication de l'or, pour réduire à néant les accusations d'alchimie, et surtout le procès-verbal du père Kircher, *seul accrédité* par l'Eglise et qui déclare votre mari comme ne présentant aucun signe de possession.

— Merci, mon Dieu! soupira Angélique.

Touchait-elle au bout de ses épreuves?

— Nous gagnerons, n'est-ce pas?

Il eut un geste dubitatif.

— J'ai vu ce Fritz Hauer, que vous avez fait appeler, reprit-il après un instant de silence. Il est arrivé avec toutes ses casseroles et ses cornues. Impressionnant, le bonhomme! C'est dommage. Enfin! Je le cache au couvent des chartreux, dans le faubourg Saint-Jacques. Quant au Maure, avec lequel j'ai pu converser en me glissant aux Tuileries sous les traits d'un marchand de vinaigre, son concours nous est assuré. Surtout ne parlez à personne de mon plan. Il y va peut-être de la vie de ces pauvres gens. Et la réussite est suspendue à ces quelques démonstrations.

La recommandation parut superflue à la malheureuse Angélique, qui commençait à avoir la bouche sèche et brûlante à force de craindre et d'espérer.

— Je vais vous raccompagner, dit l'avocat. Paris est malsain pour vous. Ne sortez plus de l'Enclos avant le matin du procès. Une religieuse viendra vous y chercher avec des vêtements et vous accompagnera jusqu'au Palais de justice. Je vous avertis tout de suite que cette respectable nonne est peu aimable. C'est ma sœur aînée. Elle m'a élevé et elle est entrée au couvent lorsqu'elle a vu que ses vigoureuses corrections ne m'avaient pas empêché de m'écarter du droit chemin. Elle prie pour la rémission de mes péchés. Bref, elle ferait n'importe quoi pour moi. Vous pouvez avoir toute confiance en elle.

Dans la rue, Desgrez prit le bras d'Angélique. Elle se laissa faire, heureuse de cet appui.

Comme ils arrivaient à l'extrémité du Petit-Pont, Sorbonne se mit en arrêt et pointa ses oreilles.

A quelques pas, dressé avec une sorte d'insolence, un grand athlète haillonneux paraissait attendre les deux promeneurs. Sous son feutre déteint planté d'une plume, on devinait son visage marqué d'une loupe violette et barré par le bandeau noir qui lui cachait un œil. L'homme souriait.

Sorbonne bondit vers lui. Le gueux sauta de côté avec une souplesse d'acrobate et s'engouffra sous la porte d'une des maisons du Petit-Pont. Le chien fila derrière lui.

On entendit un « plouf » sonore.

— Sacré Calembredaine! grommela Desgrez. Il a sauté dans la Seine malgré les glaçons, et je parie qu'en ce moment il est en train de se défiler dans les pilotis. Il a de véritables cachettes de rat sous tous les ponts de Paris. C'est un des plus audacieux bandits de la ville.

Sorbonne revenait l'oreille basse.

Angélique essayait de maîtriser sa frayeur, mais elle ne pouvait se défendre d'une angoissante appréhension. Il lui semblait que ce misérable dressé soudain sur son chemin était le symbole d'un destin effrayant.

8

Il faisait à peine jour lorsque Angélique, accompagnée de la religieuse, franchit le pont au Change et se retrouva dans l'île de la Cité.

Le froid était vif. La Seine charriait de gros glaçons qui faisaient craquer sinistrement les pilotis des vieux ponts de bois.

La neige recouvrait les toits, ourlait les corniches des maisons et fleurissait comme un rameau printanier la flèche de la Sainte-Chapelle, plantée au sein de la masse close du Palais de justice.

N'était son pieux déguisement, Angélique eût volontiers demandé un petit verre au marchand d'eau-de-vie. Celui-ci, le nez rouge, courait éveiller les compagnons artisans, les pauvres clercs, les apprentis, tous ceux qui doivent se lever les premiers afin d'ouvrir l'échoppe, l'atelier ou l'étude.

6 heures sonnaient à la grosse horloge de la tour d'angle. Son incomparable cadran érigé sur fond d'azur et fleurs de lis d'or avait été, à l'époque du roi Henri III, une étrange nouveauté. L'horloge, c'était le joyau du Palais. Ses figurines de terre coloriée, sa colombe représentant le Saint-Esprit et abritant sous ses ailes Piété et Justice brillaient dans le matin gris de tous leurs émaux rouges, blancs et bleus.

Ayant traversé la grande cour et monté un certain nombre de marches, Angélique et sa compagne furent enfin abordées par un magistrat en qui Angélique reconnut avec étonnement l'avocat Desgrez. Il l'intimida avec son ample robe noire, son rabat immaculé, sa perruque à rouleaux blancs, soigneusement étagés sous son bonnet carré. Il tenait à la main un sac à procès tout neuf et qui paraissait bourré de paperasses; très grave, il dit qu'il venait de voir le prisonnier à la Conciergerie du Palais.

— Sait-il que je serai dans la salle? interrogea Angélique.

— Non! Cela risquerait de l'émouvoir. Et vous?... Vous me promettez de ne pas perdre votre sang-froid?

— Je vous le promets.

— Il est... il est très abîmé, fit Desgrez d'une voix altérée. On l'a torturé odieusement. Mais ainsi les abus flagrants de ceux qui ont monté le procès risquent d'impressionner les juges. Quoi qu'il arrive, vous serez forte?

La gorge serrée, elle inclina affirmativement la tête.

A l'entrée de la salle, des gardes du roi exigèrent des billets signés. Angélique fut à peine surprise lorsque la religieuse en tendit un en l'accompagnant d'un murmure :

— Service de S. E. le cardinal Mazarin!

Un huissier prit ensuite les deux religieuses en charge et les conduisit au milieu d'une salle déjà bondée où les robes noires des gens de justice se mêlaient aux bures et aux soutanes des religieux, prêtres et moines.

Un assez mince parterre de seigneurs garnissait le deuxième rang de l'hémicycle. Parmi ces seigneurs, Angélique n'aperçut personne de connaissance. Il fallait croire que les gens de cour n'étaient point admis ou bien qu'ils ignoraient ce procès qui avait lieu à huis clos, ou encore qu'ils ne voulaient point se compromettre.

La comtesse de Peyrac et sa voisine furent installées un peu à l'écart, mais d'un endroit d'où l'on pouvait tout voir et tout entendre, et Angélique fut surprise de se trouver à côté d'une brochette d'autres religieuses de différents ordres, qu'un aumônier de très haut rang semblait surveiller discrètement. Angélique se demanda ce que ces nonnes pouvaient avoir à faire dans un procès d'alchimie et de sorcellerie.

La salle, qui devait appartenir à l'une des parties les plus anciennes du Palais de justice, était voûtée d'ogives profondes dont les culs-de-lampe sculptés suspendaient au-dessus des têtes leurs masses de feuilles d'acanthe. Il faisait sombre à cause des fenêtres à vitraux, et quelques chandelles ajoutaient encore à cette atmosphère lugubre. Deux ou trois gros poêles allemands, dont les faïences brillaient, répandaient un peu de chaleur.

Angélique regretta de ne pas avoir demandé à l'avocat s'il avait pu récupérer Kouassi-Ba et s'entendre avec le vieux métallurgiste saxon.

En vain, cherchait-elle dans la foule des visages familiers.

Ni l'avocat, ni le prisonnier, ni les jurés n'étaient là

encore. Pourtant, la salle était maintenant pleine et beaucoup de gens, malgré l'heure matinale, encombraient les passages. On voyait que certains étaient venus en ce lieu comme au spectacle, ou plutôt comme à une sorte de cours public de justice, car, visiblement, la grande partie de l'assistance était composée de jeunes clercs de la judicature.

Devant Angélique, un groupe paraissait particulièrement bruyant, au milieu de la réserve générale, et se livrait à mi-voix à des commentaires qui sans doute étaient destinés à instruire un auditoire proche et encore inexpérimenté.

— Qu'est-ce qu'on attend donc? réclamait avec impatience un jeune magistrat aux cheveux abondamment poudrés.

Son voisin, dont le large visage bourgeonnant était engoncé dans un collet de fourrure, répondit en bâillant :

— On attend qu'on ferme les portes de la salle et qu'ensuite le prévenu soit introduit pour être mis sur la sellette.

— La sellette, c'est ce banc isolé en contrebas, et où il n'y a même pas de dossier?

Un clerc, ricanant et crasseux à souhait, se retourna vers le groupe et protesta :

— Vous ne voudriez tout de même pas qu'on préparât un fauteuil pour un suppôt de Satan!

— Il paraît qu'un sorcier peut se tenir debout sur une épingle ou une flamme, dit l'avocat poudré.

Son gros compagnon répliqua gravement :

— On ne lui en demandera pas tant, mais il devra se tenir à genoux sur cet escabeau, sous un crucifix placé au bas du pupitre du président du jury.

— C'est encore trop de luxe pour des monstres pareils! cria le clerc aux cheveux sales.

Angélique frissonna. Si le sentiment général de la

foule, pourtant triée et composée de l'élite de la judicature, était déjà si partial et hostile, que fallait-il attendre des juges triés sur le volet par le roi et ses serviteurs?

Mais la voix grave du magistrat en collet de fourrure reprit :

— Pour moi, tout cela, c'est de l'invention. Cet homme n'est pas plus sorcier que vous ou moi, mais il a dû simplement déranger quelque grosse intrigue des grands, qui voudraient avoir un prétexte légal pour le supprimer.

Angélique se pencha un peu pour essayer de mieux apercevoir le visage de cet homme, qui osait exprimer aussi ouvertement une opinion dangereuse. Elle brûlait de demander son nom. Sa compagne lui toucha légèrement la main pour le rappeler à une attitude discrète.

Le voisin de l'homme au collet de fourrure, après avoir jeté un regard autour de lui, glissa :

— Si on voulait vraiment le supprimer, je crois que les nobles, d'habitude, n'ont pas besoin de s'encombrer d'un jugement.

— Il faut bien satisfaire le peuple et prouver de temps à autre que le roi punit tout de même parfois quelques puissants.

— Si votre hypothèse de donner satisfaction à la vindicte publique, comme le faisait Néron autrefois, était la vraie, maître Gallemand, on eût ordonné une grande séance publique et non pas le huis clos, reprit le jeune impatient.

— On voit que tu en es à tes débuts de ce fichu métier, fit le célèbre avocat dont Desgrez avait dit que les boutades faisaient trembler le Palais. En séance publique, on risque de véritables émeutes du peuple, qui est sentimental et pas si bête qu'il en a l'air. Or le roi est déjà un sage de la procédure, et il craint par-dessus tout que les choses ne tournent comme en Angleterre, où le peuple a fort bien su poser la tête d'un roi sur un billot. Chez nous donc, on étouffe en douceur et sans éclat ceux qui ont des idées personnelles, ou gênantes. Ensuite, on jette leur carcasse encore pantelante en pâture aux plus bas instincts de la racaille. On accuse les manants de bestialité. Les prêtres parlent de la nécessité de maîtriser leurs penchants les plus vils et, bien entendu, il y a une messe dite avant et après.

— L'Eglise n'est pour rien dans de pareils excès, protesta l'aumônier en se penchant vers les causeurs. Je vous ferai même remarquer, messieurs, que trop souvent aujourd'hui des laïques ignorant les lois canoniques ont la prétention de se substituer à la loi divine. Et je crois pouvoir vous assurer que la plupart des religieux que vous voyez ici sont dans l'inquiétude de l'empiétement du pouvoir civil sur le droit religieux. Ainsi, moi qui viens de Rome, j'ai vu le quartier de notre ambassade du Vatican se transformer peu à peu en un refuge de tous les gredins de la pire espèce. Le Saint-Père lui-même n'est plus maître chez lui, car notre roi, pour régler ce différend, n'a pas hésité à envoyer des troupes de renfort, des effectifs militaires français de son ambassade, avec ordre de tirer sur les troupes du pape si celles-ci passaient à l'action, c'est-à-dire si elles se saisissaient des bandits et des voleurs italiens et suisses réfugiés à l'ambassade de France.

— Mais toute ambassade doit rester inviolable en territoire étranger, émit un vieux bourgeois à l'air prudent.

— Certes. Cependant, elle ne doit pas non plus abriter toute la racaille de Rome et contribuer à saper l'unité de l'Eglise.

— Mais l'Eglise elle-même ne doit pas saper l'unité

de l'Etat de France, dont le roi est le défenseur, répliqua le vieux bourgeois d'un air têtu.

Les gens le regardèrent et parurent se demander ce qu'il faisait là. La plupart prirent une expression soupçonneuse et se détournèrent, en regrettant manifestement d'avoir prononcé des paroles osées devant un inconnu, qui était peut-être un espion du Conseil de Sa Majesté.

Seul, Me Gallemand, après l'avoir dévisagé, riposta :

— Eh bien, surveillez attentivement ce procès, monsieur. Vous y verrez sans doute un petit aspect de ce grand conflit très réel qui existe déjà entre le roi et l'Eglise de Rome.

Angélique suivait avec effroi cet échange de paroles. Elle comprenait mieux maintenant les réticences des jésuites et l'échec de la lettre du pape en laquelle elle avait mis si longtemps toute son espérance. Ainsi le roi ne reconnaissait plus aucun maître. Il n'y avait donc qu'une seule chance pour Joffrey de Peyrac : c'était que la conscience des juges fût plus forte que leur servilité.

Un silence énorme, tombant sur l'amphithéâtre, ramena la jeune femme à la réalité. Son cœur s'arrêta de battre.

Elle venait d'apercevoir Joffrey.

Il entrait en marchant avec difficulté et en s'appuyant sur deux cannes; sa claudication s'était accentuée, et à chaque pas on avait l'impression qu'il allait perdre l'équilibre.

Il lui parut à la fois très grand et très voûté, effroyablement maigre. Elle éprouva un choc terrible. Après ces longs mois de séparation, qui avaient estompé dans sa mémoire les contours de la chère silhouette, elle le revoyait avec les yeux du public et, terrifiée, elle découvrait son aspect insolite et même inquiétant. L'abondante chevelure noire de Joffrey encadrant un visage ravagé, d'une pâleur de spectre, où les cicatrices traçaient des sillons rouges, ses vêtements usés, sa maigreur, tout contribuait à impressionner la foule.

Lorsqu'il releva la tête et que ses yeux noirs et brillants firent lentement, avec une sorte d'assurance railleuse, le tour de l'hémicycle, la pitié qui avait effleuré certains disparut, et un murmure hostile courut dans l'assistance. La vision dépassait encore ce qu'on avait espéré. C'était bien là un vrai sorcier !

Encadré par les gardes, le comte de Peyrac resta debout devant la sellette, sur laquelle il ne pouvait s'agenouiller.

A ce moment, une vingtaine de gardes royaux armés pénétrèrent par deux portes et se répartirent à travers l'immense salle.

Le procès allait s'ouvrir.

Une voix annonça :

— Messieurs, la cour !

Toute l'assistance se leva, et par la porte de la scène entrèrent des huissiers hallebardiers en costume du XVIᵉ siècle, avec collerettes à godrons et toquets de plumes. Ils précédaient une procession de juges en toge et col d'hermine, coiffés du bonnet carré.

Celui qui venait en premier était assez âgé, entièrement vêtu de noir, et Angélique eut de la peine à reconnaître en lui le chancelier Séguier qu'elle avait aperçu, si magnifique, au cours du défilé de l'entrée royale. Le personnage qui le suivait était grand et sec, habillé de rouge. Venaient ensuite six hommes en noir. L'un d'eux portait un mantelet rouge. C'était le sieur Masseneau, président du parlement de Toulouse, plus austèrement vêtu que lors de la rencontre du chemin de Salsigne.

Devant Angélique, Me Gallemand commentait à mi-voix :

— Le vieux en noir qui marche en tête est le premier président de la cour, Séguier. L'homme en rouge, c'est Denis Talon, avocat général du Conseil du roi et accusateur principal. Le mantelet rouge appartient à Masseneau, un parlementaire de Toulouse, et qui a été nommé, pour ce procès, président des jurés. Parmi ceux-ci, le plus jeune, c'est le procureur Fallot qui se dit baron de Sancé et qui n'hésite pas à rentrer dans les grâces de la cour en acceptant de juger l'accusé, qu'on dit un de ses proches parents par alliance.

— Un cas cornélien, en somme, observa le blanc-bec aux cheveux poudrés.

— Mon ami, je vois que, comme tous les jeunes gens volages de ta génération, tu te rends à ces spectacles de théâtre auxquels un homme de loi qui se respecte ne saurait assister sans passer pour un esprit léger. Eh bien, pourtant, crois-moi, tu n'y écouteras jamais plus belle comédie que celle à laquelle tu vas assister aujourd'hui...

Dans le brouhaha, Angélique n'entendit pas la suite.

Elle eût voulu savoir quels étaient les autres juges. Desgrez n'avait point dit qu'il y en aurait tant. Peu importait du reste, puisqu'elle ne les connaissait pas, sauf Masseneau et Fallot.

Où était-il, son avocat ?

Elle le vit entrer par la même porte de scène que les autres jurés. Il fut suivi de plusieurs religieux inconnus, dont la plupart rejoignirent le premier rang des spectateurs officiels, où on leur avait visiblement réservé des places.

Angélique fut inquiète de ne point y reconnaître le père Kircher. Mais le moine Bécher non plus n'était pas là, et la jeune femme en soupira d'aise.

Maintenant le silence était total. Un des religieux récita une bénédiction, puis approcha le crucifix de l'accusé, qui l'embrassa et se signa.

Devant ce geste de soumission et de piété, une houle de déception parcourut la salle. Allait-on la priver d'un spectacle de magie et ne lui offrir que le simple jugement d'une querelle de gentilshommes?

Une voix aiguë cria :

— Montrez-nous les faits de Lucifer!

Un remous coupa les rangs : les gardes fonçaient sur le spectateur irrévérencieux. Le jeune homme ainsi que quelques collègues furent durement saisis et immédiatement entraînés au-dehors.

Puis le silence se rétablit.

— Accusé, prêtez serment! dit le président Séguier, qui défroissait en même temps un papier qu'un petit clerc à genoux devant lui lui tendait.

Angélique ferma les yeux. Joffrey allait parler. Elle s'attendait que son timbre fût brisé, affaibli, et sans doute chacun des spectateurs s'y attendait également, car lorsque la voix profonde et nette s'éleva, il y eut un mouvement d'étonnement.

Bouleversée jusqu'aux entrailles, Angélique reconnaissait la voix séductrice qui, dans les nuits chaudes de Toulouse, lui avait murmuré tant de mots d'amour.

— Je jure de dire toute la vérité. Cependant je sais, messieurs, que la loi m'autorise à récuser la compétence de ce tribunal, car, en tant que maître des requêtes et parlementaire moi-même, j'estime que je dois être jugé par la grande cour du Parlement...

Le grand maître de la Justice parut hésiter un peu, puis dit avec une certaine précipitation :

— La loi n'autorise pas de serment restrictif : jurez simplement, et le tribunal sera alors habilité à vous juger. Si vous ne jurez pas, on vous jugera en « muet », c'est-à-dire par contumace, comme si vous étiez absent.

— Je vois, monsieur le président, que les jeux sont faits d'avance. C'est pourquoi, pour faciliter votre tâche, je renonce à profiter de l'ensemble des arguties judiciaires me permettant de récuser ce tribunal pour son tout ou en détail. Je fais donc confiance à son esprit de justice, et je confirme mon serment.

Le vieillard Séguier ne cacha pas une satisfaction cauteleuse.

— La cour appréciera à sa juste mesure l'honneur restrictif que vous semblez lui faire en acceptant sa compétence. Avant vous, le roi a décidé lui-même de faire confiance en sa bonne justice, et c'est cela seul qui importe. Quant à *VOUS*, messieurs de la cour, ne perdez pas un instant de vue la confiance que Sa Majesté a mise en vous. Souvenez-vous, messieurs les jurés, que vous avez le grand honneur de représenter ici le glaive que notre monarque tient en ses mains augustes. Or, il existe deux justices : celle qui s'applique aux actions des simples mortels, seraient-ils gens de haute naissance, et celle qui s'applique aux décisions d'un roi dont le titre procède du droit divin. Que la gravité de cette filiation ne vous échappe pas, messieurs. En jugeant au nom du roi, vous portez la responsabilité de sa grandeur. Mais aussi, en honorant le roi, vous honorerez le premier défenseur de la religion en ce royaume.

Après ce discours assez confus, mais où sa nature de démagogue parlementaire se conjuguait avec celle de courtisan pour former un avertissement ambigu, Séguier majestueusement se retira en essayant de dissimuler sa hâte. Lorsqu'il fut sorti, tout le monde s'assit. On souffla les chandelles qui brûlaient encore sur les pupitres. Un jour de crypte éclairait maintenant la salle et, lorsque le soleil pâle d'hiver filtra entre les vitraux, des lueurs bleues ou rouges modifièrent soudain l'aspect de quelques visages.

Me Gallemand, la main en cornet devant sa bouche, soufflait à ses voisins :

— Le vieux renard ne veut même pas prendre la responsabilité de notifier lui-même l'acte d'accusation. Ainsi fait-il comme Ponce Pilate, et, en cas de condamnation, il n'hésitera pas à rejeter la faute sur l'Inquisition ou les jésuites.

— Mais il ne pourra pas, puisque c'est un procès séculier.

— Pfuit! La justice courtisane doit être à la fois aux ordres du maître et endormir le peuple quant à ses motifs.

Angélique entendait ces conversations séditieuses pour le roi dans un état de demi-inconscience. Pas un instant, il ne lui semblait que tout ceci pût être vrai. C'était un rêve éveillé, peut-être, oui, une pièce de théâtre... Elle n'avait d'yeux que pour son mari, qui se tenait debout, un peu voûté et lourdement appuyé sur ses deux cannes. Une idée encore vague commençait à se formuler en son esprit. « Je le vengerai. Tout ce que ses tortionnaires lui ont fait subir, je le leur ferai subir et, si le démon existe, comme la religion l'enseigne, je voudrais voir Satan emporter leurs âmes de faux chrétiens. »

Après le départ sans grande dignité du premier président de la cour, l'avocat général Denis Talon, grand, sec et solennel, monta en chaire et brisa les cachets d'une grande enveloppe scellée. D'une voix aigre, il se mit en devoir de lire « les réquisitions ou actes d'accusation » :

— Le sieur Joffrey Peyrac, déjà déclaré déchu de tous ses titres et dépossédé de tous ses biens par un jugement privé en Conseil du roi, est remis à notre cour de justice pour être jugé d'actes de sorcellerie et sortilèges et autres actes offensant à la fois la religion et la sécurité de l'Etat et de l'Eglise par l'ensemble de ses pratiques de fabrication alchimique de métaux précieux. Pour tous ces faits et d'autres annexes qui lui sont reprochés par le dossier de l'accusation, je demande que lui et ses complices éventuels soient brûlés en place de Grève, et leurs cendres dispersées, ainsi qu'il convient aux magiciens convaincus de commerce avec le démon. Auparavant, je demande que la question ordinaire et extraordinaire lui soit appliquée afin qu'il révèle ses autres complices...

Le sang battait si précipitamment aux oreilles d'Angélique que la fin de la lecture ne lui parvint pas.

Elle reprit ses sens alors que la voix sonore de l'accusé s'élevait pour la seconde fois :

— Je jure que tout ceci est faux et tendancieux, et que je suis en mesure de le prouver ici même à toutes gens de bonne foi.

Le procureur du roi pinça ses lèvres minces et replia son papier, comme si la suite de cette cérémonie ne le concernait pas. A son tour, il esquissait un mouvement de retraite, lorsque l'avocat Desgrez se dressa et claironna :

— Messieurs de la cour, le roi et vous-mêmes m'avez fait le grand honneur de me nommer défenseur de l'accusé. Aussi me permettrai-je de vous poser, avant le départ de M. le procureur général, une question : comment se fait-il que cet acte d'accusation soit préparé d'avance et présenté ainsi tout fait et même scellé, alors que rien de pareil n'est prévu dans la procédure qui fait loi?

Le sévère Denis Talon toisa le jeune avocat de

toute sa taille et dit avec une hauteur méprisante :

— Jeune maître, je vois que, dans votre peu d'expérience, vous ne vous êtes guère informé des vicissitudes de cette procuration. Sachez que ce fut d'abord le président de Mesmon et non M. de Masseneau qui fut chargé par le roi d'instruire et de présider ce procès...

— La règle eût exigé, monsieur le haut conseiller, que ce fût M. le président Mesmon qui fût ici pour présenter lui-même son accusation!

— Vous ignorez donc que le président de Mesmon est mort hier subitement. Cependant, il eut le temps de rédiger le présent acte d'accusation qui, en quelque sorte, est son testament. Vous devez voir là, messieurs, un très bel exemple de l'esprit de devoir d'un grand magistrat du royaume!

Toute la salle se leva en honneur à la mémoire de Mesmon. Mais on entendit quelques cris dans la foule :

— Diablerie que cette mort subite!
— Assassinat par poison!
— Ça commence bien!

Les gardes intervinrent de nouveau.

Le président Masseneau prit la parole et rappela qu'il s'agissait d'un huis-clos. A la moindre manifestation on ferait sortir tous ceux qui n'avaient pas à jouer un rôle dans ce jugement.

La salle se calma.

De son côté, Me Desgrez se contentait de l'explication qu'on lui avait fournie et qui était un cas de force majeure. Il ajouta qu'il acceptait les termes de l'acte d'accusation, à condition que son client fût strictement jugé sur cette base.

Après quelques paroles échangées à voix basse, l'accord se fit.

Denis Talon présenta Masseneau comme président de la cour de justice et quitta solennellement la salle.

Le président Masseneau commençait sur-le-champ l'interrogatoire.

— Reconnaissez-vous les faits de sorcellerie et sortilèges qui vous sont reprochés?

— Je les nie en bloc!

— Vous n'en avez pas le droit. Il faudra répondre à chacune des questions que le dossier d'accusation contient. Vous y avez d'ailleurs tout intérêt, car il y en a qui ne sont absolument pas niables et il vaut mieux en convenir vous-même, puisque vous avez juré de dire toute la vérité. Ainsi : reconnaissez-vous avoir fabriqué des poisons?

— Je reconnais avoir parfois fabriqué des produits chimiques dont certains pourraient être nocifs s'ils étaient consommés. Aussi bien ne les ai-je jamais destinés à la consommation, ni vendus, ni ne m'en suis servi pour empoisonner quelqu'un.

— Donc vous reconnaissez avoir utilisé et fabriqué des poisons tels le vitriol vert et le vitriol romain?

— Parfaitement. Mais, pour qu'il y ait délit de ce fait, il faudrait prouver que j'ai effectivement empoisonné quelqu'un.

— Pour l'instant, il nous suffit de constater que vous ne niez pas avoir fabriqué des produits vénéneux en vous livrant à l'alchimie. Nous en préciserons les buts plus tard.

Masseneau se pencha sur l'épais dossier posé devant lui et commença de le feuilleter. Angélique trembla qu'une accusation d'empoisonnement ne fût formulée aussitôt. Elle se souvenait que Desgrez lui avait parlé d'un nommé Bourié qui avait été désigné comme juge-juré dans ce procès, parce que réputé comme habile faussaire et chargé en quelque sorte de truquer tout à loisir les pièces du dossier. En effet, les juges étaient à la fois chargés de l'instruction, des vérifications, saisies, interrogatoires et enquêtes préalables concernant l'affaire.

Angélique se pencha pour essayer de reconnaître ce Bourié parmi les magistrats.

Masseneau continuait à tourner des feuillets. Enfin, il toussota et parut prendre son courage à deux mains.

Il commença d'abord par marmonner, puis sa voix s'éclaircit et il acheva à peu près clairement :

— ... Pour démontrer, si cela était nécessaire, combien la justice du roi est équitable et sait s'entourer de toutes les garanties d'impartialité, et avant de poursuivre l'énumération des chefs d'accusation que chacun des juges commissaires du roi a sous ses yeux, je dois déclarer et faire savoir combien notre enquête préalable a été difficile et semée d'embûches.

— Et d'interventions en faveur d'un accusé noble et riche! prononça une voix gouailleuse au sein de l'assemblée.

Angélique attendit que les huissiers saisissent immédiatement le perturbateur. A sa grande surprise, elle vit un sergent posté tout près envoyer une bourrade à un exempt de la police.

« La police doit avoir des gens dans la salle payés pour provoquer des incidents hostiles contre Joffrey », pensa-t-elle.

La voix du président poursuivait, comme s'il n'avait rien entendu :

— ... Pour montrer donc à tous que la justice du roi est non seulement impartiale, mais aussi généreuse, je crois pouvoir révéler ici que, sur les très nombreuses pièces du dossier d'accusation présentées et recueillies de diverses parts et après de longues enquêtes, j'ai dû, après mûres réflexions et débats avec moi-même, *en écarter* un grand nombre.

Il s'arrêta, parut reprendre son souffle, et acheva d'une voix un peu sourde :

— ... Exactement trente-quatre pièces ont été écartées par moi, comme douteuses et apparemment falsifiées, probablement dans un but de vengeance personnelle contre le prévenu.

Cette déclaration fut accueillie par des remous, non seulement dans la salle, mais aussi parmi les juges qui, sans aucun doute, ne s'attendaient pas à semblable signe de courage et de mansuétude de la part du président de la cour. Parmi eux, un petit homme à figure chafouine et nez crochu ne put y tenir et s'écria :

— La dignité du tribunal, et plus encore sa souveraineté d'appréciation, est bafouée, si son président lui-même se croit libre d'enlever, au jugement de chacun des commissaires, les pièces d'accusation qui sont peut-être les principales charges...

— Monsieur Bourié, en ma qualité de président, je vous rappelle à l'ordre et vous propose de choisir entre votre propre récusation de juré ou la continuation de la séance.

Un brouhaha considérable s'éleva.

— Le président est vendu à l'accusé. On connaît ce que c'est que l'or de Toulouse! hurlait littéralement le spectateur qui était déjà intervenu.

Le clerc aux cheveux gras qui était devant Angélique renchérissait :

— Pour une fois qu'on fait justice des exactions d'un noble et d'un riche...

— Messieurs, la séance est suspendue et, si vous n'arrêtez pas ce désordre, je fais évacuer la salle! parvint à crier le président Masseneau.

Indigné, il coiffa sa perruque de sa toque et sortit, suivi de la cour.

Angélique pensa que tous ces juges solennels ressemblaient à des marionnettes qui entraient, faisaient trois petits tours et s'en allaient. Si au moins ils pouvaient ne pas revenir!...

La salle se calmait et s'efforçait d'être sage pour ramener la cour et, avec le calme, la suite du spectacle. Tout le monde se leva en entendant le martèlement, sur les dalles, des hallebardes des suisses de garde précédant le retour du tribunal.

Dans un silence religieux, Masseneau reprit sa place.

— Messieurs, l'incident est clos. Les pièces que j'ai jugées suspectes sont jointes au dossier que chaque commissaire peut étudier à loisir. Je les ai marquées d'une croix rouge, et chaque juré pourra se faire une idée personnelle sur mon jugement à moi.

— Ces pièces concernent surtout des faits attentatoires aux Ecritures saintes, déclara Bourié, non sans cacher sa satisfaction. Il y est notamment question de fabrication, par des procédés alchimiques, des pygmées et autres êtres d'essence diabolique.

La foule trépigna d'allégresse contenue.

— Va-t-on en voir dans les pièces à conviction? cria une voix.

L'interrupteur fut expulsé sur-le-champ par des gardes, et la séance continua.

L'avocat Desgrez se leva alors :

— En tant qu'avocat de l'accusé, je suis d'accord que *toutes* les pièces à conviction figurent au procès! dit-il.

Le président reprenait l'interrogatoire.

— Pour en terminer d'abord avec cette histoire de poisons que vous reconnaissez avoir fabriqués, comment se fait-il, si vous ne comptiez point vous en servir sur d'autres personnes, que vous vous soyez publiquement vanté d'en absorber journellement « afin d'éviter la menace du poison »?

— C'est parfaitement exact, et ma réponse d'alors est encore bonne aujourd'hui : je me vante qu'on ne puisse m'empoisonner ni au vitriol ni à l'arsenic, car j'en ai trop pris pour risquer même un malaise au cas où l'on chercherait à m'expédier dans l'autre monde par ce moyen.

— Et pareille déclaration d'invulnérabilité aux poisons, vous la maintenez encore aujourd'hui ?

— S'il n'y a que cela pour satisfaire le tribunal du roi, je ne demande pas mieux, en fidèle sujet, que d'avaler devant vous une de ces drogues.

— Mais alors, par ce fait même vous reconnaissez posséder un sortilège contre tous les poisons ?

— Ce n'est point un sortilège, c'est la base même de la science des contrepoisons. En revanche, ce qui est une croyance aux sortilèges et sorcelleries, c'est d'utiliser la crapaudine et autres sottises inoffensives, comme vous le faites à peu près tous, je le crois, messieurs, dans cette salle, en vous imaginant que cela vous préserve des poisons.

— Accusé, vous avez grand tort de persifler et de vous moquer d'usages respectables. Néanmoins, dans l'intérêt de la justice, qui veut que toute la lumière soit faite, je ne m'arrêterai pas à pareils détails. Je n'en retiendrai, si vous le voulez, que le fait que vous vous reconnaissez en somme comme expert en poisons.

— Je ne suis pas plus expert en poisons qu'en autre chose. Je ne suis d'ailleurs prémuni que contre certains poisons courants, comme ceux déjà cités : arsenic et vitriol. Mais qu'est-ce que cette connaissance infiniment petite à côté de celle de tous les milliers de poisons végétaux et animaux, poisons exotiques et poisons florentins ou poisons chinois, qu'aucun des plus illustres chirurgiens du royaume ne saurait combattre, ni même déceler ?

— Et vous avez connaissance de certains de ces poisons?

— J'ai des flèches dont les Indiens se servent pour la chasse au bison. Et aussi des pointes de fléchettes utilisées par les pygmées d'Afrique, et dont la blessure suffit à abattre des bêtes aussi gigantesques que les éléphants.

— En somme, vous surenchérissez sur votre propre accusation d'être expert en poisons?

— Nullement, monsieur le président, mais je vous explique cela pour vous prouver que, si j'avais jamais eu l'intention d'expédier dans un autre monde quelques pauvres gens qui m'auraient regardé de travers, je n'aurais pas pris la peine de fabriquer ces produits d'arsenic et de vitriol si vulgaires et reconnaissables.

— Alors pourquoi les fabriquiez-vous?

— A des fins scientifiques et au cours d'expériences chimiques sur les minéraux qui entraînent parfois la formation de ces produits.

— N'égarons pas le débat. Il suffit que vous ayez convenu de vous-même que vous étiez fort versé dans ces affaires de poisons et d'alchimie. Ainsi, d'après ce que vous dites, vous seriez en mesure de faire disparaître quelqu'un sans que personne ne pût rien y voir, ni vous confondre. Qui nous garantit que vous ne l'ayez déjà fait?

— Il faudrait le prouver!

— Deux morts suspectes vous sont aussi reprochées, mais je m'empresse de le dire, incidemment : la première, c'est la mort du neveu de Mgr de Fontenac, archevêque de Toulouse.

— Un duel après provocation et devant témoins serait-il devenu aujourd'hui un fait de sorcellerie?

— Monsieur de Peyrac, je vous engage à ne pas persister dans votre attitude ironique envers un tribunal qui ne cherche que toute la lumière. Quant à cette deuxième mort qu'on vous impute, elle viendrait soit de vos poisons invisibles, soit de vos sortilèges proprement dits. Car, sur le cadavre déterré d'une de vos anciennes maîtresses, on a, par-devant témoins, trouvé ce médaillon qui est votre portrait en buste. Le reconnaissez-vous?

Angélique put voir le président Masseneau tendre à un suisse un petit objet que celui-ci présenta au comte de Peyrac qui se tenait toujours debout appuyé sur ses deux cannes, devant la sellette qui lui était destinée.

— Je reconnais en effet la miniature que cette pauvre fille exaltée avait fait faire de moi.

— Cette pauvre exaltée, comme vous dites, et qui était aussi une de vos si nombreuses maîtresses, Mlle de...

Joffrey de Peyrac leva la main d'un geste impératif.

— De grâce, ne profanez pas publiquement ce nom, monsieur le président. Cette malheureuse est morte!

— D'une maladie de langueur dont on commence à soupçonner que vous êtes l'auteur, et que vous auriez conduite par sortilège.

— Ceci est faux, monsieur le président.

— Pourquoi alors a-t-on trouvé votre médaillon dans la bouche de la morte et comme percé d'une épingle à l'endroit du cœur?

— Je l'ignore absolument. Mais, d'après ce que vous m'en dites, je supposerais plutôt que c'est elle, très superstitieuse, qui aurait cherché à m'envoûter de cette façon. Ainsi, d'envoûteur, je deviens un envoûté à mon tour. Voilà qui est cocasse, monsieur le président.

Et, tout à coup, on s'aperçut que ce long spectre flageolant sur ses cannes riait de bon cœur.

Il y eut un flottement, puis une détente, et des rires jaillirent.

Mais Masseneau ne se déridait point.

— Ignorez-vous, accusé, que le fait de trouver un médaillon dans la bouche d'une morte est un signe certain d'envoûtement?

— A ce que je m'aperçois, je suis beaucoup moins versé que vous dans ces questions de superstitions, monsieur le président.

Le magistrat négligea l'insinuation.

— Jurez alors que vous ne les avez jamais pratiquées.

— Je jure sur ma femme, mon enfant et le roi, que je ne me suis jamais livré à ce genre de niaiseries, au moins telles qu'elles sont comprises dans ce royaume.

— Expliquez-vous sur la restriction que vous venez d'apporter à ce serment.

— Je veux dire qu'ayant beaucoup voyagé, j'ai été témoin, en Chine et aux Indes, de phénomènes étranges qui prouvent que magie et sorcellerie existent réellement, mais n'ont aucun rapport avec le charlatanisme pratiqué en général sous ce nom dans les pays d'Europe.

— En somme, vous reconnaissez que vous y croyez?

— A la vraie sorcellerie, oui... Qui comporte d'ailleurs bon nombre de phénomènes naturels que les siècles futurs expliqueront sans doute. Mais, quant à suivre béatement les montreurs de foire ou les soi-disant savants alchimistes...

— Vous y venez donc de vous-même, à l'alchimie! Selon vous, il y aurait, comme pour la sorcellerie, la vraie et la fausse alchimie?

— En effet. Certains Arabes et Espagnols commencent à désigner la vraie alchimie par un nom à part, la *chimie*, qui est une science expérimentale où tous les faits d'échange de substances peuvent être reproduits et sont donc indépendants de l'opérateur, à condition, bien sûr, que celui-ci apprenne son métier. Mais un alchimiste convaincu, en revanche, est pire qu'un sorcier!

— Je suis fort heureux de vous l'entendre dire, car vous facilitez ainsi la tâche du tribunal. Mais qu'est-ce donc qui peut être pire qu'un sorcier, selon vous?

— ... Un sot et un illuminé, monsieur le président.

Pour la première fois de cette audience solennelle, le président Masseneau parut perdre le contrôle de lui-même.

— Accusé, je vous adjure de passer à la déférence, que votre propre intérêt commande d'ailleurs. C'est déjà assez que dans votre serment de tantôt vous ayez commis l'insolence de prêter votre serment en invoquant Sa Majesté notre roi après les noms de votre femme et de votre enfant. Si vous persévérez à manifester tant d'arrogance, la cour peut refuser de vous entendre...

Angélique vit l'avocat bondir auprès de son mari en voulant lui dire quelque chose, et les gardes l'en empêcher. Elle suivit ensuite l'intervention de Masseneau, qui cherchait à laisser pleine liberté à l'avocat pour assurer son travail de défenseur.

— Loin de moi l'intention, monsieur le président, de vous viser vous-même ou quelque autre de ces messieurs par mes paroles, reprit le comte de Peyrac lorsque le brouhaha se fut un peu calmé. En tant que scientifique, j'attaquais les pratiquants de cette science néfaste qu'on appelle l'alchimie, et je ne pense pas qu'un seul d'entre vous, accablé d'occupations si sérieuses, s'y livre en secret...

Cette petite péroraison plut aux magistrats, qui opinèrent gravement.

L'interrogatoire reprit dans une atmosphère plus sereine.

Masseneau, ayant fouillé dans sa montagne de liasses, réussit à en extraire une autre feuille.

— Vous êtes convaincu d'utiliser dans vos pratiques mystérieuses et que, pour vous disculper, vous désignez par le nouveau mot de chimie, des morceaux de squelettes. Comment expliquez-vous une pratique si peu chrétienne?

— Il s'agit, monsieur le président, de ne pas confondre pratique occulte et pratique chimique. Les os d'animaux me servent simplement à faire de la cendre, laquelle possède des propriétés spéciales d'absorber la crasse du plomb fondu, tout en laissant libre l'or et l'argent contenus.

— Et les os humains possèdent-ils la même propriété? demanda Masseneau insidieusement.

— Sans doute, monsieur le président, mais j'avoue que la cendre d'animaux me donne pleine satisfaction, et que je m'en contente.

— Pour convenir à vos pratiques, ces animaux doivent-ils être brûlés vivants?

— Nullement, monsieur le président. Cuisez-vous vos poulets vivants?

La figure du magistrat se crispa, mais il se domina et observa qu'il était pour le moins surprenant qu'en ce royaume la cendre d'os ne fût utilisée que par une seule personne, et pour des fins qu'un « homme de sens » ne pouvait juger qu'extravagantes, pour ne pas dire sacrilèges.

Et, comme Peyrac haussait dédaigneusement les épaules, Masseneau ajouta que l'accusation de sacrilèges et impiété existait, mais n'avait pas pour fondement le seul usage d'os d'animaux, et qu'elle serait examinée en temps et lieu.

Il poursuivit :

— Le rôle réel de votre cendre d'os n'a-t-il pas, en fait, le but occulte de régénérer la matière vile comme le plomb pour lui redonner la vie en la transformant en métal noble, comme l'or et l'argent?

— Une telle vue s'apparente d'assez près à la dialectique spécieuse des alchimistes, qui prétendent opérer par des symboles obscurs, alors qu'en fait on ne peut créer de la matière.

— Accusé, vous reconnaissez pourtant le fait non visible d'avoir fabriqué de l'or et de l'argent autrement qu'en les retirant des graviers de rivière?

— Je n'ai jamais *fabriqué* de l'or ni de l'argent. Je n'ai fait que d'en *extraire*.

— Pourtant toutes les roches dont vous prétendez extraire ces métaux, on a beau les broyer, même après lavage, on n'y trouve pas d'or ni d'argent, disent les gens qui s'y connaissent.

— C'est exact. Cependant, le plomb fondu aspire et s'allie aux métaux nobles contenus, mais invisibles.

— Vous prétendez donc pouvoir faire sortir de l'or de n'importe quelle roche?

— Nullement. La plupart des roches n'en contiennent point, ou trop peu. Il est d'ailleurs difficile de reconnaître, malgré des essais longs et compliqués, ces roches qui sont très rares en France.

— Alors, si cette découverte est si difficile, comment se fait-il que vous soyez *seul* en ce royaume à savoir le faire?

Le comte répliqua avec agacement :

— Je vous dirai que c'est un talent, monsieur le président, ou plutôt une science et un laborieux métier. Je pourrais aussi me permettre de vous demander, à vous, pourquoi Lulli est pour l'instant seul en France à écrire des opéras, et pourquoi vous n'en écrivez pas aussi, puisque chacun peut étudier les notes de musique.

Le président fit une moue offusquée, mais ne trouva rien à répondre.

Le juré à figure chafouine leva la main.

— Vous pouvez parler, monsieur le conseiller Bourié.

— Je demanderai à l'accusé, monsieur le président, comment il se fait, si tant est que M. de Peyrac ait découvert un procédé secret concernant l'or et l'argent, pour quelle raison ce haut gentilhomme, protestant de sa fidélité au roi, n'a point jugé à propos de communiquer son secret au maître éclatant de ce pays, je veux dire S. M. le roi, ce qui était non seulement son devoir, mais encore un moyen d'alléger le peuple et même la noblesse de tant de charges écrasantes encore qu'indispensables qui constituent les impôts, et que même les gens de loi exemptés acquittent, tout au moins sous la forme de charges diverses.

Un murmure approbateur parcourut toute l'assistance. Chacun se sentait visé et saisi d'un grief personnel contre ce grand boiteux méprisant et insolent, qui avait prétendu bénéficier seul de sa miraculeuse richesse.

Angélique sentit la haine de l'auditoire se concentrer sur l'homme, brisé par la torture, qui commençait à vaciller de fatigue sur ses cannes.

Pour la première fois, Peyrac regarda la salle en face. Mais il sembla à la jeune femme que ce regard était très lointain et ne voyait personne. « Ne sent-il pas que je suis là et que je souffre avec lui? » pensa-t-elle.

Le comte semblait hésiter. Il dit lentement :

— J'ai juré de vous dire toute la vérité. Cette vérité est que, dans ce royaume, le mérite personnel non seulement n'est pas encouragé, mais qu'il est exploité par une bande de courtisans n'ayant en tête que leur propre intérêt, leurs ambitions ou encore leurs querelles. Dans ces conditions, le mieux que puisse faire quelqu'un qui veut vraiment créer quelque chose, c'est de se cacher et de protéger son œuvre par le silence. Car « on ne donne pas des perles aux pourceaux ».

— Ce que vous dites est fort grave. Vous desservez le roi et... vous-même, dit doucement Massenau.

Bourié bondit.

— Monsieur le président, en tant que juré je m'élève contre la façon trop indulgente dont vous semblez accueillir ce qui doit à mon avis être enregistré comme la preuve d'un crime de lèse-majesté.

— Monsieur le conseiller, je vous serais obligé, si vous continuez, de me récuser de la présidence de ce tribunal, récusation que j'ai déjà demandée et que notre roi n'a pas voulu m'accorder, ce qui semble prouver que j'ai sa confiance.

Bourié devint rouge et se rassit, tandis que le comte, d'une voix lasse mais posée, expliquait que chacun comprenait son devoir à sa manière. N'étant pas courtisan, il ne se sentait pas la force de faire triompher ses vues envers et contre tous. N'était-ce pas déjà suffisant que, de sa province éloignée, il fût parvenu à verser tous les ans au trésor royal plus du quart de ce que rapportait le Languedoc entier à la France, et que, s'il travaillait ainsi pour le bien général, encore qu'aussi pour le sien, il préférait ne donner aucune publicité à ses découvertes, de peur d'être contraint de s'exiler, comme beaucoup de savants et d'inventeurs mal compris.

— En somme, vous avouez par là avoir un état d'esprit aigri et de dénigrement pour le royaume, laissa tomber avec la même douceur le président.

Angélique frémit de nouveau.

L'avocat leva le bras.

— Monsieur le président, pardonnez-moi. Je sais que ce n'est point encore l'heure de ma plaidoirie, mais je veux vous rappeler que mon client est un des plus fidèles sujets de Sa Majesté, qui l'a honoré d'une visite à Toulouse et l'a ensuite invité lui-même à son mariage. Vous ne pouvez pas, sans déconsidérer Sa Majesté elle-même, soutenir que le comte de Peyrac a travaillé contre elle et contre le royaume.

— Silence, maître! Je suis bien bon de vous avoir laissé dire tout ceci, et croyez que nous en prenons note. Mais n'interrompez pas ce qui n'est encore que l'interrogatoire, qui permettra d'éclairer tous les jurés sur la physionomie de l'accusé et sur ses affaires.

Desgrez se rassit. Le président rappela que le désir de justice du roi voulait qu'on pût entendre tout, y compris des critiques justifiées, mais qu'il appartenait au roi seul de juger sa propre conduite.

— Il y a crime de lèse-majesté..., cria encore Bourié.

— Je ne retiens pas le crime de lèse-majesté, trancha Massenau.

9

Massenau continua son interrogatoire en disant qu'outre la transmutation de l'or, qui n'était pas niée par l'accusé lui-même, mais qu'il prétendait être un phénomène naturel et nullement diabolique, de nombreux témoignages pourtant attestaient qu'il avait le pouvoir certain de fasciner les gens, plus particulièrement les toutes jeunes femmes. Et qu'aux réunions impies et dissolues qu'il organisait, il y avait généralement une grande majorité de femmes, « signe certain d'intervention satanique, car, dans les sabbats, le nombre de femmes dépasse toujours celui des hommes ».

Et, comme Peyrac restait muet et perdu dans un rêve lointain, Masseneau s'impatienta.

— Que pouvez-vous répondre à cette question précise suggérée par l'étude des causes de l'official de l'Eglise et qui semble vous embarrasser beaucoup?

Joffrey sursauta, comme s'il s'éveillait.

— Puisque vous insistez, monsieur le président, je répondrai deux choses. La première, c'est que je ne suis pas certain de votre connaissance si approfondie de l'official de Rome, dont les détails ne peuvent être communiqués en dehors des tribunaux ecclésiastiques; la deuxième, c'est que votre connaissance de ces faits singuliers ne peut vous être venue que d'expériences personnelles, c'est-à-dire qu'il vous a fallu, pour le moins, assister à l'un de ces sabbats de Satan que j'avoue pour ma part n'avoir encore jamais rencontré dans ma vie pourtant riche en aventures.

Le président bondit sous ce qu'il considérait comme une insulte. Il resta sans souffle pendant un long moment, puis proféra avec un calme menaçant :

— Accusé, je pourrais profiter de cette circonstance pour cesser de vous écouter, et vous juger « en muet », et même vous priver de tout moyen de tierce défense. Mais je ne désire pas qu'aux yeux de certains malveillants vous passiez pour le martyr de je ne sais quelle sombre cause. C'est pour cela que je laisserai d'autres jurés poursuivre cet interrogatoire, en espérant que vous ne les découragerez pas de vous entendre. A vous, monsieur le conseiller des protestants!

Un homme grand, au visage sévère, se dressa.

Le président du jury le gourmanda.

— Vous êtes juge aujourd'hui, monsieur Delmas. Vous devez à la majesté de la justice d'écouter l'accusé assis.

Delmas se rassit.

— Avant d'entreprendre l'interrogatoire, dit-il, je

veux adresser au tribunal une requête où je me défends de mettre la moindre indulgence partiale envers l'accusé, mais seulement un souci d'humanité. Nul n'ignore que l'accusé est infirme depuis l'enfance, à la suite des guerres fratricides qui ont si longtemps désolé notre pays, et particulièrement les régions du Sud-Ouest, dont il est originaire. La séance risquant de se prolonger, je demande au tribunal d'autoriser l'accusé à s'asseoir, car il risque de défaillir.

— La chose est impossible! trancha le désagréable Bourié. L'accusé doit assister à la séance à genoux sous le crucifix, la tradition est formelle. C'est déjà bien que l'on accepte qu'il se tienne debout.

— Je réitère ma demande, insista le conseiller des protestants.

— Naturellement, glapit Bourié, nul n'ignore que vous considérez le condamné comme un quasi-coreligionnaire parce qu'il a sucé le lait d'une nourrice huguenote, et qu'il prétend avoir été molesté dans son enfance par des catholiques, ce qu'il faudrait encore prouver.

— Je répète que c'est une question d'humanité et de sagesse. Les crimes dont on accuse cet homme me font aussi horreur qu'à vous-même, monsieur Bourié, mais s'il tombe en défaillance nous n'en finirons jamais avec ce procès.

— Je ne m'évanouirai pas et je vous remercie, monsieur Delmas. Continuons, je vous prie, coupa l'accusé d'un ton si autoritaire qu'après un peu de flottement le tribunal obtempéra.

— Monsieur de Peyrac, reprit Delmas, je crois en votre serment de dire la vérité, et aussi lorsque vous affirmez n'avoir pas eu de contacts avec l'esprit malin. Cependant, trop de points restent obscurs pour que votre bonne foi éclate aux yeux de la justice. C'est pourquoi je vous demande de répondre aux questions que je vais vous poser sans y voir de ma part autre chose que le désir de dissiper les doutes affreux qui planent sur vos actes. Vous prétendez avoir extrait de l'or des roches qui, selon les gens qualifiés, n'en contiennent pas. Admettons. Mais *pourquoi* vous êtes-vous livré à ce travail curieux, pénible, et auquel votre titre de gentilhomme ne vous destinait pas?

— Tout d'abord, j'avais le désir de m'enrichir en travaillant et en faisant fructifier les dons intellectuels que j'avais reçus. D'autres demandent des pensions ou vivent aux dépens du voisin, ou encore restent gueux. Aucune de ces trois solutions ne me convenant, j'ai cherché à tirer de moi-même et de mes quelques terres le maximum de bénéfices. En quoi je ne pense pas avoir failli aux enseignements de Dieu lui-même, car il a dit : « Tu n'enterreras pas ton talent. » Cela signifie, je crois, que si l'on possède un don ou un talent, nous n'avons pas la *faculté* ou non de l'employer, mais l'obligation divine de le faire fructifier.

Le visage du magistrat se figea.

— Ce n'est pas à vous, monsieur, de nous parler des obligations divines. Passons... Pourquoi vous êtes-vous entouré soit de libertins, soit de gens bizarres, venus de l'étranger, et qui, sans être convaincus d'espionnage contre notre pays, ne sont pas précisément des amis de la France ni même de Rome, d'après ce qu'on m'a dit?

— Ces gens bizarres pour vous représentent en fait surtout des savants étrangers, suisses, italiens ou allemands, aux travaux desquels je comparais les miens. Discuter de la gravitation terrestre et universelle est un passe-temps inoffensif. Quant au libertinage qu'on me reproche, il ne s'est guère passé plus de scandales dans mon palais qu'au temps où l'amour courtois, d'après les érudits eux-mêmes, « civilisait la société », et certainement moins qu'il ne s'en passe de nos jours et chaque soir, à la cour et dans toutes les tavernes de la capitale.

Devant cette déclaration audacieuse, le tribunal se renfrogna. Mais Joffrey de Peyrac, levant la main, s'écria :

— Messieurs les magistrats et gens de robe qui composez en partie cette assemblée, je n'ignore pas que vous représentez, par la pureté de vos mœurs et la sagesse de votre vie, un des éléments les plus saints de la société. Ne boudez pas une déclaration qui vise un autre ordre que le vôtre, et des paroles que vous avez souvent murmurées en votre cœur.

Cette habileté sincère déconcerta les juges et les clercs, secrètement flattés de voir rendre un hommage public à leur honorable et peu distrayante existence.

Delmas toussota et fit mine de feuilleter le dossier.

— On dit que vous connaissez huit langues.

— Pic de la Mirandole, au siècle dernier, en connaissait dix-huit, et personne n'a alors insinué que Satan lui-même s'était donné le mal de les lui apprendre.

— Mais enfin, il est reconnu que vous ensorceliez les femmes. Je ne voudrais pas humilier inutilement un être accablé de malheur et de disgrâces, mais il est difficile, en vous regardant, d'admettre que votre physique seul attirait les femmes, au point qu'elles se tuaient et se mettaient en transe à votre simple vue.

— Il ne faut rien exagérer, dit modestement le comte en souriant. Ne se sont laissé ensorceler, comme vous dites, que celles qui l'ont bien voulu; quant à quelques filles exaltées, nous en connaissons tous. Le couvent, ou plutôt l'hôpital, sont les seuls lieux qui leur conviennent, et l'on ne doit pas juger les femmes sur l'exemple de quelques folles.

Delmas afficha un air plus solennel encore.

— Il est de notoriété publique, et de nombreux

rapports l'attestent, qu'à vos « cours d'amour » de Toulouse, institution impie déjà quant à son principe, car Dieu a dit : « Tu aimeras pour procréer », vous glorifiiez publiquement l'acte charnel.

— Le Seigneur n'a jamais dit non plus : « Tu procréeras comme un chien ou comme une chienne », et je ne vois pas en quoi enseigner la science de l'amour soit diabolique.

— Ce sont vos sortilèges qui le sont!

— Si j'étais si fort que cela en sortilèges, je ne serais pas ici.

Le juge Bourié se dressa et fulmina :

— Dans vos cours d'amour, vous prêchiez l'irrespect des lois de l'Eglise; vous disiez que l'institution du mariage nuit aux sentiments d'amour, et que le mérite ne consiste pas à être dévot.

— J'ai pu dire en effet que le mérite ne consiste pas simplement à se montrer dévot, si l'on est en revanche avare et sans cœur, mais que le vrai mérite qui plaît aux femmes, c'est d'être joyeux, rimeur, amant habile et généreux. Et, si j'ai dit également que le mariage nuit aux sentiments d'amour, ce n'est pas en tant qu'institution bénie par Dieu, mais parce que notre temps en a fait un véritable trafic d'intérêts, un honteux marché où les parents discutent terres et dot, et où l'on unit parfois de force et par la menace des jeunes gens qui ne se sont jamais vus. C'est par ces procédés que l'on ruine le principe sacré du mariage, car des époux liés par de telles chaînes ne peuvent chercher qu'à s'en libérer par le péché.

— Voilà que vous avez encore l'insolence de nous prêcher! protesta Delmas, désarçonné.

— Hélas! nous autres Gascons nous sommes tous tant soit peu taquins et portés à la critique, reconnut le comte. Cet esprit m'a amené à me mettre en guerre contre les absurdités de mon siècle. J'ai imité en cela un célèbre hidalgo : Don Quichotte de la Manche, qui se battait contre des moulins à vent, et je crains bien de m'être montré aussi sot que lui.

Une heure encore passa, au cours de laquelle divers juges posèrent à l'accusé une série de questions fort saugrenues. On lui demanda le procédé dont il se servait pour rendre des fleurs « ensorcelantes » de sorte que le seul envoi d'un bouquet jetait en transe la personne qui le recevait; la formule des aphrodisiaques qu'il versait à ses hôtes des cours d'amour et qui jetaient ceux-ci dans un « délire lubrique »; enfin, avec combien de femmes à la fois il pouvait faire l'amour.

Le compte de Peyrac répondait à de telles élucubrations soit avec dédain, soit avec un sourire ironique.

Visiblement, personne ne le crut quand il affirma qu'en amour il ne rencontrait qu'une seule femme à la fois.

Bourié, auquel les autres juges laissaient le soin d'un débat aussi délicat, fit remarquer en ricanant :

— Votre capacité amoureuse est si réputée que nous ne nous étonnons pas d'avoir appris que vous pratiquiez tant de honteux divertissements.

— Si votre expérience était aussi grande que ma capacité amoureuse, répondit le comte de Peyrac avec un sourire mordant, vous sauriez que la reherche de tels divertissements est plutôt le fait d'une impuissance qui cherche l'excitation nécessaire dans des plaisirs anormaux. Pour moi, je vous confesse, messieurs, qu'une seule femme rencontrée dans la solitude d'une nuit discrète suffit à combler mes désirs. J'ajouterai même ceci, fit-il d'un ton plus grave. Je défie les mauvaises langues de Toulouse et du Languedoc de prouver que, depuis mon mariage, j'ai été considéré comme l'amant d'une autre femme que de la mienne.

— L'enquête reconnaît en effet ce détail, approuva le juge Delmas.

— Oh! très petit détail, dit Joffrey en riant.

Le tribunal s'agitait avec gêne. Massenau fit signe à Bourié de passer outre, mais celui-ci, qui ne pardonnait pas le rejet systématique des pièces qu'il avait si soigneusement falsifiées, ne se tenait pas pour battu.

— Vous n'avez pas répondu à l'accusation qui a été formulée contre vous d'avoir versé, dans les boissons de vos invités, des produits excitants qui les entraînaient à commettre d'atroces péchés contre le sixième commandement.

— Je sais qu'il existe des produits destinés à cet effet tels que la cantharide par exemple. Mais je n'ai jamais été partisan de forcer, par une tension artificielle, ce que seuls doivent soutenir les battements d'une vie généreuse et les naturelles inspirations du désir.

— On nous a rapporté cependant que vous preniez grand soin de ce que vous donniez à manger et à boire à vos invités.

— N'était-ce pas normal? Tout homme soucieux de plaire à ceux qu'il traite n'en ferait-il pas autant?

— Vous prétendiez que ce qu'on mangeait et buvait avait une grande importance pour séduire celle ou celui qu'on souhaitait conquérir. Vous enseigniez des charmes...

— Nullement. J'enseignais qu'il faut jouir des dons que la terre nous accorde, mais qu'en toutes choses, pour arriver aux fins que l'on souhaite, il faut apprendre les règles qui y conduisent.

— Précisez-nous quelques-uns de vos enseignements.

Joffrey regarda autour de lui, et Angélique vit l'éclair de son sourire.

— Je constate que de telles questions vous passionnent, messieurs les juges, au même titre que des adolescents moins âgés. Qu'on soit écolier ou magistrat, ne rêve-t-on pas toujours de conquérir sa belle? Hélas! messieurs, je risque beaucoup de vous décevoir. Pas plus que pour l'or, je ne possède de formule magique. Mon enseignement est d'humaine sagesse. Ainsi lorsque, jeune clerc, monsieur le président, vous pénétriez dans cette grave enceinte, ne trouviez-vous pas normal de vous instruire de tout ce qui vous permettrait un jour d'atteindre le poste que vous occupez aujourd'hui? Vous auriez trouvé fou de monter en chaire et de prendre la parole sans avoir longuement étudié votre plaidoirie. Durant de longues années, vous avez été attentif à déjouer les embûches qui pouvaient se dresser sur votre route. Pourquoi n'apporterions-nous pas le même soin aux choses de l'amour? En toutes choses, l'ignorance est nuisible, pour ne pas dire coupable. Mon enseignement n'avait rien d'occulte. Et puisque M. Bourié me demande de préciser, je lui conseillerai par exemple, lorsqu'il rentre chez lui l'esprit joyeux et en de bonnes dispositions pour caresser sa femme, de ne pas s'arrêter à la taverne pour y boire coup sur coup plusieurs pots de bière blonde. Il risquerait de se retrouver un peu plus tard fort marri entre ses couettes, tandis que son épouse, déçue, serait tentée de répondre aux œillades galantes des gentils mousquetaires rencontrés le lendemain...

Quelques rires s'élevèrent et des jeunes applaudirent.

— Je reconnais, certes, continuait la voix sonore de Joffrey, que je suis dans un état bien dolent pour tenir de tels discours. Mais, puisqu'il me faut répondre à une accusation, je conclurai en répétant ceci : pour s'adonner aux travaux de Vénus, j'estime qu'il n'est pas de meilleur excitant qu'une belle fille dont la saine complexion incite à ne pas dédaigner l'amour charnel.

— Accusé, dit sévèrement Masseneau, je dois encore vous rappeler à la décence. Souvenez-vous que, dans cette salle, il y a de saintes femmes qui, sous l'habit de religieuse, ont consacré à Dieu leur virginité.

— Monsieur le président, je vous ferai remarquer que ce n'est pas moi qui ai amené... la conversation, si je puis m'exprimer ainsi, sur ce terrain glissant... et charmant.

Des rires encore s'élevèrent. Delmas fit remarquer que cette partie de l'interrogatoire aurait dû avoir lieu en latin, mais Fallot de Sancé, qui parlait pour la première fois, objecta, non sans bon sens, que tout le monde, dans cette salle composée de clercs, de prêtres et de religieuses, comprenait le latin et que ce n'était pas la peine de se gêner pour les seules chastes oreilles des militaires, archers et hallebardiers.

Plusieurs juges prirent ensuite la parole pour résumer brièvement certaines accusations.

Angélique eut l'impression que si l'ensemble du débat avait été confus, il se résumait cependant à cette seule accusation de sorcellerie, de sortilège diabolique sur les femmes, et sur le « pouvoir de rendre vrai » de l'or obtenu par des moyens alchimiques et sataniques.

Elle soupira d'aise : avec cette unique accusation de commerce avec Satan, son mari avait des chances de se tirer des griffes de la justice royale.

L'avocat pouvait faire appel au témoignage de l'aiguille truquée pour démontrer le vice de procédure dans le faux exorcisme d'Eglise dont Joffrey avait été victime.

Enfin, pour montrer en quoi consistait « l'augmentation de l'or », la démonstration du vieux Saxon Hauer convaincrait peut-être les juges.

Alors, Angélique laissa reposer un instant son regard et ferma les yeux.

10

Quand elle les rouvrit, elle crut qu'elle avait une vision de cauchemar : le moine Bécher venait de surgir sur l'estrade. Il fit serment sur le crucifix qu'un autre moine lui présenta. Ensuite, d'une voix hachée et sourde, il se mit à raconter comment il avait été diaboliquement trompé par le grand mage Joffrey de Peyrac, qui avait fait jaillir devant lui, d'une roche fondue, de l'or vrai en utilisant une pierre philosophale sans doute ramenée du Pays des Ténèbres Cimmériques que le comte lui avait d'ailleurs décrit complaisamment comme étant une terre absolument vierge et glaciale, où le tonnerre gronde de jour et de nuit, où le vent succède à la grêle, et où en permanence une montagne de feu crache de la lave fondue, laquelle constamment tombe sur des glaces éternelles qui, malgré la chaleur, n'arrivent pas à fondre.

— Ce dernier point est une invention de visionnaire, fit remarquer le comte de Peyrac.

— N'interrompez pas le témoin, ordonna le président.

Le moine poursuivit ses élucubrations. Il confirma que le comte avait fabriqué devant lui un lingot de plus de deux livres d'or pur qui, essayé plus tard par bien des spécialistes, avait été reconnu comme bon et véritable.

— Vous ne dites pas que j'en ai fait cadeau à monseigneur de Toulouse pour ses œuvres pieuses, intervint encore l'accusé.

— C'est exact, confirma lugubrement le moine. Cet or a résisté même à trente-trois exorcismes. Ce qui n'empêche que le magicien garde pour lui le pouvoir de le faire disparaître, quand il le désire, dans un grondement de tonnerre. Monseigneur de Toulouse lui-même fut témoin de ce phénomène effrayant, qui l'avait fort ému. Le magicien s'en vantait en parlant de l'« or fulminant ». Il se glorifie aussi de pouvoir transmuter le mercure de la même manière. Tous ces faits ont d'ailleurs été consignés dans un mémoire qui est en votre possession.

Masseneau essaya de prendre un ton plaisant :

— A vous entendre, mon père, le prévenu aurait le pouvoir de faire écrouler ce grand Palais de justice comme Samson fit crouler les colonnes du Temple.

Angélique sentit une vague de sympathie l'envahir à l'égard du parlementaire toulousain.

Bécher, roulant ses yeux comme des billes, s'était signé précipitamment.

— Ah! ne provoquez pas le magicien! Il est certainement aussi fort que Samson.

La voix moqueuse du comte s'éleva de nouveau :

— Si j'avais le pouvoir que me prête ce moine tortionnaire, plutôt que de le faire disparaître par sortilège, lui et ses semblables, je me servirais d'abord d'une formule magique pour supprimer la plus grande forteresse du monde : la bêtise et la crédulité humaines. Descartes n'avait pas raison quand il disait que l'infini n'est pas humainement concevable : car la stupidité des hommes en fournit une très belle comparaison.

— N'oubliez pas, accusé, que nous ne sommes pas ici pour disserter philosophie, et vous ne gagnez rien à vous esquiver par des pirouettes.

— Alors, continuons à écouter ce digne représentant du Moyen Age, fit Peyrac, ironique.

Le juge Bourié demanda :

— Père Bécher, vous qui avez assisté à ces opérations alchimiques sur l'or et êtes un savant reconnu, quel dessein, selon vous, poursuivait l'accusé en se livrant à Satan? La richesse? L'amour? Quoi donc?

Bécher se redressa de toute sa maigre taille, et il parut à Angélique comme un ange de l'enfer prenant son essor. Elle se signa rapidement et fut imitée, en cela, par toute la rangée de religieuses, qui commençaient à être littéralement fascinées par l'atmosphère de cette scène.

D'une voix blanche, Bécher clama :

— Son dessein, je le connais. La richesse et l'amour? non!... La puissance et la conspiration contre l'Etat ou le roi? Pas davantage! Mais il veut se rendre aussi fort que Dieu lui-même. *Je suis certain qu'il sait créer la Vie*, c'est-à-dire qu'il essaie de faire échec au Créateur lui-même.

— Père, dit avec déférence le protestant Delmas, avez-vous des preuves des faits incroyables que vous avancez?

— J'ai vu, ce qui s'appelle de mes yeux vu, des homoncules sortant de son laboratoire et aussi des gnomes, des chimères, des dragons. De nombreux paysans aussi, dont j'ai les noms, les ont vus rôder certaines nuits d'orage et sortir de ce fameux antre-laboratoire qui un jour fut détruit presque complètement par l'explosion de ce que le comte appelle or fulminant, et que moi j'appelle or instable ou satanique.

Toute la salle haletait, oppressée. Une religieuse s'évanouit et fut transportée à l'extérieur.

Le président s'adressa au témoin, en insistant solennellement. Il affirma qu'il désirait savoir toute la vérité, mais qu'appelé à juger sur des sortilèges aussi extraordinaires que ceux de l'insufflation de la vie à des êtres qu'il avait toujours considérés comme de pure légende, il demandait au témoin de se recueillir et de peser ses mots.

Il lui demandait également, s'adressant à lui en tant qu'homme versé dans la connaissance des sciences hermétiques et auteur de livres connus et autorisés par l'Eglise, comment cette chose pouvait être possible, et surtout s'il connaissait des précédents en pareille matière.

Le moine Bécher redressa sa maigre taille et parut de nouveau grandir. Pour un peu, on se serait attendu à le voir s'envoler dans sa large robe de bure noire, comme un corbeau sinistre.

Il s'écria d'une voix inspirée :

— Les écrits célèbres à ce sujet ne manquent pas. Paracelse, dans son *De Natura Rerum*, a déjà affirmé que les pygmées, les faunes, les nymphes et les satyres sont engendrés par la chimie! D'autres écrits disent qu'on peut trouver des homoncules ou petits hommes souvent pas plus grands qu'un pouce dans l'urine des enfants. L'homoncule est d'abord invisible, et il se nourrit alors de vin et d'eau de rose : un petit cri annonce sa véritable naissance. Seuls, les mages de première force peuvent opérer un tel sortilège de naissance diabolique et le comte de Peyrac, ici présent, était un de ces mages au pouvoir suprême, car il affirmait lui-même n'avoir pas besoin de pierre philosophale pour faire la transmutation de l'or. A moins qu'il n'ait eu à sa disposition cette semence de la Vie et des Métaux nobles qu'il a été chercher, selon ses propres dires, à l'autre bout de la terre.

Le juge Bourié se leva, très excité, et bafouillant de joie mauvaise :

— Qu'avez-vous à répondre à une telle accusation?

Peyrac haussa les épaules d'impatience et finit par dire avec lassitude :

— Comment voulez-vous réfuter les visions d'un individu qui est manifestement fou!

— Vous n'avez pas le droit, accusé, d'esquiver une réponse, intervint avec calme Masseneau. Reconnaissez-vous avoir, comme dit ce prêtre, « donné la vie » à ces êtres monstrueux dont il est question?

— Evidemment non, et la chose eût-elle été possible que je ne vois pas en quoi cela m'aurait intéressé.

— Vous considérez donc qu'il est possible d'engendrer la vie par artifice?

— Comment le savoir, monsieur? La science n'a pas dit son dernier mot et la nature n'offre-t-elle pas des exemples troublants? Quand j'étais en Orient, j'ai vu la transformation de certains poissons en tritons. J'ai même rapporté quelques-uns de ces échantillons à Toulouse, mais cette mutation n'a jamais voulu se renouveler, ce qui est dû sans doute à une question de climat.

— En somme, dit Masseneau avec un trémolo dramatique dans la voix, vous n'attribuez aucun rôle au Seigneur dans la création des êtres vivants?

— Je n'ai jamais dit cela, monsieur, répondit calmement le comte. Non seulement je connais mon *credo*, mais je crois que Dieu a tout créé. Seulement je ne vois pas pourquoi vous lui interdiriez d'avoir prévu certains termes de passage entre les végétaux et les animaux, ou du têtard à la grenouille. Néanmoins, personnellement je n'ai jamais « fabriqué » ces êtres que vous appelez homoncules.

Conan Bécher sortit alors des vastes replis de sa robe un petit flacon et le tendit au président.

Le flacon passa entre les mains des jurés. De sa

place, Angélique ne pouvait distinguer ce qu'il contenait, mais elle voyait que la plupart des hommes de robe se signaient, et elle entendit un des juges appeler un petit clerc et l'envoyer chercher de l'eau bénite à la chapelle.

Tous les gens de la cour prirent une mine horrifiée. Le juge Bourié se frottait sans arrêt les mains, sans qu'on sût si c'était de satisfaction ou pour effacer des traces de pollution sacrilège.

Seul Peyrac, détournant la tête, ne paraissait prendre aucun intérêt à cette cérémonie.

Le flacon revint devant le président Masseneau. Celui-ci, pour l'examiner, mit des lunnettes à gros cercles d'écaille, puis rompit enfin le silence.

— Cette espèce de monstre ressemble plutôt à un lézard racorni, dit-il d'un ton déçu.

— J'ai découvert deux de ces homoncules parcheminés et qui devaient servir de charmes, en m'introduisant au péril de ma vie dans le laboratoire alchimique du comte, expliqua modestement le moine Bécher.

Masseneau interpella l'accusé :

— Reconnaissez-vous ce... cette chose? Garde, portez le flacon à l'accusé!

Le colosse en uniforme qu'on venait d'interpeller ainsi fut pris d'un tremblement convulsif. Il bredouilla, hésita, saisit enfin le flacon avec décision, puis le laissa échapper si malencontreusement qu'il se brisa.

Un « ah... » de désappointement parcourut la foule, qui ensuite manifesta le désir de voir de plus près, et se porta en avant.

Mais les archers s'étaient massés devant le premier rang et retinrent les curieux.

Finalement, un hallebardier s'avança et piqua de son arme un petit objet indiscernable, qu'il alla mettre sous le nez du comte de Peyrac.

— C'est sans doute un des tritons que j'ai rapportés de Chine, dit celui-ci avec calme. Ils ont dû fuir leur aquarium où je plongeais mon alambic de laboratoire afin que l'eau dans laquelle ils baignaient demeurât toujours tiède. Pauvres petites bêtes!...

★

Angélique eut l'impression que, de toute cette explication sur les lézards exotiques, seul le mot « alambic » avait été retenu par l'assistance, à laquelle un « ah » d'angoisse échappa de nouveau.

— Voici l'une des dernières questions de l'interrogatoire, reprit Masseneau. Accusé, reconnaissez-vous la feuille que je vous présente? Sur cette feuille sont énumérés des ouvrages hérétiques et alchimiques dont la liste est censée être une copie fidèle d'un des rayons de votre bibliothèque que vous consultiez le plus souvent. Je vois dans cette énumération le *De Natura Rerum* de Paracelse, où le passage concernant la fabrication satanique d'êtres monstrueux tels que ces homoncules dont le savant père Bécher m'a révélé l'existence est souligné d'un trait rouge avec quelques mots de votre main.

Le comte répondit d'une voix qui devenait rauque de fatigue :

— C'est exact. Je me souviens d'avoir souligné aussi un certain nombre d'absurdités.

— Dans cette liste, nous relevons également des livres qui ne traitent pas d'alchimie, mais n'en sont pas moins prohibés. Je cite : « La France galante devenue italienne. » « Les intrigues galantes de la cour de France », etc. Ces livres sont imprimés à La Haye ou à Liège, où nous savons que se réfugient les plus dangereux pamphlétaires et gazetiers chassés du royaume. Ils sont introduits clandestinement en France, et ceux qui cherchent à les acquérir sont grandement coupables. Je signale aussi dans cette liste des noms d'auteurs tels que Galilée et Copernic, dont l'Eglise a désapprouvé les théories scientifiques.

— Je suppose que cette liste vous a été communiquée par un maître d'hôtel nommé Clément, espion à la solde de je ne sais quel grand personnage, et qui est resté plusieurs années chez moi. Elle est exacte. Mais je vous ferai remarquer, messieurs, que deux mobiles peuvent pousser un amateur à mettre tel ou tel livre dans sa bibliothèque. Soit qu'il désire posséder un témoignage de l'intelligence humaine, et c'est le cas lorsqu'il possède des ouvrages de Copernic et de Galilée, soit qu'il souhaite pouvoir mesurer à l'échelle de la sottise humaine les progrès que la science a déjà accomplis depuis le Moyen Age et ceux qui lui restent encore à accomplir. C'est le cas lorsqu'il parcourt les élucubrations de Paracelse ou de Conan Bécher. Croyez-moi, messieurs, la lecture de ces œuvres est déjà une grande pénitence.

— Désapprouvez-vous la condamnation régulière par l'Eglise de Rome des théories impies de Copernic et de Galilée?

— Oui, car l'Eglise s'est manifestement trompée. Ce qui ne signifie pas que je l'accuse sur d'autres points. J'aurais certes préféré me fier à elle et à sa connaissance des exorcismes et des sorcelleries plutôt que de me voir livré à un procès qui s'égare dans des discussions sophistiques...

Le président fit un geste théâtral comme pour montrer qu'il était impossible de faire entendre raison à un accusé d'aussi mauvaise foi.

Il consulta ensuite ses collègues, puis annonça que l'interrogatoire était terminé et qu'on allait procéder à l'audition de quelques témoins à charge.

Sur un signe de lui, deux gardes se détachèrent, et l'on entendit un brouhaha derrière la petite porte par laquelle était déjà entré le tribunal.

Dans le prétoire pénétrèrent alors deux religieux en blanc, ensuite quatre nonnes et enfin deux moines récollets en bure brune.

Le groupe s'aligna devant la tribune des jurés.

Le président Masseneau se leva.

— Messieurs, nous entrons dans la partie la plus délicate du procès. Appelés par le roi, défenseur de l'Eglise de Dieu, à juger un procès de sorcellerie, nous avons dû rechercher les témoignages qui, selon le rituel de Rome, nous prouveraient de façon flagrante que le sieur Peyrac entretenait un commerce avec Satan. Principalement sur le troisième point de rituel qui dit que...

Il se pencha pour lire un texte.

— ... Qui dit que la personne usant de commerce avec le diable, et que l'on appelle traditionnellement « véritable énergumène », possède « les forces surnaturelles des corps et l'empire sur l'esprit et le corps des autres », nous avons retenu les faits suivants.

Malgré le froid assez rude qui régnait dans la grande salle, Masseneau s'épongea discrètement, puis reprit sa lecture en bredouillant un peu.

— ... Nous sont parvenues les plaintes de la prieure du couvent des filles de Saint-Léandre en Auvergne. Celle-ci déclarait qu'une de ses novices entrée depuis peu dans la communauté et qui avait donné jusqu'alors toute satisfaction, manifestait des troubles démoniaques dont elle accusait le comte de Peyrac. Elle ne cacha pas que celui-ci l'avait entraînée jadis dans de coupables licences, et que c'était le remords de ses fautes qui l'avait conduite à se retirer dans le cloître. Mais elle n'y trouvait pas la paix, car cet homme continuait à la tenter à distance et l'avait certainement envoûtée. Peu de temps aprés, elle amena au chapitre un bouquet de roses qu'elle prétendit lui avoir été lancé par-dessus le mur du couvent par un inconnu qui avait la silhouette du comte de Peyrac, mais qui était certainement un démon, car il fut prouvé qu'à la même époque le gentilhomme en question se trouvait à Toulouse. Le bouquet en question causa aussitôt à travers la communauté d'étranges perturbations. D'autres religieuses furent saisies de transports extraordinaires et obscènes. Lorsqu'elles reprenaient leurs esprits, elles parlaient d'un diable boiteux dont la seule apparition les comblait d'une joie surhumaine et allumait dans leur chair un feu inextinguible. Naturellement la novice cause de ce désordre demeurait en état de transe à peu près permanent. Alarmée, la prieure de Saint-Léandre finit par en appeler à ses supérieurs. Précisément, l'instruction du procès du sieur Peyrac commençant, le cardinal-archevêque de Paris me communiqua le dossier. Ce sont les religieuses de ce couvent que nous allons entendre ici même.

Se penchant par-dessus son pupitre, Massenau s'adressa respectueusement à l'une des cornettes penchées.

— Sœur Carmencita de Mérecourt, reconnaissez-vous en cet homme celui qui vous poursuit à distance et qui vous aurait jeté « l'invocation diabolique et ridicule » de l'envoûtement ?

Une voix de contralto pathétique s'éleva :

— Je reconnais mon seul et unique maître !

Stupéfaite, Angélique découvrait sous les voiles austères le sensuel visage au teint chaud de la belle Espagnole.

Massenau s'éclaircit la voix et articula avec une peine visible :

— Pourtant, ma sœur, n'avez-vous pas pris l'habit pour vous consacrer exclusivement au Seigneur ?

— J'ai voulu fuir l'image de mon envoûteur. En vain. Il me poursuit jusqu'aux saints offices.

— Et vous, sœur Louise de Rennefonds, reconnaissez-vous celui qui vous est apparu au cours des scènes de délire dont vous avez été victime?

Une voix jeune et tremblante répondit faiblement :

— Oui, je... je crois. Mais celui que je voyais avait des cornes...

Une houle de rires secoua la salle et un clerc s'écria :

— Hé! ça se peut bien qu'il lui en soit poussé pendant son séjour à la Bastille.

Angélique était rouge de colère et d'humiliation. Sa compagne lui prit la main pour lui rappeler d'avoir à garder son sang-froid, et elle se maîtrisa.

Masseneau reprenait, s'adressant à l'abbesse du couvent :

— Madame, bien que cette audience soit fort pénible pour vous, je suis contraint de vous demander de confirmer vos dires devant le tribunal!

La religieuse âgée, qui ne semblait pas émue, mais seulement indignée, ne se fit pas prier et déclara d'une voix nette :

— Ce qui se passe depuis quelques mois dans ce couvent dont je suis depuis trente ans la prieure, est une véritable honte. Il faut vivre dans les cloîtres, messieurs, pour savoir à quelles facéties grotesques peut se livrer le démon, lorsque, par l'intermédiaire d'un sorcier, il lui est possible de se manifester. Je ne cache pas que le devoir qui m'incombe aujourd'hui m'est pénible, car je souffre, devant un tribunal séculier, d'être contrainte d'exposer des actions aussi offensantes pour l'Eglise, mais S. E. le cardinal-archevêque m'en a donné l'ordre. Je demanderai cependant à être entendue en privé.

Le président accéda à cette demande, à la grande

satisfaction de l'abbesse et à la déception de la salle.

Le tribunal se retira suivi de l'abbesse et des autres religieuses dans une pièce du fond qui servait habituellement de greffe.

Seule Carmencita demeura, sous la garde des quatre moines qui l'avaient amenée et de deux gardes suisses.

Angélique regardait maintenant son ex-rivale. L'Espagnole n'avait rien perdu de sa beauté. Peut-être la claustration avait-elle encore affiné ce visage dans lequel les larges prunelles noires paraissaient poursuivre un rêve exalté.

Le public aussi semblait se repaître de la vue de la belle envoûtée.

Angélique entendit la voix moqueuse de Me Gallemand dire :

— Mâtin, le Grand Boiteux remonte dans mon estime!

La jeune femme vit que son mari n'avait pas honoré d'un regard cette scène spectaculaire. Maintenant que le tribunal était sorti, il cherchait sans doute à se reposer un peu. Il essaya de s'installer tant bien que mal sur ce banc d'infamie qu'était la sellette. Il y parvint en convulsant tous les traits de son visage. La station debout, sur ses béquilles, et surtout la torture de l'aiguille qu'on lui avait infligée à la Bastille, en avaient fait un martyr.

Le cœur d'Angélique lui faisait mal comme s'il était devenu de pierre.

Jusqu'ici, son mari avait montré un courage surhumain. Il avait réussi à parler calmement, sans pouvoir toujours retenir son ironie coutumière qui, malheureusement, ne semblait avoir impressionné favorablement ni le tribunal ni même le public.

Maintenant, Joffrey tournait ostensiblement le dos

à son ancienne maîtresse. L'avait-il seulement vue?

Sœur Carmencita, un moment inerte, fit soudain quelques pas dans la direction du prévenu. Les gardes s'interposèrent et la firent reculer.

Tout à coup, on vit le splendide visage de madone espagnole se transformer totalement, se tordre, se creuser. Il ressembla en un instant à une vision infernale.

La bouche s'ouvrait et se refermait comme celle d'un poisson tiré hors de l'eau. Puis la religieuse porta brusquement la main à ses lèvres. Ses dents se serrèrent, ses yeux se révulsèrent, une mousse blanche apparut aux commissures des lèvres et se gonfla.

Desgrez bondit, hagard.

— Regardez! Nous y voilà : c'est la grande scène des bulles de savon.

Mais il fut brutalement saisi et entraîné au-dehors.

Ce cri unique n'avait provoqué aucun écho parmi la foule haletante et qui tendait vers le spectacle des figures hallucinées.

Un tremblement convulsif agitait tout le corps de la nonne. Elle fit quelques pas titubants dans la direction de l'accusé. Les religieux lui barrèrent de nouveau le passage. Alors, elle s'arrêta, porta les mains à sa coiffe et commença à l'arracher avec des gestes saccadés. Ce faisant, elle tournait sur elle-même de plus en plus vite.

Les quatre religieux se jetèrent sur elle et essayèrent de la maîtriser.

Soit parce qu'ils n'osaient pas se montrer énergiques, soit parce que réellement ils ne parvenaient pas à en venir à bout, elle leur échappait comme une anguille, avec des gestes précis de lutteuse consommée et de véritable acrobate.

Puis elle se jeta sur le sol et, rampant, se convulsant avec une adresse de serpent, elle réussit plusieurs fois à se glisser entre les jambes des prêtres, sous leurs robes, et à les précipiter à terre. Elle se livrait à des gestes indécents, cherchait à soulever les robes de bure. A deux ou trois reprises, les pauvres religieux roulèrent sur le plancher dans des postures aussi peu édifiantes que possible. Les archers, béants devant cette mêlée de robes et de chapelets, n'osaient intervenir.

Finalement, la possédée, tourbillonnant et se tortillant en tous sens, réussit à se débarrasser de son scapulaire, puis de sa robe et, tout à coup, dressa dans la lueur glauque du prétoire son corps magnifique, entièrement nu.

Le vacarme était indescriptible. Des gens hurlaient sans pouvoir s'arrêter. Les uns voulaient sortir, d'autres voulaient voir.

Un respectable magistrat, assis au premier rang, se dressa, arracha sa propre toge et, bondissant sur la scène en simple justaucorps et haut-de-chausses, jeta sa toge sur la tête de Carmencita et parvint à voiler l'impudique forcenée.

En hâte, les nonnes près desquelles Angélique était placée, s'ébranlèrent sous la conduite de leur supérieure. On leur laissait le passage, car on avait reconnu des religieuses de l'Hôpital général. Elles entourèrent Carmencita et, avec des cordelettes surgies on ne sait d'où, la ficelèrent comme un saucisson. Puis, presque en procession, elles sortirent en emmenant leur capture écumante.

Alors un cri aigu jaillit de la foule déchaînée :

— Voyez, le diable rit!

Des bras tendus désignaient le prévenu.

En effet, Joffrey de Peyrac, à quelques pas duquel la scène s'était déroulée, donnait libre cours à son hilarité. Dans ce rire sonore, Angélique reconnaissait les éclats de cette gaieté naturelle et spontanée qui avait enchanté sa vie. Mais les esprits chavirés y virent la provocation même de l'enfer.

Un remous d'indignation et d'horreur porta la salle en avant. Les gardes se précipitèrent et croisèrent leurs hallebardes. Sans eux l'accusé eût certainement été mis en pièces.

— Sortez avec moi, chuchota la compagne d'Angélique.

Et comme la jeune femme, ahurie, hésitait, elle insista :

— De toute façon, la salle va être évacuée. Il faut savoir ce qu'est devenu Me Desgrez. Nous apprendrons par lui si la séance doit continuer cet après-midi.

11

Elles retrouvèrent l'avocat dans la cour du Palais, à la petite buvette tenue par le gendre et la fille du bourreau.

L'avocat, sa perruque de travers, était très nerveux.

— Vous avez vu comment ils m'ont fait sortir, profitant de l'absence du tribunal !... Je vous assure que, moi présent, j'aurais fait cracher à cette folle le morceau de savon qu'elle s'était mis dans la bouche ! Mais n'importe. Les exagérations mêmes de ces deux témoins me serviront dans ma plaidoirie !... Si seulement le père Kircher ne se faisait pas tellement attendre, j'aurais l'esprit en repos. Allons, venez vous asseoir à cette table près du feu, mesdames. J'ai commandé, à la petite bourrelle, des œufs et de l'andouillette. Tu n'y as pas mis au moins du jus de têtes de morts, bourrelle, ma jolie ?...

— Non, monsieur, répondit gracieusement la jeune femme. On ne s'en sert que pour la soupe des pauvres.

Angélique, les coudes sur la table, avait mis sa figure dans ses mains. Desgrez lui lançait des regards perplexes, croyant qu'elle pleurait. Mais il s'aperçut qu'elle était secouée par un rire nerveux.

— Oh! cette Carmencita! balbutia-t-elle, les yeux brillant de larmes contenues. Quelle comédienne! Je n'ai jamais rien vu d'aussi drôle! Croyez-vous qu'elle l'ait fait exprès?

— Sait-on jamais avec les femmes! bougonna l'avocat.

A une table voisine, un vieux clerc commentait pour ses collègues :

— Si c'est une comédie qu'elle a jouée, la nonne, eh bien, c'est une bonne comédie. Dans ma jeunesse, j'ai assisté au procès de l'abbé Grandin, qui a été brûlé pour avoir ensorcelé les religieuses de Loudun. Ça se passait exactement de la même façon. Y avait pas assez de manteaux dans la salle pour couvrir toutes ces belles filles qui se déshabillaient dès qu'elles voyaient Grandin. On n'avait pas le temps de dire ouf! Et encore aujourd'hui vous n'avez rien vu. Aux audiences de Loudun, il y en avait qui, toutes nues, se couchaient par terre et...

Il se pencha pour chuchoter des détails particulièrement scabreux.

Angélique se remettait un peu.

— Pardonnez-moi d'avoir ri. Je suis à bout de nerfs.

— Riez, ma pauvrette, riez, murmura sombrement Desgrez. Il sera toujours temps de pleurer. Si seulement le père Kircher était là! Que diable lui est-il arrivé?...

Entendant les appels d'un crieur d'encre qui rôdait dans la cour, son tonneau en bandoulière et des plumes d'oie à la main, il le fit venir et, sur un coin de table, griffonna un message qu'il chargea un clerc d'aller porter illico au lieutenant de police, M. d'Aubray.

— Ce d'Aubray est un ami de mon père. Je lui dis qu'on paiera ce qu'il faudra afin qu'il mette tous les gens du guet en branle pour me ramener le père Kircher au Palais, de gré ou de force.

— L'avez-vous fait chercher au Temple?

— Deux fois déjà j'ai envoyé le petit Cordaucou avec un billet. Il est revenu bredouille. Les jésuites qu'il a vus prétendent que le père est parti ce matin pour le Palais.

— Que craignez-vous? interrogea Angélique, alarmée.

— Oh! rien. J'aimerais mieux qu'il soit là, c'est tout. En principe, la démonstration scientifique de l'extraction de l'or doit convaincre les magistrats, si bornés qu'ils soient. Mais ce n'est pas tout de les convaincre, il faut encore les confondre. Seule la voix du père Kircher est assez autorisée pour les décider à passer outre aux... préférences royales. Venez, maintenant, car l'audience va reprendre et vous risqueriez de trouver les portes fermées.

La séance de l'après-midi s'ouvrit par une déclaration du président Masseneau. Il dit que la conviction des juges, à la suite de l'audition des quelques témoins à charge, avait été suffisamment éclairée sur les différents aspects de ce procès difficile, ainsi que sur le caractère particulier de l'accusé, et que maintenant les témoins de la défense allaient être entendus.

Desgrez fit signe à l'un des gardes, et l'on vit paraître un gamin parisien à l'air déluré.

Il déclara se nommer Robert Davesne et être apprenti serrurier, rue de la Ferronnerie, à l'enseigne de la Clef-de-Cuivre, chez le maître d'œuvre Dasron. D'une voix claire, il fit serment de dire toute la vérité et en prit à témoin saint Eloi, patron de la confrérie des serruriers.

Ensuite, il s'approcha du président Masseneau et lui remit un petit objet que celui-ci considéra avec surprise et méfiance.

— Qu'est-ce donc que ceci?

— C'est une aiguille à ressort, m'sieur, répondit l'enfant sans se troubler. Comme je suis habile de mes mains, c'est moi que mon patron a chargé de fabriquer un objet semblable, dont un moine lui avait fait commande.

— Qu'est-ce encore que cette histoire? interrogea le magistrat, tourné vers Desgrez.

— Monsieur le président, l'accusation a mentionné, à la charge de mon client, les réactions de celui-ci au cours d'un exorcisme qui aurait eu lieu dans les prisons de la Bastille sous les auspices de Conan Bécher, auquel je me refuse à donner ses titres ecclésiastiques, par respect pour l'Eglise. Conan Bécher nous a dit qu'à l'épreuve des « taches diaboliques » le prévenu avait réagi d'une façon qui ne laisse aucun doute sur ses relations avec Satan. A chacun des points névralgiques prévus par le rituel de Rome, le prévenu aurait poussé des hurlements à faire frémir les gardiens eux-mêmes. Or je veux faire remarquer que le poinçon avec lequel cette épreuve a été conduite était fabriqué sur le même modèle que celui que vous avez entre les mains. Messieurs, ce faux « exorcisme » sur lequel la cour de justice risque d'appuyer son verdict, a été mené avec un poinçon *truqué*. C'est-à-dire que, sous une apparence inoffensive, il renfermait une longue aiguille à ressort, qui, déclenchée par un coup d'ongle imperceptible, s'enfonçait au moment voulu dans les chairs. Je défie n'importe quel homme de sang-froid de pouvoir subir cette épreuve sans pousser par instants des hurlements de possédé. L'un de vous, messieurs les jurés, a-t-il le courage d'expérimenter sur lui-même la torture raffinée à laquelle mon client a été soumis, et derrière laquelle on se retranche pour l'accuser de possession certaine?...

Très raide et pâle, Fallot de Sancé se dressa et tendit son bras.

Mais Masseneau s'interposa avec impatience :

— Assez de comédie! Ce poinçon est-il celui-là même avec lequel a eu lieu la séance d'exorcisme?

— Il en est la copie exacte. L'original a été porté par ce même apprenti, il y a environ trois semaines, à la Bastille, et remis à Bécher. L'apprenti peut en témoigner.

A ce moment, le gamin déclencha malicieusement l'instrument et l'aiguille jaillit sous le nez de Masseneau, qui fit un bond en arrière.

— En tant que président de la cour, je récuse ce témoin de dernière heure et qui ne figure même pas sur la première liste du greffier. De plus, c'est un enfant, et son témoignage est donc sujet à caution. Enfin, c'est certainement un témoignage intéressé. Combien t'a-t-on payé pour venir ici?

— Rien encore, m'sieur. Mais on m'a promis le double de ce que le moine m'avait déjà donné, c'est-à-dire vingt livres.

Masseneau en fureur se tourna vers l'avocat.

— Je vous préviens que, si vous insistez sur l'enregistrement d'un pareil témoignage, je me verrai obligé de renoncer à l'audition des autres témoins à décharge.

Desgrez baissa la tête en signe de soumission, et le gamin s'enfila dans la petite porte du greffe comme s'il avait le diable à ses trousses.

★

— Faites entrer les autres témoins, ordonna le président sèchement.

Il y eut un bruit, comparable au piétinement d'une forte équipe de déménageurs. Précédé de deux sergents, un curieux cortège apparut. Il y avait d'abord plusieurs débardeurs des Halles, suants et débraillés, qui portaient des colis de formes étranges, dont on voyait dépasser des tuyaux de fer, des soufflets de forge et autres objets bizarres. Puis venaient deux petits Savoyards traînant des paniers de charbon de bois et des pots de grès pourvus d'étiquettes étranges.

Ensuite, derrière deux gardes, on vit entrer un gnome contrefait que semblait pousser devant lui l'immense Noir Kouassi-Ba, très impressionné. Le Maure, torse nu, s'était bariolé de rayures de kaolin blanc. Angélique se rappela qu'il en faisait autant à Toulouse, les jours de fête. Mais son apparition, ainsi que celle de ce cortège étrange, arracha à la salle comme un râle où l'étonnement se mêlait à la terreur.

Angélique poussa en revanche un soupir de soulagement. Des larmes lui montèrent aux yeux.

« Oh! les braves gens, pensa-t-elle en regardant Fritz Hauer et Kouassi-Ba. Ils savent pourtant ce qu'ils risquent en venant au secours de leur maître. »

Dès qu'ils eurent déposé leurs colis, les porteurs suivirent. Seuls restèrent le vieux Saxon et le Maure. Ils procédèrent au déballage et à l'installation de la forge portative ainsi que des soufflets à pied. On installa également deux creusets et une grosse coupelle en cendre d'os. Puis le Saxon ouvrit deux sacs. De l'un, il tira avec peine une lourde galette noire ressemblant à de la scorie; de l'autre, un lingot apparemment de plomb.

La voix de Desgrez se fit entendre :

— Conformément au désir unanime exprimé par la cour de tout voir et de tout entendre concernant l'accusation des sortilèges de la transmutation de l'or, voici les témoins et « complices » — en nos termes de justice — de l'opération prétendument magique. Je vous prie de noter que leur présence est tout à fait volontaire. Ils sont venus au secours de leur ancien maître et nullement parce que leurs noms ont été arrachés par la torture à mon client, le comte de Peyrac... Maintenant, monsieur le président, voulez-vous permettre à l'accusé de faire devant vous, avec ses aides habituels, la démonstration de l'expérience de ce que l'acte d'accusation appelle « sortilège magique », alors que, selon l'accusé, il s'agit d'une extraction d'or invisible, révélé par un procédé scientifique?

Me Gallemand glissa à son voisin :

— Ces messieurs sont partagés entre la curiosité, l'attirance du fruit défendu, et les consignes sévères venant de très haut. S'ils étaient vraiment malins, ils refuseraient de se laisser influencer.

La jeune femme frissonna, craignant que la seule preuve visuelle de l'innocence de son mari ne fût, en effet, interdite au dernier instant. Mais la curiosité ou même l'esprit de justice l'emporta. Joffrey de Peyrac fut invité par Masseneau à diriger l'opération et à répondre à toutes questions utiles.

— Auparavant, pouvez-vous jurer, comte, que, avec ces histoires d'or fulminant, ni ce palais ni les personnes qui s'y trouvent ne courent le moindre danger?

Angélique, dont l'ironie restait toujours aux aguets, nota que, dans leur crainte du mystère qui se préparait, ces juges infaillibles rendaient son titre à celui qui en avait été dépouillé sans autre forme de procès.

Joffrey affirma qu'il n'y avait aucun danger.

Le juge Bourié demanda qu'on fît revenir le père Bécher afin de le confronter avec l'accusé au cours de la prétendue expérience, et d'éviter ainsi toute supercherie.

Masseneau inclina gravement sa perruque, et Angélique ne put retenir le tremblement nerveux qui, chaque fois, la saisissait à la vue de ce moine qui non seulement était la véritable âme damnée de ce procès, mais devait être l'inventeur de l'aiguille de torture, et probablement l'instigateur de la comédie de la Carmencita. Monstrueusement lucide, cherchait-il simplement à justifier son échec cinglant en alchimie? Ou s'agissait-il d'un visionnaire nébuleux, ayant, comme certains fous, des moments de lucidité? Au fond, peu importait. C'était le moine Bécher!

Il représentait tout ce que Joffrey de Peyrac avait combattu, le déchet, le résidu d'un monde ancien, ce Moyen Age qui s'était étendu comme un formidable océan sur l'Europe, mais qui, en se retirant, laissait stagner au creux du siècle nouveau l'écume stérile de la sophistique et de la dialectique.

Les mains dans les amples manches de sa robe, le cou tendu, les yeux fixes, Bécher surveillait le Saxon et Kouassi-Ba qui, ayant amené la forge et l'ayant « lutée » avec de la glaise aux raccords de tuyauterie, commençaient à activer le feu.

Derrière Angélique, un prêtre parlait à l'un de ses collègues :

— Il est certain qu'un tel assemblage de monstres humains, et plus particulièrement ce Maure barbouillé comme pour une cérémonie magique, n'est pas fait pour rassurer les âmes faibles. Heureusement que Notre-Seigneur saura toujours reconnaître les siens. J'ai entendu dire qu'un exorcisme secret, mais régulier, fait sur ordre du diocèse de Paris, aurait conclu qu'il n'y avait rien de diabolique dans l'accusation dont on charge injustement ce gentilhomme, qui n'est peut-être puni que pour son manque de piété...

La détresse et le réconfort se partageaient le cœur endolori d'Angélique. Certes, l'ecclésiastique avait raison. Mais pourquoi fallait-il que le bon Fritz Hauer eût ce dos bossu et ce visage bleui, et que Kouassi-Ba fût si terrifiant ?

Et, lorsque Joffrey de Peyrac déploya son long corps brisé pour s'approcher en boitillant de la forge rougeoyante, il ne fit qu'ajouter à ce sinistre tableau.

L'accusé demanda à l'un des sergents de ramasser le bloc de scorie, d'apparence poreuse et noire, puis de le présenter d'abord au président et ensuite à tous les jurés. Un autre sergent leur tendait également une forte loupe, afin qu'il fût possible d'examiner la pierre de très près.

— Voyez, messieurs, ceci est la « matte » de pyrite aurifère fondue, extraite de ma mine de Salsigne, fit remarquer Peyrac.

Bécher confirma :

— C'est bien la même matière noire que j'ai broyée et lavée, et où je n'ai pas trouvé d'or.

— Eh bien, mon père, reprit l'accusé avec une déférence qu'Angélique admira, vous allez montrer de nouveau vos talents de laveur d'or. Kouassi-Ba, donne un mortier.

Le moine retroussa ses larges manches et se mit à concasser avec ardeur et à piler la roche noire, qui se réduisit assez facilement en poudre.

— Monsieur le président, ayez l'obligeance de faire

chercher maintenant un gros baquet d'eau et un bassinet d'étain bien propre et passé au sable.

Pendant que deux suisses allaient chercher le nécessaire, le prisonnier fit de la même façon présenter aux juges un lingot de métal.

— Ceci est du plomb à faire des balles ou des tuyauteries d'eau, du plomb dit « pauvre » par les spécialistes, car il ne contient pratiquement ni or ni argent.

— Comment pouvons-nous en être certains ? remarqua judicieusement le protestant Delmas.

— Je peux vous le démontrer par coupellation.

Le Saxon présenta à son ancien patron une grosse bougie de suif et deux cubes blancs de trois ou quatre pouces carrés. Avec un canif, Joffrey creusa dans une face de l'un des cubes une petite cavité.

— Quelle est cette matière blanche ? Est-ce de la terre à porcelaine ? interrogea Masseneau.

— C'est une coupelle en cendre d'os, cette cendre qui vous a déjà tellement impressionné au début de l'audience. En fait, vous allez voir que cette matière blanche sert simplement à absorber la crasse du plomb lorsqu'on chauffe celui-ci avec la flamme d'une bougie de suif...

La bougie fut allumée et Fritz Hauer apporta un petit tube recourbé à angle droit, dans lequel le comte se mit à souffler de façon à diriger la flamme de la bougie sur le morceau de plomb incrusté dans la coupelle d'os.

On vit la flamme éclairante s'incurver, toucher le plomb qui se mit à fondre et à émettre des vapeurs d'un bleu livide.

Conan Bécher leva un doigt doctoral.

— Les savants autorisés appellent cela « souffler la pierre philosophale », commenta-t-il d'une voix grinçante.

Le comte interrompit son opération un instant.

— A écouter cet imbécile, toutes les cheminées passeront bientôt pour des souffles de Satan.

Le moine prit un air de martyr et le président rappela l'inculpé à l'ordre.

Joffrey de Peyrac se remit à souffler. Dans l'obscurité du soir qui commençait à envahir la salle, on vit le plomb fondu bouillonner au rouge, puis se calmer, et enfin s'assombrir, tandis que le prisonnier opérateur cessait de souffler dans son chalumeau. Soudain, le petit nuage de fumée âcre se dissipa, et l'on s'aperçut que le plomb fondu avait disparu complètement.

— C'est un tour de passe-passe qui ne prouve absolument rien, remarqua Massenau.

— Il démontre seulement que la cendre d'os a absorbé ou, si vous voulez, *bu* tout le plomb pauvre oxydé. Et cela indique que ce plomb est privé de métaux précieux, chose que je tenais à vous démontrer par cette opération, que les métallurgistes saxons appellent « essai à blanc ». Maintenant, je vais demander au père Bécher de terminer le lavage de cette poudre noire que je dis aurifère, et nous procéderons ensuite à l'extraction de l'or.

Les deux suisses étaient de retour avec un baquet d'eau et un bassinet.

Après avoir lavé par giration la poudre qu'il avait broyée, le moine, d'un air triomphant, montra au tribunal le très maigre résidu des éléments lourds qui s'étaient déposés au fond de la cuvette.

— C'est bien ce que j'affirmais, dit-il. Aucune trace d'or, même infime. On ne peut en faire jaillir que par magie.

— L'or est invisible, répéta Joffrey. De cette roche broyée, mes assistants vont l'extraire par la seule aide du plomb et du feu. Je ne prendrai pas part à l'opération. Ainsi vous serez convaincus que je n'y fais entrer aucun élément nouveau, ni ne l'accompagne d'aucune formule cabalistique, et qu'il ne s'agit là que d'un procédé quasi artisanal, pratiqué par des ouvriers aussi peu sorciers que n'importe quel forgeron ou chaudronnier.

Me Gallemand murmura :

— Il parle trop simplement et trop bien. Tout à l'heure, ils vont l'accuser d'envoûter le jury et la salle entière.

De nouveau, Kouassi-Ba et Fritz Hauer s'affairèrent. Bécher, visiblement réticent, mais exalté par sa « mission » et le rôle dominant qu'il prenait peu à peu dans ce procès où, à sa manière, il croyait défendre l'Eglise, suivait sans les contrarier les préparatifs du chargement de la forge en charbon de bois.

Le Saxon prit un très gros creuset en terre cuite. Il y plaça le plomb, puis la poudre noire de la scorie concassée. Le tout fut recouvert d'un sel blanc qui devait être du « borax ». Enfin on remit du charbon de bois par-dessus, et Kouassi-Ba commença d'actionner au pied les deux soufflets.

Angélique admirait la patience avec laquelle son mari, encore si fier et arrogant quelques instants auparavant, se prêtait à cette comédie.

Résolument, il se tenait assez éloigné de la forge, près de la sellette d'accusation, mais la lueur du feu éclairait son visage maigre et hâve enfoui dans son opulente chevelure.

Il y avait dans toute cette scène quelque chose de sinistre et d'oppressant.

Dans le grand feu de forge, la masse de plomb et de scorie fondait. L'air s'emplissait de fumée et d'odeur âcre et soufrée. Aux premiers rangs, plusieurs personnes se mirent à tousser et à éternuer

Le tribunal entier disparaissait par instants derrière une masse de vapeurs sombres.

Angélique commença à se dire que les juges avaient quand même quelque mérite de s'exposer ainsi, sinon à des sortilèges, du moins à une épreuve fort désagréable.

Le juge Bourié se leva et demanda l'autorisation de se rapprocher. Masseneau la lui accorda. Mais le juge qu'on prétendait faussaire et dont l'avocat avait dit que le roi lui avait promis trois abbayes au cas où le procès se terminerait par une condamnation sévère, se tint finalement debout entre la forge, à laquelle il tournait le dos, et l'accusé qu'il épiait sans relâche.

La fumée de la forge se rabattait parfois sur Bourié et le faisait tousser, mais il resta dans cette position peu commode et exposée, sans quitter le comte du regard.

Le juge Fallot, dit de Sancé, semblait être lui-même sur des charbons ardents. Il évitait les regards de ses collègues et s'agitait nerveusement dans son grand fauteuil de velours rouge.

« Pauvre Gaston! » pensa Angélique. Puis elle cessa de s'intéresser à lui.

Déjà, le creuset, sous l'action du feu de forge qu'un garde alimentait en y ajoutant constamment du charbon de bois, devenait rouge, puis presque blanc.

— Halte! commanda le mineur saxon qui, couvert de suie, de sueur et de cendre d'os, avait de plus en plus l'apparence d'un monstre surgi des enfers.

Il s'approcha d'un des sacs et en tira une grosse tenaille pansue dont il se servit pour saisir le lourd creuset au milieu des flammes. Cambré, prenant solidement appui sur ses jambes torses, il souleva le creuset sans effort apparent.

Kouassi-Ba lui présenta alors un moule de sable. Un jet brillant comme de l'argent jaillit et se déversa dans la lingotière parmi des étincelles de fumée blanche.

Le comte Joffrey parut sortir de sa torpeur et commenta d'une voix lasse :

— Voici faite la coulée du plomb d'œuvre qui a capté les métaux précieux de la matte aurifère. Nous allons briser le moule et aussitôt nous coupellerons ce plomb sur une « sole » de cendre qui est placée dans le fond du four.

Fritz Hauer présenta cette « sole » qui était une grosse briquette blanche creusée d'une cavité. Il l'installa sur le feu, puis, pour détacher le lingot du creuset, il dut se servir d'une enclume, et l'auguste Palais retentit pendant quelques instants de sonores coups de marteau. Enfin le plomb fut délicatement déposé dans la cavité et le feu activé. Lorsque la brique et le plomb eurent été chauffés au rouge, Fritz fit arrêter la soufflerie et Kouassi-Ba enleva tout ce qui restait de charbon de bois dans la forge.

Il ne resta plus que la brique rougeoyante emplie de plomb fondu incandescent qui bouillonnait et devenait de plus en plus clair.

Kouassi-Ba saisit un petit soufflet à main et le dirigea sur le plomb.

L'air froid, au lieu d'éteindre l'incandescence, l'aviva, et le bain devint éblouissant de clarté.

— Voyez le sortilège! glapit Bécher. Il n'y a plus de charbon, mais le feu de l'enfer commence à opérer le Grand Œuvre! Voyez! Les trois couleurs apparaissent.

Le Maure et le Saxon continuaient, à tour de rôle, à souffler sur le bain fondu, qui se contorsionnait et était saisi de remous et de tremblotements comme un feu follet. Un œuf de feu se dessina dans la masse. Puis, comme le Noir retirait son soufflet, l'œuf se redressa sur son grand axe, et, tourbillonnant comme une toupie, se mit à perdre son éclat et à devenir de plus en plus sombre.

Mais, tout à coup, l'œuf s'éclaira de nouveau très

violemment, devint blanc, sursauta, bondit hors de la cavité et, avec un bruit mat, roula sur le sol, jusqu'aux pieds du comte.

— L'œuf de Satan rejoint celui qui l'a créé! cria Bécher. C'est la foudre! C'est l'or fulminant! Il va éclater sur nous!

La salle criait. Masseneau, dans la demi-obscurité où l'on se trouvait subitement plongé, réclamait des chandelles. Au milieu de ce tintamarre, le moine Bécher continuait à parler d'« œuf philosophique » et de « poulet du sage », si bien qu'un clerc facétieux grimpa sur un banc et lança un sonore « Cocorico »!

« Oh! mon Dieu, ils ne comprennent rien! » se disait Angélique en se tordant les mains.

Enfin des exempts reparurent en divers points de la salle avec des flambeaux à trois branches, et le tumulte s'apaisa un peu.

Du bout de sa béquille, le comte, qui n'avait pas bougé, toucha le morceau de métal.

— Ramasse donc ce lingot, Kouassi-Ba, et porte-le au juge.

Sans hésiter, le Noir bondit, s'empara de l'œuf métallique et le présenta, brillant sur sa paume noire.

— C'est de l'or! haleta le juge Bourié qui restait comme une statue de pierre.

Il voulut s'en emparer, mais à peine l'avait-il effleuré qu'il poussa un cri affreux et retira sa main brûlée.

— Le feu de l'enfer!

— Comment se fait-il, comte, demanda Masseneau en essayant de raffermir sa voix, que la chaleur de cet or ne brûle pas votre serviteur noir?

— Tout le monde sait que les Maures supportent une braise incandescente dans leur paume, tout comme les charbonniers auvergnats.

Sans y être invité, Bécher surgit les yeux exorbités

et vida un flacon d'eau bénite sur le morceau de métal incriminé.

— Messieurs de la cour, vous avez vu fabriquer devant vous, et contre tous les exorcismes rituels, de l'or du diable. Jugez vous-mêmes à quel point le sortilège est puissant!

— Croyez-vous que cet or est véritable? demanda Masseneau.

Le moine grimaça et tira de son inépuisable poche un autre petit flacon, qu'il déboucha avec précaution.

— Ceci est de l'eau-forte qui attaque non seulement les laitons et les bronzes, mais encore l'alliage or-argent. Cependant, je suis certain d'avance que c'est du *purum aurum*.

— En fait, cet or extrait de la roche sous vos yeux n'est pas absolument pur, intervint le comte. Sinon, le métal n'eût point produit l'éclair qui illumina le métal en fin de coupellation et qui, accompagnant un brusque changement d'état, a produit cet autre phénomène qui fit sauter le lingot. Berzélius est le premier savant qui ait décrit cet effet étrange.

La voix maussade du juge Bourié demanda :

— Ce Berzélius est-il au moins catholique romain?

— Sans doute, répondit placidement Peyrac, car c'était un Suédois qui vivait au Moyen Age.

Bourié eut un rire sarcastique.

— La cour appréciera la valeur d'un témoignage aussi lointain.

Il y eut ensuite un moment de flottement pendant lequel les juges, penchés les uns vers les autres, s'entretinrent sur la nécessité de continuer la séance ou de la remettre au lendemain.

L'heure était tardive. Les gens se montraient à la fois las et surexcités. En fait, personne ne voulait s'en aller.

Angélique ne ressentait aucune fatigue. Elle était

comme détachée d'elle-même. A l'arrière de sa pensée, un petit raisonnement fiévreux se déroulait, dont elle suivait les méandres sans pouvoir le dominer. Il n'était pas possible que la démonstration de l'extraction de l'or fût interprétée de façon défavorable à l'accusé... Est-ce que les excès mêmes du moine Bécher n'avaient pas déplu aux juges? Ce Masseneau avait beau affirmer qu'il demeurait neutre, il semblait évident, au fond, qu'il était favorable à son compatriote gascon. Mais, d'autre part, tout ce tribunal n'était-il pas composé de rudes et raides gens du Nord? Et, dans le public, il n'y avait guère que le truculent Me Gallemand qui osât manifester des sentiments tant soit peu hostiles aux décisions du roi. Quant à la religieuse qui accompagnait Angélique, elle était certes secourable, mais à la façon d'un glaçon qu'on déposerait sur le front brûlant d'un malade.

Ah! si la chose s'était passée à Toulouse!...

Et cet avocat, enfant de Paris lui aussi, inconnu, pauvre au surplus, quand lui laisserait-on la parole?... N'allait-il pas se dérober? Pourquoi n'intervenait-il plus? Et le père Kircher, où était-il? Angélique essayait en vain de discerner, parmi les spectateurs du premier rang, le visage de paysan matois du grand exorciste de France.

Des chuchotements hostiles entouraient Angélique d'une ronde infernale :

— Il paraît que Bourié a la promesse d'entrer en possession de trois diocèses s'il obtient la condamnation de cet homme. Peyrac n'a que le tort d'être en avance sur son siècle. Vous allez voir qu'on va le condamner...

Le président Masseneau toussota.

— Messieurs, dit-il, la séance continue. Accusé, avez-vous quelque chose à ajouter à tout ce que nous avons vu et entendu?

Le Grand Boiteux du Languedoc se redressa sur ses cannes et sa voix s'éleva pleine, sonore, empreinte d'un accent de vérité qui fit passer un frémissement entre les rangs du public.

— Je jure devant Dieu, et sur les têtes bénies de ma femme et de mon enfant, que je ne connais ni le diable ni ses sortilèges, que je n'ai jamais pratiqué de transmutation de l'or ni créé la vie d'après des conseils sataniques, et que je n'ai jamais cherché à nuire à mon prochain par l'effet de charmes et de maléfices.

Pour la première fois de l'interminable séance, Angélique enregistra un mouvement de sympathie pour celui qui venait de parler.

Une voix claire, enfantine, jaillie du sein de la foule, cria :

— Nous te croyons.

Le juge Bourié se dressa en agitant ses manches.

— Prenez garde! Voici l'effet d'un charme dont nous n'avons pas assez parlé. N'oubliez pas : la Voix d'or du royaume... la voix redoutable qui séduisait les femmes...

Le même timbre enfantin cria :

— Qu'il chante! Qu'il chante...

Cette fois, le sang méridional du président Masseneau lui remonta au visage et il se mit à frapper du poing sur son pupitre.

— Silence! Je fais évacuer la salle! Gardes, expulsez les perturbateurs!... Monsieur Bourié, asseyez-vous! Assez d'interruptions. Finissons-en! Maître Desgrez, où êtes-vous?

— Je suis là, monsieur le président, répondit l'avocat.

Masseneau reprit son souffle et fit effort pour se maîtriser. Il continua d'un ton plus calme :

— Messieurs, la justice du roi se doit de prendre toutes les garanties. C'est pourquoi, bien que ce procès soit mené à huis clos, le roi, dans sa magnanimité, n'a pas voulu priver l'accusé de tous les moyens de défense. C'est dans ce dessein que j'ai cru devoir accepter que l'accusé produise toute démonstration, même dangereuse, pour jeter la lumière sur les procédés magiques dont il est accusé d'être détenteur. Enfin, suprême clémence du prince, il a obtenu l'assistance d'un avocat, à qui je donne donc la parole.

12

Desgrez se leva, salua la cour, remercia le roi au nom de son client, puis monta sur la petite estrade de deux marches d'où il devait parler.
En le voyant se dresser, très droit, très grave, Angélique avait de la peine à s'imaginer que cet homme vêtu de noir était le même long garçon au nez fureteur qui, le dos rond sous sa casaque râpée, s'en allait à travers les rues de Paris en sifflant son chien.
Le vieux petit greffier Clopot, qui avait « procuré » les pièces s'en vint, selon l'usage, s'agenouiller devant lui.
L'avocat regarda le tribunal, puis le public. Il semblait chercher quelqu'un dans la foule. Etait-ce à cause de la lueur jaune des chandelles ? Angélique eut l'impression qu'il était pâle comme un mort.
Pourtant, lorsqu'il parla, sa voix était nette et posée.

Messieurs,
Après tant d'efforts déployés tant par l'accusation que par les jurés, au cours desquels votre science de la Loi n'a pu trouver d'égale que la hauteur de votre érudition classique — tout ceci, répétons-le encore

avec force, avec le SEUL BUT d'éclairer la Justice du Roi, afin de faire jaillir toute la VERITE, vous avez, Messieurs, épuisé toute la lumière des astres pour dépeindre le présent procès. Après les clairvoyantes citations latines ou grecques de MM. les commissaires du roi, que reste-t-il à un obscur avocat dont c'est la première grande cause, pour découvrir encore quelques minces rayons susceptibles d'aller chercher toute la vérité enfouie au fond du puits de la plus atroce des accusations? Cette vérité m'apparaît, hélas! tellement lointaine et si dangereuse à révéler que je tremble en moi-même et souhaiterais presque que cette pauvre flamme s'éteigne et me laisse dans l'obscurité tranquille où j'étais auparavant. Mais il est trop tard! J'ai vu et je dois parler. Et je dois vous crier : Prenez garde, messieurs! Prenez garde que le choix que vous allez faire n'entraîne votre responsabilité devant les siècles futurs. Ne soyez pas de ceux par la faute de qui les enfants de nos enfants, se tournant vers notre siècle, diront : « C'était un siècle d'hypocrites et d'ignares. Car il y eut en ce temps-là, diront-ils, un grand et noble gentilhomme qu'on accusa de sorcellerie, pour la seule raison qu'il était un grand savant. »

L'avocat fit une pause. Il reprit plus doucement :
— Imaginez, messieurs, une scène des temps passés, à cette époque ténébreuse où nos ancêtres n'employaient que de grossières armes de pierre. Voici que, parmi eux, un homme s'avise de ramasser la boue de certains terrains, il la jette dans le feu et en extrait une matière tranchante et dure, inconnue jusqu'alors. Ses compagnons crient à la sorcellerie et le condamnent. Pourtant, quelques siècles plus tard, c'est de cette matière inconnue, le *fer*, que sont fabriquées nos armes. Je vais plus loin. Si, de nos jours, messieurs, vous pénétriez dans le laboratoire d'un fa-

bricant de parfums, allez-vous reculer d'horreur en criant à la sorcellerie, devant l'étalage des cornues et des filtres d'où s'échappent des vapeurs qui ne sont pas toujours odorantes? Non, vous vous trouveriez ridicules. Et pourtant, quel mystère se trame dans l'antre de cet artisan! Celui-ci matérialise, sous forme de liquide, la chose la plus invisible qui soit : l'odeur. Ne soyez pas de ceux à qui l'on pourra appliquer la terrible parole de l'Evangile : « Ils ont des yeux et ne voient pas. Ils ont des oreilles et n'entendent pas. » En fait, messieurs, je ne doute pas que la seule accusation de se livrer à des travaux bizarres ait pu inquiéter vos esprits ouverts par l'étude à toutes sortes de perspectives. Mais des circonstances troublantes, une réputation étrange entourent la personnalité du prévenu. Analysons, messieurs, sur quels faits repose cette réputation, et voyons si chaque fait, détaché des autres, peut soutenir raisonnablement l'accusation de sorcellerie. Enfant catholique, confié à une nourrice huguenote, Joffrey de Peyrac fut précipité d'une fenêtre à l'âge de quatre ans par des exaltés, dans la cour d'un château. Il fut estropié et défiguré. Faudrait-il, messieurs, accuser de sorcellerie tous les boiteux et tous ceux dont la vue inspire la frayeur? Cependant, bien que disgracié par la nature, le comte possède une voix merveilleuse, qu'il cultiva avec des maîtres d'Italie. Faudrait-il, messieurs, accuser de sorcellerie tous ces chanteurs au gosier d'or devant lesquels les nobles dames et nos femmes elles-mêmes se pâment d'aise? De ses voyages, le comte rapporte mille récits curieux. Il a étudié ces coutumes nouvelles, il s'est plu à étudier des philosophies étrangères. Faudrait-il condamner tous les voyageurs et les philosophes? Oh! je sais. Tout cela ne crée pas un personnage des plus simples. J'en viens au phénomène le plus surprenant : cet homme, qui a acquis une science profonde et s'est enrichi grâce à son savoir, cet homme qui parle à merveille et chante de même, cet homme, malgré son physique, réussit à plaire aux femmes. Il aime les femmes et ne s'en cache pas. Il vante l'amour et il a de nombreuses aventures. Que parmi ces femmes amoureuses se trouvent des exaltées et des dévergondées, c'est là monnaie courante dans une vie libertine que l'Eglise certes réprouve, mais qui n'en est pas moins fort répandue. S'il fallait, messieurs, brûler tous les nobles seigneurs qui aiment les femmes, et ceux que poursuivent leurs amantes déçues, je crois, ma foi, que la place de Grève ne serait pas assez vaste pour contenir leurs bûchers...

Il y eut un remous d'approbation. Angélique était confondue par l'habileté de Desgrez. Avec quel tact il évitait de s'étendre sur la richesse de Joffrey, qui avait éveillé tant de jalousies, pour s'appesantir, en revanche, comme sur un fait regrettable, mais contre lequel les austères bourgeois ne pouvaient rien, sur la vie dévoyée qui était l'apanage des nobles.

Peu à peu, il réduisait le débat, le ramenait à des proportions de ragots de province, et l'on s'étonnerait bientôt d'avoir fait tant de bruit pour rien.

— Il plaît aux femmes! répéta doucement Desgrez, et nous nous étonnons, nous autres représentants du sexe fort, qu'avec son triste physique les dames du Sud éprouvent pour lui tant de passion. Oh! messieurs, ne soyons pas trop hardis. Depuis que le monde est monde, qui a su expliquer le cœur des femmes et le pourquoi de leurs passions? Arrêtons-nous, respectueux, au bord du mystère. Sinon nous serions obligés de brûler toutes les femmes!...

L'intervention de Bourié, qui bondit de son fauteuil, coupa les rires et les applaudissements.

— Assez de comédies! cria le juge dont le teint devenait de plus en plus jaune. Vous vous moquez du tribunal et de l'Eglise. Oubliez-vous que l'accusation de sorcellerie a été initialement lancée par un archevêque? Oubliez-vous que le principal témoin à charge est un religieux, et qu'un exorcisme en règle a été pratiqué sur l'accusé, démontrant que celui-ci est un suppôt de Satan?...

— Je n'oublie rien, monsieur Bourié, répondit gravement Desgrez, et je vais vous répondre. Il est bien vrai que l'archevêque de Toulouse a lancé la première accusation de sorcellerie contre M. de Peyrac, auquel l'opposait une longue rivalité. Ce prélat a-t-il regretté un geste, où, dans sa rancœur, il n'avait pas fait entrer assez de pondération? Je veux le croire, car j'ai là un abondant dossier où Mgr de Fontenac réclame à plusieurs reprises que l'accusé soit remis à un tribunal ecclésiastique, et se désolidarise de toutes décisions qui seraient prises à son sujet par un tribunal civil. Il se désolidarise également — j'ai la lettre, messieurs, et je peux vous la lire — des faits et paroles de celui que vous appelez le premier témoin à charge, Conan Bécher, moine. Quant à ce dernier, dont l'exaltation peut paraître pour le moins suspecte à toute personne de saine raison, je rappelle qu'il est responsable de l'exorcisme unique sur lequel semble maintenant s'étayer l'accusation. Exorcisme qui eut lieu en la prison de la Bastille le 4 décembre dernier, devant les pères Frelat et Jonathan, ici présents. Je ne conteste pas la réalité de ce procès-verbal d'exorcisme, en ceci qu'il a été réellement dressé par ce moine et ses acolytes, à l'égard desquels je ne me prononce pas, ignorant s'ils sont crédules, ignorants ou complices. Mais je conteste la validité de cet exorcisme! cria Desgrez d'une voix tonnante. Je ne veux pas entrer dans le détail des incongruités de cette sinistre cérémonie, mais je soulignerai au moins deux points : le premier, c'est que la religieuse qui, en l'occurrence, a simulé déjà en présence de l'accusé les symptômes de la possession, est cette même femme Carmencita de Mérecourt qui nous a donné tantôt un aperçu de ses talents de comédienne, et dont un homme du greffe peut témoigner qu'il l'a vue cracher au sortir de la salle le morceau de savon avec lequel elle simulait l'écume de l'épilepsie, procédé bien connu des « sabouleux » qui, dans les rues, cherchent à inspirer la pitié publique. Deuxième point : je reviens au poinçon truqué, cette aiguille infernale que vous avez refusé d'enregistrer comme n'étant pas appuyée par assez de preuves. Et pourtant, messieurs, si cela était vrai, si vraiment un fou sadique avait soumis un homme à semblable torture dans l'intention d'égarer votre jugement et de charger votre conscience de la mort d'un innocent?... J'ai là une déclaration du médecin de la Bastille, faite quelques jours après l'affreuse expérience.

D'une voix saccadée, Desgrez lut un rapport du sieur Malinton, médecin de la Bastille, qui, ayant été appelé au chevet d'un prisonnier, dont il ignorait le nom, mais qui portait de grandes cicatrices au visage, avait constaté que celui-ci portait sur tout le corps de petites plaies envenimées qui semblaient avoir été faites par de profondes piqûres d'épingle.

Dans le grand silence profond qui suivit cette lecture, l'avocat reprit d'une voix grave et lente :

— Et maintenant, messieurs, l'heure est venue de faire entendre une voix grandiose et dont je suis l'indigne porte-parole, une voix qui, au-delà des turpitudes humaines, a toujours cherché à n'éclairer ses fidèles qu'avec prudence. L'heure est venue pour moi, humble clerc, de faire entendre à ce procès la voix de l'Eglise. Elle vous dira ceci :

Desgrez déploya une large feuille et lut :

— En cette nuit du 25 décembre 1660, dans la prison du Palais de justice de Paris, a été accomplie une cérémonie d'exorcisme sur la personne du sieur Joffrey de Peyrac de Morens, accusé d'intelligence et de commerce avec Satan. Attendu que, d'après le rituel de l'Eglise de Rome, les véritables possédés du démon doivent disposer de *trois pouvoirs extraordinaires* : 1) l'intelligence de langues qu'ils n'ont pas apprises; 2) le pouvoir de deviner et de connaître les choses secrètes; 3) les forces surnaturelles du corps; avons soumis en cette nuit du 25 décembre 1660 comme étant seul régulièrement mandaté par l'official de Rome comme *exorciseur* pour tout le diocèse de Paris, néanmoins assisté en cela par deux autres prêtres de notre sainte congrégation, le prisonnier comte Joffrey de Peyrac aux exercices et interrogatoires prévus par le rituel. Dont il a résulté que l'exorcisé n'avait l'intelligence que des langues qu'il avait apprises, et nullement notamment de l'hébreu et du chaldéen que deux d'entre nous connaissent; que cet homme est apparu fort savant, mais nullement devin; qu'il n'a montré aucune force surnaturelle du corps, mais simplement des blessures provoquées par des piqûres profondes et envenimées, et des infirmités anciennes; déclarons que l'examiné Joffrey de Peyrac n'est nullement possédé du démon... Suivent les signatures du révérend père Kircher, de la Compagnie de Jésus, grand exorciste du diocèse de Paris, et celles des révérends pères de Marsan et de Montaignat, qui l'assistaient.

On aurait entendu voler une mouche. La stupeur et le trouble de la salle étaient presque tangibles, et pourtant personne ne bougeait et ne parlait.

Desgrez regarda le tribunal.

— Après cette voix, que puis-je ajouter? Messieurs les jurés, vous allez prononcer votre verdict. Mais, au moins, ce sera en pleine connaissance d'une chose certaine : c'est que l'Eglise, au nom de laquelle on vous demande de condamner cet homme, le reconnaît innocent du délit de sorcellerie pour lequel on l'a traîné ici... Messieurs, je vous laisse en face de vos consciences.

Posément, Desgrez reprit sa toque, s'en coiffa et descendit les degrés de la petite estrade.

Alors le juge Bourié se dressa et sa voix aigre résonna dans le silence :

— Qu'il vienne! Qu'il vienne donc lui-même! C'est au père Kircher de témoigner de cette cérémonie secrète, suspecte sur plus d'un point, car elle avait été faite en cachette de la Justice.

— Le père Kircher viendra, affirma Desgrez d'une voix très calme. Il devrait être là. Je l'ai fait chercher.

— Eh bien, moi, je vous dis qu'il ne viendra pas, clama Bourié, car vous en avez menti, vous avez falsifié de toutes pièces cette histoire rocambolesque d'un exorcisme secret afin d'impressionner les juges. Vous vous êtes abrité derrière les noms de personnalités ecclésiastiques importantes afin d'emporter le verdict... La supercherie se serait découverte, mais trop tard...

Retrouvant son agilité coutumière, le jeune avocat bondit vers Bourié.

— Vous m'insultez, monsieur. Je ne suis pas, comme vous, un faussaire. Je me souviens du serment que j'ai fait devant le conseil de l'ordre du roi lorsque j'ai reçu ma charge d'avocat.

La salle recommença à manifester bruyamment. Masseneau, debout, essayait de se faire entendre. La voix de Desgrez domina encore :

— Je demande... je demande le renvoi de la séance

à demain. Le révérend père Kircher ratifiera sa déclaration, j'en fais serment.

A ce moment, une porte claqua. Un courant d'air froid mêlé de flocons de neige jaillit d'une des entrées de l'hémicycle qui donnait sur la cour. Tout le monde se tourna vers cette ouverture, où venaient d'apparaître deux archers couverts de neige. Ceux-ci s'effacèrent pour laisser passer un petit homme trapu et noir, vêtu avec recherche, et dont la perruque et le manteau à peine mouillés prouvaient qu'il venait de descendre de carrosse.

— Monsieur le président, dit-il d'une voix rude, j'ai appris que vous teniez encore séance à cette heure tardive, et je n'ai pas cru devoir attendre pour vous porter une nouvelle que je crois importante.

— Nous vous écoutons, monsieur le lieutenant de police, répondit Masseneau étonné.

M. d'Aubray se tourna vers l'avocat.

— Me Desgrez, que voici, m'a fait demander de me livrer à des recherches dans la capitale pour retrouver un révérend père jésuite du nom de Kircher. Après avoir expédié quelques exempts aux différents endroits où il aurait pu être et où personne ne l'avait vu, je fus averti que le corps d'un noyé, trouvé pris dans les glaces de la Seine, venait d'être transporté à la morgue du Châtelet. Je m'y suis rendu, accompagné d'un père jésuite de la maison du Temple. Celui-ci a formellement reconnu son confrère, le père Kircher. Sa mort remonte sans doute aux premières heures de la matinée...

— Ainsi vous ne reculez même pas devant le crime! hurla Bourié le bras tendu vers l'avocat.

Les autres juges s'agitaient, prenaient Masseneau à partie. La foule criait :

— Assez! finissons-en!...

Angélique, plus morte que vive, n'arrivait même pas

à discerner à qui s'adressaient ces huées. Elle porta les mains à ses oreilles.

Elle vit Masseneau se lever et fit effort pour l'entendre.

— Messieurs, la séance est reprise : le témoin capital de dernière heure annoncé par l'avocat de la défense, le révérend père jésuite Kircher, venant d'être trouvé mort, et M. le lieutenant de police en personne, ici présent, n'ayant pu découvrir sur lui aucun document témoignant d'outre-tombe ce que maître Desgrez nous a communiqué; étant donné également que la personnalité seule du révérend père Kircher pouvait donner du poids à un prétendu acte dressé secrètement, le tribunal, dans sa sagesse..., considère cet incident comme nul et non avenu, et va simplement se retirer pour la délibération du verdict.

— Ne faites pas cela! cria la voix désespérée de Desgrez. Remettez le verdict. Je trouverai des témoins. Le père Kircher a été assassiné.

— Par vous! jeta Bourié.

— Maître, calmez-vous, dit Masseneau, faites confiance aux décisions des juges.

★

La délibération dura-t-elle quelques minutes ou plus longtemps?

Il semblait à Angélique que ces juges n'avaient jamais bougé, qu'ils étaient là depuis toujours avec leurs bonnets carrés et leurs robes rouges et noires, qu'ils resteraient là toujours. Mais maintenant ils se tenaient debout. Les lèvres du président de Masseneau bougeaient. D'une voix tremblante, elles articulaient :

— Je requiers pour le roi, Joffrey de Peyrac de Morens, être déclaré et atteint de crimes de rapt, séduction, impiété, magie, sorcellerie et autres abominations mentionnées au procès, et pour réparation desquelles il sera livré entre les mains de l'exécuteur de la haute justice, mené et conduit par tous au parvis de Notre-Dame, et fera amende honorable en tête nue et pieds nus, la corde au cou, tenant un flambeau de quinze livres. Et, ce étant fait, il sera mené en place de Grève et brûlé vif sur un bûcher qui à ces fins y sera dressé, jusqu'à ce que son corps et ossements soient consumés et réduits en cendres, et icelles seront dispersées et jetées au vent. Et chacun de ses biens sera acquis et confisqué au roi. Et, avant d'être exécuté, il sera mis et appliqué à la question ordinaire et extraordinaire. Je requiers le Saxon Fritz Hauer être déclaré son complice et pour réparation condamné à être pendu et étranglé jusqu'à ce que mort s'ensuive à une potence dressée à cet effet en place de Grève. Je requiers le Maure Kouassi-Ba, être déclaré son complice et pour réparation être condamné aux galères à vie.

Près de la sellette d'infamie, la haute silhouette, appuyée sur deux cannes, vacilla. Joffrey de Peyrac leva vers le tribunal un visage livide.
— Je suis innocent!
Son cri résonna dans un silence de mort.
Alors, il reprit d'une voix calme et sourde :
— Monsieur le baron de Masseneau de Pouillac, je comprends qu'il n'est plus temps pour moi de protester de mon innocence. Je me tairai donc. Mais, avant de m'éloigner, je veux vous rendre publiquement hommage pour le souci de l'équité que vous avez cherché à maintenir dans ce procès dont la présidence et la conclusion vous ont été imposées. Recevez, d'un noble de vieille souche, l'assurance que vous êtes plus digne de porter le blason que ceux qui vous gouvernent.

Le visage rougeaud du parlementaire toulousain se

crispa. Brusquement on le vit porter la main à ses yeux et il cria, en employant cette langue d'oc que seuls Angélique et le condamné pouvaient comprendre :
— Adieu! Adieu! frère de mon pays.

13

Dehors, dans la nuit profonde mais qui, déjà, approchait vers l'aube, la neige tombait et le vent soufflait d'énormes flocons. Trébuchant dans l'épais tapis blanc, les assistants quittaient le Palais de justice. Des lanternes se balançaient aux portières des carrosses.

Angélique s'en alla, silhouette solitaire, à travers les rues ténébreuses de Paris. En sortant du Palais, un remous l'avait séparée de la religieuse.

Machinalement, elle reprenait le chemin de l'enclos du Temple. Elle ne pensait à rien; elle aspirait seulement à retrouver sa petite chambre et à se pencher sur la bercelonnette de Florimond.

Combien de temps dura cette marche trébuchante?... Les rues étaient désertes. Par ce temps affreux, les malandrins mêmes se terraient. Les tavernes étaient peu bruyantes, car c'était la fin de la nuit, et les ivrognes qui n'avaient pas regagné leur logis ronflaient sous les tables ou confiaient leurs malheurs à quelque fille à moitié endormie. La neige recouvrait la ville d'un silence morne.

En s'approchant de l'enceinte fortifiée du Temple, Angélique se souvint que les portes devaient être closes. Mais elle entendit les sons étouffés de l'horloge de Notre-Dame de Nazareth et compta cinq coups. Dans une heure, le bailli ferait ouvrir. Elle franchit le pont-levis et alla se blottir sous la voûte de la poterne. Des flocons de neige fondue coulaient sur son visage. Heureusement, la confortable robe de grosse laine du costume de religieuse, avec ses multiples jupes, la vaste coiffe, le manteau à capuchon, l'avaient bien protégée. Mais ses pieds étaient glacés.

L'enfant s'agitait en elle. Elle posa ses mains sur son ventre et l'étreignit avec une colère soudaine. Pourquoi cet enfant voulait-il vivre, alors que Joffrey allait mourir ?...

A cet instant, la draperie mouvante de la neige s'écarta, et une forme monstrueuse bondit sous la voûte en haletant.

Le premier mouvement de frayeur passé, Angélique reconnut le chien Sorbonne.

Il lui avait posé les pattes sur les épaules et lui léchait le visage de sa langue râpeuse.

Angélique le caressa, scrutant l'ombre où continuait la danse serrée des flocons. Sorbonne, c'était Desgrez. Desgrez allait venir et, avec lui, l'espoir. Il aurait une idée. Il lui dirait ce qu'il fallait faire encore pour sauver Joffrey.

Elle entendit le pas du jeune homme sur le pont de bois. Il avança avec précaution.

— Vous êtes là ? chuchota-t-il.
— Oui.

Il s'approcha. Elle ne le voyait pas, mais il lui parlait de si près que le parfum de tabac de son haleine lui rappelait atrocement les baisers de Joffrey.

— Ils ont essayé de m'arrêter alors que je sortais du Palais de justice. Sorbonne a étranglé l'un des exempts. J'ai pu m'enfuir. Le chien a suivi votre piste et m'a guidé jusqu'ici. Maintenant, il vous faut disparaître. Vous avez compris? Plus de nom, plus de démarches, plus rien. Sinon vous allez vous retrouver dans la Seine un matin, comme le père Kircher, et votre fils sera doublement orphelin. Quant à moi, j'avais prévu le dénouement épouvantable. Un cheval m'attend à la porte Saint-Martin. Dans quelques heures, je serai loin.

Angélique se cramponnait à la veste trempée de l'avocat. Ses dents claquaient.

— Vous n'allez pas partir?... Vous n'allez pas m'abandonner?

Il prit les minces poignets de la jeune femme et détacha les mains crispées.

— J'ai tout joué pour vous et j'ai tout perdu, sauf ma peau.

— Dites-moi encore... Dites-moi ce que je peux faire pour mon mari?

— Tout ce que vous pouvez faire pour lui...

Il hésita, puis parla précipitamment :

— Allez trouver le bourreau et donnez-lui trente écus pour qu'il l'étrangle... avant le feu. Comme cela, il ne souffrira pas. Tenez, voilà trente écus.

Elle sentit qu'il lui glissait une bourse dans la main. Sans ajouter un mot, il s'éloigna. Le chien hésitait à suivre les traces de son maître. Il revenait vers Angélique, et levait vers elle de bons yeux pleins d'amitié. Desgrez siffla. Le chien pointa les oreilles et disparut en galopant dans la nuit.

14

Le bourreau, Me Aubin, habitait sur la place du Pilori, au carré de la halle aux poissons. Il devait loger là et non ailleurs. Les lettres d'investissement des exécuteurs des hautes œuvres de Paris stipulaient ce détail depuis des temps immémoriaux. Toutes les boutiques et échoppes de la place lui appartenaient, et il les louait à de petits marchands. De plus, par droit de « havage » il pouvait prélever à chaque étalage du marché une pleine main des légumes verts ou grains exposés, un poisson d'eau douce, un poisson de mer, et une bottée de foin.

Si les poissardes étaient les reines des Halles, le bourreau en était le seigneur occulte et honni.

Angélique se rendit chez lui à la nuit tombante. Le jeune Cordaucou la guidait. Même à cette heure déjà tardive, le quartier était très animé. Par les rues de la Poterie et de la Fromagerie, Angélique pénétrait dans ce quartier caractéristique où retentissaient les clameurs extraordinaires des dames de la Halle, lesquelles, célèbres par leurs faces rubicondes et leur langage pittoresque, formaient un corps de métier privilégié. Les chiens se battaient dans les ruisseaux sur des détritus. Des charrettes de foin et de bois barraient les rues. Sur tout cela, régnait l'odeur de marée exhalée par les étaux de la halle aux poissons.

Des relents nauséabonds, venus du cimetière proche des Saints-Innocents et de ses affreux charniers où l'on entassait depuis cinq cents ans les ossements des Parisiens, se mêlaient à ces fortes senteurs, à celles des viandes et des fromages.

Le pilori se dressait au milieu de la place. C'était une sorte de petite tour octogonale au toit pointu. Le bâtiment comportait un rez-de-chaussée et un seul étage avec de hautes fenêtres en ogives, par lesquelles on pouvait apercevoir la grande roue de fer mobile qui se trouvait placée au milieu de la tour.

Un voleur y était exposé ce soir-là, la tête et les mains passées dans les trous ménagés tout autour de la roue. De temps en temps, la roue était mise en branle par un des valets du bourreau. Le visage bleui de froid du voleur et ses mains pendantes apparaissaient tour à tour entre les croisées comme le personnage macabre d'une horloge à automates, et les badauds assemblés riaient de ses grimaces.

— C'est Jactance, disait-on, le plus grand coupe-bourses des Halles.

— Oh! maintenant, on le reconnaîtra!

— Qu'il paraisse dans les parages, servantes et marchands crieront : Au coupe-bourses!

Il y avait une assez grande foule au pied du pilori. Mais, si l'on se pressait à cet endroit, c'était moins pour contempler le voleur exposé que pour s'entendre avec deux valets qui, au rez-de-chaussée, distribuaient des jetons.

— Voyez, m'dame, dit Cordaucou avec une certaine fierté, c'est des gens qui veulent avoir des places pour l'exécution de demain. Sûr qu'il y en aura pas pour tout le monde.

Avec l'insensibilité inhérente à sa profession et qui permettrait de faire de lui un excellent « exécuteur », il lui montra l'avis que des crieurs avaient claironné le matin même à tous les carrefours :

— Le sieur Aubin, maître ordinaire des hautes et basses œuvres de la ville et de la banlieue de Paris, avertit qu'il louera des places sur son échafaud, à un prix raisonnable, pour voir le feu que l'on fera brûler demain place de Grève pour un sorcier. On prendra les billets au pilori chez messieurs ses valets. Les places seront marquées par une fleur de lis et les jetons par une croix de Saint-André.

— Vous voulez-t-y que je vous prenne une place si vous avez de quoi? proposa l'apprenti bourreau avec obligeance.

— Non, non, fit Angélique avec horreur.

— Pourtant c'est bien votre droit, fit l'autre avec philosophie. Parce que sans ça vous ne pourrez guère approcher, je vous en préviens. Pour les pendaisons, y a guère de monde : les gens sont habitués. Mais les bûchers, c'est plus rare. Ça va être une presse oh! la la, Me Aubin dit qu'il en est tout retourné à l'avance. Il n'aime pas quand il y a trop de foule comme ça à crier autour. Il dit qu'on sait jamais ce qui peut leur prendre. Tenez, c'est ici, m'dame. Entrez donc.

La pièce où Cordaucou l'avait introduite était propre et bien tenue. On venait d'allumer les chandelles. Autour de la table, trois petites filles aux cheveux blonds sous leur béguin de laine, proprement vêtues, mangeaient de la bouillie dans des écuelles de bois.

Près de l'âtre, la bourrelle ravaudait le maillot écarlate de son homme.

— Salut, maîtresse, dit l'apprenti. J'ai amené cette femme-là rapport qu'elle voulait parler au patron.

— Il est au Palais de justice. Il ne va pas tarder. Asseyez-vous donc, ma belle.

Angélique s'assit sur un banc, contre le mur. La femme lui jetait des regards en dessous, mais ne lui posait pas de questions comme l'eût fait toute autre commère. Combien en avait-elle vu déjà de femmes hagardes, de mères douloureuses, de filles désespérées, s'asseoir sur ce banc, venant implorer du bourreau un dernier secours, le soulagement des douleurs d'un être aimé!... Combien, les mains pleines d'or ou la menace à la bouche, avaient pénétré dans cet intérieur paisible pour réclamer du maître des hautes œuvres une suprême et impossible complicité d'évasion!

Indifférence ou compassion, la femme se taisait et l'on n'entendait que les rires discrets des fillettes, qui taquinaient Cordaucou.

★

Entendant un pas sur le seuil, Angélique se dressa à demi. Mais ce n'était pas encore celui qu'elle attendait. Le nouveau venu était un jeune prêtre qui, avant d'entrer, frotta longuement ses gros souliers couverts de boue.

— Me Aubin n'est pas là?

— Il ne va pas tarder. Entrez donc, monsieur l'abbé, et venez vous mettre près du feu, si le cœur vous en dit.

— Vous êtes bien bonne, madame. Je suis un prêtre de la Mission et j'ai été désigné pour assister le condamné de demain. Je suis venu voir Me Aubin afin de lui présenter ma lettre, signée par M. le lieutenant de police, et lui demander de me laisser pénétrer près de ce malheureux. Une nuit de prières n'est pas de trop pour se préparer à la mort.

— Certes oui, dit la bourrelle. Asseyez-vous, monsieur l'abbé, et séchez votre manteau. Cordaucou, jette un fagot.

Elle laissa de côté le maillot rouge et prit sa quenouille.

— Vous avez du courage, reprit-elle. Un sorcier, ça ne vous fait pas peur ?

— Toutes les créatures de Dieu, même les plus coupables, méritent qu'on se penche sur elles avec pitié quand vient l'heure de la mort. Mais cet homme n'est pas coupable. Il est innocent du crime affreux dont on l'accuse.

— Ils disent tous ça! fit la bourrelle avec philosophie.

— Si Monsieur Vincent avait vécu, il n'y aurait pas eu de bûcher demain. Quelques heures avant sa mort, je l'ai entendu parler avec anxiété de l'iniquité qui allait se commettre envers un gentilhomme du royaume. Lui vivant, il serait plutôt monté sur le bûcher à côté du condamné pour crier au peuple qu'on le brûlât à la place d'un innocent.

— Ah! voilà bien ce qui tourmente mon pauvre homme, s'écria la femme. Vous ne pouvez vous rendre compte, monsieur l'abbé, du mauvais sang qu'il se fait pour l'exécution de demain. Il a fait dire six messes à Saint-Eustache, une à chaque chapelle latérale. Et encore il en fera dire une au maître-autel, si tout se passe bien.

— Si Monsieur Vincent était encore là...

— ... Il n'y aurait plus de voleurs et de sorciers, et nous n'aurions plus de travail.

— Vous vendriez des harengs sur le carreau des halles, ou des bouquets sur le Pont-Neuf, et vous n'en seriez pas plus malheureux.

— Ma foi..., dit la femme en riant.

Angélique regardait le prêtre. A cause des paroles qu'il venait de prononcer, elle aurait voulu se lever, se nommer, lui demander l'assistance de sa charité. Il était jeune, mais la flamme de Monsieur Vincent transparaissait en lui; il avait de grosses mains, l'attitude pauvre et simple des gens du peuple. Il aurait eu la même attitude devant le roi. Cependant, Angélique ne bougeait pas. Depuis deux jours, les yeux lui brûlaient des larmes qu'elle avait versées dans la solitude de sa petite chambre où elle terrait sa misère. Mais, maintenant, elle n'avait plus de larmes, elle n'avait plus de cœur. Aucun baume ne pouvait apaiser la plaie ouverte. De son désespoir était née une fleur mauvaise : la haine. « Ce qu'ils lui ont fait souffrir, je le leur ferai payer au centuple. » Elle avait puisé dans cette résolution le goût de vivre encore et celui d'agir. Est-ce qu'on peut pardonner à un Bécher?...

Elle demeura immobile, raidie, les mains crispées

sous sa cape, autour de la bourse que lui avait donnée Desgrez.

— Vous me croirez si vous voulez, monsieur l'abbé, disait la bourrelle, mais mon plus grand péché à moi, c'est l'orgueil.

— Ça alors, vous me stupéfiez! s'exclama le prêtre en claquant ses mains sur ses genoux. Soit dit sans manquer à la charité, ma fille, mais, vous qui êtes détestée de tous à cause du métier de votre mari, vous dont vos voisines elles-mêmes se détournent en marmonnant quand vous passez, je me demande où vous allez encore pêcher de l'orgueil et de la fierté?...

— Hé! c'est certain, soupira la pauvre femme. Pourtant, quand je vois mon homme, bien campé sur ses jambes, lever sa grande hache, et pan! d'un seul coup faire sauter une tête, je ne peux m'empêcher d'être fière de lui. Vous savez, ça n'est pas facile de réussir cela d'un seul coup, monsieur l'abbé.

— Ma fille, vous me faites frissonner, dit le prêtre. Il ajouta rêveusement :

— Le cœur des êtres humains est insondable.

A ce moment, la porte en s'ouvrant laissa pénétrer la rumeur de la place. Un géant aux épaules carrées entra et s'avança d'un pas pesant et tranquille. Il salua d'un grognement en jetant alentour le regard impérieux de celui qui est partout et toujours dans son droit. Son visage plein, tacheté par des traces de petite vérole, avait de gros traits impassibles. Il ne paraissait pas méchant, mais seulement froid et dur comme un masque de pierre. Il portait le visage des hommes qui ne doivent ni rire ni pleurer en certaines circonstances, le visage des croque-morts... et des rois, pensa Angélique, qui soudain, malgré sa casaque grossière d'artisan, lui trouvait une ressemblance avec Louis XIV.

C'était le bourreau.

Elle se leva et le prêtre fit de même, tendant sans un mot la lettre d'introduction du lieutenant de police.

Me Aubin s'approcha d'une chandelle pour la lire.

— C'est bon, dit-il. Demain, dès l'aube, je vous emmènerai avec moi là-bas.

— Ne pourrais-je pas me présenter dès ce soir?

— Impossible. Tout est clos. Il n'y a que moi qui peux vous introduire près du condamné et, franchement, m'sieur le curé, j'ai besoin de casser la croûte. Les autres ouvriers ont interdiction de travailler après le couvre-feu. Mais, pour moi, il n'y a ni jour ni nuit. Quand ça les prend de vouloir faire avouer un patient, ces messieurs de la haute justice, pour un peu ils s'installeraient à coucher là-bas, enragés qu'ils sont! Tout y est passé aujourd'hui : l'eau, les brodequins, le chevalet.

Le prêtre joignit les mains.

— Le malheureux! Seul dans les ténèbres d'un cachot avec sa souffrance, et l'angoisse d'une mort prochaine! Mon Dieu, secourez-le!

Le bourreau lui jeta un regard soupçonneux.

— Vous n'allez pas me faire des ennuis, au moins? Ça me suffit déjà d'avoir à mes chausses ce moine Bécher, qui ne trouve jamais que j'en fais assez. Par saint Côme et saint Eloi, m'est avis que c'est bien plutôt lui qui est possédé du diable!

Tout en parlant, Me Aubin vidait les vastes poches de sa veste. Il jeta quelques objets sur la table et, tout à coup, les petites filles poussèrent un cri d'admiration. Un cri horrifié leur répondit.

Angélique, les yeux agrandis, reconnaissait, parmi quelques pièces d'or, le petit étui incrusté de perles dans lequel Joffrey rangeait autrefois les bâtonnets de tabac qu'il fumait. D'un geste vif qu'elle ne maîtrisa pas, elle s'en saisit et le serra contre elle.

Sans se fâcher, le bourreau lui ouvrit les doigts et reprit l'étui.

— Tout doux, ma fille. Ce que je trouve dans les poches du supplicié m'appartient de droit.

— Vous êtes un voleur! dit-elle haletante. Un ignoble corbeau, un détrousseur de cadavres!

Posément, l'homme alla prendre sur le rebord de l'auvent un coffret d'argent ciselé et y rangea son butin sans répondre. La femme continuait de filer en hochant la tête. Elle murmura d'un ton d'excuse en regardant le prêtre :

— Vous savez, elles disent toutes la même chose. Faut pas leur en vouloir. Pourtant celle-là devrait bien se rendre compte qu'avec un brûlé on n'a déjà pas trop d'avantages. Je ne peux même pas récupérer le corps pour en tirer des petits profits avec la graisse, que les apothicaires nous demandent, et les os qui...

— Oh! pitié, ma fille, dit le prêtre en portant les mains à ses oreilles.

Il regardait Angélique avec de grands yeux débordant de compassion. Mais elle ne le voyait pas. Elle tremblait et se mordait les lèvres. Elle avait injurié le bourreau! Maintenant il allait refuser la macabre supplique qu'elle était venue lui adresser.

De son même pas lourd et balancé, maître Aubin fit le tour de la table et s'approcha d'elle. Les pouces dans son large ceinturon, il la toisa avec calme.

— A part ça, qu'est-ce qu'il y a pour votre service?

Tremblante, incapable de prononcer un mot, elle lui tendit la bourse. Il la prit, la soupesa, puis, de ses yeux inexpressifs, dévisagea de nouveau Angélique.

— Vous voulez qu'on l'étrangle...?

Elle fit oui de la tête.

L'homme ouvrit la bourse, laissa glisser quelques écus dans sa large paume et dit :

— C'est bon, on le fera.

Apercevant le regard effaré du jeune prêtre qui avait suivi le colloque, il fronça les sourcils.

— Vous ne parlerez pas, curé? Hein? Moi, vous comprenez, je risque gros. Si je me faisais remarquer, ça pourrait m'attirer des ennuis. Faut que je m'y prenne au tout dernier moment, quand déjà la fumée cache un peu le poteau au public. C'est pour rendre service, vous comprenez?

— Oui... Je ne parlerai pas, fit l'abbé avec effort. Je... Vous pouvez compter sur moi.

— J'vous fais peur, hein? dit le bourreau. C'est la première fois que vous assistez un condamné?

— Dans les campagnes en guerre, lorsque j'allais porter les secours recueillis par Monsieur Vincent, bien souvent j'ai accompagné jusqu'au pied de l'arbre les malheureux qu'on pendait. Mais c'était la guerre, l'horreur et la fièvre de la guerre... Tandis qu'ici...

Son geste navré désignait les petites filles blondes assises devant leurs écuelles.

— Ici, c'est la justice, dit le bourreau non sans grandeur.

Il s'appuya contre la table, familièrement, en homme qui a envie de causer.

— Vous m'êtes sympathique, curé. Vous me rappelez un aumônier des prisons avec lequel j'ai travaillé longtemps. Je peux lui rendre cette vérité que tous les condamnés que nous avons menés ensemble sont morts en baisant le crucifix. Quant c'était fini, il pleurait comme s'il avait perdu son propre enfant et il était si pâle que bien souvent j'ai dû le forcer à prendre un gobelet de vin pour se remettre. J'emporte toujours une cruche de bon vin. On ne sait jamais ce qui peut se passer, surtout avec les apprentis. Mon père était valet quand on a écartelé Ravaillac le régicide, en place de Grève. Il m'a raconté... Bon, après tout, c'est pas des histoires pour vous plaire. Je vous les raconterai plus tard, quand vous serez habitué. Bref, quelquefois je disais à l'aumônier :

« — Curé, crois-tu que je serai damné?

« — Si tu l'es, bourreau, qu'il me répondait, je demanderai à Dieu de l'être avec toi... » Tenez, l'abbé, je vais vous montrer quelque chose qui va quand même vous rassurer un peu.

Après avoir fouillé encore dans ses nombreuses poches, Me Aubin exhiba un petit flacon.

— C'est une recette que je tiens de mon père, qui lui-même la tenait de son oncle, bourreau sous Henri IV. Je la fais faire en grand secret par un apothicaire de mes amis à qui je fournis en échange des crânes humains pour fabriquer sa poudre de « magistère ». Il dit que la poudre de magistère, c'est souverain pour la gravelle et l'apoplexie, mais qu'il faut que le crâne soit celui d'un jeune homme mort de mort violente. Après tout... c'est son affaire. Je lui fournis un crâne ou deux, et il me fabrique ma potion sans en souffler mot. Avec cela, si j'en donne quelques gouttes à un supplicié, il devient tout gaillard et moins sensible. Je n'en use que pour ceux qui ont des familles qui paient. Mais enfin, c'est quand même rendre service, n'est-ce pas, monsieur l'abbé?

Angélique écoutait bouché bée. Le bourreau se tourna vers elle.

— Vous voulez-t-y que je lui en donne un peu, demain matin?

Elle réussit à articuler, les lèvres blanches :

— Je... je n'ai plus d'argent.

— Ça sera compris dans le tout, dit Me Aubin en faisant sauter la bourse dans sa main.

Il attira de nouveau le petit coffret d'argent pour y enfermer la bourse.

Murmurant une vague formule de salutation, Angélique marcha vers la porte et sortit.

Elle avait envie de vomir. Ses reins lui semblaient douloureux et tout son corps pétri de courbatures étranges. Pourtant l'animation de la place, où les rires et les appels continuaient à se croiser, lui parut moins pénible à supporter que l'atmosphère sinistre de la maison du bourreau.

Malgré le froid, les portes des boutiques restaient ouvertes. C'était l'heure où l'on s'interpelle entre voisins. Des archers emmenaient vers la prison du Châtelet le voleur qu'on avait descendu du pilori; une nuée de gamins les poursuivaient à coups de boules de neige.

Angélique entendit un pas qui se précipitait derrière elle. Le petit abbé apparut, essoufflé.

— Ma sœur... ma pauvre sœur, balbutia-t-il. Je ne pouvais pas vous laisser vous éloigner ainsi!

Elle recula brusquement. Dans la pénombre qu'éclairait à peine la pauvre lanterne d'une boutique, l'ecclésiastique effrayé découvrait un visage d'une blancheur translucide, où deux prunelles vertes brillaient d'un éclat presque phosphorescent.

— Laissez-moi, dit Angélique d'une voix métallique. Vous ne pouvez rien pour moi.

— Ma sœur, priez Dieu...

— C'est au nom de Dieu qu'on brûle demain mon mari innocent.

— Ma sœur, n'aggravez pas vos douleurs par la rébellion contre le Ciel. Souvenez-vous que c'est au nom de Dieu qu'on a crucifié Notre-Seigneur.

— Vos sornettes me rendent folle! cria Angélique d'une voix aiguë et qui lui semblait venir de très loin. Je n'aurai de cesse que je n'aie frappé à mon tour l'un de vos pareils, que je ne l'aie fait périr dans les mêmes tortures...

Elle s'appuya contre le mur, porta les mains à son visage et un sanglot atroce la secoua.

— Puisque vous allez le voir... dites-lui que je l'aime, que je l'aime... Dites-lui... Ah! qu'il m'a rendue heureuse. Et puis... demandez-lui le nom que je dois donner à l'enfant qui va naître.

— Je le ferai, ma sœur.

Il voulut lui prendre la main, mais elle se déroba et continua son chemin.

Le prêtre renonça à la suivre. Courbé sous le poids des tristesses humaines, il s'en alla par les ruelles où rôdait encore l'ombre de Monsieur Vincent.

Angélique se hâtait vers le Temple. Il lui semblait que ses oreilles bourdonnaient, car tout à coup elle entendit crier autour d'elle :

— Peyrac! Peyrac!

Elle finit par s'arrêter. Cette fois elle ne rêvait pas.

— ... Le troisième se nommait Peyrac. Ce fut Satan qui gagna.

Juché sur une de ces bornes qui servaient aux cavaliers à se remettre en selle, un maigre gamin beuglait d'une voix enrouée les dernières strophes d'une chanson dont il tenait une liasse d'exemplaires sous le bras.

La jeune femme revint sur ses pas et demanda un feuillet. Le papier grossier sentait l'encre d'imprimerie encore fraîche. Angélique ne pouvait lire la chanson dans une ruelle obscure. Elle la plia et reprit sa course. A mesure qu'elle approchait du Temple, la pensée de Florimond la reprenait. Elle était toujours inquiète de le laisser seul maintenant qu'il devenait si remuant. Il fallait presque le ficeler dans son berceau, et ce procédé déplaisait fort à l'enfant. En général, il pleurait durant toute l'absence de sa mère, et celle-ci le retrouvait toussant et fiévreux. Elle n'osait demander à Mme Scarron de le surveiller, car, depuis la condamnation de son mari, la veuve du cul-de-jatte la fuyait et se signait presque en la croisant.

Dans l'escalier, Angélique entendit les sanglots du bébé et se hâta.

— Me voici, mon trésor, mon petit prince. Pourquoi n'es-tu pas un grand garçon?

Vivement, elle jeta un fagot dans l'âtre et disposa sur les chenets la casserole de bouillie. Florimond hurlait de plus belle, les bras tendus. Elle l'arracha enfin à sa prison, et il se tut comme par magie, daignant même sourire fort gracieusement.

— Tu es un petit bandit, fit Angélique en essuyant la frimousse marbrée de larmes.

Tout à coup, son cœur fondit. Elle éleva Florimond dans ses bras, le contempla à la lueur des flammes qui jetaient une étincelle rouge dans les yeux noirs de l'enfant.

— Petit roi! Petit dieu admirable! Toi, tu me restes. Que tu es beau!

Florimond semblait comprendre ce qu'elle disait. Il cambrait sa petite taille et souriait avec une sorte de fierté innocente et sûre d'elle-même. Il proclamait très haut par son attitude qu'il se savait le centre du monde. Elle le caressa et joua avec lui. Il bavardait comme un oisillon. Mme Cordeau disait volontiers que c'était un bambin très en avance pour ce qui était de parler. La syntaxe n'était pas parfaite, mais il savait fort bien se faire comprendre. Lorsque sa mère l'eut baigné et couché, il exigea qu'elle lui chantât une berceuse, celle du *Moulin vert*.

La voix d'Angélique avait de la peine à ne pas se briser. Le chant est fait pour exprimer la joie. On peut parler lorsqu'on porte au cœur une grande dou-

leur, mais chanter demande un effort surhumain.
— Encore! Encore! réclamait Florimond.
Puis il reprenait son pouce d'un air béat. Elle ne lui en voulait pas de se montrer ainsi tyrannique et inconscient. Elle redoutait l'instant où il lui faudrait se retrouver seule, à attendre la fin de la nuit. Lorsque Florimond fut endormi, elle le regarda longuement, puis se leva en étirant son corps meurtri. Etaient-ce toutes les tortures dont on avait brisé Joffrey qui se répercutaient ainsi en elle? Les mots du bourreau revenaient, lancinants : On a tout essayé aujourd'hui; les brodequins, l'eau, le chevalet. Elle ne savait pas exactement quelles horreurs cachaient ces mots, mais elle savait qu'on avait fait souffrir l'homme qu'elle aimait. Ah! que cela finisse vite!
Elle dit tout haut :
— Demain, vous serez tranquille, mon amour. Vous serez enfin délivré des hommes ignares...
Sur la table, la feuille de la chanson qu'elle avait achetée tout à l'heure s'était dépliée. Elle en approcha la chandelle et lut :

> *Dans le fond de son gouffre tout noir*
> *Satan consultait son miroir*
> *Et trouvait qu'il n'était point si laid*
> *Que les hommes feignaient de le croire.*

Le poème continuait à dépeindre, en termes parfois drôles et souvent orduriers, la perplexité de Satan se demandant si, tout compte fait, son visage tant décrié par les imagiers des cathédrales ne pourrait soutenir honorablement la comparaison avec ceux des humains. L'enfer lui proposait d'organiser un concours de beauté avec les prochains arrivants de la terre.

Précisément on jetait au feu
Trois complices, sorciers mages noirs,
Ils arrivent
En enfer,
L'un avait le visage tout bleu,
L'autre avait le visage tout noir,
Le troisième se nommait Peyrac.
Et je n'étonnerai personne
En confessant que ces gorgones
Qui étaient mâles et non femelles
Firent envoler à grand bruit d'ailes
L'enfer lui-même effrayé
Et que le prix de beauté
Ce fut Satan qui le gagna.

Les yeux d'Angélique coururent à la signature :
« Claude Le Petit, poète crotté! »
La bouche amère, elle froissa la feuille.
« Celui-là aussi, je le tuerai ! » pensa-t-elle.

15

La femme doit suivre son mari, se dit Angélique lorsque l'aube se leva et qu'un ciel d'une pureté irisée se déploya au-dessus des clochers de la ville.

Elle irait donc. Elle le suivrait jusqu'à la dernière étape. Il lui faudrait prendre garde de ne pas se trahir, car elle risquait encore de se faire arrêter. Mais peut-être l'apercevrait-il, la reconnaîtrait-il...

Elle descendit avec Florimond endormi dans ses bras et alla frapper à la porte de Mme Cordeau, qui déjà allumait son feu.

— Puis-je vous le laisser pour quelques heures, mère Cordeau?

La vieille tourna vers elle son visage de sorcière triste.

— Mettez-le dans mon lit, je vous le garderai. Ce n'est que justice, pauvre agneau! Le bourreau s'occupe du père. La bourrelle s'occupera du fils. Allez, ma fille, et priez Notre-Dame des Sept Douleurs qu'elle vous soutienne dans votre peine.

Du seuil, elle la rappela :

— Et pour votre marché, ne vous en faites pas. Vous mangerez la soupe chez moi, au retour.

Angélique répondit avec effort que ce n'était pas la peine et qu'elle n'avait pas faim. La vieille hocha sa tête échevelée et rentra en marmonnant.

Comme une somnambule, la jeune femme franchit la porte du Temple et s'achemina vers la place de Grève.

Le brouillard de la Seine commençait à peine à se dissiper, découvrant les beaux bâtiments de l'Hôtel de Ville en bordure du vaste emplacement. Il faisait très froid, mais déjà le ciel bleu promettait une journée de soleil.

Dans la première partie de la place, il y avait une haute croix dressée sur un socle de pierre, près du gibet auquel se balançait le corps d'un pendu.

Une foule importante commençait à arriver et à s'agglutiner autour de la potence.

— C'est le Maure, disait-on.

— Mais non, c'est l'autre. On l'a exécuté quand il faisait encore nuit. Le sorcier le verra quand il arrivera avec sa charrette.

— Mais il a le visage tout noir.

— C'est parce qu'il est pendu. Déjà il avait le visage tout bleu. Tu connais la chanson?...

Quelqu'un se mit à fredonner :

L'un avait le visage tout bleu,
L'autre avait le visage tout noir,
Le troisième se nommait Peyrac...
Ce fut Satan qui le gagna.

Angélique porta la main à sa bouche pour étouffer un cri. Dans le cadavre difforme qui se balançait là, le visage tuméfié, la langue gonflée, elle venait de reconnaître le Saxon Fritz Hauer.

Un gamin loqueteux la regarda et dit en riant :

— V'là déjà une frangine qui tourne de l'œil! qu'est-ce qu'elle va dire quand le sorcier va griller.

— Paraît que les femmes collaient à lui comme des mouches au miel.

— Tu parles, plus riche que le roi qu'il était!

— C'est par diablerie qu'il fabriquait tout cet or.

Frissonnante, la jeune femme serrait sa mante autour d'elle.

Un gros charcutier, qui se tenait sur le seuil de sa boutique, lui dit avec bonhomie :

— Vous devriez vous en aller d'ici, ma fille. Ce qui s'y passe n'est pas un spectacle pour une femme sur le point d'être mère.

Angélique secoua la tête avec entêtement.

Après avoir examiné son pâle visage et ses grands yeux hagards, le charcutier haussa les épaules. En habitué de la place, il connaissait les pauvres silhouettes qui viennent rôder autour des potences et des échafauds.

— Est-ce bien ici, l'exécution? demanda Angélique d'une voix sans timbre.

— Ça dépend pour laquelle vous venez. Je sais qu'on doit pendre un gazetier ce matin au Châtelet. Mais, si c'est pour le sorcier, c'est bien ici, à la Grève. Tenez, voilà le bûcher, là-bas.

Le bûcher était dressé beaucoup plus loin, presque au bord du fleuve. C'était une énorme estrade de fagots amoncelés, au sommet de laquelle on voyait un poteau. Il fallait une petit échelle pour y monter.

A quelques mètres, l'échafaud qui servait aux « décollations » était garni de tabourets où les premiers bénéficiaires des places louées commençaient déjà à s'installer.

Un vent sec se levait parfois et rabattait sur les visages rougis une fine poussière de neige. Une petite vieille vint se mettre à l'abri sous l'auvent du charcutier.

— Fait frisquet ce matin, dit-elle. Je serais bien restée tranquillement à vendre mes poissons aux halles près de mon bon brasero. Mais j'ai promis à ma sœur de lui rapporter un bout d'os de sorcier pour ses rhumatismes.

— Paraît que ça fait de l'effet.

— Oui. Le barbier de la rue de la Savonnerie m'a dit qu'y me le pilerait avec de l'huile d'œillette, et qu'il n'y a pas meilleur pour les douleurs.

— Ça ne sera pas facile d'en attraper. Me Aubin, le bourreau, a réclamé qu'on double les archers.

— Naturèllement, il veut se réserver les bons morceaux, ce carnassier, ce patibulaire du diable! Mais, bourreau ou pas bourreau, chacun aura sa part, dit la vieille en découvrant d'un air méchant ses dents gâtées.

— A Notre-Dame, vous auriez peut-être un peu plus de chance d'attraper un morceau de sa chemise.

Angélique sentit une sueur froide lui mouiller l'échine. Elle avait oublié la première phase de l'horrible programme : l'amende honorable à Notre-Dame.

Précipitamment elle commença à courir vers la rue de la Coutellerie, mais le flot de gens qui se déversait sur la place, avec un grouillement de fourmilière, lui barra le passage et la reflua en arrière. Jamais, jamais elle ne pourrait parvenir à temps à Notre-Dame!

Le gros charcutier quitta sa porte et la rejoignit.

— C'est à Notre-Dame que vous voulez aller? demanda-t-il tout bas d'un air compatissant.

— Oui, balbutia-t-elle, je ne me souvenais plus... je...

— Ecoutez, voilà ce que vous devez faire. Traversez la place et descendez jusqu'au port au vin. Là, vous allez demander à un marinier de vous passer jusqu'à Saint-Landry. Et, par-derrière, vous rejoindrez Notre-Dame en cinq minutes.

Elle remercia et courut de nouveau. Le charcutier l'avait bien renseignée. Pour quelques sols, un batelier la prit dans sa barque et la déposa en trois coups de rames au port Saint-Landry. Regardant les hautes maisons de bois plongeant dans les pourritures des déchets de fruits, elle évoqua vaguement le matin clair où Barbe lui avait dit : « Là-bas, devant l'Hôtel de Ville, c'est la place de Grève. J'y ai vu brûler un sorcier... » Angélique courait. La rue qu'elle suivait longeait les maisons canoniales de l'abside Notre-Dame et était presque déserte. Mais le bruit grondant de la foule lui parvint, coupé par les notes graves et sinistres du glas des suppliciés. Angélique courait. Elle ne sut jamais quelle force surhumaine lui fit traverser les rangs pressés des badauds, et par quel miracle elle put se retrouver au premier rang des spectateurs, sur le parvis même de la cathédrale.

A cet instant, une longue clameur annonça l'arrivée du condamné. La foule était si dense que le cortège avait peine à avancer. Les valets du bourreau, à grands coups de fouet, essayaient d'écarter les gens.

Enfin, un petit tombereau de bois apparut. C'était une de ces grossières voitures dans lesquelles on ramassait les immondices de la ville. Des traces de boue et de paille s'y trouvaient encore accrochées.

Dominant l'ignominie de cet équipage, Me Aubin, debout, les poings sur les hanches, en chausses et maillot écarlates, la poitrine écussonnée aux armes de la ville, laissait tomber sur la populace houleuse son regard lourd. Le prêtre était assis sur le rebord du tombereau. Des cris réclamaient le sorcier, qu'on ne voyait pas.

— Il doit être étendu au fond, dit une femme près d'Angélique. On dit qu'il est à moitié mort.

— J'espère bien que non, s'exclama spontanément sa voisine, une jolie fille aux joues fraîches.

Cependant, le tombereau avait fait halte près de la statue colossale du Grand Jeûneur.

Des archers à cheval, leurs hallebardes disposées horizontalement dans la direction de la populace, maintenaient celle-ci à distance. Quelques exempts de police, entourés d'une foule de moines de différentes confréries, s'avancèrent sur le parvis.

Un remous rejeta Angélique en arrière. Elle cria et, comme une furie, joua des ongles pour reprendre sa place.

Les notes du glas continuaient à tomber sur la foule devenue subitement silencieuse. A l'entrée du parvis, une apparition fantomale se dressait et montait les marches. Les yeux brouillés d'Angélique ne voyaient que cette silhouette d'une blancheur éclatante. Puis, tout à coup, elle s'aperçut que le condamné avait un bras passé autour des épaules du bourreau, l'autre autour des épaules de l'aumônier et qu'en réalité on le traînait, sans qu'il pût s'aider de ses jambes. Sa tête aux longs cheveux noirs retombait en avant.

Il était précédé d'un moine qui, par instants, marchait à reculons, portant un énorme cierge dont le vent courbait la flamme. Angélique reconnut Conan Bécher, dont la figure était tordue par l'extase et la joie mauvaise. Il portait au cou un lourd crucifix blanc qui descendait jusqu'à ses genoux et le faisait trébucher. Il semblait ainsi se livrer, au-devant du condamné, à une grotesque danse macabre.

La procession progressait avec une lenteur de cauchemar. Enfin, parvenu en haut du parvis, le groupe s'arrêta, devant le porche du Jugement.

Une corde pendait au cou du condamné. De la chemise blanche, un pied nu dépassait posé sur le dallage glacial.

« Ce n'est pas Joffrey », se dit Angélique.

Ce n'était pas celui qu'elle avait connu, cet homme si raffiné qui jouissait de tous les plaisirs de la vie. C'était un misérable comme tous les misérables venus avant lui en ce lieu, « pieds nus, en chemise, la corde au cou »...

A ce moment Joffrey de Peyrac releva la tête. Dans ce visage réduit, incolore, déformé, les yeux seuls, immenses, brillaient d'un feu sombre.

Une femme poussa un cri perçant :

— Il me regarde. Il va m'ensorceler!

Mais le comte de Peyrac ne regardait pas du côté du public. Droit devant lui, il contemplait, au front gris de Notre-Dame, les vieux saints de pierre assemblés.

Quelle prière leur adressait-il? Quelle promesse en recevait-il? Les voyait-il seulement?

Un greffier était venu se ranger à sa gauche et relisait d'une voix nasillarde la condamnation. Le glas s'était tu. Cependant les mots parvenaient mal.

— ... Pour crime de rapt, séduction, impiété... magie... être livré entre les mains de la haute justice... mené tête nue et pieds nus... faire amende honorable... tenant un flambeau ardent entre ses mains, et à genoux...

En voyant le greffier rouler son parchemin on sut qu'il avait terminé sa lecture.

Conan Bécher énonça alors les termes de l'amende honorable.

— Je reconnais les crimes dont je suis accusé. Je demande pardon à Dieu. J'accepte mon châtiment en expiation de mes fautes.

L'aumônier avait pris le cierge, que le condamné ne pouvait tenir.

On attendait que s'élevât la voix du coupable, et la foule s'impatientait.

— Vas-tu parler, suppôt de diable?

— Tu veux donc brûler en enfer, avec ton maître?

Angélique eut soudain l'impression que son mari rassemblait ses dernières forces. Un flot de vie ranimait sa face livide. Il s'arc-bouta aux épaules du bourreau et du prêtre, et parut grandir au point qu'il dépassa maître Aubin. Une seconde avant qu'il ouvrît la bouche, Angélique, par divination d'amour, avait compris ce qu'il allait faire.

Et soudain, dans l'air gelé, une voix profonde, vibrante, extraordinaire, se fit entendre.

Une dernière fois, la Voix d'or du royaume s'élevait.

Elle chantait, en langue d'oc, un refrain béarnais qu'Angélique reconnut :

> *Les genols flexez am lo cap encli*
> *A vos reclam la regina plazent*
> *Flor de las flors, nou Jhésus prés nayssença*
> *Vulhatz guarda la cientat de Tholoroza...*

Angélique seule, en comprenait le sens :

> *... Les genoux fléchis et la tête inclinée,*
> *A vous je me recommande, reine plainte,*

Fleur des fleurs où Jésus prit naissance,
Veuillez garder la cité de Toulouse...
Très douce fleur où nous nous réfugions...
Très douce fleur où tout bien fleurit...
Garde Toulouse toujours bien fleurie...

Angélique se sentit traversée par une douleur semblable à un coup de poignard, et elle poussa un cri.

Ce cri s'éleva seul dans un silence soudain terrible. Car la voix du chanteur s'était tue. Le moine Bécher avait levé son crucifix d'ivoire et en avait frappé la bouche du supplicié, dont la tête retomba en avant tandis qu'une salive rouge s'échappait de ses lèvres jusqu'au sol. Mais, presque aussitôt, Joffrey se redressa.

— Conan Bécher, cria-t-il du même timbre haut et clair, je te donne rendez-vous dans un mois au tribunal de Dieu!

Un frisson de terreur parut passer sur la populace et des hurlements forcenés éclatèrent, étouffant la voix du comte de Peyrac.

Une convulsion de colère, une indignation démente avaient saisi les spectateurs. Mais cette explosion était moins provoquée par le geste du moine que par l'arrogance du condamné. Jamais pareil scandale n'avait eu lieu sur le parvis de Notre-Dame! Chanter!... Il avait osé chanter! Si encore ce chant avait été un cantique! Mais le condamné avait chanté en langue étrangère, en langue diabolique...

La ruée de la foule souleva Angélique comme une vague monstrueuse. Portée, écrasée, piétinée, elle se retrouva dans l'angle d'un porche. Elle sentit sous sa main un vantail qu'elle poussa. L'ombre de la cathédrale déserte l'accueillit, haletante.

Elle essaya de se maîtriser, de dominer la douleur qui la possédait. Le bébé bougeait en elle. Quand

Joffrey avait chanté, il avait littéralement bondi au point de la faire hurler.

Les cris du dehors lui parvenaient assourdis. Pendant quelques minutes, les clameurs se soutinrent à une sorte de paroxysme, puis peu à peu s'apaisèrent.

« Il faut repartir, il faut aller place de Grève », se dit Angélique.

Et elle quitta le refuge du sanctuaire.

Sur le parvis, un groupe d'hommes et de femmes se battaient à l'emplacement où Bécher avait frappé le comte de Peyrac.

— Je l'ai, la dent du sorcier, cria l'un d'eux.

Et il s'enfuit, poursuivi par les autres. Une femme brandissait un haillon blanc.

— J'ai réussi à couper un morceau de sa chemise. Qui en veut? Ça porte bonheur.

Angélique courait. Au-delà du pont Notre-Dame, elle rejoignit la foule qui escortait le tombereau. Mais, dans les rues de la Vannerie et de la Coutellerie, il lui devint presque impossible d'avancer. Angélique suppliait qu'on la laissât passer. On ne l'écoutait pas. Les gens paraissaient en état de transe. Sous les rayons du soleil, la neige glissait des toits et tombait en gros paquets, recouvrant têtes et épaules. Mais personne n'en avait cure.

Enfin Angélique réussit à atteindre l'angle de la place. Au même instant, elle vit une énorme flamme jaillir du bûcher. Les bras levés, elle s'entendit crier d'une voix de folle :

— Il brûle! Il brûle!...

Sauvage, elle se fraya un passage vers le lieu du supplice. La chaleur du brasier l'atteignit. Avivé par le vent, le feu ronflait.

Un crépitement d'orage ou de grêle s'élevait avec violence. Que signifiaient ces formes humaines s'agitant dans l'éclat jaune des flammes qui se mêlaient à la lumière du soleil? Quel était cet homme vêtu d'écarlate qui faisait le tour du bûcher, plongeant sa torche enflammée dans les soubassements des fagots?

Quel était cet homme en soutane noire cramponné à l'échelle, les sourcils grillés, et qui, tendant à bout de bras un crucifix, criait :

— Espérance! Espérance!

Quel était cet homme enfermé dans la fournaise? Oh! Dieu! Pouvait-il y avoir un être vivant dans cette fournaise? Non, cet être n'était pas vivant, puisque le bourreau l'avait étranglé!

— Entendez-vous comme il crie! disaient les gens.

— Mais non, il ne crie pas, il est mort, répétait Angélique hagarde.

Et elle portait les mains à ses oreilles, croyant entendre sourdre du rideau de feu elle ne savait quelle clameur déchirante.

— Comme il crie! Comme il crie! disait la foule.

Et d'autres réclamaient :

— Pourquoi lui a-t-on mis une cagoule? Nous voulons voir ses grimaces!

Une volée de feuilles blanches entraînées par un tourbillon s'échappa du brasier et vint s'éparpiller en cendre au-dessus des têtes.

— Ce sont ses livres de diableries qu'on brûle avec lui...

Le vent rabattit subitement les flammes. Angélique, l'espace d'un éclair, aperçut l'amoncellement des livres de la bibliothèque du Gai Savoir, puis le poteau auquel était liée une forme noire, immobile, dont la tête était recouverte d'une cagoule sombre.

Elle s'évanouit.

16

Elle revint à elle dans la boutique du charcutier de la place de Grève.

« Oh! que j'ai mal! » pensa-t-elle en se redressant.

Etait-elle devenue aveugle? Pourquoi faisait-il si sombre?

Une femme tenant un bougeoir se pencha sur elle.

— Vous voilà mieux, ma petite! Je finissais par me dire que vous étiez peut-être morte. Un médecin est venu qui vous a fait une saignée. Mais, moi, si vous voulez mon avis, je pense plutôt que vous êtes en mal d'enfant.

— Oh! non, dit Angélique en portant la main à son ventre. Je n'attends pas mon enfant avant trois semaines. Pourquoi fait-il si sombre?

— Dame, il se fait tard. On vient de sonner l'angélus.

— Et le bûcher?

— C'est fini, dit la charcutière en baissant la voix. Mais ça a été long. Quelle journée, mes amis! Le corps n'a été entièrement consumé que vers 2 heures après-midi. Et, au moment de la dispersion des cendres, il y a eu une vraie bataille. Tout le monde en voulait. On a failli écharper le bourreau.

Elle ajouta après un moment de silence :

— Vous le connaissiez ce sorcier?

— Non, fit Angélique avec effort, non! Je ne sais pas ce qui m'a pris. C'est la première fois que je voyais cela.

— Oui, ça impressionne. Nous, les marchands de la place de Grève, nous voyons tellement de choses que nous n'en sommes plus émus. Même que quelque chose nous manque quand il n'y a pas de pendu au gibet.

★

Angélique aurait voulu remercier ces braves gens. Mais elle n'avait sur elle que de la menue monnaie. Elle dit qu'elle reviendrait et rembourserait la consultation du médecin.

Dans le crépuscule bleu, le beffroi de l'Hôtel de Ville sonnait la fin du travail. Le froid, avec la tombée de la nuit, devenait vif.

Au bout de la place, le vent avivait une énorme fleur rouge de charbons ardents : c'étaient les derniers restes du bûcher.

Comme Angélique rôdait aux alentours, une humble silhouette se détacha de l'ombre de l'échafaud. C'était l'aumônier. Il s'approcha. Elle recula avec horreur, car il portait dans les plis de sa soutane une odeur insupportable de bois brûlé et de chair grillée.

— Je savais que vous viendriez, ma sœur, dit-il. Je vous attendais. Je voulais vous avertir que votre mari est mort en chrétien. Il était prêt et sans révolte. Il regrettait la vie, mais ne craignait pas la mort. A plusieurs reprises, il m'a dit qu'il se réjouissait de se présenter en face du Maître de toutes choses. Je crois qu'il puisait une grande consolation dans la certitude qu'il avait d'apprendre enfin...

La voix de l'abbé marqua une hésitation et un certain étonnement.

— D'apprendre enfin si la terre tourne ou ne tourne pas.

— Oh! s'exclama Angélique que la colère ranima subitement. Comme c'est bien lui! Les hommes sont tous les mêmes. Cela lui était bien égal de me laisser sur cette même terre qui tourne, ou ne tourne pas, dans la misère et le désespoir!

— Non, ma sœur! A plusieurs reprises il m'a répété :

« Vous lui direz que je l'aime. Elle a comblé ma vie. Hélas! je n'aurai été qu'une étape de la sienne, mais j'ai confiance qu'elle saura tracer son chemin. »

» Il a dit également qu'il voulait qu'on donnât le nom de Cantor à l'enfant qui va naître, si c'est un garçon, et de Clémence si c'est une fille.

★

Cantor de Marmont, troubadour du Languedoc, Clémence Isaure, muse des Jeux floraux de Toulouse...

Que tout cela était loin! Que tout cela était irréel en face des heures sordides que vivait Angélique. Maintenant elle essayait de regagner le Temple, mais marchait avec peine. Pendant quelques instants, elle raviva sa rancœur envers Joffrey. Cette rancœur la soutenait. Naturellement cela lui avait été bien égal, à Joffrey, qu'elle se consumât dans la douleur et les larmes. Est-ce que les pensées d'une femme ont quelque valeur?... Mais lui, de l'autre côté de la vie, il allait enfin trouver la réponse aux questions qui avaient hanté son esprit de savant!...

Brusquement, un flot de larmes inonda le visage d'Angélique, et elle dut s'appuyer contre un mur pour ne pas tomber.

— Oh! Joffrey, mon amour, murmura-t-elle. Tu le sais enfin si la terre tourne ou ne tourne pas!... Sois heureux dans l'éternité!

La souffrance de son corps devenait lancinante et insupportable. Elle sentit, dans son être, une sorte de rupture. Alors elle comprit qu'elle allait accoucher.

Elle était loin du Temple. Dans sa marche incertaine, elle s'était égarée. Elle se vit aux abords du pont Notre-Dame. Une charrette s'y engageait. Angélique héla le conducteur :

— Je suis malade. Pouvez-vous me conduire jusqu'à l'Hôtel-Dieu?

— J'y vais moi-même, répondit l'homme. J'y vais chercher un chargement pour le cimetière. Je suis celui qui mène les morts. Montez donc, ma jolie.

17

— Quel nom lui donnerez-vous, ma fille?
— Cantor.
— Cantor! Ce n'est pas un nom chrétien.
— Je m'en moque, dit Angélique. Donnez-moi mon enfant.

Elle reprit des bras de la sage-femme le petit être rouge, encore humide, et que la virago qui venait de l'accueillir sur cette triste terre avait entortillé dans un lambeau de drap sale.

La journée n'était pas encore achevée : minuit n'avait pas sonné à l'horloge fleurdelisée du Palais de justice, et l'enfant du supplicié venait de naître.

Le cœur d'Angélique s'était brisé. Son corps avait été meurtri, ses entrailles arrachées. Son sang avait coulé de toutes parts, de son cœur comme de ses entrailles. Angélique était morte en même temps que Joffrey. Avec le petit Cantor, une autre Angélique venait elle aussi de naître, une femme nouvelle où ne survivraient qu'à grand-peine quelques-unes des étranges douceurs et naïvetés de l'ancienne Angélique.

La sauvagerie et la dureté qui palpitaient chez la fillette indisciplinée de Monteloup retrouvaient forme en elle, s'élançaient comme un fleuve noir par la brèche ouverte de sa tendresse et de son épouvante.

De la main elle repoussa sa voisine, créature frêle et brûlante qui délirait doucement. La troisième femme, rejetée contre le bord du lit, protesta. Celle-ci avait une hémorragie lente qui durait depuis le matin. L'odeur fade de son sang, qui imprégnait la paillasse, soulevait le cœur.

Angélique attira à elle une seconde couverture. La troisième occupante du lit protesta encore, faiblement.

« De toute façon, ces deux-là sont pour mourir, pensa la jeune mère. Alors autant que mon enfant et moi nous essayions d'avoir chaud, et de nous en tirer vivants. »

Les yeux ouverts, un peu hagarde, dans l'ombre putride, elle voyait luire, à travers les courtines déchirées du grabat, la clarté jaune des lampes à suif.

« Quelle chose bizarre ! » se disait-elle. Car Joffrey était mort, mais c'était Angélique qui était en enfer.

Dans cet antre nauséabond, où l'odeur des déjections et du sang avait l'épaisseur d'un brouillard, elle entendait des pleurs, des gémissements, des plaintes, comme au sein d'un cauchemar. Les vagissements aigres des bébés ne cessaient point. C'était comme une psalmodie sans fin, qui s'intensifiait parfois, puis s'étouffait et s'élevait de nouveau à l'autre bout de la salle.

Le froid était glacial malgré les braseros roulants placés aux carrefours des couloirs, car leur chaleur se dispersait dans les courants d'air.

Angélique apprenait de quelle expérience lointaine est née la terreur des pauvres pour l'hôpital.

N'est-ce pas l'antichambre de la mort ?

Comment survivre dans cet amoncellement de maladies et d'ordures, où les convalescents étaient mêlés aux contagieux, où les chirurgiens opéraient sur des tables souillées, avec des rasoirs qui, quelques heures plus tôt, avaient servi, dans leurs boutiques, à faire la barbe aux clients de leur quartier?

L'aube approchait. On entendait sonner les cloches annonçant la messe. Angélique se souvint des morts de l'Hôtel-Dieu, qu'à cette heure même les religieuses alignaient devant le porche et qu'un tombereau devait conduire aux Saints-Innocents. Un tiède soleil d'hiver passerait peut-être sur la façade gothique de l'antique hôpital, mais les membres des pauvres morts cousus dans leur linceul ne se ranimeraient pas.

Perché au-dessus de la Seine, ce grand chemin d'eau qui ravitaille Paris et lui sert d'égout, l'Hôtel-Dieu, baigné par les brouillards du fleuve, abordait le jour comme un navire chargé d'une cargaison maudite.

Une main tira les courtines du lit. Deux infirmiers en souquenilles tachées jetèrent un regard sur les trois femmes qui occupaient le grabat, puis se saisirent de la dernière, la femme à l'hémorragie, et la posèrent sur un brancard.

Angélique vit que la malheureuse était morte. Sur le brancard, il y avait aussi le cadavre d'un enfant.

Angélique reporta son regard sur le bébé qu'elle tenait contre elle. Pourquoi ne criait-il pas? Etait-il mort lui aussi? Non, il dormait, les poings fermés, avec une expression paisible, amusante chez un nouveau-né. Il n'avait pas l'air de se douter le moins du monde qu'il était l'enfant de la douleur et de la déchéance. Son visage ressemblait à un bouton de rose, et son crâne était couvert d'un léger duvet blond. Mais Angélique sans cesse le secouait, craignant qu'il ne fût mort ou en train de mourir. Alors, il soulevait les paupières sur ses prunelles troubles et bleutées, puis il se rendormait.

Dans la salle, les religieuses se penchaient sur les lits des autres accouchées. Elles étaient certes dévouées et témoignaient d'un courage qui ne pouvait s'alimenter qu'en Dieu. Mais la mauvaise hygiène de l'organisation les mettait en face de problèmes insolubles.

Cramponnée au désir ardent de vivre, Angélique se contraignit à boire le contenu d'un bol qu'on lui tendait.

Puis, essayant d'oublier sa voisine fiévreuse et la paillasse sanglante, elle chercha la force dans le sommeil. Des visions mal définies passaient sous ses paupières closes. Elle pensait à Gontran. Il marchait quelque part sur une route de France; il s'arrêtait auprès d'un pont pour payer le péage, et, afin de ménager sa bourse, il faisait le portrait du douanier...

Pourquoi pensait-elle à Gontran, devenu pauvre compagnon du tour de France, mais qui, au moins, marchait sous le ciel pur? Gontran était comme ces chirurgiens qui, dans une des autres salles, se penchaient sur un corps douloureux avec la volonté passionnée d'y surprendre le secret de la vie et de la mort. Dans ce demi-rêve détaché des contingences terrestres où elle flottait, Angélique découvrait que Gontran était parmi les hommes les plus précieux du monde... de même que ces chirurgiens... Tout cela se brouillait un peu dans sa tête. Pourquoi les chirurgiens étaient-ils de pauvres barbiers, des gens de boutique qu'on n'estimait guère, alors que leur rôle était si grand?... Pourquoi Gontran, qui portait un monde en lui et le pouvoir de susciter l'enthousiasme des rois eux-mêmes, n'était-il qu'un pauvre artisan besogneux, déclassé?... Pourquoi penser à tant de choses inutiles, alors qu'il fallait réunir toutes ses forces physiques pour s'évader de l'enfer?...

★

Angélique ne resta que quatre jours à l'Hôtel-Dieu. Farouche et dure, elle exigeait pour elle les meilleures couvertures, interdisait que la sage-femme aux doigts sales la touchât et touchât son enfant. Elle prenait deux bols de nourriture au lieu d'un sur les plateaux. Un matin, elle arracha le tablier propre qu'une religieuse venait de mettre sur sa robe et, le temps que la pauvre novice courût chercher la supérieure, elle avait fait avec ce linge des bandes de charpie pour emmailloter le bébé et pour se panser elle-même.

Aux remontrances, elle opposa un mutisme farouche et posa sur ses interlocutrices un regard vert, dédaigneux, implacable, qui les impressionna. Il y avait une bohémienne dans la salle, qui déclara à ses compagnes

— M'est avis que cette fille aux yeux verts est une devineresse!

Elle ne parla qu'une seule fois, lorsqu'un des administrateurs de l'Hôtel-Dieu vint lui-même, en tenant un mouchoir parfumé sous son nez, lui faire des reproches.

— On m'avertit, ma fille, que vous vous opposez à ce qu'une autre malade partage ce lit que la charité publique a bien voulu vous accorder. Il semble même que vous en avez déjà jeté deux sur le sol, trop faibles pour se défendre. N'avez-vous pas regret d'une telle attitude? L'Hôtel-Dieu se doit d'accueillir tous les malades qu'on lui présente, et les lits ne sont pas assez nombreux.

— Alors vous feriez mieux de coudre tout de suite dans leur linceul ces malades qu'on vous envoie! répondit brusquement Angélique. Dans les hospices qu'a fondés Monsieur Vincent, chaque malade a son lit! Mais vous n'avez pas voulu qu'on vienne réformer vos indignes méthodes, parce qu'il aurait fallu que vous rendiez des comptes. Où vont tous les dons de la charité publique dont vous me parlez, et les deniers de l'Etat? Il faut croire que les cœurs sont bien peu généreux et l'Etat bien pauvre pour qu'on ne puisse acheter assez de bottes de paille pour changer tous les jours les malheureux qui se souillent et que vous laissez pourrir sur leur fumier! Oh! je suis sûre que lorsque l'ombre de Monsieur Vincent revient rôder à l'Hôtel-Dieu, elle en pleure de douleur!

Derrière son mouchoir, l'administrateur ouvrait des prunelles stupéfaites. Certes, depuis quinze ans qu'il gérait certains services de l'Hôtel-Dieu, il avait eu affaire parfois à des mauvaises têtes, à des poissardes fortes en gueule, à des prostituées ordurières. Mais jamais, de ces couches misérables, ne s'était élevée une réponse aussi nette dans un langage aussi châtié.

— Femme, dit-il en se redressant de toute sa dignité, je comprends à vos paroles que vous avez assez de vigueur pour reprendre le chemin de votre maison. Quittez donc cet asile dont vous n'avez pas voulu reconnaître les bienfaits.

— Je vais le faire volontiers, répondit Angélique, mordante. Mais auparavant j'exige que mes vêtements, que l'on m'a ôtés quand je suis arrivée ici, et qu'on a entassés pêle-mêle avec toutes les loques des varioleux, des vénériens et des pestiférés, soient lavés devant moi dans une eau pure, sinon je sortirai en chemise de l'hôpital et j'irai crier sur le parvis Notre-Dame que les oboles des grands et les deniers de l'Etat passent dans les poches des administrateurs de l'Hôtel-Dieu. J'en appellerai à Monsieur Vincent, la conscience du Royaume. Je crierai si fort que le roi lui-même demandera à vérifier les comptes de votre établissement.

— Si vous faites cela, dit-il en se penchant avec une expression cruelle, je vous ferai saisir et enfermer avec les fous.

Elle trembla, mais ne détourna pas son visage. Le souvenir la traversa de la réputation que la bohémienne lui avait faite...

— Et moi, je vous dis que si vous commettez cette nouvelle infamie, tous les vôtres mourront dans l'année qui vient.

On ne risque rien à leur déclarer cela, se disait-elle en s'étendant de nouveau sur sa paillasse sordide. Les hommes sont si bêtes!...

L'air des rues de Paris, qu'elle avait trouvé jadis si puant, lui parut pur et délicieux lorsqu'elle se retrouva enfin libre, bien vivante et vêtue d'effets propres, hors du repoussant édifice.

Elle marchait presque allégrement, tenant son enfant dans ses bras. Une seule chose l'inquiétait : elle avait très peu de lait, et Cantor qui, jusque-là, s'était montré d'une sagesse exemplaire, commençait à se plaindre. Il avait pleuré toute la nuit, tirant avidement sur un sein vide.

Au Temple, il y a des troupeaux de chèvres, se dit-elle. J'élèverai mon enfant au lait de ces bêtes. Tant pis s'il a l'esprit d'un petit chevreau.

Et Florimond, qu'était-il devenu? Certainement la mère Cordeau ne l'avait pas abandonné. C'était une brave femme. Mais il semblait à Angélique qu'elle avait quitté son premier-né depuis des années!

Près d'elle, les gens passaient, tenant des cierges. Un parfum de crêpes chaudes s'évadait des maisons. Elle se dit qu'on devait être le 2 février. Les gens fêtaient la présentation de Jésus au Temple et la purification de la Vierge, en s'offrant les uns aux autres des cierges, selon une coutume qui avait fait donner à ce jour le nom de Chandeleur.

« Pauvre petit Jésus! » pensa Angélique en baisant le front de Cantor tandis qu'elle franchissait la porte du Temple.

Comme elle s'approchait de la maison de la mère Cordeau, elle entendit pleurer un enfant. Son cœur bondit, car elle eut l'intuition que c'était Florimond.

Trébuchant sur la neige, une petite silhouette lui apparut que des gamins poursuivaient à coups de boules de neige.

— Sorcier! Eh! petit sorcier! montre-nous tes cornes!

Avec un cri, Angélique se précipita, saisit l'enfant d'un bras et, le serrant contre elle, s'engouffra à l'intérieur de la cuisine où la vieille femme, assise près de l'âtre, épluchait des oignons.

— Comment pouvez-vous laisser ces vauriens le martyriser?

La mère Cordeau passa le revers de sa main sur ses yeux, que les oignons faisaient larmoyer.

— Hé là! Hé là! ma fille, pas tant de cris! Je m'en suis bien occupée de votre petit pendant que vous étiez partie, et pourtant je n'étais pas plus sûre que ça de vous revoir un jour. Mais je ne peux tout de même pas l'avoir sur le dos toute la journée. Je l'ai mis dehors pour qu'il prenne l'air. Qu'est-ce que vous voulez que j'y fasse si les gosses l'appellent « sorcier »? C'est tout de même bien vrai que son père a été brûlé en place de Grève, n'est-ce pas? Faudra bien qu'il s'y habitue. Mon gamin n'était pas beaucoup plus grand que lui, allez, quand on a commencé à lui jeter des cailloux en l'appelant « Cordaucou ». Oh! le beau mignon! » s'exclama la vieille en lâchant son couteau et en s'avançant d'un air extasié pour admirer Cantor.

Dans la pauvre chambre, qu'elle retrouvait avec un sentiment de bien-être, Angélique posa ses deux enfants sur le lit et s'empressa de faire une flambée.

— Moi, je suis content, répétait Florimond en la regardant de ses brillants yeux noirs.

Il s'accrochait à elle.

— Tu ne vas plus t'en aller, maman?

— Non, mon trésor. Regarde le joli bébé que je t'ai rapporté.

— Moi, je l'aime pas, déclara aussitôt Florimond en se blottissant contre elle d'un air jaloux.

Angélique démaillota Cantor et l'approcha du feu. Il étira ses petits membres et bâilla.

Seigneur! Par quel miracle avait-elle pu concevoir un enfant aussi dodu, parmi tant de tourments?

Quelques jours encore, Angélique vécut assez paisiblement dans l'Enclos. Elle avait un peu d'argent et elle espérait le retour de Raymond.

Mais, un après-midi, le bailli du Temple, qui était chargé de la police particulière de ce lieu dit privilégié, la fit appeler.

— Ma fille, déclara-t-il sans ambages, il me faut vous signifier de la part de M. le grand prieur d'avoir à quitter l'Enclos. Vous savez qu'il n'accueille sous sa protection que ceux dont la réputation ne peut nuire en rien au bon renom de sa petite principauté. Il vous faut donc vous en aller.

Angélique ouvrit la bouche pour demander ce qu'on lui reprochait. Puis elle songea à aller se jeter aux pieds du duc de Vendôme, le grand prieur. Enfin elle se souvint des mots du roi :

— Je ne veux plus entendre parler de vous!

On savait donc qui elle était! On la redoutait peut-être encore... Elle comprit qu'il était inutile de demander aux jésuites de la soutenir. Ils l'avaient aidée loyalement lorsqu'il y avait quelque chose à défendre. Mais maintenant les jeux étaient faits. On tiendrait à l'écart ceux qui, comme Raymond, s'étaient compromis dans cette pénible affaire.

— C'est bon, fit-elle les dents serrées. Je quitterai l'Enclos avant la nuit.

— Je sais que vous avez payé votre loyer, dit le bailli qui se souvenait du pourboire qu'elle lui avait glissé lors de l'affaire de Kouassi-Ba. On ne vous demandera pas le « denier de sortie. »

Revenue chez elle, elle mit ce qui lui restait dans un petit coffre de cuir, enveloppa les deux enfants chaudement, et chargea le tout sur la brouette qui avait déjà servi à son premier déménagement.

La mère Cordeau était aux Halles. Angélique laissa sur la table une petite bourse.

« Quand je serai un peu plus riche, je reviendrai et me montrerai plus généreuse », se promit-elle.

— On va se promener, maman? interrogeait Florimond.

— On retourne chez tante Hortense.

— On va voir Baba?

C'était le nom qu'il donnait naguère à Barbe.

— Oui.

Il battit des mains. Il regardait de tous côtés avec ravissement.

Poussant sa brouette à travers les rues, où la fange se mêlait de neige fondue, Angélique contemplait les deux petits visages de ses enfants serrés l'un près de l'autre dans la couverture. Le destin de ces êtres frêles pesait sur elle comme du plomb.

Au-dessus des toits, le ciel était clair, débarrassé de nuages. Pourtant, cette nuit, il ne gèlerait pas, car, depuis quelques jours, le temps s'était adouci et les pauvres se reprenaient à espérer, près des âtres sans feu.

★

Rue Saint-Landry, Barbe poussa un grand cri en reconnaissant Florimond. L'enfant lui tendit les bras et l'embrassa avec fougue.

— Mon Dieu, mon angelot! balbutia la servante.

Ses lèvres tremblaient, ses gros yeux se remplissaient de larmes. Elle regardait fixement Angélique, comme elle aurait regardé un spectre sorti de la tombe. Comparait-elle la femme au visage dur et amaigri, plus pauvrement vêtue qu'elle-même, à celle qui avait déjà sonné à cette même porte quelques mois auparavant?

Angélique se demanda avec curiosité si, de sa mansarde, Barbe avait vu le feu brûler en place de Grève?...

Une exclamation étouffée, venant de l'escalier, la fit se retourner.

Hortense, un flambeau à la main, paraissait figée d'horreur. Derrière elle, sur le palier, Fallot de Sancé apparut. Il était sans perruque, vêtu d'une robe de chambre et coiffé d'un bonnet brodé. Car, ce jour-là, il avait pris médecine.

Ses lèvres tombèrent d'effroi à la vue de sa belle-sœur.

Enfin, au bout d'un silence interminable, Hortense réussit à lever un bras raidi et tremblant.

— Va-t'en! dit-elle d'une voix blanche. Mon toit a déjà trop longtemps abrité une famille maudite.

— Tais-toi, sotte! répliqua Angélique en haussant les épaules.

Elle s'approcha de l'escalier et leva les yeux vers sa sœur.

— Moi, je m'en vais, dit-elle. Mais je te demande d'accueillir ces petits innocents, qui ne peuvent te nuire en rien.

— Va-t'en! répéta Hortense.

Angélique se tourna vers Barbe, qui serrait dans ses bras Florimond et Cantor.

— Je te les confie, Barbe, ma bonne fille. Tiens, voilà tout ce qui me reste d'argent pour leur acheter du lait. Cantor n'a pas besoin de nourrice. Il aime le lait de chèvre...

— Va-t'en! Va-t'en! Va-t'en! criait Hortense dans un crescendo aigu.

Et elle se mit à trépigner.

Angélique marcha vers la porte. Le dernier regard qu'elle jeta en arrière ne fut pas pour ses enfants, mais pour sa sœur.

La chandelle que tenait Hortense tressautait et projetait des ombres affreuses sur son visage convulsé.

« Pourtant, se dit Angélique, ne l'avons-nous pas vue ensemble, la petite dame de Monteloup, ce fantôme aux mains tendues qui passait dans nos chambres?... Et nous nous serrions d'effroi l'une contre l'autre, dans notre grand lit... »

Elle sortit et referma la porte. Un instant, elle s'arrêta pour regarder l'un des clercs qui, perché sur un escabeau, allumait la grosse lanterne devant l'étude de Me Fallot de Sancé.

Puis, se détournant, elle plongea dans Paris.

Les personnages de ce roman, qui figuraient déjà dans Angélique, marquise des anges — 1, *se retrouveront dans,* Le chemin de Versailles — 1 *et* 2, Angélique et le roy — 1 *et* 2, Indomptable Angélique — 1 *et* 2, Angélique se révolte — 1 *et* 2, Angélique et son amour — 1 *et* 2, Angélique et le Nouveau Monde — 1 *et* 2, La tentation d'Angélique — 1 *et* 2, Angélique et La Démone — 1 *et* 2, *et* Angélique et le complot des ombres, *tous parus aux Editions J'ai Lu.*

Littérature

extrait du catalogue — Dos blancs ou rouges

ADLER Philippe
Bonjour la galère ! (1868★★)
Deux enfants « branchés » luttent pour sauver le ménage de leurs parents.

AKÉ LOBA
Kocoumbo, l'étudiant noir (1511★★★)
L'exil d'un jeune Africain au Quartier Latin.

ALLEY Robert
La mort aux enchères (1461★★)
Un psychiatre soupçonne de crime la cliente dont il est épris.

AMADOU Jean
Les yeux au fond de la France (1815★★★)
Ce bêtisier est une entreprise de salubrité publique.

ANDREWS Virginia C.
Fleurs captives :
- **Fleurs captives** (1165★★★★)
Quatre enfants séquestrés par leur mère...
- **Pétales au vent** (1237★★★★)
Libres, ils doivent apprendre le monde...
- **Bouquet d'épines** (1350★★★★)
... mais les fantômes du passé menacent.
- **Les racines du passé** (1818★★★★)
La fin de la terrifiante saga commencée avec Fleurs captives.
Ma douce Audrina (1578★★★★)
Elle voulait ressembler à sa sœur morte.

APOLLINAIRE Guillaume
Les onze mille verges (704★)
Une œuvre scandaleuse et libertine écrite par un grand poète.
Les exploits d'un jeune don Juan (875★)
Aucune femme, aucune fille ne lui résiste.

ARCHER Jeffrey
Kane et Abel (1684★★★ et 1685★★★)
Le heurt de deux destins que rien ne devait rapprocher.
La fille prodigue (1857★★★ et 1858★★★)
Elle va aimer le fils de l'ennemi mortel de son père.

AUEL Jean M.
Ayla, l'enfant de la terre (1383★★★★)
A l'époque préhistorique, une petite fille douée d'intelligence est élevée au sein d'une tribu moins évoluée.

AVRIL Nicole
Monsieur de Lyon (1049★★★)
Ce séduisant « monstre à visage de femme » n'est-il qu'un être de mort ?
La disgrâce (1344★★★)
A treize ans, Isabelle découvre qu'elle est laide ; pour elle, le monde bascule.
Jeanne (1879★★★)
Que serait don Juan aujourd'hui, sinon une femme ?

BACH Richard
Jonathan Livingston le goéland (1562★)
Une leçon d'art de vivre. Illustré.

Littérature

BARBER Noël
Tanamera (1804★★★★ et 1805★★★★)
Au début du siècle, l'amour interdit d'un Anglais pour une beauté chinoise dans la fabuleuse Singapour.

BARNARD Christian
Les saisons de la nuit (1033★★★)
Un médecin doit-il révéler à une femme qu'il a aimée qu'elle est atteinte d'une maladie incurable ?

BAUM Frank L.
Le magicien d'Oz (The Wiz) (1652★★)
Dorothée et ses amis traversent un pays enchanté. Illustré.

BESSON et THOMPSON
La boum (1504★★)
A treize ans, puis à quinze, l'éveil de Vic à l'amour.

BINCHY Maeve
C'était pourtant l'été (1727★★★★★)
Deux jeunes femmes, tendres, passionnées, modernes.

BONTE Pierre
Histoires de mon village (1774★★)
Des histoires de clocher, mais des histoires vraies, proches de nous.

BORGES J.L. et BIOY CASARES A.
Nouveaux contes de Bustos Domecq (1908★★★)
Un regard faussement innocent sur la société de Buenos Aires.

BORY Jean-Louis
Mon village à l'heure allemande (81★★★)
Malgré l'Occupation, le rire garde ses droits.

BRENNAN Peter
Razorback (1834★★★★)
En Australie, une bête démente le poursuit.

BRISKIN Jacqueline
Paloverde (1259★★★★ et 1260★★★★)
En Californie, dans l'aventure du pétrole et les débuts d'Hollywood, deux femmes inoubliables.
Les sentiers de l'aube (1399 ★★★★ et 1400 ★★★★)
Où l'on retrouve les descendants des héros de Paloverde.

BROCHIER Jean-Jacques
Odette Genonceau (1111★)
Elle déchiquette à coups de bec ceux qui vivent autour d'elle.
Villa Marguerite (1556★★)
L'Occupation, la bouffe, les petits-bourgeois : une satire impitoyable.

BURON Nicole de
Vas-y maman (1031★★)
Après quinze ans d'une vie transparente, elle décide de se mettre à vivre.
Dix-jours-de-rêve (1481★★★)
Les îles paradisiaques ne sont plus ce qu'elles étaient.

CALDWELL Erskine
Le bâtard (1757★★)
Premier roman de Caldwell, Le bâtard *annonce déjà* La route du tabac.

Littérature

CARS Guy des

La brute (47★★★)
Aveugle, sourd, muet ... et meurtrier ?

Le château de la juive (97★★★★)
Une ambition implacable.

La tricheuse (125★★★)
Elle triche avec l'amour et avec la mort.

L'impure (173★★★★)
La tragédie de la lèpre.

La corruptrice (229★★★)
La hantise du cancer.

La demoiselle d'opéra (246★★★)
L'art et la luxure.

Les filles de joie (265★★★)
La rédemption par l'amour.

La dame du cirque (295★★)
La folie chez les gens du voyage.

Cette étrange tendresse (303★★★)
Celle qui hésite à dire son nom.

La cathédrale de haine (322★★★)
La création aux prises avec les appétits matériels.

L'officier sans nom (331★★)
L'humilité dans le devoir.

Les sept femmes (347★★★★)
Pour l'amour et la fortune, accepteriez-vous de perdre une année de votre jeunesse ?

La maudite (361★★★)
L'effroyable secret de la dualité sexuelle.

L'habitude d'amour (376★★)
La passion d'un Européen et d'une Orientale, amoureuse-née.

Sang d'Afrique (399★★ et 400★★)
Jacques, l'étudiant noir, ramène dans son pays natal la blonde Yolande.

Le Grand Monde (447★★★★ et 448★★★★)
Agent secret français, Jacques découvre à Saïgon l'amour de Maï, la taxi-girl chinoise.

La révoltée (492★★★★)
Jeune et comblée, pourquoi a-t-elle abattu son père et tenté de tuer sa mère ?

Amour de ma vie (516★★★)
L'amour et la haine dans le monde du cinéma.

Le faussaire (548★★★★)
Le drame de ce grand peintre est d'être un faussaire de génie.

La vipère (615★★★★)
Il retrouve à Paris celle qui, en Indochine, a fait assassiner son meilleur ami.

L'entremetteuse (639★★★★)
Elle tient la première maison de rendez-vous de Paris, mais elle n'aime qu'un seul homme.

Une certaine dame (696★★★★)
Cette femme, belle, riche, adulée, est-elle une erreur de la nature ?

L'insolence de sa beauté (736★★★)
Une femme laide et intelligente a recours à la chirurgie esthétique. Conservera-t-elle sa séduction ?

L'amour s'en va-t-en guerre (765★★)
Trois femmes, trois générations, trois amours pleins de panache et d'élégance.

Le donneur (809★★)
Des milliers de femmes ont eu des enfants de lui, et pourtant il n'aime qu'Adrienne.

J'ose (858★★)
Un père parle à son fils, à cœur ouvert.

De cape et de plume (926★★★ et 927★★★)
Le roman d'une existence prodigieuse de vitalité, riche en rencontres étonnantes.

Le mage et le pendule (990★)
Grâce à son pendule, le mage sait voir à travers les âmes.

Littérature

L'envoûteuse (1039★★★ et 1040★★★)
Elle change aussi facilement d'identité que de visage et possède le pouvoir d'envoûter, même à distance.

Le mage et les lignes de la main ... et la bonne aventure ... et la graphologie (1094★★★★)
Les mystères du cœur féminin.

La justicière (1163★★)
Deux mères s'affrontent : celle d'un enfant assassiné et celle de l'assassin.

La vie secrète de Dorothée Gindt (1236★★)
Une femme caméléon à la vie prodigieuse.

La femme qui en savait trop (1293★★)
Nadia la voyante fera tout pour gagner celui qu'elle aime.

Le château du clown (1357★★★★)
Plouf, le clown, aime Carla, l'écuyère ; pour elle il veut acquérir le plus beau château du monde.

La femme sans frontières (1518★★★)
L'amour transforme une jeune bourgeoise en terroriste.

Le boulevard des illusions (1710★★★)
Des personnages fabuleux qui stupéfient les foules.

Les reines de cœur (1783★★★)
Le destin de quatre reines exceptionnelles de Roumanie. J'ai lu l'histoire.

La coupable (1880★★★)
Un escroc de génie exploite le sentiment de culpabilité.

CARS Jean des
Sleeping Story (832★★★★)
Orient-Express, Transsibérien, Train bleu : grande et petite histoire des wagons-lits.

Haussmann, la gloire du Second Empire (1055★★★★)
La prodigieuse aventure de l'homme qui a transformé Paris.

Louis II de Bavière (1633★★★)
Une biographie passionnante de ce prince fou, génial et pervers. J'ai lu l'histoire.

Elisabeth d'Autriche (1692★★★★)
Le destin extraordinaire de Sissi. J'ai lu l'histoire.

CESBRON Gilbert
Chiens perdus sans collier (6★★)
Le drame de l'enfance abandonnée.

C'est Mozart qu'on assassine (379★★★)
Le divorce de ses parents plonge Martin dans l'univers sordide des adultes. En sortira-t-il intact ?

La ville couronnée d'épines (979★★)
Amoureux de la banlieue, l'auteur recrée sa beauté passée.

Huit paroles pour l'éternité (1377★★★★)
Comment appliquer aujourd'hui les paroles du Christ.

CHOUCHON Lionel
Le papanoïaque (1540★★)
Sa fille de quinze ans le rend fou de jalousie.

CHOW CHING LIE
Le palanquin des larmes (859★★★)
La révolution chinoise vécue par une jeune fille de l'ancienne bourgeoisie.

Concerto du fleuve Jaune (1202★★★)
Un autoportrait où le pittoresque alterne avec le pathétique.

CLANCIER Georges-Emmanuel

Le pain noir :
1 - **Le pain noir** (651★★★)
2 - **La fabrique du roi** (652★★★)
3 - **Les drapeaux de la ville** (653★★★★)
4 - **La dernière saison** (654★★★)
De 1875 à la Seconde Guerre mondiale, la chronique d'une famille pauvre à l'heure des premiers grands conflits du travail.

CLAVEL Bernard

Le tonnerre de Dieu (290★)
Une fille perdue redécouvre la nature et la chaleur humaine.

Le voyage du père (300★)
Le chemin de croix d'un père à la recherche de sa fille.

L'Espagnol (309★★★★)
Brisé par la guerre, il renaît au contact de la terre.

Malataverne (324★)
Ce ne sont pas des voyous, seulement des gosses incompris.

L'hercule sur la place (333★★★)
L'aventure d'un adolescent parmi les gens du voyage.

Le tambour du bief (457★★)
Antoine, l'infirmier, a-t-il le droit d'abréger les souffrances d'une malade incurable ?

Le massacre des innocents (474★)
La découverte, à travers un homme admirable, des souffrances de la guerre.

L'espion aux yeux verts (499★★★)
Des nouvelles qui sont aussi les souvenirs les plus chers de Bernard Clavel.

La grande patience :
1 - **La maison des autres** (522★★★★)
2 - **Celui qui voulait voir la mer** (523★★★★)
3 - **Le cœur des vivants** (524★★★★)
4 - **Les fruits de l'hiver** (525★★★★)
Julien ou la difficile traversée d'une adolescence sous l'Occupation.

Le Seigneur du Fleuve (590★★★)
Le combat, sur le Rhône, de la batellerie à chevaux contre la machine à vapeur.

Victoire au Mans (611★★)
Un grand écrivain vit, de l'intérieur, la plus grande course du monde.

Pirates du Rhône (658★★)
Le Rhône d'autrefois, avec ses passeurs, ses braconniers, ses pirates.

Le silence des armes (742★★★)
Après la guerre, il regagne son Jura natal. Mais peut-on se défaire de la guerre ?

Ecrit sur la neige (916★★★)
Un grand écrivain se livre à ses lecteurs.

Tiennot (1099★★)
Tiennot vit seul sur son île lorsqu'une femme vient tout bouleverser.

La bourrelle – l'Iroquoise (1164★★)
Au Québec, une femme a le choix entre la pendaison et le mariage.

Les colonnes du ciel :
1 - **La saison des loups** (1235★★★)
Un hiver terrible où le vent du nord portait la peur, la mort et le hurlement des loups.

2 - **La lumière du lac** (1306★★★★)
L'histoire de ce « fou merveilleux » qui bouleverse les consciences, réveille les tièdes, entraîne les ardents.

3 - **La femme de guerre** (1356★★★)
Pour poursuivre l'œuvre du « fou merveilleux », Hortense découvre « l'effroyable devoir de tuer ».

Littérature

4 - Marie Bon Pain (1422★★★)
Marqué par la guerre, Bisontin ne supporte plus la vie au foyer.

5 - Compagnons du Nouveau Monde (1503★★★)
Bisontin débarque à Québec où il tente de refaire sa vie.

L'homme du Labrador (1566★★)
Un inconnu bouleverse la vie d'une servante rousse.

Terres de mémoires (1729★★)
Bernard Clavel à cœur ouvert.

Réponses à mon public (1895★★)
Tout ce que le public a toujours voulu savoir sur Bernard Clavel.

COLETTE
Le blé en herbe (2★)
Phil partagé entre l'expérience de Léa et l'innocence de Vinca.

CORMAN Avery
Kramer contre Kramer (1044★★★)
Abandonné par sa femme, un homme reste seul avec son tout petit garçon.

COUSSE Raymond
Stratégie pour deux jambons (1840★★)
Les réflexions d'un porc qu'on mène à l'abattoir.

CURTIS Jean-Louis
L'horizon dérobé :
1 - L'horizon dérobé (1217★★★★)
2 - La moitié du chemin (1253★★★★)
3 - Le battement de mon cœur (1299★★★)
Seule l'amitié résiste à l'usure des ans.

DAUDET Alphonse
Tartarin de Tarascon (34★)
Sa vantardise en a fait un héros immortel.

Lettres de mon moulin (844★)
Le curé de Cucugnan, la chèvre de M. Seguin... Des amis de toujours.

DÉCURÉ Danielle
Vous avez vu le pilote ? c'est une femme ! (1466★★★)
Un récit truculent par la première femme pilote de long courrier. Illustré.

DELAY Claude
Chanel solitaire (1342★★★★)
La vie passionnée de Coco Chanel.

DHÔTEL André
Le pays où l'on n'arrive jamais (61★★)
Deux enfants découvrent le pays où leurs rêves deviennent réalité.

DOCTOROW E.L.
Ragtime (825★★★)
Un tableau endiablé et féroce de la réalité américaine au début du siècle.

DORIN Françoise
Les lits à une place (1369★★★★)
... ceux où l'on ne dort pas forcément seul.

Les miroirs truqués (1519★★★★)
Peut-on échapper au réel et vivre dans l'illusion ?

Les jupes-culottes (1893★★★★)
Le roman des femmes qui travaillent et vivent à la manière des hommes.

DOS PASSOS John
Les trois femmes de Jed Morris (1867★★★★)
Des amours délicates avec tout le parfum de l'avant-guerre.

Littérature

DUTOURD Jean
Mémoires de Mary Watson (1312★★★)
Venue pour consulter Sherlock Holmes, Mary Morstan épousera le Dr Watson. Elle raconte son histoire à sa manière.

Henri ou l'éducation nationale (1679★★★)
Un homme en révolte contre la bêtise.

DZAGOYAN René
Le système Aristote (1817★★★★)
La première guerre informatique où Etats-Unis et U.R.S.S., ensemble, se trouvent opposés à Aristote.

ESCARPIT Robert
Les voyages d'Hazembat (marin de Gascogne) (1881★★★★)
En 1793, Hazembat s'embarque pour les Antilles.

FERRIÈRE Jean-Pierre
Jamais plus comme avant (1241★★★)
En recherchant ses amis d'il y a vingt ans, Marina se trouvera-t-elle ?

Le diable ne fait pas crédit (1339★★)
Mathieu veut se venger d'un couple d'amants pervers.

FEUILLÈRE Edwige
Moi, la Clairon (1802★★)
En 1743 la Clairon jouait Phèdre. Edwige Feuillère met toute sa passion à la faire revivre.

FIELDING Joy
Dis au revoir à maman (1276★★★)
Il vient de lui « voler » ses enfants. Une femme lutte pour les reprendre.

La femme piégée (1750★★★)
Jill apprend qu'une jeune fille veut épouser son mari.

FLEISCHER Leonore
Annie (1397★★★)
Petite orpheline, elle fait la conquête d'un puissant magnat. Inédit, illustré.

A bout de souffle/made in USA (1478★★)
Une cavale romantique et désespérée.

Staying alive (1494★★★)
Quatre ans après, Tony Manero attend encore sa chance d'homme et de danseur.

FRANCOS Ania
Sauve-toi, Lola (1678★★★★)
Une femme lutte gaiement contre la maladie.

Il était des femmes dans la Résistance... (1836★★★★)
Le courage discret, modeste, obstiné de celles qui ont risqué leur vie pour en sauver d'autres.

FRISON-ROCHE
La peau de bison (715★★)
La passion des grands espaces pourra-t-elle sauver de la drogue cet adolescent ?

La vallée sans hommes (775★★★)
Dans le Grand Nord, il s'engage sur la Nahanni, la rivière dont on ne revient pas.

Carnets sahariens (866★★★)
Le chant du sable et du silence.

Premier de cordée (936★★★)
Cet appel envoûtant des cimes inviolées est devenu un classique.

La grande crevasse (951★★★)
La montagne apporte la paix du cœur à un homme déchiré.

Retour à la montagne (960★★★)
Pour son fils, Brigitte doit vaincre l'hostilité des hommes et des cimes.

Littérature

La piste oubliée (1054★★★)
Dans les cimes bleues du Hoggar, Beaufort, l'officier, et Lignac, le savant, cherchent à retrouver une piste secrète.

La Montagne aux Écritures (1064★★★)
Où est la mission Beaufort-Lignac ? Le capitaine Verdier part à sa recherche.

Le rendez-vous d'Essendilène (1078★★★)
Perdue, seule au cœur du désert...

Le rapt (1181★★★★)
Perdue dans le Grand Nord, Kristina sera-t-elle sauvée ?

Djebel Amour (1225★★★★)
Devenue la princesse Tidjania, elle fut la première Française à régner au Sahara.

La dernière migration (1243★★★★)
La civilisation moderne va-t-elle faire disparaître les derniers Lapons ?

Peuples chasseurs de l'Arctique (1327★★★★)
La rude vie des Eskimos, chasseurs d'ours et de caribous, et pêcheurs de phoques. Illustré.

Les montagnards de la nuit (1442★★★★)
Une grande épopée de la Résistance.

Le versant du soleil (1451★★★★ et 1452★★★★)
La vie de l'auteur : une aventure passionnante.

Nahanni (1579★★★)
Une extraordinaire expédition dans le Grand Nord. Illustré.

GALLO Max

   La baie des Anges :
1 - La baie des Anges (860★★★★)
2 - Le palais des Fêtes (861★★★★)
3 - La promenade des Anglais (862★★★★)
De 1890 à nos jours, la grande saga de la famille Revelli.

GANN Ernest K.

Massada (1303★★★★)
L'héroïque résistance des Hébreux face aux légions romaines.

GEDGE Pauline

La dame du Nil (1223★★★ et 1224★★★)
Elle fut pharaon et partagea un impossible amour avec l'architecte qui construisait son tombeau.

Les seigneurs de la lande (1345★★★★ et 1346★★★★)
Chez les Celtes, au 1er siècle après J.-C., deux hommes et deux femmes aiment et se déchirent tout en essayant de repousser l'envahisseur romain.

GIRARDOT Annie

Paroles de femmes (1746★★★)
Le récit de vies à la fois quotidiennes et exceptionnelles.

GRAY Martin

Le livre de la vie (839★★)
Cet homme qui a connu le plus grand des malheurs ne parle que d'espoir.

Les forces de la vie (840★★)
Pour ceux qui cherchent comment exprimer leur besoin d'amour.

Le nouveau livre (1295★★★)
Chaque jour de l'année, une question, un espoir, une joie.

GRÉGOIRE Menie

Tournelune (1654★★★)
Une femme du XIXe siècle revit aujourd'hui.

GROSSBACH Robert

Georgia (1395★★★)
Une fille, trois garçons, ils s'aiment mais tout les sépare. Inédit.

Littérature

GROULT Flora
Maxime ou la déchirure (518★★)
A quarante ans, quitter Pierre, est-ce une défaite ou un espoir d'accomplissement ?

Un seul ennui, les jours raccourcissent (897★★)
... mais qu'ils sont passionnés encore pour une femme qui redécouvre l'amour.

Ni tout à fait la même, ni tout à fait une autre (1174★★★)
Elle ne subit plus son destin, elle le choisit.

Une vie n'est pas assez (1450★★★)
A Mexico, elle retrouve son premier amour.

Mémoires de moi (1567★★)
L'enfance et l'adolescence de l'auteur.

Le passé infini (1801★★)
Un portrait d'homme lucide, amer, aimant, parfois d'une impudique sincérité.

GUEST Judith
Des gens comme les autres (909★★★)
Après un suicide manqué, un adolescent redécouvre ses parents.

GURGAND Marguerite
Les demoiselles de Beaumoreau (1282★★★)
Arrivées en Poitou par le froid hiver 1804, elles deviennent bientôt l'âme du village.

GUTCHEON Beth
Une si longue attente (1670★★★★)
Alex, sept ans, parti pour l'école, disparaît.

HALEY Alex
Racines (968★★★★ et 969 ★★★★)
Triomphe mondial de la littérature et de la TV, le drame des esclaves noirs en Amérique.

HAYDEN Torey L.
L'enfant qui ne pleurait pas (1606★★★)
Le sauvetage d'une enfant condamnée à la folie.

Kevin le révolté (1711★★★★)
A quinze ans Kevin se cache et refuse de parler.

HAYS Lee
Il était une fois en Amérique (1698★★★)
Deux adolescents régnaient sur le ghetto new-yorkais ; un jour, l'un trahit l'autre.

HÉBRARD Frédérique
Un mari, c'est un mari (823★★)
... et une épouse un lave-vaisselle ?

La vie reprendra au printemps (1131★★)
Il a tout conquis, sauf la liberté.

La chambre de Goethe (1398★★★)
La dernière guerre vue à travers les yeux d'une petite fille.

Un visage (1505★★)
Le regard naïf et lucide d'une jeune fille sur le monde du théâtre.

HOWARD Joseph
Damien, la malédiction-2 (992★★★)
Damien devient parfois un autre, celui qu'annonce le Livre de l'Apocalypse.

HOWELL Michael et FORD Peter
Elephant man (1406★★★)
La véritable histoire de ce monstre si humain.

ISHERWOOD Christopher
Adieu à Berlin (Cabaret) (1213★★★)
L'ouvrage qui a inspiré le célèbre film avec Liza Minelli.

Littérature

IVOI Paul d'
Auteur des célèbres « Voyages excentriques », Paul d'Ivoi fut le principal disciple de Jules Verne et l'écrivain français le plus lu du début du siècle.

La Diane de l'archipel (1404★★★★)
Une statue d'aluminium renferme le corps d'une jeune fille vivante.

La capitaine Nilia (1405★★★★)
Une jeune télépathe ordonne le détournement des eaux du Nil.

Les semeurs de glace (1418★★★★)
L'explosion de la montagne Pelée fut provoquée par des billes d'air liquide.

Corsaire Triplex (1444★★★★)
Ce corsaire en trois personnes sillonne le fond des mers.

Docteur Mystère (1458★★★★)
La traversée des Indes dans une forteresse électrique.

Cigale en Chine (1471★★★★)
Les stupéfiantes aventures du jeune Cigale et de la princesse Roseau Fleuri.

Les cinq sous de Lavarède (1512★★★★)
Un journaliste fait le tour du monde avec cinq sous en poche.

L'aéroplane fantôme (1527★★★★)
Où l'auteur invente le lance-embolie et le premier overcraft du monde.

La course au radium (1544★★★★)
Un duel pittoresque pour se procurer ce métal mortel, qui peut aussi guérir.

Les dompteurs de l'or (1596★★★★)
Un vaisseau aérien qui répand des nuages réfrigérants.

JACOB Yves
Mandrin, le voleur d'impôts (1694★★★)
L'histoire vraie d'un personnage célèbre. J'ai lu l'histoire.

JAGGER Brenda
Les chemins de Maison Haute (1436★★★★ et 1437★★★★)
Mariée de force à seize ans, elle lutte pour son bonheur.

Le silex et la rose (1604★★★★ et 1605★★★★)
La suite exceptionnelle des Chemins de Maison Haute.

JEAN-CHARLES
La foire aux cancres (1669★★)
Les perles de deux générations d'écoliers.

Le rire en herbe (1730★★)
Les trouvailles des humoristes du jeune âge.

La foire aux cancres continue (1773★★)
Un nouveau florilège de perles d'écoliers.

Tous des cancres (1909★★)
De nouvelles perles découvertes depuis La foire aux cancres.

JHABVALA Ruth Prawer
Chaleur et poussière (1515★★★)
En 1923, elle a tout quitté pour suivre un prince indien fascinant mais décadent.

JOFFO Joseph
Le cavalier de la Terre promise (1680★★★★)
Une fabuleuse chevauchée de l'empire des tsars à la Terre promise.

Achevé d'imprimer sur les presses de l'imprimerie Brodard et Taupin
58, rue Jean Bleuzen, Vanves. Usine de La Flèche,
le 2 décembre 1985
1233-5 Dépôt légal décembre 1985. ISBN : 2 - 277 - 11668 - 8
1er dépôt légal dans la collection : juin 1976
Imprimé en France

Editions J'ai Lu
27, rue Cassette, 75006 Paris
diffusion France et étranger : Flammarion